체리 치즈케이크

CHERRY CHEESECAKE MURDER

살인사건

조앤 플루크 지음 / 박영인 옮김

해문

체리 치즈케이크
CHERRY CHEESECAKE MURDER
살인사건

CHERRY CHEESECAKE MURDER by Joanne Fluke
Copyright ⓒ 2006 by Joanne Fluke
All Rights Reserved.

Korean translation copyright ⓒ 2008 by Haemoon Co., Ltd.
PUBLISHED BY ARRANGEMENT WITH KENSINGTON
PUBLISHING CORP.NY,NY USA and SHIN WON AGENCY CO., KOREA.
이 책의 한국어 판 저작권은 신원에이전시를 통한 저작권자와의 독점계약으로 해문출판사에 있습니다.
저작권법에 의해 한국 내에서 보호를 받는 저작물이므로 무단전재와 복제를 금합니다.

등장인물

한나 스웬슨	'쿠키단지' 라는 베이커리 카페 운영
마이크 킹스턴	위넷카 카운티의 경찰관
노먼 로드	레이크 에덴의 치과의사
안드레아 토드	한나의 여동생, 부동산 중개인
미셸 스웬슨	한나의 막냇동생
딜로어 스웬슨	한나의 엄마, 그래니의 앤티크전 운영
리사 허먼	한나의 어린 동업자
로스 바톤	한나의 대학동창이자, 영화 제작자
딘 로렌스	촉망받는 젊은 영화감독
샤린 로렌스	딘의 아내
린 라치몬트	한나의 대학동창으로 성공한 여배우
톰 라치몬트	린의 나이 많은 남편이자 영화 제작자
바스콤 시장	레이크 에덴의 시장
버크 앤슨	린의 상대역으로 한창 인기있는 젊은 배우
위니 헨더슨	공원 사용 허가권을 가진 나이 많은 농장 여주인
코노	딘의 운전사 겸 보디가드

미네소타 주, 레이크 에덴-3월 둘째 주, 수요일

"컷!"

딘 로렌스는 지금껏 안 가본 곳이 없을 정도로 수없이 많은 로케이션 촬영을 다녔지만, 레이크 에덴만큼 최악인 곳은 없었다.

촌구석의 지루함은 상상을 초월할 정도여서, 통통한 체격의 여주인이 운영하는 베이커리에서 만든 둘이 먹다 하나가 죽어도 모를 만큼 환상적인 맛의 체리 치즈케이크만이 시골 벽지에서 그가 맛볼 수 있는 유일한 즐거움이라고 할 수 있었다.

오늘은 제대로 되는 일이 하나도 없었다. 백만 년이 흘러도 이 장면은 제대로 찍지 못할 것이다. 한가하고 여유로운 시골의 분위기에만 젖어 있을 때가 아니다. 모두들 정신을 차려야 한다.

"도대체 뭐 하는 거야, 버크? 이 장면에서 관객들은 눈물을 흘려야 한다고! 일어나. 어떻게 하는 건지 내가 직접 보여주지."

딘은 버크를 카메라 앞에서 밀쳐내고 자신이 직접 연기를 해보일 준비를 했다. 시범 연기 중에 그는 빨간 머리의 베이커리 여주인이 호기심 어린 시선으로 자신을 지켜보는 것을 눈치 챘다. 내 연기력을 마음껏 펼쳐보이면 그녀에게 호감을 줄 수 있을지도 모른다.

그는 책상 가운데 서랍을 열어 권총을 꺼낸 뒤 린의 대사가 끝날 때를 기다렸다.

"사랑해, 조디! 제발 나에게 이러지 마!"

린은 완벽하게 대사를 소화해 냈고, 딘은 그녀를 다음번 영화에도 캐스팅하기로 하길 정말 잘했다고 내심 생각했다.

 카메라가 드디어 딘의 얼굴을 클로즈업하자 그는 한껏 고통스러운 표정을 짓고는 눈물이 그렁그렁 맺힌 눈으로 말했다.

 "너한테 하려는 게 아니야, 에이미. 나에게 하려는 거야."

 그는 자신의 관자놀이에 총구를 겨눴고, 린은 잔뜩 겁에 질린 표정을 지었다. 대본에 나와 있는 바로 그대로. 딘은 그런 그녀를 향해 마지막으로 슬픈 미소를 지어 보이고는 방아쇠를 당겼다.

 린은 진짜로 비명을 내질렀다.

 감독이 정말로 죽고 만 것이다.

2주 전,

한나 스웬슨은 계속해서 울려대는 알람의 기계음을 꿈 마당 배경음악쯤으로 여기려는 게으른 마음을 다독이려 애썼다. 산더미 같은 양의 초콜릿칩을 실은 커다란 트랙터 트레일러가 한나의 베이커리 카페인 쿠키단지 뒤에 멈춰 섰다.

포키 피그(워너브라더스가 만든 애니메이션의 주인공)이 왕 팬인 한나가 목소리 교정가의 도움을 받아 말 더듬는 습관을 극복하고 마침내 미국 대통령에 당선된 그를 위해 엄청난 양의 초콜릿칩 크런치 쿠키를 만들어 주려고 특별히 주문한 것이었다. 하지만 살로메(헤로드 왕의 딸, 왕에게 청해 세례자 요한의 목을 얻었다)의 베일처럼 꿈은 어느새 한나의 눈앞에서 스르르 벗겨졌고, 달칵 소리와 함께 불을 켜며 한나는 끙 소리를 냈다.

새벽 2시까지 만화 채널을 보면서 전자레인지에 돌린 팝콘 한 봉지와 초콜릿 아이스크림 두 접시를 게 눈 감추듯 비우자마자 바로 잠자리에 든 결과였다.

한나는 알람을 끈 뒤 이불을 걷어내고 자리에서 일어나 앉았다. 다시 따뜻한 담요 이불 속으로 기어들어가 머리 위까지 이불을 푹 뒤집어쓰고 싶은 마음을 간신히 참는 중이었다.

"이리 와, 모이쉐."

한나는 침대 발치에서 곤히 자는 오렌지와 흰색 털 뭉치를 찔렀다.

"늪지에 햇살이 비치고, 사막에는 동이 텄으며 미네소타 주 레이크 에덴에는 일출이 시작됐어."

모이쉐의 노란 눈이 번쩍 떠졌다. 녀석은 아직 어두컴컴한 창문 너머를 바라보더니 고개를 갸웃거리며 비난하는 듯한 눈빛으로 한나를 쳐다보았다. 대부분 사람들은 고양이가 '사람 말'을 알아듣지 못한다고 하지만, 한나는 '대부분 사람들'에 포함되지 않았을 뿐더러 무엇보다도 모이쉐가 그저 보통 '고양이'는 아니었다.

모이쉐의 동그란 노란빛 시선을 물리치며 한나가 사과했다.

"미안. 레이크 에덴에서 일출은 아직이지만, 조만간 시작될 거라구. 일하러 나갈 준비도 해야 해."

모이쉐는 한나의 설명을 어느 정도 수긍한 듯 끽끽 소리를 섞어가며 입을 쩍 벌려 하품을 하고는 몸을 쫙 펴서 기지개했다.

그런 모이쉐가 한나는 귀여워서 어쩔 줄을 몰랐다. 전직 노숙 고양이가 아침 체조를 하는 풍경은 매일 봐도 지루하지 않다.

모이쉐는 등을 둥글게 말더니 침실 천정을 올려다보았다. 그러고는 오른쪽 앞발로 마치 파시스트식 경례를 붙이듯 이마를 비비적거렸고, 이내 왼쪽 앞발로도 똑같은 동작을 반복했다.

그리고 뒷발을 침대 발치를 향해 쭉 펴서 마술 지팡이 손잡이와 같은 Y자 모양을 만들었다. 온몸에 근육들을 풀어준 녀석은 그릇에 가득 담긴 젤로처럼 몸을 부르르 떨었다.

모이쉐는 몇 초간을 그렇게 몸을 부르르 떤 다음, 배가 거의 바닥에 닿도록 엎드렸다. 녀석의 이런 자세를 한나는 '포복한다.'라고 표현했다. (강압적인 힘에)힘없이 고양이가 가장 낮게 몸을 낮출 수 있는 자세였기 때문이다. 네 다리를 최대한 길게 뻗은 녀석의 볼이 한나가 레이크 에덴에 유일한 재활용품 상점에서 산 셔닐 실로 짠 낡은 이불보와 거의 평행을 이루고 있었다.

다음 단계가 한나가 제일 좋아하는 부분이다. 초등학교 1학년 때 친구들이 '주인님, 부르셨습니까?' 게임에서 '거인 걸음'이라고 부르던 스텝을 따라 모이쉐의 뒷다리가 앞쪽을 향하는데, 처음에는 왼쪽으로 갔다가 오른쪽으로 내딛는 이런 동작은 녀석이 등과 엉덩이를 곧추세워 마치 고양이 천막 같은 모양을 만들 때까지 계속 되었다.

등이 정점을 찍자 녀석은 살짝 한숨을 내쉬더니 역시나 살짝 몸을 떠는 동시에 귀를 팔락거렸다. 그러고는 한나를 따라나서려고 침대에서 훌쩍 뛰어내렸다.

"잠깐 기다려."

한나는 가장자리에 털이 달린 따뜻한 모카신 슬리퍼를 꿰어 신었다.

"어차피 먹이는 너 혼자 꺼내 먹지 못할 거면서!"

슬리퍼에 달린 레이스를 붙잡으려 자꾸만 달려드는 모이쉐를 막으며 한나는 주방으로 향했다.

주방 벽에 붙은 형광등 스위치를 켜자 하얀 벽이 형광등 빛에 눈부시게 반사되었고 한나는 졸린 눈을 끔뻑거렸다. 벽을 검정 같은 어두운 색으로 칠하는 편이 좋을지도 모르겠다. 특히 요즘처럼 고작 3시간밖에 자지 못할 때는 더욱 필요하다.

어젯밤에도 한나는 거실 소파 위에 널브러진 채 가슴에 23파운드(약 10kg)나 나가는 모이쉐를 올려놓고는 솔로몬도 울고 갔을 만한 고민을 하느라 거의 새벽녘이 다 될 때까지 멍하니 시간을 보냈다.

성난 울음소리에 한나는 다시 현실로 돌아와 찬장 문을 열고 사료 보관용 용기를 꺼냈다. 둥근 모양의 회색 용기는 뚜껑을 돌려서 열게끔 되어 있어 아무리 난폭한 동물이라고 하더라도 절대 열 수 없었다.

알아서 아침을 챙겨 먹으려는 모이쉐의 불굴의 의지를 결코 꺾을 수 없다는 사실을 깨달은 한나가 트라이 카운티 쇼핑몰에서 발견한 것이었다. 먹이가 아까워서가 아니었다. 단지 절제 없이 먹이를 즐기는 녀석의 습관을 방지해줄 방법이 이것밖에 없기 때문이었다.

애완용품점 직원은 엄지손가락이 마주 보지 않은 동물들이 이 용기를 열기란 불가능한 일이라고 한나를 안심시켰다. 합성수지로 만들어진 용기는 아무리 물고 할퀴고 넘어뜨리고 내리쳐도 겉면에 흠집 하나 나지 않았다. 미네소타 동물원에 있는 호랑이에게 시험해본 결과 용기가 승전기를 날리며 돌아왔다고도 한다.

신체 특성상 모이쉐가 결코 뚜껑을 열 수 없으리라는 것을 알고 있었지만, 혹시나 하는 마음에 한나는 모이쉐에게 보이지 않도록 몸을 돌려 뚜껑을 열었다. 보통 고양이들보다 훨씬 많은 재능을 타고난 녀석을 과소평가하는 건 큰 실수라는 걸 경험으로 아니까.

사료를 크게 한 컵 퍼서 녀석의 먹이그릇에 담아주며 한나가 말했다.
"여기 있어. 다 먹고 나면 더 줄게."

고양이 룸메이트가 맛있게 사료를 오물거리는 동안 한나는 김이 모락모락 나는 커피를 한 잔 따르며 자동 타이머를 발명해 낸 누군가에게 소리 없는 감사의 인사를 전했다.

한나는 뜨거운 커피를 한 모금 고통스럽게 삼키고 나서 냉동실에 늘 보관하는 커피 얼음을 꺼내어 넣었다. 물로 얼린 얼음을 넣으면 얼음이 녹으면서 커피의 본디 진한 맛을 흐리게 하기 때문에 한나는 항상 이렇게 커피를 얼음으로 만들어 보관해 두곤 했다. 아침의 기력을 회복하려면 더 많은 양의 카페인이 있어야 한다.

한나는 커피를 몇 모금 더 들이키고 나서야 점점 정신이 들기 시작했다. 그 말은 즉 이제 슬슬 샤워를 하고 옷을 갈아입어야 할 때가 되었다는 뜻이기도 했다. 두 번째 커피를 마시고 싶은 유혹이 강렬했지만 그렇게 되면 시간이 너무 지체될 것이다.

욕실에서 꾸벅꾸벅 졸지 않을 만큼의 정신이 든 한나는 서둘러 김이 모락모락 오르는 따뜻한 온수 아래서 샤워를 마쳤다. 정확히 11분 후, 한나는 다시 주방으로 돌아왔다. 수건으로 말려 아직은 촉촉한 곱슬머리가 이리저리 뒤엉켜 있고, 청바지에 짙은 녹색 스웨터 셔츠를 입은 채였다. 스웨터 셔츠에는 밝은 노란색의 글씨로 '초콜릿은 *채소다—콩에서 나니까*'라고 쓰여 있었다.

한나가 두 번째 커피를 막 따르고 나자 전화벨이 울렸다. 그녀는 주방 테이블 옆에 걸린 빨간색 전화기로 손을 뻗다 말고 멈칫했다.

"마이크면 어쩌지? 노먼이나?"

"냐아아옹!"

다시 벨이 울리자 모이쉐가 전화기를 올려다보며 대답했다.

"야우오오오옹!"

"그래, 네 말대로야. 만약 프러포즈에 대한 대답을 재촉하러 전화한 거면 어떡하지? 둘 중 누구인지 빨리 선택하라고 한다면? 난 이제 서른이야. 버젓이 내 사업도 가진 어엿한 성인이라구. 그러니 그 누구도 평생을 후회할지도 모를 결정을 빨리하라고 재촉할 수 없어……, 엄마를 포함해서."

한나의 마지막 단어에 모이쉐의 귀가 쫑긋 서더니 핼러윈 고양이처럼 털을 삐죽삐죽 곤두세웠다. 녀석은 엄마를 좋아하지 않았다. 엄마의 서랍 속에 하나 가득 처박혀 있는 올 나간 스타킹들이 그 증거였다.

"걱정하지 마. 엄마라고 해도 넌 직접 통화할 일 없잖아."

한나는 심호흡을 한 뒤 수화기를 집고는 의자에 깊숙이 들어앉았다. 엄마에게 걸려온 전화라면 통화가 꽤 길어질 것이다. 분명히 아직 결혼을 하지 않은 한나의 상황에 대해 한바탕 잔소리를 늘어놓으시려는 것이겠지. 동생인 안드레아에게서 걸려온 전화라고 해도 한나의 두 조카, 트레시와 베서니 얘기일 테니, 길어질 것이 뻔했고, 막냇동생인 미셸의 전화라고 해도 역시나 맥칼레스터 대학 생활에 대한 고민 상담일 테니 일하러 나가야 할 시간이 매우 촉박해질 것이 뻔했다.

"여보세요?"

그런데도 한나는 그녀의 인생에 등장한 두 남자 전화만 아니기를 바라며 조심스럽게 입을 열었다.

"왜 그렇게 늦게 받아? 막 끊으려다가 아무리 그래도 이렇게 일찍 카페로 나갔을 것 같진 않아서 계속 붙들고 있었어."

남자 목소리였지만, 걱정하던 두 남자는 아니어서 한나는 안도의 한숨을 내쉬었다. 전화를 건 사람은 안드레아의 남편인 빌이었다. 스웬슨가에서 한나 외에 유일하게 일찍 일어나는 가족이었다.

"안녕, 빌. 무슨 일 있어?"

"있지. 지금 경찰서에 나와 있는데, 문제가 좀 생겼어."

한나는 시계를 쳐다보았다. 아직 새벽 5시 15분밖에 되지 않았다. 위넷카 카운티 경찰서의 서장이 된 빌은 정시 출퇴근 시간을 지키고 있으니까 웬만한 비상 상황이 아니면 8시 전에 출근하는 법이 없었다.

"내가 도울 수 있는 일이야?"

"당연하지. 사실 이 혼란을 바로잡아줄 사람은 한나 뿐이야!"

"혼란이라니?"

한나는 집이 도둑맞았거나 차가 도난당하거나 공공건물이 파손되거나 혹은 살해된 사람들이 장작처럼 가득 쌓인 끔찍한 장면들을 상상했다. 하지만 레이크 에덴에 그런 범죄들이 만연하고 있다는 소식은 금시초문이었다. 게다가 도대체 무슨 이유로 혼란을 바로잡아줄 사람이 나

뿐이라는 것인가?

"마이크 일이야. 너 때문에 몹시 힘들어하고 있어, 한나. 순간 기분이 최고조가 되어서는 모두에게 네가 자길 택할 것이라고 얘기했다가, 어느 순간 또 기분이 완전히 바닥이 되어서는 결국 네가 자길 버리고 노먼과 결혼할 거라고 말하고 있다고."

한나는 뭔가 대꾸할 말을 찾아 골몰했다.

그녀가 누구의 청혼을 받아들일지 마음의 결정을 내리는 동안을 참고 기다리지 못하는 것은 마이크의 잘못이다. 그리고 그래 봤자 고작 일주일밖에 지나지 않았다. 엄마의 표현을 빌리자면 아무리 혼기가 꽉 차고도 넘치는 노처녀라고 해도 일생일대의 중요한 결정을 순식간에 내릴 순 없었다.

"이봐, 한나. 물론 너를 탓할 일만은 아니지만, 여기 상황이 조금 위험해지고 있단 말이야."

"위험해지다니?"

"마이크는 수석 형사야, 사건 수사에 있어서는 내 오른팔이나 마찬가지라고. 그런데 요즘 마이크 상태를 봐선 범인이 '내가 했소.' 라는 팻말을 들고 코앞에 서 있어도 잡지 못할 것 같아. 그러니까, 진짜 심각한 살인사건이라도 터지면 어떻게 할 거야? 어떻게 해결할 거냐고?"

한나는 숨을 내뱉었다, 자신이 숨을 참고 있었다는 사실도 몰랐다.

"그래서 나더러 어떻게 하라는 거야?"

"마이크가 일에 다시 집중할 수 있도록 얼른 결정을 내려. 낚든지, 버리든지……, 알았지?"

"하지만 서둘러 결정할 순 없어. 이건 나한테 정말 중요한 일이야."

빌이 한숨을 내쉬며 말했다.

"그 점은 이해해. 너한테 어느 한 쪽으로만 재촉하려는 건 아니지만,

결국 마이크가 되지 않겠어? 내가 생각하는 것만큼 네가 그를 사랑하는 것이라면 오늘이라도 당장 청혼을 받아들이고 그를 불행의 늪에서 꺼내줘. 너한테는 마이크가 딱 맞아. 이건 나만의 생각이 아니라고. 경찰서 사람들 모두 그렇게 생각해."

"어……, 그래, 생각해볼게."

한나는 가진 카드 중 가장 애매모호한 대답을 꺼내 들었다.

"빨리 생각해. 그리고 네가 마이크의 청혼을 승낙할 때까지 부디 마을에 아무 사건도 발생하지 않기를 기도하라고."

한나는 그러겠다고 약속하고선 전화를 끊었다.

빌의 입장도 충분히 이해할 수 있었다. 누군가의 업무에 빈자리를 두기에 일주일은 길었다. 하지만 두 남자에게 동시에 청혼을 받았던 날 이후로 마음의 결정에 내리는 데 진전된 것은 하나도 없었다.

마이크는 여전히 가슴 떨리도록 잘 생기고 멋졌으며, 노먼은 다정다감하고 의지가 되는 사람이었다. 마이크와의 키스는 짜릿했지만, 노먼과의 키스는 따뜻하고 편안했다. 마음 같아서는 둘 다 남편으로 삼고 싶었지만, 그건 불가능한 일이다. 이런 두 사람 중 도대체 누구를 버리고, 누구를 선택하란 말인가.

한나가 미처 커피를 한 모금 마시기도 전에 다시 전화벨이 울렸다. 뭔가 할 말이 더 있었는데, 잊고 말하지 못한 빌이 다시 전화를 건 거로 생각한 한나가 재빨리 수화기를 집었다.

"뭘 잊은 거야, 빌?"

"빌이 아니라 리사에요."

한나의 어린 동업자가 대답했다.

"오늘 아침에는 서둘러서 카페로 나오실 필요 없단 말 하려고 전화했어요."

"왜?"

"제가 벌써 카페에 나와 있거든요."

한나는 시계를 올려다보았다. 새벽 5시 30분.

리사는 늘 7시나 돼야 출근했는데······.

"왜 이렇게 일찍 나왔어?"

새신랑과 한바탕 싸움이라도 벌인 게 아니기를 바라며 물었다.

"허브가 오늘 새벽 4시에 일어나서 출근하는 바람에요. 다시 잠이 안 오더라구요."

"무슨 일로 그렇게 일찍 나갔어?"

"교통관련 전시 때문에 파고에 갔어요."

"그게 뭔데?"

수고스럽게 묻지 않아도 리사가 설명해줬을 텐데도 굳이 한나는 질문을 던졌다.

"교통이나 주차에 관련된 모든 걸 전시한 곳이에요. 도로나 교통 표지판, 주차 미터기 같은 것들 말이에요. 어젯밤에 바스콤 시장님이 집으로 전화해서는 주차 미터기 가격이 얼마 정도 되는지 알아오라고 하셨거든요."

"주차 미터기?"

한나는 깜짝 놀랐다. 레이크 에덴에서는 주차료를 받는 구역이 한 곳도 없었다.

"네, 그래요. 메인가에 장착하려면 얼마 정도 자금이 필요한지 알아봐야겠다면서요."

"메인가에 말이야?"

"네, 그런데 허브는 그게 일종의 연막작전일 거라고 했어요."

"연막작전이라니?"

한나는 순종적인 한 마리 앵무새가 된 듯한 기분이었다.

"레이크 에덴의 술집이 문 닫길 바라는 단체가 있잖아요. 술을 팔아서 남는 이윤으로 마을의 재정을 배 불릴 순 없다면서요."

한나는 살짝 끙 소리를 냈다. 몇 년에 한 번은 누군가 시에서 운영하는 주점을 반대하는 단체를 만들곤 했다.

"도덕성을 법률로 다스릴 수 없다는 걸 사람들이 알아야 할 텐데. 술집을 닫는다고 해서 사람들이 술 마시는 일을 줄이진 않을 거야."

"이번엔 정말 심각한가 봐요. 다음번 투표에 부칠 수 있도록 사람들의 서명을 받고 있대요. 허브 말로는 그래서 바스콤 시장님이 주차 미터기를 생각해 내신 거라고 하던데요."

한나는 느릿느릿 커피를 들이켰다. 두 일의 상관관계를 도저히 이해할 수 없었다.

"주차 미터기랑 주점이 무슨 관계가 있길래?"

"주점의 문을 닫는 것과 대신 주점에서 나왔던 수익을 매울 수 있도록 메인가에 미터기를 설치하는 것 중 어느 것이 나을지 단체에 선택권을 주려 한다는 거죠. 주점 문을 계속 열게끔 하면 사람들이 주차 미터기에 세금을 쏟아 부을 필요가 없잖아요."

"그거, 효과 만점이겠는데."

한나가 미소를 지으며 말했다.

바스콤 시장은 엄마만큼이나 꾀가 좋았다.

"제 생각도 그래요. 돈 내고 주차하고 싶은 사람은 아무도 없을 테니까요. 아무튼 제가 이미 나와 있으니까 한나는 여유 있게 나오세요. 생각할 시간도 필요할 테고."

"생각이라니?"

"마이크와 노먼 말이에요. 안 그래도 바스콤 시장님이 허브에게 물었다던 걸요. 한나가 마음의 결정을 내렸는지요."

한나는 깜짝 놀랐다.

"정말? 시장님이 내 일에 그토록 관심을 두는 줄 몰랐는걸."

"시장님은 한나가 노먼과 결혼했으면 좋으시겠대요. 그것이 마땅한 시민의 의무라면서요."

"뭐!"

"허브가 그렇게 얘기했어요. 바스콤 시장님이 말씀하시길 마을에 새 형사는 언제든 새로 고용할 수 있지만, 치과의사는 그렇지 않다고요. 구하기가 훨씬 어렵대요."

"잠깐만……, 그럼 시장님은 내가 결혼하지 않을 남자는 마을을 떠날 거로 생각하시는 거야?"

"비단 시장님뿐만이 아니에요. 허브도 한나가 노먼과 결혼하는 모습을 보게 되면 마이크가 마을에 계속 머물지 못할 거라고 했어요. 마을에서 공개적으로 버림을 받았는데 어떻게 견디겠느냐면서. 노먼 역시 한나가 마이크와 행복하게 사는 모습을 지켜보지 못할 거래요. 한나를 너무나도 사랑하는데 그런 모습을 지켜본다는 게 얼마나 큰 고통이겠어요. 그뿐이 아니라 노먼이 떠나게 되면 로드 부인도 함께 떠날 걸요. 아들이 가장 힘든 때 옆에 있어줘야 한다고 생각하실 거예요. 그렇게 되면 한나 어머님도 동업자를 잃게 되는 거죠."

"오, 이런!"

한나는 또다시 숨죽여 신음 소리를 냈다.

이거야말로 생각 외로 맞닥뜨리게 된 골칫거리들이다. 지금까지는 한나의 결정이 자신의 행복에 어떤 영향을 미칠까만 생각했었는데, 이제 레이크 에덴 전체를 고려해야 하게 생겼으니 말이다!

"어쨌든, 카페에는 천천히 나오세요. 그럼 이따 봐요."

한나는 수화기를 내려놓고는 모이쉐를 돌아보았다.

"미리 알았으면, 며칠 밤은 꼴딱 샜을 텐데."

"냐아아옹!"

모이쉐는 실망한 듯 보였다. 침대 발치에서 폭신폭신한 이불에 반쯤 잠긴 채 잠드는 일은 모이쉐가 가장 좋아하는 것이었으니 무리도 아니었다.

"오, 얼른 쓰레기를 내놓고……"

관심 없어하는 고양이 룸메이트에게 하루 일과를 모두 설명하기도 전에 또다시 전화벨이 울렸고, 한나는 낚아채듯 수화기를 집어들었다.

"여보세요?"

"안녕, 한나. 바바라 도넬리에요. 이른 시간에 전화해서 미안하지만, 한나가 출근하기 전에 통화하고 싶어서."

"안녕하세요, 바바라."

한나는 주방 탁자 위에 놓여 있던 수첩을 꺼내 들었다.

경찰서의 수석 비서인 그녀는 늘 월요일이면 오후에 있는 직원회의를 위해 쿠키를 주문하곤 했다.

"오늘 오후에 쓸 쿠키 주문하시려구요?"

"그래요, 블랙 앤 화이트 12개들이 상자 세 개면 되겠어. 우리 여직원을 보내 가져오도록 할게. 아, 잠깐만. 네 상자 정도는 해야겠네. 블랙 앤 화이트는 우리 직원들이 가장 좋아하는 쿠키니까. 하지만 주문 때문에 전화한 건 아니야. 부탁이 있어서 전화했어."

"무슨 부탁이신데요?"

한나가 물었다.

무슨 부탁인지 내용을 알기 전에는 경솔하게 승낙할 수 없었다.

"부디 애원하건대, 이 혼돈을 오늘로 제발 끝내줘."

바바라의 말이 무슨 뜻인지 한나는 95% 정도 알 것 같았지만, 나머지 5%의 가능성을 위해 되물었다.

"혼돈이라니요?"

"마이크 말이야. 모두들 마이크 때문에 정신이 없어. 지난주에는 비서를 세 명이나 바꿔야 했다구."

"왜 그렇게 많이……?"

"그와 하루 일하고 나서는 쪼르륵 내 사무실로 달려와 다른 업무를 배정해 달라고 한단 말이야. 휘파람을 부르며 서성였다가 다시 손톱을 깨물며 사무실 안을 돌아다니는 상사와 일하는 건 너무 힘들다면서. 물론 내 개인적인 생각으로는 한나가 마이크를 택했으면 좋겠지만, 어쨌든 결정은 한나가 하는 거니까. 그저 오늘 안으로만 결정을 내려서 우리 가련한 비서들을 구원해줬으면 좋겠어."

"노력해볼게요."

한나가 수화기를 내려놓기가 무섭게 또 전화벨이 울렸다.

"알았어, 알았다구."

한나는 다시 수화기를 집어들었다.

"여보세요?"

"베넷 박사요, 한나."

한나는 물 흐르듯 자연스러운 동작으로 전화기의 전기선을 풀어 커피를 한 잔 더 따른 다음 의자에 앉았다.

"무슨 일이세요, 박사님?"

"정말 재밌는 일이지."

치과에 가기 무서워하는 레이크 에덴 아이들이 내는 소리와 아주 똑같은 엘머 퍼드(미국의 워너 사에서 만든 애니메이션 주인공)의 음성으로 그가 대답했다.

"정말은, 한나. 노먼 때문에 전화했어."

"무슨 말이에요?"

"그 불쌍한 녀석이 잠도 한숨 못 자고 오늘 병원을 대신 맡아줄 수 있겠느냐며 전화까지 했지 뭐야. 정말 안된 일이야, 한나. 노먼이 얼마나 더 버틸 수 있을지 모르겠어. 내가 아는 한 지금까지는 진료를 보다가 실수를 저지르거나 하진 않았지만, 이제 엉뚱한 이를 뽑거나 아니면 그보다 더 심각한 실수를 저지르는 건 시간문제라고 보네. 왜 그렇게 오래 고민하는 거야? 내가 보기엔 노먼을 많이 사랑하는 것 같은데, 오늘에라도 당장 그의 청혼을 받아들여서 그 녀석, 잠 좀 자게 해줘!"

한나는 당황한 나머지 뭐라고 대답해야 할지 생각나지 않았다.

"전……, 전……."

"물론 매우 중요한 결정이라는 건 알아. 하지만 그 정도면 충분히 생각했잖아? 오늘 결정할 거지?"

"노력해볼게요."

과연 성공할 수 있을까 스스로도 의심을 품으며 한나가 대답했다.

"좋아. 그럼 난 이만 끊겠어. 월스트롬 부인이 이 새벽부터 스케일링을 받으러 와있거든."

베넷 박사가 서둘러 전화를 끊고 난 뒤에도 한나는 수화기에서 흘러나오는 '뚜-뚜-.' 소리를 무심코 들으며 서 있었다.

마침내 수화기를 내려놓은 한나는 트레시와 베서니 앞이었다면 절대로 입 밖에 내지 않았을 말들을 중얼거렸다. 물론 베서니는 너무 어려서 들어도 무슨 말인지 모를 테고, 트레시는 이미 어디선가 한 번쯤은 들어본 말이겠지만 말이다.

한나는 이내 모이쉐를 향해 고개를 돌렸다.

"모두들 나를 밀어붙이고 있어. 어쩌면 좋지?"

어째야 좋을지 전혀 모르겠다는 듯 모이쉐는 동그랗게 눈을 뜨고 한나를 바라볼 뿐이었다. 한나가 모이쉐를 토닥여주려고 손을 뻗었지만, 손길이 녀석에게 채 닿기도 전에 전화벨이 울렸다.

"어-오."

모이쉐의 귀가 머리에 납작하게 붙더니 온몸에 털을 곤두세우기 시작했다. 모이쉐의 센서가 늘 정확한 것은 아니었지만, 이런 반응을 보일 때 열에 아홉은 엄마 전화가 확실했다.

모이쉐의 꼬리가 메트로놈 추처럼 앞뒤로 세차게 흔들리기 시작하자 한나는 재빨리 수화기를 들었다. 엄마의 황소고집은 아주 유명했다. 엄마는 집에 전화했을 때 한나와 통화를 하지 못하면, 결국은 카페로 전화를 걸 것이 분명했다.

"안녕, 엄마."

"그렇게 전화받지 말라고 했잖니."

평소와 다름 없이 엄마가 전화를 받았다.

"그래도 이렇게 받지 않으면 또 섭섭해하실 거잖아요."

"어쩌면." 엄마도 인정했다.

"중요하게 할 얘기가 있어서 전화했다, 한나. 우선은 내가 네 사생활에 끼어들 생각은 아니라는 걸 알아줬으면 좋겠구나……."

그렇지만, 한나는 엄마의 다음 말을 대신 중얼거렸다. 어떤 말이 뒤를 이을지는 이미 짐작하고도 남았다. 물론 입 밖으로 내어 말하진 않았지만 말이다.

"*그렇지만*, 캐리가 전화로 말하길 문제가 좀 생겼다고 하더구나. 노먼이 지금 홀 앤 로즈에서 로즈가 따라주는 족족 커피를 연거푸 들이켜고 있다는 거 알고 있니?"

"아뇨."

한나는 솔직하게 대답했다.

"흠, 어쨌든 그러고 있다더라. 로즈가 캐리에게 전화를 걸어 알려준 모양이다. 로즈가 커피 좀 천천히 마시라고 여러 번 타일렀는데도 오늘이 일생일대 가장 중요한 날이 될지도 모르는데 여유 있게 잠이나 자고 있을 순 없다고 했다지 뭐냐."

한나는 신음 소리를 냈다.

"그럼 노먼은 제가 오늘 대답을 줄 거로 생각하고 있단 말이에요?"

"비단 오늘뿐만이 아니었단다. 캐리가 그러는데, 너한테 청혼하고 나서는 매일 오늘처럼 지냈다는 게야. 게다가 더 심각한 건, 마이크도 거기 있다는구나. 노먼과 마주 앉아서는 마치 서로 시합이라도 하듯 커피를 들이켜고 있다더라."

"그나마 술이 아니니 다행이네요."

한나가 슬그머니 웃으며 말했다.

"너무하는 게 아니니, 한나 루이스! 지금 상황에서 어떻게 웃음이 나올 수 있느냐. 내가 웬만하면 참견하지 않으려고 꾹 참았다만, 이번에는 네가 지나치다는 생각이 드는구나. 난 널 그렇게 냉정하게 키우지 않았다!"

"냉정해요?"

한나는 충격을 받았다.

"달리 뭐라고 표현하겠니! 난 지금 심각하게 얘기하는 거란다, 한나. 이제 그만하면 됐다. 두 남자를 초조하게 만드는 일일랑 그쯤 했으면 됐어. 이제 누구와 결혼할지를 결정하고 그에게 답을 주거라. 그리고 거절당한 남자는 결과에 신사적으로 승복할 수 있도록 해. 그게 바로 숙녀라면 응당 취해야만 하는 태도란다. 지금 네 방식은 여러 사람을 아주 힘들고 곤란하게 만들고 있어."

한나는 엄마가 한 말을 곰곰이 생각하느라 잠시 말을 잃었다. 엄마가 핵심을 제대로 짚은 것 같았다.

"엄마 말이 맞아요."

불현듯 수화기 건너편에서 쿵 소리가 들려왔다.

엄마가 수화기를 떨어뜨린 모양이다. 그러고는 바닥에 긁히는 듯한 잡음이 나더니 다시 엄마의 음성이 들려왔다.

"미안하구나. 지금 방금 내 말이 옳다고 한 거냐?"

"네, 그렇게 말했어요."

엄마는 큰 충격을 받기라도 하신 듯 숨 가빠하며 말했다.

"그럼……, 그러니까 내가 지금 한 말에 모두 동의한단 뜻이냐?"

"네, 그래요."

"그럼 오늘 내 말대로 하겠구나?"

"지금 당장 실천에 옮길게요. 나중에 다시 얘기해요, 엄마."

끝없이 이어질 엄마의 질문을 자르며 한나는 수화기를 내려놓고, 모이쉐에게 마지막으로 사료를 부어주고, 코트와 차 열쇠를 집어들고 또 다시 울려대는 전화벨 소리를 무시한 채 문밖을 나서 한나와의 데이트를 기다리는 운명의 '홀 앤 로즈' 카페로 향했다.

 20분 후, 한나는 레이크 에덴 아이들이 '쿠키 트럭'이라 부르는 애플 캔디 빛의 빨간색 트럭을 타고 3번가와 메인가 교차로에서 꺾어져 들어가 홀 앤 로즈 카페의 주인인 홀이 가게 입구 한쪽에 쓸어둔 눈 더미 쪽에 트럭을 세웠다.

 통유리로 된 창은 온통 뿌옇게 김이 서려 안이 보이지 않았지만, 한나가 주차해 둔 곳 옆에 마이크의 허머가 서 있었고, 다른 한편에 노먼의 세단도 주차되어 있었다.

 차창에 얇게 서리가 끼어 있는 것을 보니 로즈가 델레이 배달 직원들이 아침 배달을 나서기 전 카페에 들러 아침을 먹을 수 있도록 이른 시간에 문을 연 직후부터 두 사람 모두 카페에 와 있었던 듯했다.

 한나는 트럭에서 내려 카페 입구로 향했다. 그러고는 문을 활짝 열고 안으로 들어섰다. 카페 안에 들어선 한나의 시선이 처음 닿은 곳은 커튼이 내려진 포커 룸 한쪽 편에 걸린 칠판이었다.

 거기에는 이렇게 적혀 있었다.

 '노먼 vs. 마이크-내기는 오늘 정오에 결판남.'

 지금껏 웬만한 일에도 결코 화내는 법이 없다고 자부하던 한나의 신념이 무안하게도 칠판을 보자마자 한나는 머리끝까지 화가 나고 말았다. 그러고는 숙녀답지 않은 모양새로 사납게 씩씩거리며 노먼과 마이크가 앉아 있는 뒤쪽 부스로 걸어갔다.

한나의 귓가에는 마치 영화 '조스'에 나오는 테마곡이 들리는 듯했다. 한나를 발견한 마이크가 노먼을 쿡쿡 찔렀고, 고개를 든 노먼은 인상을 찌푸렸다. 아마 한나의 얼굴에 잔뜩 서린 먹구름 때문일 것이다.

포커페이스로 표정을 관리하기에는 너무도 이른 시간이었을 뿐더러 한나가 머리에 모락모락 연기가 올라올 만큼 화가 났다는 사실이 마을에 소문이 나든 말든 상관없었다.

게다가 새벽 6시가 되기도 전에 다섯 통이나 되는 전화를 받아 청하지도 않은 조언을 듣는 일도 전혀 감사하지 않았다. 이건 내 인생이고, 내가 받은 청혼들이며, 한 번 내린 결정을 안고 평생 살아야 하는 것도 결국 나 자신이었다.

홀 앤 로즈 카페와 같은 공개적인 장소에서 공공연한 내기거리가 되는 건 전혀 재미있지 않았고, 인제 와서 사실을 따지자면 생각할 시간이 그리 충분했던 것도 아니었다.

한나는 고무 부츠가 바닥에 부딪혀 소리가 날 정도로 힘차게 걸었고, 한나가 미처 신경 쓰지 못한 다른 자리 손님들까지도 세 사람이 무슨 광경을 벌일까 궁금해하며 한나 쪽으로 고개를 돌렸다.

손님들끼리 주고받는 귓속말이나 돈은 전혀 한나의 눈에 들어오지 않았다. 한나는 그저 부스에 앉아 있는 두 남자에게만 온 정신을 기울이고 있었을 뿐이었다.

"무슨 일이에요, 한나?"

두 남자가 앉아 있는 테이블 앞에 도달해 엉덩이 주머니에 양손을 찔러 넣는 한나를 보며 노먼이 물었다.

한나는 돌려 말하지 않기로 했다.

"무슨 일이냐구요? 나한테 청혼은 왜 한 거예요?"

"한나를 사랑하니까요."
먼저 대답한 사람은 노먼이었다.
"나도 마찬가지입니다."
마이크도 대답했다.
"흠, 그거 잘 됐네요. 나도 사랑하니까요."
"누구를요?"
노먼이 물었다.
"네, 누구입니까?"
마이크도 덧붙여 물었다.
"둘 다요. 하지만 무엇보다도 큰 문제가 하나 있어요. 두 사람 중 누구를 선택해야만 한다는 주변 사람들 얘기가 이제 지긋지긋해요! 게다가 지금 당장 결정하라는 재촉을 받는 것도 아주 짜증나고요!"
마이크가 손을 들었다.
"하지만, 한나……."
"조용히!" 한나가 끼어들었다.
"오늘 아침에만 해도 벌써 빌, 리사, 바바라 도넬리, 베넷 박사님 그리고 엄마에게서 전화를 받았어요. 심지어는 바스콤 시장님께 최후통첩을 받기까지 했다구요! 모두들 당장 결정을 내리라고 성화죠. 하지만 언제 결정을 내릴지 결정하는 것도 내 권리란 말이에요!"
노먼이 아리송한 표정으로 되물었다.
"네?"
마이크 역시 똑같은 표정을 짓고 있었다.
"무슨 뜻입니까, 한나?"
"신경 쓰지 마요. 무슨 뜻인지는 나만 제대로 알면 되니까. 아직도 나와 결혼하고 싶은 마음이 있어요?"

깜짝 놀라 입을 떡 벌린 채 고개를 최대한 치켜들고 한나를 바라보는 두 남자는 비라도 내린다면 당장에라도 익사해버릴 것만 같았다.

"그렇습니다." 마이크가 대답했다.

"나도 그래요!" 노먼도 대답했다.

"좋아요."

한나는 두 사람을 향해 단호하게 미소를 지어 보였다.

"그렇다면 결국은 두 사람 다 거절해야겠군요. 두 사람 모두 이제 자유의 몸이에요. 잔뜩 얼굴을 찡그리고 앉아서 어떤 결과가 떨어질지 초조하게 기다릴 필요 없어요. 주변 사람들의 압력에 못 이겨 둘 중 한 사람을 선택하는 일은 정말이지 못하겠어요."

노먼이 당황하며 나섰다.

"잠깐만요. 그럼 우리 중 누구와도 결혼하지 않겠다는 뜻인가요?"

"바로 그거예요."

"아니……, 설마 또다른 사람이 있는 겁니까?"

마이크가 물었다.

"아뇨, 아무도 없어요."

"그럼 도대체 왜……."

노먼의 질문을 한나가 나서서 가로막았다.

"그저 원칙의 문제일 뿐이에요. 청혼은 꼭 남자가 먼저 해야 한다는 법이 있나요?"

두 남자 모두 어깨를 으쓱해 보였지만, 이내 노먼이 대답했다.

"어쨌든 지금까지는 보통 남자가 먼저 했잖아요."

"흠, 난 그게 마음에 안 들어요. 난 다르게 할래요. 내 방식대로 내 인생을 살겠어요. 내키지 않는 것을 하라고 아무도 내게 강요할 수 없어요. 언제 결혼할지는 내가 정해요. 바로 그때, 결혼하고 싶은 마음이 드는 바로 그때, 내가 마음속으로 정한 사람에게 나와 결혼해주겠느냐고 청혼할게요, 이제 됐죠?"

마이크와 노먼은 서로 시선을 주고받더니 다시 한나를 향해 고개를 끄덕였다.

"아주 좋아요. 그럼 이제 드라마에서 막 빠져나온 것 같은 비련의 주인공 역일랑 그만두고, 다시 일상으로 돌아가도 되겠죠?"

"네."

한나가 카페에 등장한 이래 처음으로 마이크가 미소를 보이며 대답했다.

"물론이죠!"

노먼도 대답했지만, 그는 전혀 웃고 있지 않았다.

"지금 여기서 성가신 문젯거리를 만들고 싶진 않지만, 그래도 앞으로 나와 만나줄 거죠, 한나?"

"그럼요."

"나도요?"

마이크가 물었다.

"당신도. 결혼 얘기는 깨끗이 잊고, 다시 예전으로 돌아가기로 해요."

"좋습니다."

마이크가 대답했다.

"좋아요."

마침내 노먼도 미소를 지으며 대답했다.

"이렇게 잘 일단락이 돼서 좋네요."

한나가 노먼을 향해 미소를 지으며 말했다.

"의자 좀 갖다줄래요? 두 사람 옆에는 앉지 말아야 카운터 쪽에서 우릴 관찰하는 사람들이 섣불리 오해하는 것을 막을 수 있잖아요."

"그러네요."

노먼이 자리에서 일어섰다.

"그리고 로즈한테 내가 지금 돌도 씹어 먹을 만큼 배가 고프니 노른자를 살짝 익힌 계란프라이 두 개랑 바삭바삭하게 구운 베이컨이랑 토스트 좀 가져다 달라고 말해주겠어요?"

한나가 마이크에게 부탁했다.

"그러죠."

마이크도 역시 자리에서 일어났지만, 막 부스에서 빠져나가려는 찰나 한나가 그의 팔을 붙들었다.

"그리고 잠시 근무 중인 척할 수 있겠어요?"

"할 수 있을 겁니다. 왜요?"

"저기 카운터에 앉아 있는 남자들에게 가서 미네소타 주에선 도박은 불법이라고 알려줘요. 그러고 나서 홀에게 내가 두 사람 중 누구와도 결혼하지 않겠다고 결정했으니 사람들이 내기에 건 돈은 모두 자선단체에 기부해야 한다고 말해줘요."

한나가 쿠키단지의 뒷문을 열고 안으로 들어서자 리사가 그녀를 향해 엄지손가락을 치켜세웠다.

"두 사람 다 거절한 건 정말 잘한 일이에요."

"고마워, 그런데 어떻게 알았어?"

그러자 리사가 싱크대 옆을 가리켰고, 한나는 그녀가 가리킨 방향을 쳐다보았다. 벽에 걸린 전화의 수화기가 줄이 최대한 길게 늘어진 채로 주방 타월에 둘둘 쌓여 서랍에 단단히 박혀 있었다.

"전화가 엄청 걸려온 거야?"

"말도 말아요!"

한나의 아담한 동업자가 살짝 웃음을 터뜨리며 말했다.

"어떻게 됐는지 잘 모르는 사람들이 전부 전화해서는 자세히 얘기해 달라고 성화였어요. 이미 사실을 아는 사람들은 또 그들대로 나한테 제일 먼저 알려주려고 난리였구요. 계속 전화받으면서 제빵을 할 수 없어서 아예 수화기를 내려놓았죠."

"괜히 죄책감 받지 않으려고 카운터 밑 서랍에 숨겨 놓은 거구나?"

"저를 너무 잘 아신다니까요."

"흠, 어쨌든 이제 내가 왔으니까 전화 정도는 받을 수 있을 거야."

한나는 서랍을 열어 수화기를 꺼내 전화기에 걸어놓았다. 그러자 숨 한 번 고를 새도 없이 기다렸다는 듯 전화벨이 울리기 시작했다.

"한나 차례에요."

리사가 코트를 걸치고 문밖을 나서며 말했다.

"전 학교에서 직원회의용으로 주문한 쿠키 배달하러 다녀올게요."

"장갑 끼고 가. 밖이 몹시 추워."

한나가 리사의 등 뒤에 대고 외쳤다. 그러고는 전화를 건 사람이 편안하거나 친근하거나, 그것도 아니라면 미네소타 주 밖에 사는 사람이기를 간절히 바라며 수화기를 집어들었다.

"쿠키단지의 한나입니다."

"안녕, 언니! 집에 전화해도 안 받길래 여기 있을 줄 알았어."

낯익은 목소리가 한나의 귓전에 울렸다.

"전화 잘했어."

한나가 안도의 한숨을 푹 내쉬며 대답했다.

막냇동생인 미셸이 학교 친구들과 함께 맥칼레스터 대학교 밖에 마련한 집에서 전화를 걸어온 것이다.

"두 사람 다 거절했다는 얘기 들었어."

한나는 깜짝 놀랐다.

미셸은 여기서 60마일이나 떨어진 곳에 있는데…….

"아니, 어떻게 알았어?"

"내가 무슨 깊은 산 속 동굴 같은 데 사는 건 아니잖아? 레이크 에덴에서 무슨 일이 벌어지고 있는지 실시간으로 알려주는 정보통들이 아주 많다구."

"엄마!"

한나가 숨을 몰아쉬었다.

"엄마." 미셸이 인정했다.

"정말 잘했어, 언니. 둘 중 한 사람에게 결혼하겠다고 승낙해 놓고 나중에 마음을 바꾸는 것보다는 훨씬 낫잖아."

"그래서 그것 때문에 전화한 거야?"

"그것 때문이기도 하고, 내가 한 주 내내 레이크 에덴을 입이 마르게 칭찬했단 얘길 해주려고 전화했어. 얼마나 멋진 마을인지 말이야."

"사실이지."

"근데 바톤 씨는 그 사실을 모르니까."

"바톤 씨라니?"

"인디 제작사의 제작자야."

한나는 마침 제자리에서 뱅글뱅글 도는 듯한 기분이었다.

"인디 제작사라니? 그리고 그게 레이크 에덴이랑은 무슨 상관이 있길래?"

"바톤 씨가 우리 드라마 수업의 초대 손님으로 왔었거든. 독립 영화를 만드는 곳에서 일하는 사람이야."

"그럼 영화 제작자란 말이야?"

한나가 대화의 지름길을 내달리며 물었다.

"응. 미네소타에서 대부분의 촬영분을 찍었다고 하는데, 호수가 있고, 교회랑 학교, 공원이 있는 작은 마을을 촬영 장소로 찾고 있대."

"미네소타에 있는 마을들이 대부분 그렇잖아."

"나도 알아. 그래서 대표로 우리 레이크 에덴을 추천했지."

설마 미셸이 커다란 스크린에서 고향 마을의 모습을 보려고 하는 건가? 레이크 에덴 외에도 영화 장면에 아주 잘 어울릴만한 예쁜 마을들은 얼마든지 많았다.

"재미있는 생각이긴 한데, 미셸, 나는 그다지……."

"정말 재미있을 거야."

미셸이 끼어들었다.

"재미있을 거라구? 그 말은 그럼……?"

"맞아! 우리 드라마 수업 교수님이 오늘 아침에 전화하셨는데, 바톤 씨가 레이크 에덴에 직원 몇을 보내 마을을 둘러보게 하셨대. 언니도 만난 적 있어. 쿠키단지에 갔었거든."

"여기 왔었다구?"

"그래. 미치라는 이름의 남자가 언니한테 호수 이름이랑 마을 이름 같은 걸 물었던 것, 기억나?"

"몇몇 외지인이 와서 물었더랬지."

한나가 대답하며, 레이크 에덴을 처음 찾는 대부분의 외지인이 왜 마을 이름이 레이크 에덴이고 호수 이름이 에덴 레이크인지를 묻는다는 사실을 애써 말하지 않았다.

그에 대한 답은 간단했다. 마을이 생기기 30년도 더 전에 에덴 호수라는 명칭이 있었고, 마을의 건립자가 호수와 뭔가 연관을 지을 수 있는 이름을 고심해 보았지만, 쉽지 않았기 때문이었다.

똑같은 질문을 연거푸 받는 데 완전히 지쳐버린 한나에게 리사의 사촌인 다이앤 헤론이 좋은 해결책을 알려주었다. 관광객들이 많이 찾아오는 여름철에는 질문의 답이 적힌 카드를 여러 장 인쇄해서 테이블마다 놓아두는 것이다.

"그때 언니가 친절하게 설명해줘서 아주 고마웠대. 언니 카페의 당밀 쿠키 맛도 환상이었구. 그래서 마을 탐방 보고서에 아주 칭찬만 줄줄 늘어놓았나 봐. 그래서 바톤 씨가 바스콤 시장님을 만나서 메인가를 한 주간 빌리는 데 얼마의 비용이 들지를 논의할 거라던데."

한나가 놀라 말했다.

"메인가를 빌린다구? 그러면 우리 카페는, 장사는 어쩌구?"

"보상받을 거야. 제작사들은 보통 그렇게 하거든. 미치 말이 그런 경우 지난해 이맘때쯤 매출에 불편함을 준 데 대한 보상으로 10%를 덧붙여서 지급한다고 했어. 엑스트라도 모두 그 마을 사람들을 쓰고. 정말 흥미진진하지 않아?"

"흥미진진하네."

조용하고 한적한 한나의 고향 마을에 영화사가 과연 어떤 영향을 미칠지 의아해하며 한나가 미셸의 말을 되풀이했다.

"바스콤 시장님도 이 일을 아셔?"

"아직. 하지만 곧 아시게 될 거야. 제작자가 오늘 아침에 전화한다고 했으니까. 마을에 소식이 퍼지기 전에 언니한테 최고의 뉴스를 제일 먼저 알려주고 싶어서 전화했어."

"뭐야, 결혼이라도 하는 거야?"

그렇지 않다는 것을 알면서도 한나가 짓궂게 물었다.

미셸은 늘 대학을 마치기 전에는 결혼 같은 건 생각도 하지 않을 거라고 공언해 왔기 때문이다.

미셸이 웃음을 터뜨렸다.

"당연히 아니라는 거 언니도 잘 알면서 왜 그래. 아무튼 제작자가 나를 제작 보조로 고용했으니까 나도 일주일 동안 마을에 머물 거야. 덕분에 돈도 벌고 학점도 딸 수 있게 됐어."

"잘 됐다!"

한나는 즉시 반응을 보였다.

영화 촬영이 고요한 마을 분위기에 방해되지 않을까 염려했던 마음은 눈 녹듯 사라져버리고 말았다. 이번 일은 미셸에게 좋은 경험이 될 것이다. 게다가 오랜만에 동생이 집에 온다고 생각하니 너무 좋았다.

"그럼 우리 집 손님방에서 지낼래?"

"그러면 정말 좋지, 하지만 이번에는 엄마와 지내야 할 것 같아. 윈슬롭 때문에 안 좋은 일도 겪으셨으니 요즘 특히 더 외로우실 거야. 엄마 얘기가 나와서 말인데, 엄마랑 로드 부인을 소품 수집담당으로 고용하기로 제작자와 약속했어. 그래니의 앤티크점을 초대 시장의 생가와 얼마나 똑같이 꾸며 놓았는지를 설명했더니 제작사 소속의 실내 장식가를 보내서 둘러보게 하겠대. 어쩌면 앤티크점 그대로 영화 세트장으로 쓰일지도 몰라."

"레전시 잉글랜드 배경의 영화가 아닌 게 너무 안타까운걸."

한나가 즐거운 듯 말했다.

레이크 에덴 레전시 로맨스 클럽의 회원인 엄마와 로드 부인은 그 시대에 대한 모든 물건, 소품들(심지어는 제작자가 한 번도 구경하지 못한 것까지)을 얼마든지 제공할 수 있을 것이다.

"그러게, 그래도 거의 근접한 시대 배경이긴 해. 레이크 에덴에서 촬영할 분량은 1950년대가 배경이거든. 그러니 아마 엄마랑 로드 부인도 작업하시기 쉬울 거야. 어차피 비슷비슷할 테니까."

한나는 살짝 킥킥거렸다.

"그래도 그렇게 말씀드리면 성내실 거야."

다음 주에 영화사 직원 몇 명이 마을로 들어올 거라는 얘기와 그다음 주에는 스태프들과 배우들이 마을에 도착할 거라는 이야기를 몇 마디 더 나누고서 한나는 작별인사를 하고 수화기를 내려놓았다. 하지만 내려놓기가 무섭게 또다시 전화벨이 울렸고, 지금은 다른 누구와도 이야기를 나누고 싶은 기분이 아니었던 한나는 방법을 생각해 냈다.

"쿠키단지의 한나입니다."

한나는 높낮이가 전혀 느껴지지 않는 무미건조한 말투로 앵무새처럼 읊었다.

"죄송하지만, 지금은 전화받을 수가 없으니, 이름이나 연락처를 남겨주시면 돌아오는 대로 바로 전화드리……."

달각 소리와 함께 한나의 가짜 녹음 메시지도 멈췄다. 그녀에게 전화를 건 누군가가 중도에 전화를 끊어버리고 만 것이다.

한나는 수화기를 다시 내려놓으려다 말고 곰곰이 생각에 잠겼다. 역시 리사의 방법이 좋았다. 한나는 다시 수화기를 길게 빼 서랍에 넣고 주방용 타월로 덮어버렸다. 그러고는 회전문을 통해 홀로 나갔다.

한나는 제일 먼저 주전자에 커피를 내리고, 크림과 설탕, 인공 감미료들을 각 테이블에 세팅하고는 앞쪽 카운터 뒤에 걸린 칠판에 오늘의 특별 쿠키 메뉴를 적었다. 그러고는 다시 작업실로 들어가 오늘의 쿠키를 내놓을 때 사용하는 유리로 된 통을 채우려는 데 때마침 리사가 돌아왔다.

리사는 코트를 벗어 놓고 싱크대로 가 손을 씻었다.

"제가 도와드릴게요. 학교에서 만난 사람들 전부 한나가 왜 둘 다 거절했는지 궁금해 하던 걸요."

그러자 한나는 고개를 저었다. 아직 아침 8시도 되지 않았는데, 레이크 에덴 가십 라인은 참 부지런하기도 했다.

"그래서 뭐라고 했어?"

"개인적인 일이라 물어보지 않았다고 했어요."

한나는 아담한 체구의 동업자를 새로운 기분으로 쳐다보았다.

"리사는 결혼하길 정말 잘한 것 같아. 허브의 단호한 자신감을 리사가 꼭 집어 습득한 것 같거든."

"습득한 건 그것뿐만이 아니에요!"

"무슨 말이야?"

온갖 무서운 가능성이 한나의 눈앞에 펼쳐지자 한나는 절로 흠칫하고 말았다.

"허브의 증조할머니 레시피까지 습득했어요. 상자에 담겨 시어머님의 다락방에 처박혀 있길래 제가 달라고 했거든요. 레시피가 독일어로 적혀 있어서 어머님은 못 읽으시기도 했구요."

"리사는 독일어 할 줄 알아?"

"아뇨, 허브가 번역 서비스를 제공하는 인터넷 홈페이지를 찾아줬어요. 한 독일 여성이 도와주고 있어요."

리사가 선반에서 쿠키를 집어 한나에게 건넸다.

"맛보세요. 코코너스 쇼콜라데 켁스에요."

"코코넛 초콜릿 쿠키?"

몇 년 전에 배운 독일어 단어 몇 개를 간신히 기억해 내며 한나가 되물었다.

"맞았어요! 독일어 할 줄 알아요?"

"폴크스바겐(독일의 유명한 자동차 브랜드)이나 사우어크라우트(김치와 같이 신맛이 나게 발효시킨 독일의 양배추 김치) 같은 것도 사전에 나온다면 독일어를 아주 잘 아는 셈이지. 그냥 영어랑 어원이 비슷하니까 때려 맞춘 거야."

한나가 한 입 베어 물더니 인정의 의미로 활짝 미소를 지었다.

"맛있다."

"그렇죠? 그것도 우리 쿠키 메뉴에 넣을까요?"

"당연히. 그래도 이름은 다른 걸로 생각해보자. 독일어는 손님들에게 좀 딱딱하게 느껴질 테고 영어로 번역한 것은 쿠키의 제 느낌이 확 와닿지 않으니까."

"코칼라타스가 어때요?"

"마음에 드는데, 코코넛과 초콜릿의 느낌이 제대로 나. 칠판에 써 둬. 오늘 시험 삼아 손님들에게 내놓아보자."

리사는 고개를 끄덕이고는 한나가 재료가 떨어지거나 물품이 필요할 때 바로 메모할 수 있도록 놓아둔 수첩을 집었다.

"코코넛 플레이크를 적어 두어야겠어요. 거의 다 썼거든요."

"좋은 생각이야. 그리고 대추 모양 사탕이랑 밀크 더즈(캐러멜로 덧입힌 밀크 초콜릿)도 주문해야 한다고 적어줘."

"영화 보러 가시게요(대추 모양 사탕과 밀크 더즈는 미국에서 영화관 간식에 속한다)?"

리사가 미소를 지으며 물었다.

"아니, 영화가 우릴 보러 오는 거지. 이 통만 나르고 잠깐 커피 마시면서 쉬자. 그때 전부 얘기해줄게."

코칼라타스

오븐은 섭씨 175도로 예열합니다. 틀은 오븐 중앙에 둡니다.

재료

녹인 버터 1컵 / 정제된 백설탕 3/4컵 / 황설탕 3/4컵 / 초콜릿칩 1컵
밀가루 2와 1/4컵(체질하지 마세요) / 소금 1/2티스푼 / 거품 낸 계란 2개 분량
베이킹소다 1티스푼 / 잘게 다진 코코넛 1컵(코코넛 가루를 사용할 때는 2컵)
코코넛 추출액 2티스푼***

***꼭 코코넛 추출액을 사용할 필요는 없지만, 넣으면 쿠키 맛이 훨씬 좋아진답니다. 코코넛 추출액을 쉽게 구할 수 없거나 너무 바빠 가게까지 달려갈 짬이 없다면 바닐라 추출액을 사용하셔도 돼요.

만드는법

1. 녹인 버터에 백설탕과 황설탕을 넣고, 베이킹소다, 코코넛 추출액, 그리고 소금을 넣습니다. 마지막으로 거품 낸 계란을 넣고 잘 섞어줍니다.
2. 코코넛 플레이크를 믹서에 넣고 잘게 갈아줍니다(코코넛 플레이크는 잘게 다져야 이 사이에 끼지 않습니다. 그렇다고 이 쿠키를 만들려고 없는 믹서를 새로 살 필요는 없어요. 상점에서 가장 작은 크기의 플레이크를 골라 도마 위에 쭉 펼친 다음 날이 잘 선 칼로 살살 다져주면 된답니다). 코코넛의 측량은 이렇게 잘게 다진 후에 해야 합니다. 적당한 양을 측량했으면 1의 그릇에 넣고 다시 잘 저어줍니다.

3. 마지막으로 밀가루 분량의 반과 초콜릿칩을 넣고 서로 골고루 섞이도록 저어줍니다. 다 되었으면 나머지 분량의 밀가루를 모두 넣고 다시 저어줍니다.

4. 반죽은 아무것도 덮지 않고 카운터 위에 올려놓은 채 10분 동안 휴지시킵니다. 그런 후 기름칠을 하지 않은 쿠키틀에 티스푼으로 떠 놓습니다. 반죽이 너무 끈적거리면 좀더 숙성시킨 후에 작업하세요. 섭씨 175도에서 9~11분 동안 굽습니다. 가장자리에 먹음직스러운 황갈색이 돌기 시작하면 잘 구워진 거예요.

5. 완성된 쿠키는 3분 동안 식힌 뒤 틀에서 떼어 선반으로 옮긴 후 나머지 시힘 과정을 거칩니다.

리사의 메모: 허브의 증조할머니 레시피에는 잘게 다진 초콜릿을 사용한다고 나와 있는데, 전 초콜릿칩을 썼어요. 한나가 그러는데 허브의 증조할머니 시대에 만약 초콜릿칩이 있었다면, 할머니도 초콜릿칩을 쓰셨을 거래요.

한나의 메모: 이 쿠키는 허브가 좋아하는 쿠키 목록에 포함되었답니다. 마치 크런치 바 같은 맛이 난다나요? 제가 허브를 위해 특별히 만든 파인애플 쿠키 바 역시 그가 가장 좋아하는 바 쿠키 목록에 포함되어 있답니다.

 한나가 마지막 남은 커피를 막 들이켜는데 전화벨이 울렸다. 앞으로 걸려오는 전화는 리사가 받겠다고 했기 때문에 수화기를 다시 걸어놓은 터였다.

 전화벨이 울린 지 채 일 분도 지나지 않아 리사가 입이 귀에 걸릴 듯 활짝 웃으며 모습을 보였다.

 "바스콤 시장님이었어요. 잠시 후에 들르신대요. 레이크 에덴을 뿌리부터 뒤흔들 엄청난 소식이 있다는데요? 영화 촬영을 말하시는 걸까요?"

 "분명히 그럴 거야. 우리 마을엔 지진 같은 건 없으니까."

 그러자 리사가 신음 소리를 냈다.

 "아까 시장님이랑 통화할 때 제가 그렇게 농담을 던졌으면 재미있었을 텐데. 물론 진짜로 말하지는 못했겠지만. 실질적으로 우리 허브의 상사나 마찬가지인데, 괜히 오해하시면 안 되잖아요. 이제 허브에게 줄 PBJ(본문에서는 피넛버터와 잼 쿠키를 지칭하지만, 미국에서는 피넛버터 젤리 샌드위치를 PBJ라고 부른다)를 만들어야겠어요. 피넛버터를 얼마나 좋아하는지."

 5분이 미처 흐르기도 전에 뒷문에서 노크소리가 들렸고, 이내 바스콤 시장이 안으로 들어섰다.

 그는 부츠를 벗어 문 옆에 놓아두고 작업실의 공기를 호흡했다.

"피넛버터 냄새가 나는데?"

"이거예요, 바스콤 시장님."

리사가 작업대 가운데 놓인 쿠키 접시를 가리키며 말하자 바스콤 시장이 의자를 빼서 그 앞에 앉았다.

"오늘은 설탕을 먹으면 안 되는데……."

시장에게 커피를 따라주려고 포트로 향하던 한나에게 바스콤 시장이 말했다.

"스테피가 배에 살이 좀 붙었다기에 다이어트를 하는 중이거든."

그러면서 무심코 쿠키 쪽으로 손을 뻗는 시장에게 한나는 일부러 아무 말도 하지 않았다.

쿠키는 두 입 만에 사라져버리고 두 번째, 세 번째 쿠키가 시장의 손에 들렸다. 그게 바스콤 시장만의 다이어트 방법이라면, 한나도 당장 따라하고 싶었다!

"엄청난 소식이 뭐예요?"

이미 알고 있는 소식에 놀라는 척 연기하는 모습이 너무 티가 나지 않기를 바라며 한나가 물었다.

"미니애폴리스에서 영화사를 하는 바톤이라는 사람에게 전화를 받았는데, 바로 우리 마을 메인가에서 영화 촬영을 하고 싶다지 뭐가."

"그거 멋지네요!"

한나가 최선을 다해 놀라는 척했다.

"그런데 그렇게 되면 영업에 방해되지 않을까요?"

"그렇겠지, 헌데 영화사에서 그것에 대해 보상도 하겠다는 거야. 그러니 3월 둘째 주 평균 수입이 어떤지 가게마다 확인해보라고 할 참이야. 그 사람들이 그때 온다고 하니 말일세. 작년대비 매출액만 보상해주겠다는 걸 내가 잘 이야기해서 불편함을 준 데 대해 10%의 금액을 더 달라고 했지."

"협상을 아주 잘하셨네요, 시장님."

인디 제작사에서 보통 그렇게 한다고 했던 미셸의 말을 떠올린 한나가 슬쩍 웃음을 숨기며 시장을 칭찬했다.

시장이 자리에서 일어나 의자를 다시 안으로 집어넣었다.

"흠, 인제 그만 가봐야겠어. 다른 가게 주인들에게도 이 좋은 소식을 전해야 하니까 말이야."

한나가 시장을 뒷문까지 배웅하는 동안 리사는 남은 PBJ 쿠키를 꾸러미에 담아 시장에게 들려주었다. 그런 후 한나가 마신 머그잔을 식기세척기에 넣는 동안 리사는 작업대 위를 행주로 훔쳤다.

뒷문에 다시 노크소리가 들리자 한나가 말했다.

"뭔가 잊고 가셨나 봐. 내가 나가볼게."

문을 연 한나의 앞에는 조카인 트레시가 빈 아기 바구니를 들고 서 있었다. 그 뒤에는 안드레아가 한쪽 팔로는 베서니를 안고, 한 손으로는 핸드폰을 붙잡은 채 누군가와 열심히 통화를 하고 있었다.

"알았다고 했잖아요."

안드레아의 목소리가 떨리는 것을 보니 단단히 화가 난 모양이었다.

"그렇다고 쌍수를 들고 환영할 기분은 아니라구요!"

매니큐어가 깔끔하게 발라진 손톱으로 핸드폰을 틱 눌러 끈 다음, 안드레아가 작업실의 따뜻한 공기 속으로 들어섰다. 그러고는 음성의 떨림이 아니었다면 자칫 연기하는 것이 아닐까 착각했을 정도로 깊고 길게 한숨을 푹 내쉬더니 한나에게 아기를 건네며 말했다.

"언니가 좀 안고 있어."

안드레아가 마치 축구공을 건네듯 한나에게 베서니를 넘겼다.

"엄마 지금 엄청 스트레스 받고 있어요."

트레시가 작업대에 아기 바구니를 내려놓으며 설명했다.

파란색 겨울 코트에 깜찍한 흰색 부츠를 신고 역시 흰색 모자를 쓴 트레시는 제 엄마와 똑같이 아이들 패션잡지에서 막 빠져나온 듯한 모습이었다. 단지 잡지에 싣기 조금 꺼려지는 부분이 있다면 그건 바로 아이답지 않게 앞이마에 자글자글하게 잡힌 근심 어린 주름이었다.

"베스는 바구니에 내려놓아요, 한나 이모. 깨면 내가 흔들어줄게요."

한나는 무사히 아기를 바구니에 내려놓았다. 한나의 예쁜 막내 조카는 새근새근 잠이 들어 있었다. 엄마의 흥분 어린 전화 통화에도 깨지 않았다는 게 신기할 따름이었다.

트레시는 의자에 앉아 리사가 가져온 커피잔을 안드레아의 앞으로 밀었다.

"커피 마셔요, 엄마. 그리고 이 쿠키도 좀 먹구요. 초콜릿에 엔도르핀이 있데요. 맞죠, 한나 이모?"

"그렇고말고."

한나가 대답했다. 자신이 즐겨 말하는 요리 치료의 한 구절을 막힘없이 그대로 따라 외는 큰 조카가 너무 귀여워 어쩔 줄 몰랐지만, 안드레아의 매우 심각한 상태 때문에 차마 내색할 수 없었다.

트레시가 안드레아를 쿡 찔렀다.

"빨리, 엄마. 빨리 한나 이모한테 얘기해."

"무슨 얘기를?"

안드레아가 커피를 벌컥 한 입 들이켜고는 리사가 시댁에서 공수한 레시피대로 만든 쿠키를 급하게 먹어치우자 한나가 물었다.

"빌이 우리를 버렸어!"

"뭐?"

"무슨 말인지 모르겠어?"

안드레아가 사납게 쏘아붙였다. 그러더니 갑자기 울음을 터뜨리기 시작했다. 눈물은 오늘 아침이 처음이 아닌 듯 안드레아의 눈꺼풀은 퉁퉁 부어 있었고, 주머니에서 꺼낸 티슈도 흠뻑 젖어 있었다.

한나는 트레시를 돌아보았다. 토드가(家)의 가족 구성원 중 그나마 제대로 정신을 차린 사람은 이제 겨우 7살인 트레시뿐인 듯했다.

"도대체 무슨 일이니, 트레시?"

"그렇게 큰일도 아니에요."

트레시가 접시에서 쿠키를 집더니 재빨리 한 입 베어 먹었다.

"아빠가 마이애미에서 열리는 회의에 가는데, 엄마는 못 가게 돼서 화난 거예요. 이혼하거나 그런 게 아니라요."

"휴, 그렇다면 안심이구나!"

트레시에게 냅킨을 건네주던 리사가 트레시를 살짝 포옹하며 말했다. 그러고는 안드레아의 앞에 티슈 상자를 놓아주었다.

"무슨 회의인데요?"

"공권력 집행에 있어 체력단련에 관한 회의야."

안드레아가 질문에 대답했다. 그녀는 여전히 화가 나 있는 듯했지만, 적어도 울음은 멈췄다.

"단 한 가지 문제는, 그녀도 간다는 거야!"

"그녀라니?"

한나가 물었다. 좀더 명확하게 묻는 방법도 있겠지만, 지금 한나에게 그런 방법을 찾을 여유는 없었다.

"출장비도 준대. 나한테는 한 푼도 없으면서!"

한나가 또다시 물었다.

"그녀가 누구냐니까?"

그러자 안드레아가 자신의 큰딸을 쳐다보며 말했다.

"트레시? 저기 좀……."

"멀리 가 있으라구요?"

트레시가 나서서 말했다. 그러고는 리사가 가져다준 오렌지 주스 컵과 함께 쿠키 두 개를 냅킨에 싸서는 자리에서 일어났다.

"난 홀에서 아침 먹고 있을 테니까 엄마는 리사 이모랑 한나 이모한테 난 너무 어려서 들으면 안 되는 얘길 해줘요. 엄마가 무슨 이야기를 했는지는 나중에 베서니한테 물어보면 되니까."

한나가 웃음을 터뜨렸고, 리사도 마찬가지였다. 그리고 얼마 지나지 않아 안드레아조차 슬며시 웃음을 지었다.

트레시가 뿌듯한 표정으로 말했다.

"훨씬 낫네. 아빠가 혼자 간다고 했을 때부터 엄마를 웃게 해주려고 내가 얼마나 애썼다구요."

트레시가 회전문 사이로 사라지자 한나와 리사가 말문을 열었다.

"누구?"

두 사람 중 누가 먼저랄 것도 없이 동시에 나온 질문이었다.

안드레아는 그런 두 사람을 말없이 바라보더니 이내 킥킥거리기 시작했다. 즐거움보다는 신경질적인 느낌이 묻어나는 웃음이었다.

"두 사람, 동시에 말하는 게 두 마리의 부엉이들 같아."

"빌이 누구랑 회의에 간다는 건지나 빨리 말해 봐."

"로니 워드! 빌이 그녀를 경찰들을 위한 체력단련 수업의 강사로 고용한 거 알지?"

"알지."

"그게, 로니의 정식 직책이 체력단련 훈련관이더라구. 그러니까 그녀도 같이 갈 자격이 되는 거지. 경비도 모두 경찰에서 지원해준대."

한나는 동생의 팔을 토닥여주었다.

안드레아가 왜 그렇게 마음이 상했는지 이해할 수 있을 것 같았다. 꽁꽁 얼어붙은 툰드라 지역에서 벗어나 열대의 따스한 기후로 떠나는데, 경비까지 모두 지원된다니, 이거야말로 레이크 에덴에 사는 누구나가 겨울철이면 꿈꾸는 환상이 아닌가.

"게다가 해변에 있는 아주 고급 호텔에서 회의가 열린다는 거야."

안드레아가 말을 이었다.

"그게 뭘 의미하는지 언니도 알지!"

한나는 물론 리사 역시 해변이란 곧 비키니 수영복을 의미하고, 로니 워드가 매년 열리는 비키니 대회에서 세 번이나 우승을 차지한 이력이 있다는 사실을 잘 알고 있었으니 안드레아에게 무슨 의미인지 굳이 물을 필요가 없었다.

"하지만 너 설마 이상한 생각하는 건 아니겠지? 빌이……."

안드레아의 표정을 읽은 한나가 하던 말을 멈추었다.

"초콜릿을 좀더 먹어."

"어떤 기분일지 알 것 같아요."

리사가 쿠키 접시를 안드레아에게 가까이 밀어주며 말했다.

"내가 안드레아였어도 속상했을 거예요. 하지만 로니는 아마 그곳에서 잘생긴 훈련관을 만날 거예요. 그러면……, 둘이 같이 해변에서 체력단련을 하던지, 뭐, 그 비슷한 거라도 하며 즐기겠죠."

리사의 말에 안드레아가 살짝 미소를 지었지만, 마음이 완전히 풀리지는 않은 듯했다.

안드레아는 쿠키를 한 입 더 베어 먹고는 다시 입을 열었다.

"로니는 가는데, 나는 같이 갈 수 없다고 생각하니까 너무 화가 났던 것뿐이야. 겨울철의 레이크 에덴은 너무 지루하잖아."

그러자 한나가 리사와 시선을 주고받았다.

"빌이 언제 떠나는데?"

"3월 둘째 주. 레이크 에덴은 특히 3월에 무척 잠잠하다는 거, 언니도 알지?"

"흠, 올해는 다를 것 같은데."

한나가 리사와 함께 싱글거리며 말했다.

그러고는 로니 워드가 빌과 함께 마이애미로 날아가는 것보다 레이크 에덴에 남아 있고 싶어 할지, 그 이유에 대해 안드레아에게 설명해 주었다.

피넛버터와 잼 쿠키 (PBJ)

오븐은 섭씨 175도로 예열합니다. 틀은 오븐 중앙에 둡니다.

재료

바닐라 추출액 1티스푼 / 베이킹소다 1과 1/2티스푼 / 소금 1/2티스푼

베이킹파우더 1티스푼 / 피넛버터 1컵 / 녹인 버터 1컵

황설탕 2컵 / 백설탕 1/2컵 / 거품 낸 계란 2개 분량(포크로 저어주면 됩니다)

소금에 절인 땅콩 다진 것 1/2컵(다진 후에 측량하세요)

밀가루 3컵(체질할 필요 없습니다)

과일잼 약 1/2컵(어떤 과일 잼을 할지는 자유랍니다)

만드는 법

1. 녹인 버터에 황설탕, 백설탕, 바닐라, 베이킹소다, 베이킹파우더, 소금을 넣고 서로 잘 섞이도록 저어줍니다.

2. 피넛버터(피넛버터를 측량할 컵에는 들러붙음 방지 스프레이를 뿌려주는 것이 좋아요. 그래야 피넛버터가 컵에 들러붙지 않아 덜어내기 좋거든요)를 1의 그릇에 넣고, 거품 낸 계란을 넣은 뒤 잘 섞어줍니다. 거기에 소금에 절인 땅콩 다진 것을 넣고 한 번 더 저어줍니다.

3. 밀가루를 1컵씩 그릇에 넣고 다시 섞어줍니다.

4. 손으로 반죽을 호두 크기로 떼어 내어 기름칠 한 쿠키틀에 올려놓습니다(손에서 반죽을 굴릴 때 너무 끈적거리면 반죽을 좀더 식힌 뒤 다시 시도해보세요).

5. 엄지손가락으로 반죽의 가운데 부분을 눌러준 다음 스푼으로 잼을 떠서 그곳에 넣습니다. 이때 잼이 옆으로 흐르지 않도록 조심하세요.

6. 섭씨 175도에서 10~12분 동안 굽습니다. 윗부분에 먹음직스러운 황갈색이 돌기 시작하면 완성입니다. 쿠키는 틀 위에서 2분간 식힌 다음 철망으로 된 선반으로 옮겨 나머지 식힘 과정을 거칩니다.

한나의 메모: 쿠키 반죽은 남았는데, 과일 잼이 다 떨어졌다면, 초콜릿칩을 대신 넣어도 좋아요. 그렇게 되면 PBC 쿠키라고 불러야겠지만, 맛은 아주 좋답니다!

트레시는 딸기 잼을 넣어
만든 것을 가장 좋아하고, 안드레아는 살구 잼,
빌은 블루베리, 그리고 엄마는 복숭아 잼을 넣은 것을 좋아한답니다.
전 골고루 맛보는 걸 좋아해요. 물론 시식용으로만요.

2주의 시간은 여느 때 겨울날처럼 아주 느릿느릿 흘러갔지만, 마침내 그날은 오고야 말았다. 생업이 절박하지 않은 사람들은 영화 스태프들이 하나 둘 마을에 도착하는 광경을 구경했고, 리사와 한나도 예외는 아니었다.

쿠키단지는 문을 열지 않았다. 일요일에는 원래 문을 열지 않기 때문이기도 했지만, 두 동업자와 그녀들의 가족들은 유리창 바로 앞에 놓인 테이블에 앉아 자동차들과 캠핑카, 거대한 트랙터 트레일러, 그리고 소형 트럭들이 1번가와 메인가가 교차하는 지점에 있는 목재 하치장 골목을 돌아 그들이 주차할 수 있도록 공간을 만들어 둔 메인가와 6번가 교차점으로 들어오는 광경을 지켜보았다.

"저게 의상 트럭이야."

거리를 따라 달리는 길고 널찍한 트레일러를 가리키며 미셸이 설명했다.

"안에는 마치 옷 방처럼 되어 있는데 양쪽으로 긴 봉이 달려서 옷걸이들이 차의 움직임에 여기저기 흔들리지 못하도록 고정되어 있어."

한나는 막냇동생을 향해 미소를 지었다.

어젯밤 버스로 마을에 도착한 미셸은 엄마와 로드 부인, 안드레아, 그리고 리사와 함께 한 테이블에 앉아 있었고, 또다른 테이블에는 노먼과 마이크, 허브가 앉아 있었는데, 세 남자 모두 창밖을 지나는 유명한 배우들에게는 전혀 관심이 없다는 듯 하나같이 애써 따분한 표정을 짓고 있었다.

한나 역시 두 테이블 사이에 의자를 가져다 놓고 앉아 카운터 위에 걸린 시계를 쳐다보고 있었다. 얼마 후면 에드나 퍼거슨을 돕기 위해 커뮤니티 센터로 나서야 한다.

바스콤 시장이 영화 스태프들과 레이크 에덴 사람들의 첫 만남을 위해 주최한 브런치를 준비해야 하기 때문이었다.

"저기 딘 로렌스의 차다!"

유리창 앞을 지나는 검은색 리무진으로 모두의 시선을 집중시키며 미셸이 말했다.

엄마가 부러운 시선으로 말했다.

"운전사도 있어. 정말 멋지겠구나, 특히 겨울에는 말이다."

로드 부인도 동의했다.

"그러게 말이야! 내가 집에서 나오기 전에 먼저 나가 차를 따뜻하게 데워준다면 얼마나 좋을까."

"운전사가 있으면 멋질 거예요. 주차할 장소를 찾아 헤매지 않아도 되고. 주차할 자리가 없으면 내가 가려는 곳 바로 앞에 나를 내려다 주고 다시 돌아가도 되고 말이에요."

리사가 말했다.

"당신 운전사, 여기 있잖아."

허브가 툴툴거렸지만, 사랑이 듬뿍 담긴 그의 미소를 봐서 우스갯소리라는 것을 쉽게 알 수 있었다.

"그렇지 않아?"

"좋아요. 그럼 내가 가장자리에 테두리가 처진 아주 깜찍한 운전사

모자를 하나 사다줄게요."

"딘 로렌스의 운전사는 그냥 단순한 운전사가 아니야."

미셸이 입을 열었다.

"이름이 코노이고 나처럼 제작 보조자로 일하지만, 운전사 일도 하고, 보디가드 일도 하고, 비서 일도 해."

한나가 막냇동생을 돌아보며 미소를 지었다.

"너보다 돈은 확실히 많이 벌겠다."

미셸이 킥킥거리며 대답했다.

"엄청나게 더 벌지. 게다가 코노는 로렌스 씨가 감독하는 영화에는 모두 엑스트라로 출연하고 있어."

안드레아가 말했다.

"D.L.은 할리우드에서 모르는 사람이 없던데. 버라이어티에서 그에 대한 기사를 낸 적이 있어."

한나가 놀라며 물었다.

"D.L.? 버라이어티?"

미셸 역시 안드레의 말에 의아해했다.

"D.L.은 데일리 버라이어티에서 딘 로렌스를 지칭해서 불렀던 이름이야."

안드레아가 한나에게 설명하더니 미셸을 돌아보며 말을 이었다.

"그리고, 난 매일 버라이어티를 읽거든. 우리 마을에서 C.I.C. 촬영이 있을 거라고 네가 알려준 이후로는 정기구독하고 있지."

"C.I.C.는 또 뭐야?"

한나는 안드레아가 이니셜을 너무 남용하지 말기를 바라며 또다시 물었다.

"'체리우드의 위기Crisis in Cherrywood'. 그게 우리 마을에서 촬영할 영화 제목이야. 여기서 한 가지 궁금한 건 그렇게 유명한 영화감독이 어떻게 이런 작은 인디 영화를 감독하게 됐느냐는 거야. '천국까지 3분'이 대성공을 거둔 이후로 사람들은 그의 다음 작품 역시 박스 오피스 1위 자리를 차지할 거라고 믿고 있다구."

안드레아의 질문에 미셸이 입을 열었다.

"그럴만한 사연이 있었어. 뭔가 빚진 게 있었나 봐. 내가 스태프 중 한 명에게 물어보니까 영화 제작비를 후원해주는 사람이랑 로렌스 씨가 친인척 비슷한 거래. 나도 자세한 건 모르겠는데, 그것 때문에 로렌스 씨가 계약한 거라고 하던데."

안드레아가 즐거운 듯 말했다.

"촬영장에 문젯거리는 없나 궁금해지는데. 내가 읽은 기사에서는 D.L.이 악동 감독으로 소문이 자자하다고 실려 있었거든. 게다가 배우들이 가장 싫어하는 감독으로 선정됐대."

그러자 미셸이 웃음을 터뜨렸다.

"바톤 씨도 그런 얘길 한 적이 있어. 그런데 늘 그렇기만 한 건 아니라던데. 로렌스 씨가 배우들에게는 까다롭고 엄한 것이 사실이지만, 그게 다 좋은 연기를 이끌어 내주기 위해서라던 걸."

한나가 시계를 올려다보며 자리에서 일어났다.

"흥미로운 이야기인데, 난 이만 가봐야겠어. 에드나에게 5시 전까지 커뮤니티 센터로 가겠다고 약속했거든."

그러자 안드레아도 자리에서 일어났다.

"내가 도와주지 않아도 돼? 나도 트레시 데리러 집에 가야 할 것 같은데."

"별로. 음식도 이미 다 센터로 날랐고, 준비할 건 냅킨이랑 테이블 덮개밖에 없는 걸."

한나는 모두에게 작별인사하고 서둘러 작업실로 달려가 걸어두었던 파카 코트를 집어들고 밖으로 나가 트럭에 올라탔다. 골목을 무사히 빠져나온 한나는 차창을 내리고 시원한 공기를 마음껏 호흡했다.

바람은 아직 찼지만, 새로운 시작에 대한 기대감으로 어쩐지 신선함이 느껴졌다. 마을 사람들 모두 영화촬영에 대해 들떠 있었고, 엑스트라로 영화에 출연하게 된다면 혹시라도 조금이나마 맛볼 유명세에 흥분하고 있었다.

거기에 배역의 비중 같은 건 중요하지 않았다. 1초라도 그저 영화에 출연하게 된다는 사실이 중요할 뿐이었다. 촬영이 모두 끝나고 아름다운 레이크 에덴의 풍광이 카메라 앵글 안에 영원히 남게 되면 마을 사람들은 도통 운이 따르지 않았던 다른 마을에 사는 친구나 친척들에게 마음껏 자랑할 수 있을 것이다.

운 좋게도 커뮤니티 센터 바로 앞에 주차공간이 났고, 한나는 재빨리 그곳을 차지했다. 그런 후 한나는 트럭에서 내려 트렁크를 열고 그 안에 한가득 쌓인 테이블 덮개와 냅킨 더미를 쏘아보았다.

모두 한나의 이웃인 홀른벡 자매에게서 공수해 온 것들이었다.

자매는 오늘같이 특별한 날을 위해 기꺼이 냅킨과 덮개의 세탁과 다리미질을 맡아주었다. 이것들을 트럭에 실었을 때 세 번을 왔다 갔다 해야 했으니, 커뮤니티 센터의 주방으로 나르려면 그 정도는 왔다 갔다 해야 할 것이다.

한나는 가장 큰 꾸러미를 바닥에 둔 다음 작은 꾸러미들을 위로 올렸다. 그렇게 다섯 개의 꾸러미로 피라미드가 완성되자 한나는 그것을 번쩍 들고 센터 문으로 향했다.

"잠깐만!"

귀에 익은 여자 목소리가 들리자 한나는 발걸음을 멈추었다.

제일 꼭대기에 놓인 꾸러미가 한나의 시야를 막고 있었기에 한나는 망원경을 들여다보는 아이처럼 자신을 멈춰 세운 사람이 누구인지 보려고 얼굴을 꾸러미 옆으로 빠끔히 내밀었다.

"안녕하세요, 팸."

한나는 조단 고등학교의 가정 선생님에게 인사를 건넸다.

"애들아?"

팸이 스스로 오늘 웨이트리스 임무를 하겠다고 나선 대여섯 명의 여학생들을 불렀다.

"거기 서 있지 말고 좀 도와드려."

한나가 평소 친하게 지내는 여학생 중 하나인 베스 홀보슨을 선두로 모두 양팔 가득 트럭의 짐을 나눠 들었다. 그중 한 명은 한나가 든 산더미 같은 짐을 덜어주기까지 했는데, 그녀가 미처 고맙다는 인사를 꺼내기도 전에 모두 건물 안으로 사라져버렸고, 한나는 그저 가방 하나를 달랑 든 채 자유로운 새처럼 주차장에 남았다.

"이럴 때마다 선생님이 돼야 했었나 하는 생각이 든다니까요."

작년에 '올해의 선생' 상을 받은 팸과 함께 걸으며 한나가 말했다.

"어쩌면, 애들이 한나를 무척 따르니 말이야."

"에이, 그건 제가 선생님 수업 때마다 쿠키를 가져다주니까 그러는 걸 거예요."

"핵심을 짚었네."

커뮤니티 센터 안으로 들어가 뷔페장으로 향하는 계단으로 향하며 팸이 우스갯소리를 했다.

계단 밑에서 두 사람의 길은 양쪽으로 갈렸다. 팸은 테이블에 덮개를 씌우고 수업시간에 만든 테이블 장식을 놓는 학생들을 감독하려고 온 윌라 선퀴스트 선생을 도우러 가야 했기 때문이었다.

"한나!"

주방 문을 열고 들어서는 한나를 본 에드나가 소리쳤다.

"한나가 일찍 와줘서 정말 다행이야!"

"무슨 문제라도 있었어요?"

평상시에는 늘 창백한 에드나의 두 볼이 저렇게 발그레한 것이 화장품 때문은 아닐 것으로 추측한 한나가 물었다.

"있었지, 있었고말고! 로레타 리처드슨의 소시지와 에그 캐서롤을 대신할 만한 것이 뭐가 있을까?"

"글쎄요. 그런데 대체할 만한 메뉴는 갑자기 왜요?"

"로레타가 자기 집 차고에 들어섰다가 얼음길에 미끄러져 그만 소시지와 에그 캐서롤 세 개 팬 분량을 눈밭에 쏟고 말았다는 거야. 그걸 대신해서 낼 만한 것이 필요해. 그것도 2시간 안에 만들어야 한다구."

한나는 재빨리 고심했다. 에드나가 소시지와 에그 캐서롤 팬 세 개를 만들기로 했으니 오븐의 여유 공간이 남았다.

"후르츠 포켓 프렌치토스트를 만들면 되겠어요."

"그게 뭔데?"

"잉그리드 할머니가 크리스마스 아침에 만들어주셨던 거예요."

"홀리데이용 메뉴라면 더할 나위 없이 좋지. 만드는 데 얼마나 걸리겠어?"

한나는 요리하는 데 45분, 준비하는 데 10분, 그리고 여분의 시간으로 20분을 더 주었다.

"재료 준비가 10분 안에 끝나면, 1시간 30분 안에는 서빙할 준비까지 마칠 수 있어요."

에드나가 플로렌스 에반스를 돌아보며 손짓했다.

"좋아, 빨간부엉이에 다녀올 수 있겠어? 한나가 막 기적을 만들 셈인데, 서둘러 재료 준비를 해야 할 것 같아."

"문제없어, 목록만 줘."

한나는 쪽지에 날아갈 듯한 글씨로 재료를 적은 뒤 플로렌스에게 건네주었다.

"10분 안에 다녀올 수 있겠어요? 시간이 별로 없어요."

"5분 만에 갔다 올게."

플로렌스가 약속한 뒤 코트를 집어들고 주차장으로 향하는 문밖으로 빠져나갔다.

플로렌스가 식료품점에 다녀올 동안 한나와 에드나는 팬을 준비했다. 두 사람이 한창 버터와 황설탕, 그리고 메이플시럽을 데우고 있는데 플로렌스가 식료품점 봉투 두 개를 들고 돌아왔다.

"여기, 한나. 복숭아랑 배, 살구 통조림까지 전부 샀어."

통조림을 카운터에 늘어놓으며 플로렌스가 말했다.

"고마워요, 플로렌스. 빵은 어떤 걸 샀어요?"

"건포도 빵 한 덩어리, 계란 빵 한 덩이, 그리고 '컨츄리 포테이토'라는 이름의 빵도 하나 샀어. 전부 슬라이스로 자른 거구. 그리고 여기 피칸이랑 휘핑크림, 계란, 그리고 버터도 있어. 이제 내가 뭐 도울 것 없어?"

한나가 지시했다.

"그럼 통조림 뚜껑을 따서 체에 걸러주세요. 그리고 버터 반 토막을 잘라 전자레인지에 돌려주시구요."

"그건 내가 할게."

에드나가 버터를 집어들고 포장을 벗기기 시작했다.

에드나와 플로렌스가 각자 맡은 일에 몰두하는 동안 한나는 따뜻하게 데운 시럽과 황설탕, 버터를 한데 섞은 것을 팬에 부었다. 그러고는 다진 견과류를 뿌리고 첫 번째 빵 봉지를 막 뜯으려는데 에드나가 녹인 버터를 들고 돌아왔다.

"이걸로 뭘 할까?"

에드나가 그릇을 높이 들며 물었다.

"과일 샌드위치를 만들어요. 섞이지 않게 한 번에 한 팬씩 구워야 해요. 빵 여섯 조각에 버터를 바르고 물기를 뺀 통조림 과일을 위에 얹는 거예요. 그런 다음 또다시 버터 바른 빵 조각을 위에 얹는 거죠."

플로렌스가 선뜻 나섰다.

"과일은 내가 썰어서 올릴게. 우리 손자 녀석들 샌드위치 만들어줄 때랑 똑같네. 늘 빵 두 개씩 놓고 공장 라인 돌리듯이 만들곤 했거든."

"그렇게 해도 좋겠어요. 샌드위치 만들기가 끝나면, 반을 잘라서 제가 부어놓은 시럽 혼합물이 담긴 팬에 가지런히 놓으세요. 빽빽하게 들어차게끔 놓아도 좋긴 한데, 너무 무리해서 배열하면 레시피대로의 맛이 안 나니까 조심하시구요."

"알았어. 그런 다음에는?"

"계란에 설탕과 시나몬을 넣어서 거품을 낸 다음, 크림을 넣어서 섞는 거예요. 그런데 혹시 저장실에 바닐라 추출액 있나요? 식료품 목록에 넣는다는 걸 깜빡했지 뭐예요."

"혹시 몰라서 그것도 샀어."

플로렌스가 얇게 썬 배 조각을 버터 바른 건포도 빵 위에 얹다 말고 말했다.

"아직 봉투 안에 있을 거야."

한나는 큰 그릇을 꺼내 계란을 깨 넣었다.

설탕과 시나몬이 섞인 계란에 거품이 충분히 나자 한나는 한창 크림을 만들어 바닐라 추출액을 조심조심 따르던 에드나에게 그릇을 건네주었다.

"얼마나 돼가요?"

한나가 플로렌스 쪽을 바라보며 물었다.

"다 됐어."

플로렌스가 마지막 샌드위치를 팬에 올린 다음 싱크대에서 손을 씻었다.

"이제 계란 섞은 것을 샌드위치 위에 부으세요."

한나가 에드나에게 말했다.

"그런 다음에 비닐랩으로 팬을 씌운 다음 오븐이 예열되는 20분 동안 카운터에 그대로 두면 돼요."

"그런 후에 비닐랩을 벗겨서 오븐에 굽는 거야?"

플로렌스가 물었다.

"아니요. 남은 반 토막의 버터를 녹여서 샌드위치 위에 부은 다음에 굽는 거예요."

"버터가 엄청 많이 들어가네!"

에드나가 덧붙여 말했다.

"맞아요. 그런데 그렇게 해야 맛이 좋거든요. 오븐에서 꺼내면 몇 분간은 그대로 두어야 해요. 그런 다음에 슈가 파우더를 뿌리고 접시에 옮겨 담는 거예요. 그 일을 누가 하게 될지 모르겠지만, 그 사람한테 한 접시에 샌드위치 반 개를 두어야 한다고 꼭 일러주세요."

주방에서 일하는 사람들을 위해 에드나가 특별히 만든 둥근 부스 안에서 세 사람이 에드나의 특제 커피를 마시고 있는데 주방 문이 열리며 위니 헨더슨이 행진하듯 당당하게 들어섰다.

"여기!"

위니가 부스 중앙에 놓인 둥근 탁자에 상자를 힘차게 내려놓는 바람에 에드나의 컵에 담긴 숟가락이 달가닥거렸다.

"약속은 약속이니까 이렇게 가져왔어. 집에서 만든 도넛 여섯 상자. 반은 슈가 파우더를 뿌린 것, 나머지 반은 시나몬과 설탕을 뿌린 것. 그런데 지금 알게 된 사실을 진작 알았으면 이런 약속 따윈 절대 하지 않았을 거야!"

"잠깐!"

휙 등을 돌려 나가려는 농장 여주인, 위니의 손을 에드나가 잽싸게 붙잡았다.

"나한테 화난 거야, 위니?"

위니는 세차게 고개를 저었고, 그 바람에 흰머리가 군데군데 섞인 촌스러운 머리카락이 그녀의 얼굴을 때렸다.

"당신한테 화난 게 아니야, 에드나. 그 사람 때문에 화가 난 거야! 유다처럼 우릴 팔아넘겼어. 은돈 몇 푼을 받고 팔아넘긴 게 아니라는 점만 다를 뿐이지. 대신 영화에서 배역을 땄나 봐. 그래서 우리 마을이 이렇게 침략을 당하는데도 아무것도 안 하고 지켜만 보는 거라구!"

"누가 아무것도 안 하고 지켜만 본다는 거야?"

플로렌스가 공포심이 가득 담긴 눈빛으로 위니를 바라보며 물었다.

위니는 100파운드(45kg)도 나가지 않는 체격이었지만, 오랜 세월 동안 운동으로 다져온 몸이라 황소처럼 아주 튼튼했다.

"그러니까……, 말해줘도 괜찮다면 말이야. 물론 내키지 않으면 말하지 않아도 돼."

"내키지 않기는! 많은 사람이 알수록 좋지. 자신들이 표를 던진 남자가 무슨 일을 저질렀는지 마을 사람들도 진실을 알아야 해. 완전 양의 탈을 쓴 늑대라니까!"

"혹시 바스콤 시장님?"

레이크 에덴에서 마을 사람들에게 가장 중요한 표를 받은 사람이라곤 바스콤 시장밖에 없는데다가 영화에서 한 배역을 맡았다는 이야기도 이미 들은 적이 있는 한나였기에 조심스럽게 추측해보았다.

"맞았어! 대신 말해줘서 고맙군. 그 사람 이름을 입 밖에 내기도 싫거든. 난 얼른 가봐야겠어. 지금 그놈이 내 눈에 띈다면 달려가서 엉덩이를 발로 뻥 걷어차 주지 않고는 못 배길 테니까 말이야!"

후르츠 포켓 프렌치 토스트

재료

버터 1/2컵 / 황설탕 1컵 / 메이플시럽 1/2컵 / 부드러운 버터 1/2컵

다진 피칸 1컵(선택사항이에요) / 거품 낸 계란 8개 / 백설탕 3/4컵

슬라이스 된 빵(흰 빵, 계란빵, 건포도 빵, 어떤 종류든 상관없어요) 1덩어리(12조각)

신선한 과일이나 통조림 과일 2컵(멜론이나 포도를 제외한 어떤 과일이든 괜찮습니다)

시나몬 2티스푼 / 휘핑크림 2컵 / 바닐라 추출액 2티스푼

버터 1/2컵 / 슈가파우더 약간

만드는 법

1. 버터를 실온에 두어 부드럽게 만들거나 포장을 완전히 벗겨 전자레인지에 몇 초만 돌려줍니다.
2. 통조림 과일을 사용할 땐 뚜껑을 열고 체에 걸러주세요.
3. 1/2컵 분량의 녹인 버터에 황설탕, 메이플시럽을 넣고 전자레인지에 '강'으로 2분 30초 동안 돌리거나 가스레인지에 올려 재료를 용해시킵니다. 9×13 크기 케이크 팬에 들러붙음 방지 스프레이를 뿌리고 시럽 혼합물을 붓습니다. 그 위에 다진 피칸을 뿌립니다(물론 이건 선택사항입니다).
4. 12조각의 빵을 도마 바닥에 깝니다(과일 샌드위치를 만드는 거예요).
5. 빵의 한쪽 면에 부드러워진 버터를 바르고, 그 위에 얇게

썬 과일을 얹습니다(딸기나 파인애플은 완전히 으깨서 얹어도 좋아요). 또 다른 면에 버터를 바르고 과일 위를 덮습니다. 이 샌드위치를 반으로 잘라 시럽 혼합물이 담긴 팬에 올려 놓습니다.

6. 이렇게 5개의 샌드위치를 더 만들어 반으로 자른 다음 팬에 올립니다. 빽빽하게 올려놓아도 괜찮지만, 빵 위를 서로 덮을 정도로 올리진 마세요. 철제의 평평한 주걱으로 샌드위치를 눌러줍니다.

7. 거품 낸 계란에 설탕과 시나몬을, 크림과 바닐라를 넣은 뒤 골고루 섞습니다. 이것을 팬에 올린 빵 위에 부어주세요.

9. 비닐랩이나 호일로 팬을 덮은 다음 20분간 그대로 둡니다 (아침식사를 즐기려면 전날 밤에 만들어 냉장실에 넣어 두었다가 굽기만 하면 됩니다).

10. 오븐을 섭씨 175도로 예열하고, 팬은 중앙에 둡니다.

11. 비닐랩을 벗기고 세 번째 버터 분량을 녹인 다음 샌드위치 위에 뿌려줍니다.

12. 섭씨 175도에서 45분 정도 구워줍니다. 윗부분이 황갈색으로 변하면 완성입니다. 철제 주걱으로 잘라 접시에 옮겨 담고 먹는 사람의 취향에 따라 시럽이나 버터를 더 첨가합니다. 한 접시에 샌드위치 반 개면 딱 좋아요.

> 한나의 노트: 정말, 정말 만들어 먹고 싶은데 당장 과일이 아무것도 없다면 과일 잼이나 마멀레이드를 대신 발라도 좋아요. 전 아직 이렇게 해본 적은 없지만, 쿠키도 이렇게 대체해서 만들어본 적이 있으니 성공할 거예요!

 당연한 일처럼 후르츠 포켓 프렌치토스트를 서빙하는 일은 한나의 몫이 되고 말았다. 클레어 로저스의 조언에 따라 약간 어두운 라벤더 빛 실크 블라우스를 입고 온 것이 다행이었다.
 이 실크 블라우스는 매우 비싼 것이었지만, 클레어는 종종 그러하듯 이웃인 한나를 위해 특별 할인가에 블라우스를 내주었다.
 엄마가 다가와 한나를 칭찬했다.
 "정말 환상적인 브런치 요리다, 한나. 이거 전에도 만든 적이 있었니? 어디선가 맛본 적이 있는 것 같은데 잘 생각이 안 나는구나."
 "잉그리드 할머니의 후르츠 포켓 프렌치토스트잖아요. 할머니는 사과 슬라이스로 만드셨지만."
 "그렇구나!"
 엄마가 완벽하게 매니큐어를 바른 손을 뻗어 한나의 어깨를 토닥이며 말했다.
 "내가 제일 좋아하는 거였지, 그런데 네가 만든 건 그보다 더 깊은맛이 나! 당연히 칼로리도 높을 테지? 탄수화물도 엄청 들어가고."
 엄마가 한나에게 가까이 기대오며 말했다.
 "조심하는 편이 좋겠구나, 애야. 네 엉덩이가 좀더 넉넉해진 것 같아. 지금 입는 블라우스가 다행히도 잘 가려주고 있긴 하다만……, 여자란

무릇 나이가 들수록 몸매 관리에 더 신경을 쏟아야 하는 법이란다."

한나는 얼굴 위로 공손한 미소를 잃지 않으려 고군분투해야만 했다.

고급 부티크에서 실력 있는 디자이너에게 손질 받았을 깔끔하고 세련된 엄마의 머리 위로 끈적끈적한 캐러멜과 시럽 소스가 엉겨 붙는 팬을 거꾸로 쏟아 붓고 싶은 충동이 마구 일고 있었기 때문이다.

"흠! 오늘은 여기까지만 하마. 전에도 이런 얘기는 충분히 했으니……."

한나는 깜짝 놀라 엄마를 쳐다보았다.

엄마의 목소리가 방금 한나에게 한 잔소리에 대해 살짝 후회하는 것처럼 들렸던 것이다. 하지만 엄마의 다음 말을 들은 한나는 자신의 생각이 순전히 착각이었다는 것을 깨달았다.

"그 신발도 바꿔라, 한나. 부츠가 지금 입은 옷과 전혀 어울리지 않아. 그리고 립스틱 조금 바르고, 화장 조금 한다고 해서 해 될 것은 없지 않니."

"화장하는 거 싫어요."

"나도 안다. 하지만 남자들은 그런 것을 본단 말이야. 세련되게 잘 꾸미고 다닐 줄 아는 아내를 자랑스러워하지."

"화장을 단 한 번도 안 했는데도 제게 청혼한 남자가 둘이나 있었다는 사실을 잊으셨나 보네요."

엄마는 살짝 얼굴을 찌푸렸다.

"오. 흠……, 그건 그렇구나. 미안하다, 애야. 그만 휴전할까?"

"휴전해요."

한나도 미소로 동의했다. 물론 머릿속에서는 다음과 같은 못된 딸 버전의 외침이 울려대고 있었지만 말이다.

'남자에 대해 엄마가 하는 조언은 이제 하나도 안 들을 거예요. 윈슬

롭의 일을 보세요!'

한나가 자신 몫의 접시를 들고 마이크와 노먼의 건너편 자리에 막 앉는데, 미셸이 서둘러 달려왔다. 미셸의 뒤에는 짙은 머리에 30대로 보이는 남자가 따라오고 있었는데, 영화 스태프 중 한 명인 모양이었다.

그는 결코 조각처럼 잘생긴 얼굴은 아니었지만, 사람을 묘하게 끌어당기는 매력을 풍겼다. 눈 사이도 약간 좁은 듯했지만, 깊고 푸른 두 눈이 그러한 결점까지 모두 덮고도 남을 정도로 매혹적이었다.

그의 속눈썹 역시 여느 여자들이 거울 앞에 앉아 몇 시간을 공을 들여야 나올만한 모양새로 길게 뻗었고, 입매도 오뚝한 콧날과 잘 어울리게 시원스러웠으며 깨끗하게 면도한 볼은 왠지 모르게 강인해 보였다.

확실히 매력남이다, 한나는 판단했다. 전형적인 미남은 아니었지만, 사람의 시선을 붙들어 두는 무언가가 있었다.

한나에게 도달한 미셸은 뒤따라오는 남자를 돌아보며 말했다.

"저희 언니, 한나예요. 미치가 입이 마르도록 칭찬하던 베이커리 카페 주인이죠. 그리고 언니?"

미셸이 이번에는 환한 미소로 한나를 돌아보며 말했다.

"여긴, 바톤 씨. '체리우드의 위기'를 쓴 작가이자 제작자producer야."

남자가 미소를 짓자 한나는 그만 입이 떡 벌어지고 말았다.

4년 전에 마지막으로 봤을 때랑 모습은 많이 변하였지만, 왼쪽 볼에 보조개만은 여전했다.

"로스 바토노비치?"

"지금은 그냥 바톤이야. 철자 쓰기가 더 쉽잖아."

그는 한나의 팔을 잡고 일으키더니 제자리에서 한 바퀴 휙 돌렸다.

"전보다 훨씬 좋아 보이는데."

"그렇지 않아."

한나는 재빨리 부인했지만, 로스가 그녀를 번쩍 안아 올리며 거대한 곰 같은 포옹을 하자 다리가 공중에 붕 떠버린 한나는 까르르 웃음을 터뜨렸다. 한나의 웃음은 막냇동생의 얼굴에 떠오른 믿을 수 없다는 표정을 눈치 챌 때까지 계속되었다.

미셸이 물었다.

"둘이……, 두 사람, 아는 사이야?"

"과거에서 날아온 사이지. 2247, 머스크랫 기숙사, 2층의 뒤쪽 방, 맞지, 한나?"

"그럼, 벽에 난 구멍을 통해 서로 노크하며 지내곤 했지. 린다도 같이 온 거야?"

"같이 왔는데, 이제 린다라고 안 하고 린이라고 불러, 린 라치몬트."

"라치몬트라구? 난 너희 둘이 결혼한 줄……."

한나는 하던 말을 멈추었다. 그녀의 볼이 발그스레하게 물들기 시작했다. 말주변이 없는 한나가 그만 말실수를 하고 만 것이다.

마침내 한나가 사과했다.

"미안해, 그런 걸 묻는 게 아닌데……."

"괜찮아. 그냥 그녀와는 잘 안됐어. 그뿐이야. 네가 학교를 떠나고 나서 많은 일이 있었거든. 우린 더 이상 세 명의 사이좋은 머스크랫(사향뒤쥐 종류)이 아니야."

한나의 대답 대신 미셸이 먼저 나서 물었다.

"그럼 학교를 같이 다닌 거야?"

그러자 로스가 미셸을 돌아보며 고개를 끄덕였다.

"맞아. 진작 얘기할까 하다가 한나를 놀라게 해주고 싶어서."

"이런……, 제대로 성공했어!"

한나가 말했다.

"내가 브런치를 방해한 것 같네."

거의 손도 대지 않은 한나의 접시를 내려다보며 그가 말했다.

"가서 커피를 가져올게. 네가 식사하는 동안 같이 옛날 얘기나 해보자구."

미셸이 재빨리 제안했다.

"제가 갖다줄게요, 바톤 씨. 그냥 여기 앉아 있어요."

로스가 한나에게 의자를 빼주고는 자신도 근처 테이블에서 의자를 가져와 한나 옆에 앉았다.

한나는 재빨리 마이크와 노먼을 쳐다보았다.

아까까지만 해도 서로 이야기를 나누던 두 사람은 이제 아무 말 없이 조용했다. 둘 다 로스 바톤을 경계의 눈빛으로 쳐다보는 듯했다.

마치 한가롭게 숲길을 산책하다 별안간 살쾡이를 맞닥뜨려 바짝 경계 태세를 취한 사람들처럼 말이다.

한나는 모두가 스스럼없이 이야기를 주고받을 수 있는 분위기를 만들려고 뭔가 할 말을 생각해 내려 애썼지만, 로스가 먼저 노먼과 마이크의 날카로운 눈초리도 전혀 개의치 않는 듯 친근하게 마이크에게 손을 내밀었다.

"로스 바톤입니다. 이번 영화의 작가 겸 제작자이죠. 당신은······?"

마이크에게 다른 선택의 여지가 없었다.

그는 로스의 손을 잡고 악수를 했다.

"마이크 킹스턴입니다. 위넷카 카운티 경찰서의 형사죠."

"만나서 반가워요."

로스 역시 평가하는 듯한 시선으로 마이크를 쏘아보았다.

"전에 연기해본 적이 있나요?"

마이크가 놀라며 되물었다.

"저요? 아뇨, 전혀요."

"당신한테 딱 맞는 배역이 하나 있는데."

"오, 그런가요?"

"사실 당신이 전문인 배역이기도 해요. 작은 마을의 경찰관 역이거든요. 자신의 일에 전문가다운 냉철함을 보이기도 하지만, 마을에서 모르는 사람이 없을 정도로 따뜻하고 친절한 사람이기도 하죠. 자살 신 바로 다음에 등장하는데 대사도 몇 마디 있어요, 관심 있어요?"

"어쩌면요."

마이크는 무심한 척했지만, 한나가 보기에는 무척 흔들리고 있었다.

"대신 보안 업무를 맡아줘도 좋구요. 물론 근무 시간 외에 말이죠. 그러면 일상적인 업무에도 방해되지 않으니 괜찮지 않아요? 우리 제작사는 소규모라 사례비를 많이 드리진 못하지만, 그래도 어쨌든 영화에 출연하게 해드리니까요."

"흠......, 한 번 해봐도 좋겠군요."

한나는 노먼을 흘끔 바라보고는 그의 태도에 어쩐지 부러움이 묻어난다고 느꼈다. 위니 헨더슨을 제외한 마을 사람들 모두 화려한 영화배우의 명성을 누려보고 싶어 하는 것인가?

로스가 노먼에게 손을 내밀며 말했다.

"당신도 저희 스태프가 돼주시면 좋겠네요."

노먼이 살짝 침을 삼켰다.

"저요? 하지만 전 경찰이 아닌데요."

"알고 있어요. 치과의사라는 건 미셸에게 들었습니다. 마침 저희도 응급진료를 해줄 사람이 필요해서요. 배우 중 누군가 갑자기 치아의 캡이 벗겨지면 다음 장면 촬영을 위해 급하게 치료를 받아야 할 일이 생길지도 모르니까요. 대신 당신에게도 배역을 드리죠."

"저도 끼워주시는군요."

노먼이 기쁜 듯 손을 내밀어 로스와 악수했다.

한나는 새로운 눈길로 로스를 쳐다보았다.

그는 팽팽한 긴장감이 돌던 상황을 부드럽게 유화시키며 어느새 노먼과 마이크의 친근한 친구가 되어 있었다.

하지만 정말 보이는 그대로를 믿어도 될까? 로스의 팔이 한나의 팔을 가볍게 스치자 한나는 살짝 몸을 떨었다. 로스와 내가 언제부터 이렇게 가까이 앉아 있었던 거지? 혹시 그가 점점 내 옆으로 가까이 다가온 것인가?

그때 미셸이 커피를 들고 나타났다.

"여기 있어요, 바톤 씨. 더 필요하건 없나요?"

"당장은 없……, 아니, 있어요."

로스가 도중에 마음을 바꿔 말했다.

"방금 마이크를 우리 영화에 경찰 역으로 캐스팅하고 노먼도 스태프 전용 치과의사로 고용했는데, 이참에 다른 배우들과 스태프들에게도 인사시키면 어떨까요? 그럼 오디션 때 시간을 절약할 수 있잖아요."

로스의 전략은 성공을 거두었다.

마이크와 노먼이 순순히 자리에서 일어나 미셸을 따라나섰고, 그들이 떠나자 로스는 한나를 돌아보았다.

"자? 내 당당한 새 모습에 대해 어떻게 생각해?"

한나가 솔직하게 대답했다.

"엄청난 변화야."

한나가 아는 대학시절의 로스는 늘 뒷자리에 앉아 누군가 먼저 나서서 리드해주기를 기다리는 학생이었다. 좀더 나이가 들고 성숙해진 로스는 이제 조용히 숨어 있는 사람이 아닌 앞에 나서서 당당히 리드하는 사람이 되어 있었다.

"지금 내 모습이 더 좋아? 아니면 예전의 내 모습이 더 좋아?"

한나가 웃으며 말했다.

"그런 질문이 어디 있어! 예전의 네 모습도 난 좋았어. 그리고 지금의 모습은 뭐라고 딱히 말하기에는 아직은 충분히 모르니까."

"흠……, 그건 조금씩 개선해 나가면 되겠네."

로스가 한나의 어깨로 팔을 두르더니 그녀를 꼭 끌어안았다.

"다시 보게 돼서 얼마나 좋은지 몰라, 한나. 사실 한 번도 얘기한 적은 없지만, 대학 때 내가 널 얼마나 좋아한 줄 알아?"

에그 스크램블을 입 안에 막 떠 넣었던 한나는 간신히 그것을 삼켰다. 사실을 인정하느니 차라리 죽는 것이 나았지만, 로스의 이야기는 정말 말도 안 된다!

"아니……." 한나는 간신히 단어들을 추슬렀다.

"넌 린다랑 같이 살고 있었잖아!"

"그래도 마음은 가질 수 있는 거잖아. 늘 린다보다는 너와 더 잘 맞는다고 생각했어. 린다는 내가 하는 농담에 한 번도 웃어 준 적도 없고, 내 연극 대사도 잘 알아맞히지 못했거든."

"이런, 로스. 그건 아니지. 나도 내 배역을 연습해야 했기 때문에 대사를 맞출 수 있었던 거야. 나도 아메리카 연극 수업을 듣고 있었으니까. 게다가 린다의 전공은 예술사였잖아."

"그래도 부전공은 연극이었어. 내 대사가 그렇게 어려웠던 것도 아니잖아. '아버지, 난 지극히 평범해요. 아버지도 마찬가지고요.'"

"아서 밀러의 '세일즈맨의 죽음'에 나오는 비프의 대사지."

한나가 즉시 대답하고는 이내 긴 한숨을 내쉬었다.

로스의 말은 사실이었다. 그의 대사는 연극 수업을 들은 학생이라면 누구든 단번에 알아맞힐 수 있어야 할 정도로 너무나 유명한 것이었다. 하지만 어쨌든 린다에 대해 나쁘게 이야기할 수는 없었다. 스스로를 변호할 그녀가 없는 자리에서는 더더욱 말이다.

한나는 옛 친구가 어디에 있나 주변을 두리번거렸다.

"린다가……."

한나가 말을 멈추고 이름을 고쳐 불렀다.

"린도 여기 왔다면서 안 보이네. 어디 있어?"

"저기 버크 앤슨이랑 같이 앉아 있잖아. 버크는 '서프 앤 터프' 광고를 봤지?"

한나는 고개를 끄덕였다.

레이크 에덴 저널에 실렸던 기사에는 스테이크와 시푸드 메뉴를 주로 선보이는 전국 규모의 체인 레스토랑인 '서프 앤 터프'는 버크를 레스토랑의 대변인으로 영입한 뒤로 사업을 세 배나 더 불렸다고 했다.

"그런데……, 린이 금발이야?"

"맞아, 아마 쉽게 알아보지 못할 거야. 손을 좀 댔거든."

"손을 댔다구? 성형수술 같은 거 말이야?"

"그래. 코도 높이고, 주름도 제거하고, 보톡스도 맞고, 지방제거술에 영구화장까지 했지. 솜씨 좋은 헤어스타일리스트에, LA에서 제일가는 개인 트레이너에게 운동 지도도 받고 있다구."

한나는 아무 말도 하지 않았다.

솔직히 너무 놀라 무슨 말을 해야 할지 알 수 없었다. 대학시절 뚱뚱한 몸매에 앞니가 살짝 벌어진 갈색 머리의 린은 결코 어여쁜 여학생이었다고는 말할 수 없었다. 하지만 지금 그녀는 믿을 수 없을 정도로 날씬하고, 맵시 있었으며 오똑한 코에, 치아는 눈이 부시도록 희었다.

"정말 못 알아보겠어."

한나가 고개를 설레설레 저으며 말했다.

"라치몬트는 대외용 이름인가?"

"그렇지, 결혼한 남편의 성이기도 하고. 나랑 헤어지고 나서 린다는 이름을 린으로 바꾸고 연예인이 되기 위해 캘리포니아로 갔어. 그리고 거기서 6개월을 지냈는데, 모든 것을 다 포기한 채 막 그레이하운드 버스에 올라타 집으로 돌아오려는 찰나 운 좋게도 TV 드라마에서 작은 배역을 하나 맡았고, 그것을 계기로 케이블용 영화에서 비교적 큰 배역을 따낼 수 있었지. 톰 라치몬트를 만난 것도 바로 그때일 거야. 린다는 늘 톰의 아내가 된 것이 그녀 인생에 일어난 일 중 가장 멋진 일이라고 했어. 그는 돈도 상당히 많고 린다보다 나이도 훨씬 많지만, 그녀에게 엄청 빠져 있거든. 얼마나 잘해준다구."

한나는 로스의 음성에서 그의 진심을 엿들을 수 있었다.

"전혀 마음 쓰린 것 같지 않네."

"물론이지. 톰은 좋은 사람이고, 린이 새로운 사람을 만난 게 나도 반갑고 기뻐. 오히려 우리 두 사람에게는 더 잘된 일이라고 봐. 이번 영화도 린이 내 시나리오를 읽어보고 톰에게 주인공을 해보고 싶다고 조른 덕분에 톰이 재정지원을 해주기로 한 거거든."

"무엇에 관한 영화인데?"

한나가 그에게 물었다.

"린이 맡은 에이미라는 여자가 과거에 자살한 아버지의 기억에서 벗어나지 못하고 고통스러워하는 내용이야. 그때 기억을 극복하지 못하고 결국 결혼생활도 파경을 맞고 말지. 그리고 또 자신을 길러준 고모도 죽게 돼. 그러자 정신과 의사가 그녀에게 고향으로 돌아가 아버지의 영혼이 편히 쉴 수 있도록 보내드리는 것이 어떠냐고 제안하지. 그래서 에이미는 고향인 체리우드로 돌아와 큰오빠인 조디와 함께 옛집에 머물게 되는데, 아버지가 죽던 날 밤에 대한 자신의 기억과 오빠의 이야기가 전혀 다르다는 사실을 알게 돼. 여기까지 잘 따라오고 있지?"

"잘 따라가고 있어."

긴장이 한껏 고조된 영화 스토리에 한나는 완전히 매혹되어 버리고 말았다.

"오빠가 에이미에게 했던 이야기가 거짓이었구나?"

"맞아. 에이미는 아버지가 죽은 후 자신을 돌봐주었던 고모와 오빠 조디에 의해 세뇌당했다는 사실을 깨닫게 돼. 고모는 아버지를 죽인 사람이 조디라는 것을 알고 있었지만, 조카를 교도소에 보낼 수 없었기 때문에 계속 거짓말을 한 거지."

"거짓말이 또다른 거짓말을 낳은 셈이네."

한나가 말했다.

"그래, 에이미가 다시 고향을 떠나기 전 마지막 날 밤 조디가 에이미를 위해 칵테일파티를 열어주는데, 에이미는 아버지가 죽던 날도 큰 칵테일파티가 열렸다는 사실을 새롭게 기억해 내지. 그러면서 모든 기억이 돌아오는 거야. 조디가 아버지를 왜, 어떻게 죽였는지까지 깨닫게 되는 거지."

"정말 흥미진진한 이야기네. 그래서 기억이 모두 돌아오고 나서 에이미가 조디를 만나?"

"응, 거기가 바로 영화의 가장 중추적인 장면이야. 에이미가 조디에게 모두 다 기억난다고 하자 조디는 아버지를 죽였을 때 사용했던 것과 똑같은 총으로 자살하는 거야."

"손님들이 다 모인 파티장에서 말이야?"

"그렇지."

그러자 한나는 살짝 얼굴을 찌푸렸다.

"너무 우울하다."

"그렇긴 해. 에이미의 어린 시절과 십대 시절 장면에서 몇 개 밝은 부분이 있긴 하지만, 결국 이야기는 완전히 산산조각이 나버린 한 가족에 대한 것이니까. 그래도 완벽하게 비극은 아닌 것이 마지막에는 린이 다시 남편과 가족에게로 돌아가거든."

과연 대학 동창인 린이 그렇게 어려운 역을 소화해 낼 수 있을까 의아해하며 한나는 다시 한 번 린을 쳐다보았다.

"오, 그녀라면 할 수 있을 거야."

한나의 무언의 질문을 알아챈 듯 로스가 대답했다.

"연기라면 꽤 잘하거든. 요 몇 년 새 부쩍 늘었어. 톰이랑 결혼하고 나서 그가 최고의 연기 지도자를 붙여줘서 2년 동안 거의 매일같이 연기 수업을 받았거든."

"잘 된 일이네. 버크 앤슨은 뭐야? 린의 남편 역이야?"

그러자 로스가 고개를 저었다.

"큰오빠 조디 역이야. 영화에서 배역을 맡은 건 처음인데, 광고에서 보여진 것보다는 훨씬 괜찮은 배우야."

한나가 살짝 웃음을 터뜨렸다.

"그래? 서핑하는 것 이상으로 잘하는 게 있단 말이야?"

"엄청 많지. 자칫 머리 빈 서퍼라고 생각할 수도 있겠지만, 그는 연기할 때 감정의 내면까지 모두 보여주는 능력을 갖추고 있어."

한나는 고개를 끄덕였지만, 얼굴에 떠오른 의심의 빛은 좀처럼 가실 줄을 몰랐다.

20대 후반의 버크는 해변의 강한 햇볕에 피부가 검게 그을리고, 머리카락이 모두 바랜 남자였는데, 이상하게도 서프보드를 들지 않은 그의 모습은 마치 옷을 모두 벗은 사람처럼 어딘가 모르게 허전해 보였다. 그런 그가 고통스러운 과거의 기억에 괴로워하는 젊은 남자의 연기를 하다니, 한나는 잘 상상이 되지 않았다.

"지나면서 네 카페를 봤어. 꼭 너 다운 카페더라, 한나."

"맞아, 그 자체가 나야. 내가 직접 사서 장식하고 지금의 훌륭한 동업자를 만나기 전까지 혼자서 꾸려가던 카페니까. 내 카페도 네 영화에 배경으로 나올까?"

"바깥 부분만. 그래도 너만 괜찮다면 쿠키 굽는 일은 계속 해줬으면 좋겠어. 우리 배우와 스태프들 먹일 쿠키와 커피를 준비해주면 내가 그건 따로 사례할게. 다행히 식사는 해결됐어. 촬영하는 동안 레이크 에덴 호텔에서 머물 건데, 래플린 부인이 아침과 저녁 뷔페를 제공해주겠다고 했거든. 게다가 전 스태프들이 촬영 장소에서 바로 점심을 먹을 수 있도록 점심 도시락도 준비해주겠다고 했어. 그런데 도시락을 먹을 장소가 마땅치 않아서 네 카페를 빌렸으면 하는데 말이야."

"좋아."

한나가 흔쾌히 승낙했다.

촬영 현장을 가까이에서 구경하는 것도 재미있을 것이다. 게다가 최신 영화계 소문들도 엿들을 수 있으니 리사도 무척 좋아할 것 같았다.

한나는 다시 린 쪽을 흘끗 살펴보았다.

그녀는 잘생긴 조디 역 배우에게는 전혀 관심이 없고, 대신 테이블 맞은편에 앉은 무뚝뚝한 인상의 남자에게 더 신경을 쓰는 듯 보였다.

"저기 딘 로렌스 아니야?"

안드레아가 보여준 버라이어티 잡지에서 본 사진을 떠올리며 한나가 물었다.

"맞고말고. 난 아직도 딘 로렌스가 이번 영화의 연출을 맡아주겠다고 한 것이 믿어지지가 않아. 지금까지 그의 공적으로 봐서는 우리의 이번 영화도 선댄스에 초대받을 것이 분명해. 칸과는 이미 이야기가 성사됐고, 오스카 수상 후보작에 오르는 것도 기대해 볼만 하다니까!"

한나는 어쩐지 의심스러웠다.

"기쁜 일이긴 한데, 혹시 그림의 떡이 돼버리는 건 아닐까?"

"그럴 리 없어. 딘은 영화계에 거물급 인사인 데다가 그가 맡은 작품은 촬영이 채 끝나기도 전에 매스컴을 타니 말이야. 물론 사람들은 이것저것 말 만들어내길 좋아하지. 딘도 예외는 아니야."

"너도?"

한나가 짓궂게 물었다.

"나도."

한나는 딘이 가족 간의 사연 때문에 이번 영화를 계약한 거라는 안드레아의 말이 문득 떠올랐다. 있는 그대로의 말이 사실일지도 모르겠지만, 그래도 한 번 확인해볼 필요가 있다.

"그렇게 어마어마한 연출가를 어떻게 구할 수 있었던 거야?"

"톰 라치몬트가 주선해줬어. 딘의 부인인 샤린이 톰의 조카거든. 그리고 내가 좀 공을 들였지."

"자세하게 얘기해줄 수 있어?"

로스는 주변에 듣는 사람이 없는데도 한나 쪽으로 몸을 기울였다.

"내가 한 건 그저 딘을 계속 일하게 하고, 맑은 정신을 지속하게 하면서 믿을 수 있는 사람으로 만들어 준 다음 행복하게 한 것뿐이었다구."

"그렇게 어려운 일 같진 않은데."

한나가 말했다.

"아니, 그렇지 않아. 물론 계속 일하게 하는 거야 쉽지. 딘은 단 하루도 쉬어본 적이 없을 정도로 일벌레니까. 연출은 곧 그의 인생이나 다름없어. 잘난 척하면서 사람들 면박을 주는 일을 그가 얼마나 좋아하는데. 그런데 그건 네 가지 중 하나에 불과해."

"그렇지. 아직도 정신을 맑게 지속시키고 믿을 수 있는 사람으로 만들고 행복하게 하는 일이 남았으니까."

한나가 분명히 지적했다.

"맞아, 딘은 술을 좋아해. 그것도 엄청나게 많이 마셨을 때는……, 음, 술에 거나하게 취했을 때는 그냥 여자 보는 눈이 형편없이 낮아진다고 치자."

"그래서 네가 그걸 어떻게 한 건데?"

"그렇게 되지 않도록 내가 옆에서 계속 감시했지. 지난 6주 동안 내가 그의 절친한 친구나 다름없었어. 항상 흐트러지지 않도록 옆에서 지켜봤다구. 물론 쉽지는 않았지만, 그 일도 이제 거의 끝나가. 샤린이 톰과 같이 화요일 밤 비행기로 이리로 올 거야. 그리고 토요일에 있는 종파티 날까지 같이 있을 테니까 딘은 이제 염려하지 않아도 돼."

"그럼 네 번째 업무는 샤린의 몫이구나? 그를 행복하게 하기."

"꼭 그런 것만은 아니지만, 네가 그 문제를 도와줄 수 있을 것 같아. 혹시 체리 치즈케이크 만들 줄 알아?"

화제가 갑자기 돌변하자 한나는 살짝 당황했다.

로스는 딘 로렌스와 그 아내의 이야기를 별로 하고 싶어 하지 않는 듯했다. 사실 그런 사생활이야 한나가 상관할 바도 아닐뿐더러 다른 스태프나 배우에게 얼마든지 물어볼 수 있으니 한나는 로스가 던진 새로운 질문에 적극적으로 응하기로 했다.

"네가 원한다면야 만들 수 있지."

"좋아, 딘이 좋아하는 방법으로 만들 수만 있다면 네 번째 요소를 충족시키는 데 네가 큰 도움이 될 거야. 딘은 체리 치즈케이크라면 사족을 못 쓰거든. 매일 아침마다 하나씩 배달시켜주면 몇 시간은 족히 좋은 기분을 유지할 수 있을 거야. 해줄 수 있겠어?"

"물론."

"역시 너밖에 없어, 한나."

로스가 한나를 살짝 포옹했다.

"지난번 로케이션 때는 케이크 굽는 데 40달러, 그리고 배달해주는 데 10달러를 지급했었어. 그때 배달시켰던 치즈케이크는, 딘은 좋다고 하긴 했지만 별로 특별하다랄 건 없댔어. 그가 사무실로 사용하는 위네바고에 매일 아침 배달해주는 데 50달러면 어때? 제작비 예산에서 제일 우선으로 빼서 지급할게."

"거래 성립."

한나가 재빨리 말했다.

그가 제시한 금액의 절반 정도를 생각했다는 말은 입 밖에 내지 않았다. 단순한 치즈케이크 하나에 그렇게 많은 돈을 지급하다니.

하지만 어쨌든 로스가 지금까지 지출했던 돈이 그러하다고 했고, 한나 역시 다른 곳에 비해 싼값으로 팔고 싶지 않았기 때문에 잠자코 있는 편이 나았다.

이제 딘 로렌스가 좋아하는 방식의 체리 치즈케이크가 어떤 것인지 자세하게 설명을 들은 다음 그것과 다르지 않게 케이크를 구워내는 일만 남았다.

　미네소타 주 레이크 에덴 사람들은 브런치의 가장 핵심은 디저트라고 믿었다. 손님들에게 디저트를 모두 나른 뒤 다시 주방으로 돌아온 한나와 에드나는 진심 어린 신음 소리를 냈다.
　그때 안드레아가 화급히 한나에게 달려왔다.
　"엄청난 소식이 있어! 시간 있지?"
　"그럼, 일단 커피부터 따르고."
　"내 것도 부탁해."
　"알았어, 그럼 두 잔 준비할게. 넌 가서 테이블 자리 하나 맡아놔."
　한나는 양손에 커피가 든 머그잔을 든 채 안드레아를 찾아 두리번거렸고, 범람하는 테이블 무리 속에서 접시 두 개와 커피 잔 두 개를 놓기에는 버거워 보이는 자그마한 2인용 테이블에 앉아 있는 안드레아를 발견했다.
　안드레아가 저렇게 구석진 자리를 찾아둔 것을 보니 엄청난 소식이라는 것이 다른 사람들이 알아서는 안 되는 이야기임이 틀림없다.
　"트레시는 어디 있어?"
　한나가 안드레아 앞에 머그잔을 내려놓으며 물었다.
　"엄마랑 로드 부인과 함께 있어. 베서니는 맥캔 할머니랑 같이 집에 있구."

맥캔 부인은 안드레아의 집에 상주하며 아기를 돌봐주는 유모였다.

"집에서 나올 때는 마치 천사처럼 잘 자고 있었어."

한나가 마침내 자리에 앉자 안드레아는 몸을 앞으로 숙여 사적인 대화에 돌입했다. 하지만 안드레아의 행동은 조금 지나친 면이 있었다. 테이블 양쪽으로 긴 테이블이 두 개 놓여 있긴 했지만, 거기에는 아무도 앉아 있지 않았기 때문이다.

브런치를 위해 자리에 모인 사람들 대부분은 디저트를 가지러 앞쪽에 나가 있었기 때문에 두 자매의 이야기를 들을 수 있을만한 거리에 있는 사람은 아무도 없었다.

"미셸이 방금 얘기해줬는데, 언니가 그 사람을 안다며!"

"로스 말이야?"

한나는 추측했다. 영화인 중 한나가 아는 남자라고는 로스 바튼이 유일하지 않은가.

"트레시를 데리고 주차장에 들어오는 그를 만났잖아. 우리는 방금 차에서 내린 척하고 말이지."

"그럼 그 추운 주차장에서 도대체 얼마를 기다린 거야?"

한나가 믿을 수 없다는 듯 물었다.

"30분 조금 넘게 밖에 안 기다렸어. 게다가 10분마다 한 번씩 히터도 틀었다구. 아무튼 바튼 씨랑 같이 들어왔는데, 글쎄 그가 오늘 오후에 있을 오디션에 우리를 초대했어. 정말 환상적이지 않아?"

"그래, 그러네."

안드레아의 야망이 한나는 놀라울 따름이었다. 어린 딸을 제작자의 눈에 들게 하려고 우연을 가장해 추운 겨울날 주차한 차 안에서 오들오들 떨며 기다릴 수 있는 엄마란 보통 엄마가 아니다.

"그럼 트레시도 엑스트라로 출연하는 거야?"

"에이미의 어린 시절 역을 따내는 데 실패하면 그렇게 되겠지. 에이미랑 아주 똑 닮았는데 말이야, 안 그래?"

"누가?"

"여주인공 역을 맡은 사람. 아쿠아마린 색 드레스에 금발이 아주 멋지던데. 십대 에이미 역은 다른 여배우가 맡기로 정해졌는데, 아직 어린 시절 역을 맡을 사람은 못 구했대."

한나는 저쪽 편에서 레이크 에덴에서 가장 준수한 용모를 지닌 몇몇 로미오들과 함께 이야기하는 린을 쳐다보았다.

"정말 네 말대로야. 전에는 미처 몰랐는데, 트레시가 정말 린과 많이 닮았어."

"린?"

안드레아는 대배우의 이름을 스스럼없이 부르는 한나를 놀란 눈으로 쳐다보았다.

"설마 그녀와도 아는 사이인 건 아니겠지!"

"알고말고. 로스와 린과 같이 대학을 다녔는걸. 같은 아파트 옆집에 살았다구."

안드레아가 불현듯 한나의 두 손을 덥석 잡았다.

"오, 언니! 언니가 대학을 간 게 이렇게 다행한 일이 될 줄이야!"

"영미문학에 대한 해박한 지식을 안고 레이크 에덴에 돌아온 이유 때문만은 아닌 것 같은데."

그러자 양 볼이 붉게 달아오른 안드레아가 살짝 당황하며 말했다.

"그렇지 않아, 언니. 물론 언니가 문학 서적에 대해 모르는 것이 없을 정도로 똑똑한 게 얼마나 자랑스럽다구. 단지 내 말뜻은……."

"그만하면 됐어."

한나가 슬며시 미소를 지으며 짓궂게 비아냥거렸다.

"네 말뜻이 무엇인지를 아주 정확히 짚어냈으니까. 트레시가 배역을 따낼 수 있도록 로스와 린에게 청탁을 넣어 달란 거잖아."

"맞아. 냉정하게 들릴지도 모르겠지만, 다들 그렇게 서로 알음알음 청탁을 주고받으면서 산다구. 그게 내가 부동산 중개인 공부를 시작하면서 알게 된 첫 번째 진리야."

"그래. 내가 할 수 있는 건 해볼게, 안드레아. 그 역에는 트레시가 안성맞춤일 거야. 그런데 에이미의 십대 역을 맡은 배우는 어때? 그 애도 트레시와 닮았어?"

안드레아는 영화에 출연하는 배우들 대부분이 앉아 있는 테이블 쪽을 흘끗 바라보았다.

"그런 것 같은데, 언니가 한 번 봐. 이름은 에리카 제임스, 딘 로렌스 바로 옆에 앉아 있어."

하나는 안드레아가 말한 쪽을 돌아보더니 입을 떡 벌렸다.

"왜 그래?"

"그 에리카라는 배우가 딘을 매우 끈적끈적한 눈빛으로 바라보고 있어. 딘도 마찬가지고. 무엇보다 지금 그녀는 거의 딘의 무릎 위에 앉아 있잖아! 저 예비 로리타는 도대체 몇 살이야?"

"로리타?"

"나보코프가 쓴 소설에 나오는."

"아, 그 로리타. 고등학교 때 필독 소설이었지."

하나의 눈썹이 천장까지 치켜세워졌다.

설마 로리타가 정말로 고등학생들의 필독서였을까? 하나는 의심스러웠지만 굳이 나서서 대꾸하지 않았다.

"뭐, 어찌 됐든 언니가 나이를 물어본 거지?"

안드레아가 대화의 핵심을 끄집어내며 되물었다.

"미셸한테 물어봤는데, 15살이래. 그녀 옆에 앉아 있는 여자 보여?"
"보여."
한나가 유혹적인 십대 소녀 옆에 앉아 있는 매력적인 여자를 쳐다보며 대답했다.

안드레아가 말을 이었다.

"그 여자가 엄마야. 이름은 지넷이고, 미셸 말로는 에리카가 아무 말썽도 일으키지 못하게 지켜보려고 함께 왔다더라구."

"엄청난 역할이네."

한나가 계속 지켜보니, 지넷이 에리카의 팔을 잡아 가까이 끌어당기며 귀에다가 뭔가를 속삭였다. 그러자 갓 피어오르는 꽃송이 같은 에리카는 뽀로통하게 입술을 삐죽거리며 마지못해 자리에서 일어나 엄마와 자리를 바꿔 앉았다.

"지넷 제임스가 무척 피곤해 보여. 그래도 감시견 역이 조금만 있으면 끝나니 다행이네."

"무슨 얘기야?"
"샤린이 화요일 밤 비행기로 오잖아."
"샤린이 누군데?"
"딘 로렌스의 부인."

그러자 안드레아가 깜짝 놀라며 말했다.

"설마 부인과도 아는 사이인 건 아니겠지!"
"아니, 한 번도 만난 적이 없는 걸. 로스가 말해줘서 아는 거야. 촬영 끝나기 며칠 앞두고……, 화요일쯤 왔다가 토요일 종파티 때까지 있을 거라고 했어."

안드레아가 부러운 눈빛으로 말했다.

"종파티라니, 재밌겠다. 분명히 언니도 초대받을 거야. 로스는 물론 린과도 잘 아는 사이니까 말이야. 게다가 로스가 언니 어깨에 팔을 두르는 걸 내가 봤는데, 아마도 언니한테 같이 가자고 신청해 올 거야."

"너도 꼭 초대해 달라고 할게."

로스가 그 정도 부탁은 들어주리라 확신하며 한나가 약속했다.

"그리고 트레시가 배역을 맡게 된다면 초대받는 게 당연하잖아."

"그 생각은 미처 못 했네, 어-오!"

"왜 그래?"

"나 호출당했어."

"누구한테?"

"엄마랑 로드 부인. 트레시 데려가라고 부르시나 봐. 가봐야겠어."

"나도 같이 가. 아직 트레시 얼굴도 못 봤어."

두 자매는 자리에서 일어나 엄마와 로드 부인이 앉아 있는 테이블로 향했다. 하지만 트레시는 거기에 없었다.

"트레시는 어디 있어요?"

안드레아가 의자를 꺼내 엄마 옆에 앉으며 물었다.

"바톤 씨와 같이 있다. 트레시를 데려가서 여주인공 역을 맡은 배우에게 소개해도 되겠느냐고 묻더라."

"오, 세상에!"

안드레아가 숨을 몰아쉬며 로드 부인 옆에 앉은 한나를 돌아보았다.

"이거 좋은 징조지, 그렇지?"

"나쁜 일은 아닌 것 같다. 관심이 없다면 배우들에게 트레시를 소개할 리 없지."

엄마가 물었다.

"관심이라니, 무슨 말이냐?"

입이 거의 귀에 걸린 안드레아가 말했다.

"트레시를 영화에 출연시키는 거 말이에요. 오는 길에 우연히 바톤 씨를 만났는데, 오늘 오후에 있을 오디션에 초대해줬거든요."

"혹시 시나리오를 갖고 있니?"

로드 부인이 안드레아에게로 몸을 가까이 기울이며 물었다. 하지만 테이블에는 그들 말고 다른 사람은 없었기 때문에 굳이 그럴 필요가 없었다.

"아뇨, 갖고 계세요?"

"물론이지."

엄마가 토트백을 열어 안에 들어 있는 대본을 보여주었다.

"우리 상점에 희귀한 진품들이 가득하다는 걸 확인하고, 우리가 소품으로 빌려주겠다는 데 동의하자 바톤 씨가 준 거란다. 아예 토트백 채로 가져가거라, 얘야. 도서관에 복사기가 있으니까 마지에게 열쇠를 빌려 위층에서 복사하면 되지 않니."

토트백을 건네받은 안드레아가 활짝 미소를 지었다.

"정말 좋은 생각이에요! 그럼 트레시가 오디션 보러 가기 전에 연습해볼 수 있겠어요. 고마워요, 엄마. 엄마랑 로드 부인이 최고예요!"

안드레아가 열쇠를 빌리려고 마지를 찾아 나서자마자 한나도 자리에서 일어섰다.

"저도 에드나에게 가봐야······."

"한나 이모!"

앙증맞은 목소리에 고개를 돌려보니 트레시가 로스와 함께 이쪽으로 다가오고 있었다.

"안녕, 허니."

"안녕!"

트레시와 로스가 동시에 인사를 건넸고, 이내 두 사람은 서로를 쳐다보며 킥킥거렸다.

몇 걸음 앞서 나선 한나도 역시 그들과 함께 웃음을 터뜨렸다.

"너 말고, 로스. 난 조카한테 한 인사였어."

로스가 씁쓸한 미소를 지으며 말했다.

"난 또 뭐라고, 혼자 흐뭇해하고 있었잖아."

트레시는 그런 로스를 한 번 쳐다보다가 다시 한나를 쳐다보고, 또 로스를 쳐다보다가 다시 한나를 쳐다보더니 이내 물었다.

"나는 몰라도 되는 일이라고 하겠지만요, 두 사람 서로 좋아해요?"

"아니."

한나의 재빠른 대답이 로스의 '그래' 대답을 덮어버렸다.

"그렇구나."

트레시가 킥킥거리며 말했다.

"내가 언제부터 바톤 씨를 로스 삼촌이라고 불러야 하는지 꼭 알려주셔야 해요. 알았죠? 난 디저트 먹으러 뷔페 테이블로 갈래요."

트레시가 자리를 뜨자 로스는 손수건으로 앞이마를 닦았다.

"휴! 정말 영리한 아가씨야. 너도 저 나이 때 꼭 저랬을 것 같은데."

"전혀. 내가 얼마나 수줍음 많고 얌전한 아이였는데."

한나의 미소에 거짓을 눈치 챈 로스가 웃음을 터뜨렸다.

"아무튼 트레시가 얼마나 똑똑한지 몰라. 내가 메이크업 팀장에게 트레시를 인사시켰더니 무대 메이크업과 영화촬영 메이크업과 일반 메이크업의 차이가 뭐냐고 묻지 않겠어?"

영리한 조카를 자랑스러워하며 한나가 대답했다.

"트레시답네. 린이 마음에 들어 해?"

"완전히 빠졌어. 트레시랑 몇 분 동안 애기하더니 만약 딸이 있으면 꼭 트레시 같았으면 좋겠다고 했다니까."

"둘이 무슨 얘기를 했는데?"

"린의 연기에 대해서. 트레시가 TV 드라마에서 린을 본 적이 있다면서, 그때 운 것이 정말이었느냐고 묻더라구. 그래서 린이 그냥 연기를 했던 거라고 하니까 트레시가 믿을 수 없다면서, 울면서 코를 킁킁거리는 게 정말로 진짜 같았다고 했지."

현명한 접근인데, 한나는 생각했다. 물론 직접 말하진 않았다. 배우들이란 늘 자신의 연기에 대한 칭찬을 듣기 좋아하니 말이다.

"그리고 린한테 엄마한테는 자기가 그 드라마 봤다는 얘기 하지 말아달라는 거야. 드라마를 방영하는 시간이 취침시간 이후라 몰래 아래층에 내려와서 봤다면서."

"그래서 린이 말하지 않겠다고 약속했어?"

"물론이지."

한나는 대학 때 심리학 수업을 떠올리며 고개를 설레설레 저었다.

그때 교수님은 이렇게 말했었다.

'누군가에게 부탁하면, 너의 평판은 올라간다.' 라고 말이다.

처음에 한나는 그 말이 이해가 되지 않았지만, 오랜 시간 곰곰이 생각해보니 사람을 제법 볼 줄 안다고 믿는 한나가 일부러 시간을 내어 누군가의 부탁을 들어준다면, 그 부탁을 해 온 사람은 분명히 그럴만한 가치가 있는 사람일 것이라는 사실을 깨달았다.

린에게 약속해 달라고 한 것은 분명히 부탁이었고, 린이 그것을 수락했다는 것은 즉, 트레시를 예쁘게 보았다는 뜻이다. 아직 어린 트레시야 사람들의 마음을 움직이는 심리학 기술에 대해 아무것도 모르겠지만, 아주 현명하게 린과의 첫 만남을 완수해냈다. 물론 제 엄마에게서 배운 것일지도 모른다, 그 엄마의 엄마에게서 배운 것일 수도 있고.

"그래서 모두들 트레시를 좋아해?"

로스에게 어떤 대답이 나올지 확신하며 한나가 물었다.

"에리카랑 그녀의 엄마까지 트레시를 좋아했다니까. 트레시가 두 사람을 어찌나 잘 구워삶는지 2분도 지나지 않아 얼굴이 완전히 싱글벙글했어. 대사 읽는 것만 잘해 내면 바로 트레시를 캐스팅할 생각이야."

한나가 약속했다.

"실망하지 않을 거야. 트레시는 워낙 재능도 많고 똑똑한데다가 성격도 밝아서 누구와도 잘 어울리니까."

"그런 것 같아."

다시금 엄마와 로드 부인이 앉은 테이블로 향하며 한나는 미소를 지었다. 그러다가 문득 어젯밤 우연히도 연기자 아이를 둔 엄마들에 대한 다큐멘터리를 시청한 기억이 났다. 그런 엄마 중 몇몇은 아이가 기대치만큼 연기하거나 배역을 따오지 못하면 지나치게 화를 내곤 했다.

로스가 엄마와 로드 부인과 인사를 나누는 내내 한나의 머릿속에서는 우려 어린 생각이 좀처럼 떠나지 않았다.

부디 안드레아는 그런 엄마들처럼 되지 말기를!

"저희 넷이니까 드리는 말씀인데요, 그 역에는 트레시가 딱 맞아요."

두 개의 테이블 건너에 친구인 카렌 던라이트와 함께 앉아 있는 트레시를 바라보며 로스가 말했다.

"대본을 복사해 올 수 있었으면 좋았을 걸 그랬어요. 그럼 트레시 엄마가 읽어줄 수 있었을 텐데요."

한나가 말했다.

"그 반대도 가능해. 트레시는 5학년 수준의 책도 읽거든."

"유치원에 다니는 줄 알았는데!"

"맞아, 하지만 글 읽는 건 1년 반 전에 깨쳤어. 그때부터 도서관에 얼마나 들락거린다구."

"그럼 지금이라도 얼른 트레일러에 가서 복사본을 가져와야겠어."

엄마가 살짝 부끄러워하며 말했다.

"그러지 않아도 돼요. 벌써 캐리와 내가 안드레아에게 대본을 줬답니다. 지금 위층 도서관에서 복사하고 있어요."

엄마의 말에 로스는 전혀 화내지 않았다. 트레시를 영화에 출연시키려는 스웬슨 가의 노력을 전혀 개의치 않는 듯했다.

"소품 준비는 잘 돼가세요?"

엄마가 대답했다.

"그래요. 지난 몇 주 동안 농가 다락방과 창고들을 온통 뒤지고 다닌 덕분에 당신네 소품담당 스태프가 준 명단에 있는 건 다 구한 것 같아요. 그런데 상의해야 할 것이 있어요, 50년대 배경과는 어울리지 않는 소품들이 몇 개 있어서 말이에요."

"어떤 것 말씀이시죠?"

"소품담당 스태프가 텔레비전 선을 정리할 케이블 박스를 구해 달라고 했는데, 미네소타 같은 작은 마을의 50년대는 케이블 박스 같은 건 없었어요."

"그런 옛날 일들을 어떻게 아셨어요!"

"그게 전부가 아닌데, 아무튼 그 얘기는 나중에 하도록 해요."

그러자 로드 부인이 대답했다.

"딜로어랑 내가 우리 어렸을 때 어땠나 한 번 기억을 되짚어봤어요."

엄마가 로드 부인을 살짝 쏘아보더니 다시 입을 열었다.

"캐리 말은 그러니까, 레이크 에덴 사람들은 물건이 완전히 닳기 전에는 새것을 사지 않는다는 말이에요. 그러니 50년대 물건들은 적어도 20년은 지난 듯 보이는 게 맞겠죠, 20년 전 물건이라고 보면 되지요."

참신한 방어에요, 엄마!

한나는 숙녀답지 못한 콧소리 섞인 웃음을 감추느라 일부러 냅킨을 입에 대고 콜록거렸다. 상황 파악에는 엄마 같은 전문가도 없었다. 엄마는 자신의 실제 나이를 밝히느니 차라리 소똥이 가득한 농장 목초지 위를 기어가는 것이 낫다고 할 터였다.

로스는 한나와 시선을 주고받았다. 그의 눈가에는 어쩐지 즐거운 듯한 주름이 자글자글 잡혔다. 그러더니 그가 엄마를 바라보며 말했다.

"지난겨울 축제 때 앤티크점을 초대 시장의 생가와 아주 똑같이 꾸몄다는 이야기를 미셸에게 들었어요."

"맞아요. 남아 있는 사진이야 물론 없었고, 단지 초대 시장의 부인이 동쪽에 사는 여동생에게 보낸 편지뿐이었죠. 게다가 남편이 지어준 집에 대한 설명은 한 단어도 나와 있지 않았고요. 그래서 약간의 조사를 거친 뒤, 캐리아 내가 생가를 한 번 꾸며봤어요. 세기가 바뀌기 바로 직전에 만들어진 명승지나 다름없죠."

엄마가 살짝 웃음을 짓더니 이내 말을 이었다.

"그러니까 지난 세기 말이죠. 정확히 말하자면 1893년이 되겠군요."

"정말 인상적이에요. 너무 큰 부탁이라는 건 알지만 미셸 말이 부인이라면 기꺼이 해주실 거라고 하더군요. 이번에는 1950년대 분위기로 집을 꾸며야 하는데……."

"그거라면 할 수 있지 않아, 딜로어!"

로드 부인이 흥분해서 목소리를 높였다.

"흠……, 할 수는 있겠지만……."

엄마가 하던 말을 멈추더니 한숨을 내쉬었다.

하지만 가까이에서 엄마를 지켜보던 한나는 엄마의 욕심 어린 눈빛을 읽어낼 수 있었다.

"그러려면 일이 아주 많아요. 다른 시대 앤티크들도 어딘가 다른 곳에 보관해야 하고……."

"영화사 소속 스태프들도 많고 목수들도 많으니 임시로 사용할 수 있는 창고를 만들어 드릴 수 있어요. 사실, 앞으로도 계속 사용하실 수 있도록 튼튼하게 만들어 드릴 수도 있구요. 그러면 부인께서도 좋으시지 않겠어요?"

"그거 정말 멋지네요. 늘 창고가 부족했었는데."

"원하시는 때 언제든 우리 스태프들을 보내서 페인트칠이며 도배며 가구 옮기는 일이며 뭐든 필요하신 작업은 다 해드리겠습니다. 고작 해야 아래층을 꾸미는 작업뿐이니까요. 미셸이 건물 내부 사진을 보여줬는데, 구조 변경은 전혀 할 필요가 없을 것 같더군요. 물론 특정 장면 촬영을 위해 창문 두어 개는 떼어내야 할지도 모르겠지만, 그건 촬영이 끝나고 나서 감쪽같이 다시 달아놓을게요."

"단장에 얼마 정도 시간을 줄 건가요?"

"사실 그게 문제에요. 수요일 오후까지는 마쳐야 하거든요."

로스가 이번 작업의 주요 인력이 누구인지 잘 아는 로드 부인을 바라보며 말했다.

"그건 딜로어에게 달렸어요."

로드 부인이 말했다.

"부인?"

로스가 미소를 지으며 엄마를 불렀다.

"제가 이번 일에 대해 사례도 두둑하게 하고, 촬영이 끝나면 가구나 기타 물건들도 전과 아주 똑같이 복구해 드리겠다는 말씀을 드렸던가요?"

"아뇨, 안 했어요."

본론으로 들어가라구, 한나는 생각했다.

하지만 로스와 엄마는 여전히 아무 말도 하지 않고 있었다. 어쩌면 에드나의 젤로 파르페에 얹힌 휘핑크림이 우유처럼 녹아 뚝뚝 떨어져 내리기 전에 한나가 나서서 이 일을 매듭지어야 하는지도 모르겠다.

"영화 배역은 어때?"

한나가 나서서 제안했다.

"좋은 생각이야! 두 분께 적합한 배역이 있을 거예요. 대사는 한 줄 정도밖에 안 될지 모르지만, 그래도 무척 재미있을 겁니다. 어떠세요?"

엄마는 베넷 박사님이 병원에 오는 아이들이 치료를 받는 동안 한눈을 팔 수 있도록 창가에 설치해 둔 아주 오래된 물먹는 새 모형처럼 고개를 끄덕이는 로드 부인을 쳐다보았다.

"계약 성사."

엄마가 말했다.

"저희를 오늘 이렇게 초대해주셔서 정말 감사드립니다."

바스콤 시장이 마을 모임을 개최하거나 포트락의 시작을 알릴 때 사용하는 연단 위에 선 로스가 모두의 앞에서 말했다.

"우리 배우들과 스태프들을 이렇게 브런치에 초대해주신 친절에 저희 모두 감동했습니다. 단언하건대, 오늘 먹은 음식의 절반만큼이라도 영화가 잘 만들어진다면 박스 오피스의 대박 성공은 떼놓은 당상일 것입니다."

사람들 무리에서 한 바탕 웃음이 터져 나왔고, 로스는 웃음이 잦아들 때까지 기다렸다.

한나는 놀란 마음을 감출 수 없었다. 처음 로스를 만났을 때 그는 사람들 앞에 서는 일을 무척 수줍어했는데, 이렇게 많은 사람 앞에서도 전혀 부끄러움 없이 당당하다니 연락을 하고 지내지 못한 새 자신감을 많이 얻은 모양이었다.

"제작 보조 일을 맡은 미셸 스웬슨이 말하길, 레이크 에덴처럼 작은 마을에서는 누군가에게 한 얘기가 하루도 채 지나지 않아 마을 사람들 모두에게 퍼진다고 하더군요. 그래서 말씀드리는 건데, 군중 장면을 촬영할 엑스트라가 아주 많이 필요하다는 얘기 들으셨나요? 그래서 여러분의 도움이 필요하다는?"

사람들 속에서 박수갈채가 쏟아져 나왔고, 고등학생 무리에서는 휘파람 소리까지 들렸다.

"그리고 몇 개의 단역은 오늘 오후 조단 고등학교에서 오디션을 한다는 사실도 알고 계시는지요?"

"알고 있습니다!"

누군가 외치자 로스가 웃음을 터뜨렸다.

"역시 여러분 모두 알고 계시는 것 같군요. 미셸이 딱 한 사람에게만 얘기하면 된다고 했는데, 제가 미셸에게 얘기했으니까요."

이번에는 모인 사람들 모두가 웃음을 터뜨렸고, 미셸이 자리에서 일어나 장난스럽게 꾸벅 인사를 했다.

"오디션은 조단 고등학교 강당에서 오후 2시부터 4시까지 열릴 겁니다. 저기에 엑스트라 신청서를 가져다 놓았구요, 뽑아야 할 대역도 여섯 명 정도 됩니다."

로스가 확인 차 미셸을 돌아보자 그녀가 고개를 저었다.

"아, 제가 틀렸군요. 몇 개나 되지, 미셸?"

"배관공까지 열두 명이에요."

"정정하겠습니다. 열두 명의 단역이라는군요. 마을 사람들 모두 군중 장면을 위한 엑스트라에 지원해주시기를 바라며, 원하시는 분은 더 큰

역에도 도전해보시기 바랍니다. 우리가 필요한 단역들이……."

로스가 말을 멈추고 미셸을 향해 손을 뻗었다.

"목록을 갖고 있나?"

미셸이 단상 위로 올라가 로스에게 목록을 건네주자 그가 읽기 시작했다.

"필요한 단역에는 배관공, 칵테일파티에 등장하는 웨이트리스 두 명, 학교 선생님, 정원사, 출장서비스 담당자, 버스 운전사, 파티 플래너, 피아니스트, 주유소 직원, 집배원, 그리고……."

로스가 읽기를 멈추자 장내에는 사뭇 긴장감이 돌았다.

"……방금 교통사고를 낸 성질 나쁜 운전자. 그런데 이 역을 위해 일부러 차를 망가뜨릴 필요까지는 없어요. 이 역이 운전하는 장면은 영화에 단 한 컷도 들어가지 않으니까요. 특수 분장팀이 가짜 멍과 반창고 몇 개, 목발로 잘 분장해줄 겁니다."

로스가 다시 목록으로 주의를 기울였다.

"그리고 단역들이 몇 개 더 있는데, 경찰관 두 명, 칵테일파티에 참석한 마을 여자 두 명, 그리고 여자아이 한 명, 시장 한 명이 끝이네요, 아……, 고양이도 한 마리 필요해요."

"진짜 고양이 말인가요?"

누군가 물었다.

"네, 진짜 고양이요. 누구 오렌지와 흰색이 섞인 털에 덩치가 25파운드(약 11kg) 정도 되고, 한쪽 눈이 애꾸인데다가 귀가 찢어진 고양이 가진 사람 없나요?"

모인 사람들 모두 고개를 돌려 한나를 쳐다보았고, 한나는 그만 너무 놀라 입이 떡 벌어지고 말았다.

"아니……, 그건 바로 내 고양이 얘기잖아!"

"알고 있어."

로스가 말하자 모두 웃음을 터뜨렸다.

"네 동생이 말해줘서 그 녀석을 영화에 출연시키면 좋겠다고 스태프들끼리 의견을 모았거든. 그러니까 굳이 오디션 때문에 강당에 데리고 올 필요는 없어. 고양이들이 어디론가 이동하는 걸 싫어한다는 것을 잘 알고 있으니까. 오늘 저녁이라도 같이 먹으면서 고양이 얘기 좀 더 해 줘. 기타 조건들까지 다 맞아떨어지면 바로 네 집으로 가서 녀석을 만나보고 싶어, 괜찮지?"

"그래, 좋아."

한나는 미소를 지으며 로스에게 대답했다.

그러고는 문득 마이크의 잔뜩 찌푸린 얼굴을 맞닥뜨리고 말았다.

한나는 살짝 고개를 돌려 노먼을 쳐다보았는데, 노먼 역시 마이크처럼 한껏 못마땅한 얼굴을 하고 있었다.

"어-오."

한나는 침을 꿀꺽 삼키며 한숨을 내쉬었다.

방금 로스는 마을 사람들 모두가 모인 자리에서 한나에게 공개적으로 데이트를 신청했고, 한나는 그것을 수락한 것이다.

 조단 고등학교 강당은 사람들로 붐볐지만, 한나는 뒷줄에서 앉을 자리를 찾아냈다. 이곳은 튀어나온 난간 때문에 음향이 좋지 않아 사람들이 피하는 자리지만, 다른 이유 없이 그저 트레시를 보러 온 한나에게 이보다 안성맞춤인 곳은 없었다. 조카가 오디션을 볼 차례가 되면, 자리에서 일어나 좀더 잘 들리는 복도 쪽으로 나오면 될 테니 말이다.
 "한나 판다나!"
 익숙한 목소리가 들려오자 한나는 뒤를 돌아보았다.
 "안녕, 린다……, 아, 로스가 이제는 그렇게 부르면 안 된다고 하던데. 이제는 린 라치몬트라면서?"
 "너한테는 여전히 린다야. 이렇게 만나다니 정말 반가워, 한나! 하나도 안 변했다."
 "넌 아닌데. 예전에도 예뻤지만, 지금은 훨씬 성숙해졌어."
 "그래야지!"
 새롭게 풍만한 몸매를 자랑하는 린이 웃음을 터뜨리며 말했다.
 "이렇게 만들려고 돈을 얼마나 쏟아 부었는데. 치과 청구서에 적힌 금액은 가히 천문학적이야. 성형 수술이랑 메이크업, 헤어스타일리스트에게 들이는 돈 또한 말할 것도 없지. 이런 몸매쯤은 돈만 있으면 너도 얼마든지 살 수 있어."

"그런데 살도 빠진 것 같아. 돈으로는 살을 뺄 수 없잖아."

"그건 그렇지. 살을 빼는 건 가난해지면 가능해. 나 LA에 있을 때 엄청 쪼들렸거든. 음식 살 돈이 없을 정도로 말이야."

"그래서 어떻게 했어?"

"데이트하는 남자에게 늘 뷔페에 데려가 달라고 했지. 커다란 가방 속에 비닐봉지를 준비해서는 말이야. 그래서 남자가 보지 않을 때 음식을 마구 봉투에 담았어. 첫 배역을 따내기 전까지는 먹을 걸 사는데 1달러도 쓰지 못했던 것 같아. 바로 그때 20파운드(약 9kg)나 살이 빠졌지."

한나는 웃음을 터뜨렸지만, 한나의 옆자리에 앉는 린을 보며 부러운 마음이 들었다. 대학시절에는 서로 옷을 빌려 입기도 했는데, 이제 린은 꼭 안드레아 사이즈였다.

언제 빠질지도 모를 살 이야기 대신 한나는 화제를 돌렸다.

"로스랑 잘 안돼서 정말 안타까워. 두 사람 정말 잘 어울린다고 생각했는데."

"나도 그렇게 생각했지, 한때는. 하지만 사람이란 언제나 변하기 마련이잖아. 로스와 나는 바라보는 게 달랐어. 그래서 결국 헤어졌지."

한나는 아무 말도 하지 않았다.

두 사람이 바라보는 방향이 전혀 달랐던 것은 아닌 듯했다.

린은 늘 배우가 되고 싶어 했고, 로스는 작가나 제작자가 되고 싶어 했으니 말이다. 그리고 지금 두 사람은 결국 원했던 것을 하고 있는데, 어디를 봐서 바라보는 방향이 달랐다는 말인가?

"브랜드포드 일은 정말 안됐어."

린이 대학시절 남자친구 이야기를 꺼내며 한나의 팔을 잡았다. 약혼한 사실을 까맣게 숨기고 한나와 데이트를 했던 남자 조교 말이다.

"아버지가 돌아가셨기 때문에 네가 고향으로 돌아간다는 것이 학교

내의 공공연한 이야기였지만, 로스와 나는 그게 브래드포드 때문일 거라고 생각했어. 혹시 관심 있어 할까 봐 알려주는 건데 브래드포드, 지금 이혼했대."

"눈곱만큼도 관심 없어." 한나가 시큰둥하게 대답했다.

"우리 조카, 트레시는 어때?"

"정말 깜찍해! 그 애랑 얘기하면 꼭 다 큰 아가씨랑 이야기하는 것 같다니까. 에이미의 아역으로도 꼭 그런 아이가 필요했어. 그래서 로스에게 트레시가 역에 딱 맞을 것 같다고 얘기했지."

한나의 얼굴에 환한 미소가 번졌다. 트레시의 칭찬은 언제 들어도 기분이 좋았다.

"곧 대사를 외는 시험이 있을 거야. 로스가 지금 단역 오디션을 보고 있으니까 에이미 역도 로스가 심사하게 될걸."

"아이들이 몇 명이나 왔어?"

"세 명. 로스가 인사시켜줘서 모두 만나봤는데, 트레시와 견줄만한 경쟁자는 없더라. 우선 트레시는 태도가 됐거든. 다른 두 아이도 예쁘게 생기긴 했는데, 심각하고 조숙한 꼬마 아가씨 역을 소화해 내기에는 역부족이야. 무슨 말인지 알지?"

"잘 모르겠는데."

"좋아, 그럼 다르게 설명해줄게. 예쁘고 초롱초롱한 푸른 눈 뒤로 머리는 계속 바쁘게 돌아가고 있어야 한단 말이야. 설사 외모가 형편없을지라도 생각은 언제나 바르고, 계획적이고 조심성이 있어야 한다는 얘기지."

"트레시를 아주 잘 설명했어. 마지막 부분만 제외하고는 말이야. 마지막은 지나치게 편집증적으로 들리거든."

"그럴 수밖에. 에이미는 조울병을 앓는 아버지랑 같이 살았다는 거

몰라? 에이미의 아버지는 흥분한 상태에서 항상 분노를 표출하곤 했는데, 늘 에이미와 그녀의 오빠만이 분노의 대상이 되었지. 에이미는 아직 어렸는데도 그런 아버지의 성미를 잘 알고는 늘 아버지의 기분을 살피며 조심스럽게 행동했어. 아버지가 에이미를 심하게 학대하지 않은 것도 에이미가 절대로 그를 자극하지 않았기 때문이야."

"그럼 왜 누군가에게 그 사실을 얘기하지 않았지?"

"아무도 자기 말을 믿어주지 않을까 봐 두려웠던 거지."

"정말 최악의 상황이로구나."

"그렇지. 그런데 그런 역동적인 가족사가 바로 매력 포인트야. 트레시와 몇 마디 이야기를 나눠봤는데, 그 애라면 에이미 역을 잘해 낼 수 있을 것 같아. 나도 너랑 같이 트레시의 오디션을 지켜봐야겠다. 그리고 로스에게 다시 한 번 잘 말해 볼게."

린은 문득 하던 말을 멈추더니 이내 과장되게 숨을 내쉬며 말했다.

"오, 저기 봐! 저 경찰, 너무 멋지다!"

"마이크 킹스턴."

무대 위를 가로지르는 마이크를 바라보며 한나가 일러주었다.

제복을 갖춰 입은 그는 한나가 있는 곳에서는 들리지 않는 누군가의 지시에 따라 무대의 양쪽을 살펴보고 있었다.

"아는 남자야?"

린이 묻더니 이윽고 웃음을 터뜨렸다.

"하긴 당연히 아는 사람이겠지. 레이크 에덴처럼 작은 마을에서 모르는 사람이 있다는 게 더 이상할 테니까. 있잖아, 한나……, 내가 우리 그이를 많이 사랑하지만 않았어도 저 경찰에게 대쉬했을 거야."

한나는 바로 그 경찰이 자신에게 청혼했다가 거절당했다는 사실을 린에게 농담 삼아 이야기할까 하다가 그만두었다. 우선 그렇게 말하면 너무 자랑하는 것처럼 들릴 것 같았고, 이제 두 사람은 더 이상 대학시절의 둘도 없는 절친한 친구 사이가 아니었기 때문이다. 이제 한나의 애정사 혹은 애정 결핍사 따위는 린의 관심거리가 아닐 것이다.

마이크가 무대에서 내려오자마자 린이 한나를 돌아보았다.

"이제 휴식시간인가 봐. 아마 휴식이 끝나는 대로 대사 외는 시험이 있을 거야. 늘 그런 순서로 진행했거든."

한나가 말했다.

"그렇다면 지금 로렌스 씨를 만나봐야겠어. 로렌스 씨가 먹을 치즈케이크를 구워달라고 로스에게 부탁을 받았거든. 어떤 종류의 치즈케이크를 좋아하는지 물어봐야 해서……."

"체리."

"그건 알고 있어. 체리 치즈케이크에도 여러 종류가 있잖아. 체리가 가득 들어간 부드럽고 달콤한 크림 타입을 좋아해? 아니면 체리를 윗면에만 올린 깊고 풍부한 맛의 타입을 좋아해?"

그러자 린이 어깨를 으쓱해 보였다.

"그것까지는 모르겠는데, 가서 직접 물어보자."

잠시 후, 한나는 강당에서 가장 극적으로 생긴 남자와 인사를 했다.

딘 로렌스는 키가 그렇게 크지는 않았지만, 다소 작은 체구를 그의 호감 어린 외모가 대신 채워주고 있었다. 그를 보니 한나는 수탉이 생각났다. 산발한 머리 한가운데가 봉긋하게 솟아오른 모양이 꼭 수탉의 벼슬과 닮았고, 매고 있는 폭이 넓은 넥타이에는 깃털 문양이 잔뜩 새겨져 있었기 때문이다.

"만나서 반가워요, 로렌스 씨."

린이 소개를 마친 뒤 한나가 공손하게 인사했다.

"딘이에요, 자기. 오직 적들만이 날 로렌스 씨라고 부르죠."

자기?

한나는 온몸에 닭살이 돋는 듯했다.

처음 만난 사람에게 자기라고 부르다니.

"제가 치즈케이크를 만들어 드릴 건데요, 로렌스……, 아니, 딘. 어떤 맛을 좋아하는지 알고 싶어서요."

"어떤 맛?"

"네, 그러니까 가벼운 맛? 아니면 짙은 맛?"

"가볍고 짙은 맛?"

"가벼운 느낌의 치즈케이크는 아주 부드럽고, 짙은 느낌의 치즈케이크는 아주 진해요."

"오, 이제야 무슨 뜻인지 알았어요. 난 진한 치즈케이크를 좋아해요, 아주 진한. 그리고 동시에 부드러워야 해요. 한 입 베어 물면 입에서 사르르 녹을 정도로요."

"달콤하고 바삭바삭한 바닥이 좋으세요, 아니면 부드러운 빵 맛의 바닥이 좋으세요?"

"달콤한 것. 난 달콤한 것을 엄청 좋아하거든요, 자기."

또, 닭살 돋는 호칭.

한나는 애써 그것을 무시하며 다음 질문으로 넘어갔다.

"체리는? 체리와 똑같은 색과 맛이 나는 체리가 케이크 전체에 들어간 게 좋아요, 아니면 윗면에만 얹은 것이 좋아요?"

"체리는 윗면에 얹고 가장자리에는 체리 소스를 뿌려요. 단 사우어크림을 얹은 위에 체리를 올려야 해요. 그걸 바로 뉴욕 치즈케이크라고 하는데, 만들 수 있겠어요?"

"그럼요."

"아주 좋은 자세에요, 자기! 해보기 전에 못한다고 말하는 건 못난 짓이죠. 안 그래요?"

한나도 동의했다.

"맞아요. 내일 아침에 사무실로 배달해 드릴게요."

"좋아요, 자기. 그럼 난 양손에 포크를 들고 목 빠지게 기다릴게요."

딘은 말을 마치자마자 한나에게서 등을 홱 돌려 막 앞줄에 앉은 로스를 향해 손을 흔들었다.

"시작할 준비 됐나, 더키?"

"준비됐어요."

로스가 무덤덤하게 대답했다.

미셸의 말로는 두 사람이 함께 작업을 시작한 지 두 달이 넘었다던데, 딘의 유별난 호칭 사용에 로스가 이미 익숙해졌을 만도 했다.

"그런데……."

딘이 이야기 소리가 들리지 않을만한 거리만큼 멀어지자마자 한나가 린에게 말했다.

"딘은 원래 유별난 호칭으로 사람들을 부르나 봐?"

"오, 맞아. 여자들은 자기라고 부르고 남자들은 더키라고 부르지. 도대체 왜 그러는지 모르겠어. 영국 사람도 아니면서 말이야!"

"왜인지 알 것 같아."

"그래?"

"내 추측이긴 하지만, 그렇게 하면 굳이 사람들 이름을 외지 않아도 되잖아."

"디저트 수레에 어떤 것들이 있는지 찬찬히 봐."

조단 고등학교 졸업반인 앰버 쿰스가 먹음직스러운 음식들이 잔뜩 놓인 수레를 끌고 이쪽으로 오자 한나가 말했다.

멀리서도 한나는 샐리의 나폴리풍 케이크를 볼 수 있었다.

여섯 개 층으로 이루어진 케이크는 초콜릿과 바닐라, 스트로베리로 구성되어 있었고, 각 단은 그것과 잘 어울리는 프로스팅으로 서로 단단히 고정되어 있었다.

수레를 본 로스는 너무나도 극적인 신음 소리를 냈다. 한나는 그가 왜 그러는지 충분히 이해하고도 남았다. 이처럼 유혹적인 디저트들 가운데 단 하나만 고르는 일은 거의 불가능하다.

"하나씩 다 맛보고 싶은데."

"나도. 하지만 우리가 그런다면 앰버가 홀을 다 돌지 못할 거야."

"이럴 줄 알았으면 전체요리는 그냥 뛰어넘고 바로 디저트부터 시작할 걸 그랬어."

퇴폐적일 정도로 호화찬란한 디저트의 향연에서 간신히 눈을 뗀 로스가 한나를 바라보며 미소를 지었다.

"대학시절 네 모토가 아직도 기억나. 항상……."

"디저트부터 먹자."

로스의 회상에 한나가 먼저 나서서 말했다.

"디저트 두 개를 골라서 서로 나눠 먹으면 어때?"

"그거 좋은 생각인데. 그럼 적어도 두 개는 맛볼 수 있을 테니까."

두 사람의 넉살에 간신히 웃음을 참는 앰버 쿰스를 보며 한나가 미소를 지었다.

"난 샐리의 밀가루 없는 초콜릿 케이크로 할게. 포크는 두 개 부탁해."

로스는 살구 브레드 푸딩에서 시선을 떼지 않은 채 말했다.

"난 푸딩으로 할게요. 한나가 레시피들을 몽땅 싸서 대학을 떠난 이후로 브레드 푸딩이 얼마나 먹고 싶었는지 몰라. 이거 네가 예전에 만들어주던 거랑 완전히 똑같은데, 한나."

앰버가 말했다.

"당연하죠. 이건 한나의 것이니까요. 래플리 부인이 스웬슨 양의 레시피대로 만들었거든요."

"아……, 그렇다면 이야기가 달라지는데!"

로스가 활짝 웃으며 말했다.

"이게 한나의 브레드 푸딩이라면, 난 곱빼기로 먹겠어."

"데워 드릴까요?"

"오, 좋아요."

"진한 크림을 얹어 드릴까요, 아니면 휘핑크림이나 바닐라 아이스크림을 얹어 드릴까요?"

"오, 좋아요."

앰버가 참고 있던 웃음을 터뜨렸지만, 이내 표정을 가다듬고 물었다.

"세 개 다 얹어 드려요?"

"아뇨, 진한 크림만 얹어줘요. 한나는 늘 그렇게 만들어줬거든요."

로스가 문득 웨이트리스 유니폼으로 깜찍하고 예쁘게 단장한 앰버를 바라보았다.

"쿰스 양도 오디션에 참가해보면 어때요? 칵테일파티에 등장하는 웨이트리스 역에 딱 맞겠는데."

지금 순간만큼은 나무랄 데 없이 완벽한 웨이트리스인 앰버는 입을 떡 벌렸다.

"정말이요, 바톤 씨?"

앰버가 거의 숨이 넘어갈 듯 물었다.

"물론이죠. 사실을 말하자면, 지금 이렇게 수레를 밀고 다니는 것 자체가 오디션 아니겠어요, 안 그래요?"

"지당하신 말씀이세요."

대답하는 앰버는 좀처럼 흥분을 감추지 못하고 있었다.

"좋아요, 웨이트리스 역을 줄게요. 시간이나 일정 같은 건 괜찮겠어요?"

"오, 그럼요!"

앰버가 재빨리 대답했다.

"저희 고등학교 교장 선생님께서 영화에 배역을 맡게 된다면 며칠 정도는 결석해도 좋다고 하셨거든요. 그러니 걱정 없어요."

로스는 앰버에게 부모님의 동의서를 받아 오라고 당부하며 언제 의상을 맞추게 될지도 일러주었다. 다시 수레를 밀고 자리를 뜰 때까지도 앰버의 얼굴에는 웃음이 사라지지 않았다. 그녀는 거의 춤을 추듯 폴짝거리며 홀을 가로지르고 있었다.

"아무래도 내가 실수한 것 같아."

신이 나서 수레를 밀고 가는 앰버를 보며 로스가 말했다.

"그 말은……, 배역을 괜히 줬다는 거야?"

"아니, 캐스팅은 아주 잘했지. 그런데 지금 너무 들떠 있어서 내 브레드 푸딩 가져오는 것을 깜빡 잊을 것 같단 말이지."

한 시간 후, 한나는 아파트 문을 열었다.
다행히 앰버는 잊지 않고 로스의 디저트를 가져다주었고, 두 사람은 두 개의 디저트를 사이좋게 나눠 먹었다.
"물러서 있는 편이 좋을 거야."
문손잡이를 잡으며 한나가 말했다.
"그래, 그런데 왜 그래야 하는데?"
"내가 집에 들어올 때마다 모이쉐가 일종의 환영 예식 같은 것을 하거든."
"환영 예식?"
"내 품 안으로 풀쩍 뛰어들어 온다구. 20파운드(약 9kg)가 넘게 나가는 덩치가 달려드니까 두어 번 정도 넘어지기도 했어……, 긴장하고 문을 열지 않으면 꼭 그렇게 된다니까."
"사전 경고는 사전 무장이지."
로스가 한나에게 가까이 다가서더니 두 손으로 그녀의 등을 받쳤다.
"넘어지면 내가 꼭 잡아줄게."
"좋아."
로스의 손길에 민감하게 반응하는 스스로에 놀라며 한나가 대답했다. 로스의 장갑과 한나의 두꺼운 코트를 사이에 둔 스킨십이었는데도 한나의 심장은 콩콩 뛰고 있었다.
이윽고 한나가 문을 열자 오렌지와 흰색 털 뭉치가 공기를 가르며 정확히 두 사람을 향해 날아들었고, 그걸 본 로스는 다소 놀란 듯 킥킥거렸다.

한나는 제법 전문가다운 손길로 모이쉐를 받아 안아 거실로 들어섰지만, 사실은 일부러라도 로스를 향해 넘어지고픈 마음이 가득했다.

"여기는 로스야."

모이쉐를 소파 등받이 쪽에 내려놓고는 녀석의 귀를 긁어주며 한나가 말했다.

"예쁘게 굴면, 로스가 널 영화에 출연시켜 줄지도 몰라."

그러고는 미소 짓는 로스를 돌아보며 다시 말했다.

"이 녀석이 내 룸메이트인 모이쉐."

로스가 씩 웃으며 말했다.

"운 좋은 고양이로군."

모이쉐는 잠시 한나를 물끄러미 쳐다보다가 영화 출연에 대한 이야기를 아주 잘 이해하기라도 했다는 듯 핼러윈 고양이 포즈를 취하며 등을 활처럼 구부리고는 털을 잔뜩 솟구쳐 올렸다.

두 번 정도 그런 포즈를 반복하던 모이쉐는 다시 몸의 긴장을 풀고 꼬리를 축 늘어뜨리고는 몸을 납작하게 만들어 마치 미니어처 양탄자 같은 모양새를 했다.

"녀석이 지금 시연을 해보인 것 같은데. 네가 오디션 보는 중이라고 생각한 건가?"

한나가 로스에게 말했다.

"정말 그랬나 봐. 네가 이야기한 영화 출연 건을 완벽하게 이해한 것 같아. 맨즈 차이니즈 극장 앞에 발자국을 남기고 싶은 모양인데."

"할리우드 유명인의 거리에도 마찬가질 걸."

한나의 미소가 웃음으로 번지자 모이쉐가 고개를 들고는 두 사람에게 자신의 날카로우면서도 새하얀 이를 선보이기라도 하는 듯 입을 쩍 벌리고 크게 하품을 해보였다. 그러고는 동시 신호를 받은 것처럼 두 개의 귀를 동시에 휘휘 돌리더니 이내 한쪽 귀는 앞으로 다른 한쪽 귀는 뒤로 따로따로 돌리기 시작했다.

"난 아직도 저거 못하겠어."

로스가 한나를 바라보며 말했다.

"그래?"

로스의 이야기가 무슨 뜻인지 한나는 잘 알고 있었다.

대학에 다닐 때 어느 날 린이 오른손은 앞쪽으로 향하는 원을 그리고, 동시에 왼손은 가슴 쪽을 향하는 원을 그리는 제스처를 배웠던 적이 있었다. 두 개의 원을 동시에 그려야 하며 크기나 속도도 아주 똑같아야 했다.

"몇 달간을 시도했는데도 안 되더라구. 연습이 더 필요한가 봐."

"당연히 연습이 필요하지. 나도 연습해서 된 거니까. 그런데 린은 연습할 필요도 없이 처음부터 잘했어. 그걸 잘할 수 있는 사람과 잘하지 못하는 사람을 구분 짓는 심리학적 장치 같은 것이 있나 봐. 그런데 그런 이야기를 지금 할 필요는 없겠지."

한나는 로스를 바라보았지만, 그는 모이쉐를 쳐다보고 있었다.

로스는 린과 헤어진 일이 전혀 아무렇지도 않다고 말했지만, 지금 말하는 그의 음성에서 한나는 린과의 이별이 그렇게 즐겁고 유쾌하지만은 않았다는 사실을 감지할 수 있었다. 두 사람의 이별이야 한나가 상관할 바가 아니니 아무것도 묻지 말자고 다짐했지만, 한나의 핏속에 흐르는 호기심의 기질은 아까부터 자꾸만 울렁거렸다.

"커피 줄까?"

"급하게 잠자리에 들어야 한다거나 하는 게 아니라면 부탁해."

대사하고는! 한나는 생각했다.

한나는 자신이 실망한 것인지 어떤 것인지 알 수 없었다.

"커피쯤이야 문제없지. 늘 10시까지는 깨어 있거든. 지금은 겨우 9시가 조금 넘었을 뿐이잖아."

"그래, 너 좋을 대로. 그런데 카페 문은 몇 시에 열어?"

"보통은 아침 9시에 여는데, 관광객들이 많이 찾는 시기에는 그보다 더 일찍 열기도 해."

"영화 촬영을 하는 동안에는 10시 이전에 문을 열 필요가 없으니까, 오늘 밤에는 여유가 있겠어."

"그렇지도 않아. 로렌스 씨의 치즈케이크를 9시까지 배달해주겠다고 했으니까 지금 치즈케이크를 구워두어야 할 것 같아. 굽는데 두 시간은 족히 걸리거든."

"치즈 케이크 만드는 동안 혹시 친구가 필요하진 않아?"

"좋지."

한나는 케이크를 굽는 동안 로스가 주방의 테이블에 앉아 커피나 마시며 대부분 시간을 보내는 것만으로도 만족하길 바라며 대답했다.

이제 거물급 영화 제작자가 된 로스이니 아마 몇 년간 연락 한 번 없이 지낸 친구 사이에 가장 적절한 행동이나 태도 패턴에 대해 더 좋은 생각이 있을지도 모른다. 하지만 지금은 한나의 집에 초대를 받아 온 손님이니 어느 정도까지가 적절한지를 결정하는 것은 한나의 몫이다.

한나가 커피가 가득 든 머그잔 두 개를 들고 거실로 나왔을 때 로스는 소파에 앉은 채 무릎 위에는 모이쉐를 올려놓고 있었다.

"녀석이 캐스팅 카우치(영화감독, PD, 작가, 매니저들에게 성 상납을 하고 영화, 드라마, 프로그램 등에 출연하는 것을 말함)라는 말을 알고 있나 봐."

한나가 재빨리 우스갯소리를 내뱉었지만, 로스의 악동 같은 미소를 보자 이내 후회하고 말았다.

"흠, 녀석은 이미 배역을 따냈으니 더는 어필할 필요가 없지. 녀석의 주인이라면 또 모를까……."

 마치 큐 사인이라도 떨어진 듯 제때 모이쉐가 큰소리로 야옹거리며 한나의 옛 대학 동창의 입에서 분명히 뒤이어 나왔을 작업 멘트에 훼방을 놓았다. 그런 뒤 과잉보호 기질을 발휘하는 녀석은 로스의 무릎에서 내려와 로스와 한나가 더 이상 가까워져서는 안 된다는 듯 두 사람 사이에 자리를 잡고 앉았다.

 "오는 사람들한테는 다 이렇게 해?"

 로스가 묻자 그와 동시에 전화벨이 울렸다.

 "남자한테만."

 한나가 대답하고는 손을 뻗어 수화기를 집어들었다.

 "여보세요?"

 "안녕, 한나."

 마이크의 목소리를 알아들은 한나가 얼굴을 찌푸렸다

 "누군가 한나 아파트 게이트의 나무 바를 또다시 그대로 뚫고 들어갔단 이야기를 해주려고 전화했습니다."

 "알고 있어요. 아까 우리가 들어왔을 때부터 부러져 있었거든요. 매주 이런 일이 생기는 걸요, 뭐. 게이트 카드를 신용카드랑 같이 보관하면 자석 센서에 문제가 생겨서 작동이 안 된다는 걸 모르는 사람들은 화가 나서 그냥 돌진해버리니까요."

 마이크가 매우 엄중하게 말했다.

 "한나 말이 맞을지도 모르지만, 꼭 그런 이유 때문만은 아닐지도 몰라요. 누군가 일부러 침입해 들어간 것일 수도 있으니 조심해요."

 "알았어요, 전화해줘서 고마워요, 마이크."

 "잠깐 끊지 마요, 한나! 내가 지금 그리로 가면 조금 더 안심이 되지 않을까 해요. 그러니까, 위험한 사람이 밖에 돌아다니고 있을지도 모르는데 한나 혼자 두는 게 불안해서 말입니다."

'그저 내 안전이 걱정되었을 뿐이라는 거죠.'

한나는 생각했다. 하지만 대신 이렇게 말했다.

"괜찮아요, 마이크. 지금 혼자 있지 않아요."

"혼자 있지 않다구요? 지금 밤 10시가 다 되었는데, 평일에는 보통 10시면 잠자리에 들잖아요. 그러니까 내 말은, 내일 아침 일찍 카페로 나가봐야 하지 않습니까?"

"아뇨, 로스가 10시 전에는 카페 문을 열 필요가 없다고 했거든요."

한나는 치즈케이크를 구워야 한다는 이야기는 굳이 하지 않았다.

"너무 잘 됐죠?"

"잘 됐군요."

퉁명스러운 어투로 마이크가 대답했다.

"난……, 그저 아파트 안을 순찰해봐야 하지 않을까 했던 겁니다. 그러니까……, 안전한지를 확인하려면 말이에요. 부서진 게이트 바를 보았을 때부터 자꾸 마음에 걸려서요."

딱 걸렸어!

한나는 슬그머니 미소를 짓기 시작했다. 마이크가 혹시 한나가 로스와 함께 있는 것에 질투를 느껴 전화한 것이 아닐까 생각했는데, 이제 한나의 추측이 확실해진 것이다.

"그걸 보았을 때부터라구요?"

"네. 어……, 그러니까 이렇게 된 거예요, 한나. 우연히 한나의 아파트 근처를 지나다가 누군가 수배 중인 용의자를 본 것 같다고 해서요. 마침 가까이 있고 하니, 한나가 집에 있나 한 번 가보려다가 게이트를 보게 된 거죠."

"그렇군요."

마이크가 바라는 것보다 훨씬 더 많은 사실을 꿰뚫어버린 한나가 대답했다.

"흠, 염려할 필요 없어요. 여긴 아무 일 없이 괜찮으니까요. 어쨌든 그렇게 걱정해줘서 고마워요, 정말이에요. 그럼 내일 봐요, 마이크."

"마이크가 질투하는가 봐?"

한나가 전화를 끊자마자 로스가 물었다.

"설사 그렇다고 해도 난 그렇다고 말 못해. 그러면 내가 너무 나쁜 사람이 되어버리잖아."

그러자 로스가 웃음을 터뜨렸다.

"질투하는 게 맞네. 네가 청혼을 거절해서 그런 걸 거야."

"그건 어떻게 알았어?"

"미셸이 이야기해줬어. 네가 요즘 만나는 사람이 없느냐고 물어봤더니, 그런 기밀을 알려주더라구."

"하여간 비밀이 없다니까."

너무 매정하게 들리지 않도록 애쓰며 한나가 말했다.

"사는 게 다 그런 거지, 뭐. 난 그에게 5분을 주겠어. 넌 어떡할래?"

"누구?"

"노먼 말이야. 마이크는 노먼에게 바로 연락할걸. 네가 두 사람의 청혼을 거절했으니, 둘은 일종의 유대감을 느끼고 있을 거라구. 그런 연대를 더욱 돈독하게 하는 데 제삼자의 등장만큼 강력한 것도 없지."

한나가 짓궂은 웃음을 짓는 로스를 바라보며 물었다.

"그럼 그 제삼자가 너란 말이야?"

"오, 그렇지. 그게 바로 나야. 자, 어떻게 할래? 너도 내기를……"

그때 로스의 말을 중간에서 잘라내며 전화벨이 울려댔고, 로스는 이내 웃음을 터뜨렸다.

"노먼이다."
"아니, 아니야."
"어떻게 알아?"
"모이쉐를 봐."
한나가 두 사람 사이에 앉은 모이쉐를 가리켰다.
"이 녀석이 왜 이러는 거야? 몸을 잔뜩 부풀리고, 털도 삐죽삐죽 섰잖아."
"고양이들이 화가 나거나 뭔가에 놀랐을 때 본능적으로 보이는 반응이야. 자기 몸집을 더욱 크고 위협적으로 보이도록 하는 방어기술이지. 엄마가 전화할 때면 늘 이래. 틀린 적보다는 맞은 적이 훨씬 많으니까 믿어도 될 거야."
한나는 수화기를 집어 귀에 가져다댔다.
"안녕, 엄마."
"그렇게 전화받지 말라는 데도 그러는구나, 한나."
잔소리했지만, 한나는 그래도 엄마가 내심 좋아한다는 것을 목소리 톤에서 읽을 수 있었다.
"캐리가 방금 전화했는데, 노먼이 네가 지금 집에서 로스와 같이 있다고 했다더구나. 인제 그만 잠자리에 들어야 할 시간이 아니냐?"
"정말 환상적인 생각인데요!"
한나가 로스를 향해 씩 웃어 보였다.
"엄마가 그렇게 제안하더라고 로스한테 전해줄게요. 엄마가 그렇게 개방적인 사람인 줄은 미처 몰랐어요."
그러자 빌의 구형 포드 플러그가 지저분할 때 나는 것과 비슷한 소리로 수화기 건너편에서 흥분한 듯한 엄마의 숨소리가 들려왔다.
마침내 엄마가 입을 열었다.

"그런 뜻이 아니라는 걸 너도 알지 않니! 대체 뭘 하는 게냐, 한나?"

"커피 마시고 있었어요, 엄마. 치즈케이크도 구워야 하구요. 그런데 케이크 굽는 것보다는 엄마가 제안한 계획이 더 재미있을 것……."

"그만하지 못하겠니, 한나 루이즈!"

엄마가 한나의 말을 막았다.

"농담한 거예요, 엄마."

"전혀 재미있지 않구나! 그럼 얼른 치즈케이크 굽고 로스는 보내도록 해라. 아침에 거울을 들여다봐야 한다는 사실도 잊지 말고 말이다."

틱 소리와 함께 엄마가 전화를 끊자 한나 역시 수화기를 내려놓으며 웃음을 터뜨렸다.

"난 참 못됐어. 짓궂은 농담으로 엄마를 좀 괴롭혔더니 바로 전화를 끊으시네. 좋은 딸들은 그런 농담 같은 건 안 할 텐데."

"그럴시도 모르지만, 농담만큼은 오랜만에 재미있었이."

"그랬지!"

한나가 씩 웃었다.

"네가 이야기한 5분에는 거의 가까웠는데, 노먼이 아니라……."

그때 또다시 전화벨이 울렸고, 한나는 나머지 말을 삼키고 말았다.

"이번엔 분명히 노먼이다."

로스가 말했다.

"네 말이 맞을지도 모르겠는데."

한나가 수화기를 집었다.

"안녕, 노먼."

"안녕, 한나. 우리 어머니한테 듣는 것보다는 나한테서 듣는 편이 더 나을 것 같아서요."

"그거야 당연하죠!"

"그러니까……, 이걸 물어보려구요. 로스와의 일은 전혀 걱정하지 않아도 되는 거죠?"

한나는 노먼에게 개인의 자유와 사생활은 보호받아야 하니 그런 관심일랑은 거두어 달라고 귀가 따갑도록 이야기하고 싶었지만, 가까스로 참았다. 노먼이 직접적으로 물어왔으니, 한나도 직접적으로 답을 해줘야만 했다.

"만약 걱정할 일이 생긴다면, 바로 알려줄게요. 그럼 되죠?"

"공평하네요. 그럼 잘 자요, 한나. 사랑해요, 알고 있겠지만."

노먼이 대답했다.

"알아요."

한나 역시 로맨틱한 답으로 응수해주고 싶었지만, 노먼에게 거짓 희망을 심어줄 수는 없는 노릇이었다.

한나는 점잖게 수화기를 내려놓고는 로스를 쳐다보았다.

"마을 전체에 우리 이야기가 떠도는 것 같아."

"알만 해. 이런 말 하긴 싫지만, 아무래도 난 가보는 게 좋겠어. 다음에 또 기회가 있겠지……, 그렇지?"

"너한테 달렸어."

한나는 그에게 장난스러운 미소를 지어 보이고는 그의 코트를 가지러 문가에 놓인 의자로 향했다.

샐리의 밀가루 없는 초콜릿 케이크

오븐을 섭씨 195도 예열합니다. 틀은 오븐의 중앙에 둡니다.

한나의 첫 번째 메모: 이 케이크는 중앙 부분이 가라앉아요. 밀가루를 사용하지 않기 때문에 어쩔 수가 없답니다. 하지만 가운데 부분이 가라앉는 것은 크게 걱정하지 않아도 돼요. 맛만큼은 아주 좋으니까요. 가운데 부분은 휘핑크림을 듬뿍 담아서 가려주세요-샐리는 크림 두 컵과 설탕 가루의 1/3을 윗부분에 얹고, 뿌린 뒤에 달콤 쌉쌀한 맛이 나는 초콜릿까지 얹는답니다.

재료

버터 1/2컵 / 중간정도 달기를 가진 초콜릿칩 8온스 (약 227g)

계란 노른자 4개 (흰자도 나중을 위해 따로 보관해 두세요)

백설탕 1/2컵 / 흰자 4개 (보관해둔 것 있죠?)

럼 추출액 1/2티스푼 (럼이 없으면 바닐라를 사용해도 좋습니다)

백설탕 1/4컵 (그러니까 전부 3/4컵의 백설탕이 필요한 거예요)

윗부분을 장식할 휘핑크림 / 역시 장식에 쓰일 초콜릿 톱밥 (선택사항이에요)

딸기 슬라이스나 조각 (역시 선택사항이구요)

만드는 법

1. 8인치 팬에 들러붙음 방지 스프레이를 뿌려줍니다 (8과 1/2인치 규격도 가능하지만, 9인치는 너무 클 거예요). 양피지를 바닥에 깔아줍니

다(기름종이도 괜찮아요). 종이 위에도 들러붙음 방지 스프레이를 뿌려주세요.

2. 버터와 초콜릿칩을 넣고 전자레인지 '강'으로 돌려 1분간 녹입니다. 필요하다면 20초 정도 더 돌려도 됩니다(초콜릿칩은 녹은 후에도 제 모형을 유지하고 있을 수 있으니까 20초를 더 돌리기 전에 꺼내서 한 번 저어주세요). 그릇 위를 덮고 전자레인지에 넣어서 따뜻하게 보관합니다.

3. 중간 크기 그릇에 설탕 1/2컵과 계란 노른자를 넣고 색깔이 밝은 노란빛이 돌 때까지 잘 섞어줍니다. 거기에 럼 추출액을 넣습니다(손으로 해도 되지만, 전자믹서가 있으면 훨씬 편하답니다).

4. 아까 녹여둔 초콜릿에 계란 노른자 섞은 것을 넣고 골고루 섞이도록 저어줍니다.

5. 큰 그릇에 계란 흰자를 넣고 거품을 만들어줍니다. 거기에 1/4컵의 백설탕을 뿌리며 거품이 단단하게 형성될 때까지 저어줍니다(약 30초 정도 걸릴 거예요). 흰자로 만든 거품을 초콜릿 혼합물과 섞어주고 나서 주걱으로 골고루 섞이도록 여러 번 저어주세요. 전체적으로 초콜릿색이 돌 때까지 계속 저어줍니다.

6. 완성된 것을 케이크 팬에 붓고 고무 주걱으로 윗면을 다듬고 나서 섭씨 190도에서 35분 동안 굽거나 나무 막대기 등으로 가운데 부분을 찔렀다가 뺐을 때 묻어나오는 것이 없이 깨끗하면 다 구워진 것입니다.

7. 팬에 담긴 채로 선반에서 15분 동안 식힌 다음 칼로 가장자리를 떼어 접시에 옮겨 담은 뒤 10분간 더 식혀줍니다. 케이크가 만질 수 있을 정도로 완전하게 식기 전에는 절대로 양피지나 기름종이를 떼어내지 마세요.

8. 충분히 식었으면 푹 꺼진 중앙 부분에 휘핑크림을 얹습니다. 만약 예쁘게 장식하고자 한다면 초콜릿 톱밥이나 라즈베리 혹은 딸기 조각을 뿌려주세요. 그런 다음 디저트 접시에 담아 커피와 함께 손님에게 내면 됩니다.

> 한나의 두 번째 메모: 초콜릿 수플레 타입의 디저트에요. 정말 맛있답니다!

 월요일 아침 8시 30분, 한나는 그야말로 속수무책이었다. 영화배우를 꿈꾸는 우리의 고양이님께서 마치 밴쉬(가족의 죽음을 예고한다는 아일랜드의 여자 요정)처럼 시끄럽게 울어대고 있었기 때문이다.

 한나가 쿠키단지 작업실에 모이쉐를 데려올 때, 엘리노어 콕스가 한 주 동안 빌려준 나무상자에 넣어둔 것이 몹시 마음에 들지 않는다는 듯 녀석은 아까부터 울음으로 시위하고 있었다.

 나무상자는 나무랄 데 없이 널찍하고 안락했다. 이 휴대용 집은 큰 덩치의 개들 전용이라고 할 수 있을 정도로 넉넉해 엘리노어는 허스키와 말라뮤트 종의 개들도 여기서 키웠을 정도였다. 심지어 바닥에는 부드럽고 깨끗한 패드까지 깔려 있어 모이쉐는 망설임 없이 몇 번이고 반복해서 상자 안을 맴돌 수 있었다.

 한나는 녀석의 먹이그릇과 물그릇, 모래상자, 심지어는 모이쉐가 사랑해 마지않는 베개까지 공수해 왔지만 이러한 편의 제공에도 모이쉐는 전혀 행복해 하지 않았고, 그러한 불쾌감을 조금의 숨김도 없이 표현하고 있었다.

 한나는 머리를 쥐어 짜내어 가며 모이쉐를 안정시킬 방도를 찾아 갖가지 방법을 시도해보았다. 한나가 일하는 모습을 모이쉐가 지켜볼 수 있도록 상자를 돌려놓아 보기도 하고, 우울함을 떨쳐내 줄 만한 신나는 음악을 틀어보기도 했다. 그리고 몇 분마다 한 번씩 상자 앞으로 가 녀석을 토닥여주기도 하고, 리사가 온실에서 직접 키운 싱싱한 개박하를 뇌물로 안겨보기도 했다.

하지만 그 어떤 것도 효과를 보지 못했다. 녀석은 아주 목소리가 나오지 않을 때까지 울어 제칠 생각인 모양이었다. 그다음은 어떻게 될지 하늘만이 아시겠지!

"여섯 번째야."

고양이님께서 물그릇을 엎어버리자 한나가 고개를 설레설레 저으며 말했다. 그러고는 리사를 쳐다보았는데 그녀는 모이쉐가 목청껏 짜내는 소음에도 전혀 아랑곳하지 않고, 미소를 짓고 있었다.

"이런 소음을 들으면서도 어쩜 그렇게 여유 있을 수 있어?"

리사가 얼굴을 살짝 찌푸리며 되물었다.

"뭐라구요? 잘 안 들려요, 한나."

놀라운 일이다, 한나는 고개를 저으며 생각했다.

이어폰을 꽂고 큰소리로 음악을 듣는 십대 아이들이 그러하듯 리사도 어쩌면 그 때문에 일시적인 청력 장애를 앓는 것인지도 모른다.

"내 말은."

한나가 좀더 큰소리로 반복해서 말했다.

"모이쉐 울음소리를 들으면서도 어떻게 미소가 지어지냐구?"

"오, 세상에! 죄송해요!"

리사는 황급히 사과하며 귓속에서 밝은 오렌지색 자그마한 물체를 꺼냈다.

"귀마개를 하고 있었어?"

"네, 허브가 준 건데, 카우보이 총 쏘기 때 사용했던 거예요."

한나는 웃음을 터뜨렸다.

리사가 카우보이 총 쏘기 이야기를 꺼낼 때마다 한나는 웃지 않을 수 없었다. 그 말이 꼭 카우보이를 총으로 쏘아 죽이는 게임처럼 들렸기 때문이다. 다행히 리사와 허브가 쏜 것은 모형 철판이었다.

카우보이 총 쏘기는 옛날 서부시대 풍경을 재현해 만든 게임인데, 참가자는 모두 서부시대 의상을 입고 그 당시 사용했던 총으로 속도와 정확성 등을 평가받았다.

"알아요, 우리가 쏜 건 카우보이들이 아니라구요."

한나의 웃음을 이해한 리사가 말했다.

"하지만 사람들은 그렇게 말하죠. 모이쉐가 필요할 때 언제든 촬영할 수 있도록 한나가 카페로 데려와서 나무상자에 넣어둘 거라는 이야기를 허브한테 했더니 귀마개가 필요할 거라고 했어요."

모이쉐가 또다시 귀가 먹어버릴 정도의 소리로 울어대기 시작하자 한나와 리사는 동시에 두 손으로 귀를 막았다.

마침내 소리가 멈추자 한나는 절망 섞인 한숨을 내쉬었다.

"혹시 귀마개 한 쌍 더 없어?"

"제가 걸스카우트이었잖아요. 언제나 준비가 되어 있답니다."

리사가 앞치마 주머니에서 귀마개 한 쌍을 꺼내 한나에게 건넸다.

"처음에는 손으로 몇 초간 눌러준 다음에 귀에 넣으세요. 그러면 귓속 크기에 딱 맞게 팽창할 거예요."

한나는 동업자의 안내에 따라 귀마개를 착용했고, 이윽고 두 사람은 서로 같은 평화 속에서 작업에 몰두할 수 있었다.

모이쉐의 울음소리는 변함없이 우렁찼지만, 밝은 오렌지색의 방어막이 놀랍게도 한나의 귓속에 고요함을 지켜주고 있었다.

9시가 가까워져 오자 한나는 냉장실로 가서 지난밤 로스가 돌아가자마자 구워서 넣어 두었던 치즈케이크를 꺼냈다.

"로렌스 씨의 사무실에 이걸 배달하고 올게."

한나가 리사에게 말했다.

"커피 마시면서 쉬고 있어. 문 열려면 아직 1시간이나 남았잖아."

"모이쉐가 금방 울음을 멈출까요?"

한나의 대답을 들으려 가까이 다가서며 리사가 물었다.

"글쎄, 작업실 불은 끄고 홀에 나가 있어. 모이쉐는 늘 혼자 지내곤 했으니까 그렇게 하면 좀 나아질지도 몰라."

"그럴까요?"

"자신은 없지만, 한 번 시도해볼 만해. 동물 학대 방지 협의회에서 들를 경우를 대비해 모이쉐가 가수 경력을 쌓으려고 리허설 중이라는 이야기도 만들어놓는 게 좋겠어."

커다란 위네바고(모토홈 브랜드)에 다다른 한나는 감탄을 금치 못했다. 말 그대로 바퀴 달린 집이라고 할 수 있을 정도였다. 이걸 빌리려면 상당히 많은 돈을 줘야 할 것이다.

딘 로렌스가 사무실로 사용하는 이런 크기의 모토홈을 본 것은 작년에 안드레아와 빌과 함께 갔었던 자동차 트레이드 쇼 현장에서뿐이었다. 쇼에서 선보여진, 특수 제작된 모토홈은 레이크 에덴에서 방 두 개 달린 집값의 거의 세 배나 되는 가격이었다.

이렇듯 가격 부담이 큰 모토홈을 호텔방 대신으로 사용하는 것이라면 어느 정도 이해할 만했지만, '체리우드의 위기'의 감독님께서는 레이크 에덴 호텔의 가장 고급 객실에 편안하게 숙박하고 계셨다.

그러니 그저 사무실로 이용하려고 이렇게 큰 모토홈을 빌릴 필요는 없지 않은가.

온종일 이렇게 서서 딘 로렌스의 화려한 소비 성향을 관찰하고 있을 수만은 없는 노릇이니 한나는 얼른 모토홈의 입구를 찾아 나섰다. 모토홈에는 계단이 두 개 붙어 있었는데, 하나는 뒤쪽에 달렸고, 다른 하나는 차의 앞쪽에 가까운 옆면에 달렸다. 그리고 거기에는 '입구-벨을 누르세요.' 라는 표지가 붙어 있었다.

한나는 표지에 쓰인 대로 이행하고는 얼음처럼 차가운 공기 속에 부들부들 떨면서 기다리고 서 있었다. 3월의 아침은 여전히 쌀쌀하고 추웠지만, 한나는 겉옷의 지퍼를 채우지 않았다.

한 손으로도 채울 수 있는 지퍼가 발명되기 전까지는 다시 계단을 내려가 흐트러져서는 안 될 치즈케이크를 고이 눈밭에 놓아두고 지퍼를 채우는 수고를 감수하느니 차라리 이대로 떠는 편을 나았다.

모토홈 뒤쪽 커튼이 살짝 열리더니 안쪽에서 희미한 목소리가 들리는 듯했다. 남자의 목소리 같았지만, 그가 뭐라고 했는지 여자의 웃음소리가 뒤따랐다.

잠시 후, 아까보다 더 큰소리로 남자가 말했다.

"잠깐 기다려요! 금방 나가죠!"

한나의 호기심이 증폭되기 시작했다. 더구나 로스에게 감독이 둘째가라면 서러울 정도의 바람둥이라는 말을 들은 후라 더했다. 한나는 이건 자신이 상관할 바가 아니라고, 어쩌면 텔레비전에서 나는 소리였을지도 모른다고 생각했지만, 한 번 발동한 호기심을 좀처럼 가라앉힐 수 없었다.

딘 로렌스의 위네바고에 여자가 있다.

한나는 확신할 수 있었다. 문제는 그 여자가 누구냐 하는 것이다.

잠시 후, 딘이 문을 열고는 한 손에 포크를 높이 치켜든 채 미소로 한나를 맞아주었다.

"봤죠, 자기? 이렇게 포크를 들고 준비하고 있었답니다. 어서 케이크를 가지고 들어와서 내 책상 위에 올려놓아요."

 딘이 안으로 청하자 한나는 깜짝 놀라고 말았다. 묘령의 여인이 모토홈 어딘가에 있을지도 모르는 상황에서 한나를 초대하다니 말이다.

 한나는 커다란 창문 앞에 놓인, 반짝반짝 광택이 나는 책상 위에 케이크를 올려놓고는 복도 쪽을 흘끗 살펴보았다. 한나가 트레이드 쇼에서 본 기억이 맞다면 침실은 모토홈 뒤쪽에 있다. 하지만 감독의 모토홈이 그때 봤던 것과 똑같은 구조로 되어 있다고는 확신할 수 없었다. 긴 복도 끝의 문은 굳게 닫혀 있었기 때문이다.

 "입맛에 맞으셨으면 좋겠네요, 로렌스 씨."

 "딘이에요."

 그가 상자를 열고는 치즈케이크를 내려다보며 말했다.

 "맛있어 보이네요. 하지만 보이는 게 전부는 아니죠. 난 입맛이 제법 까다로워요. 그러니 내가 건설적인 혹평을 하더라도 마음 상해하지 않겠다고 약속해주겠어요?"

 "네, 전혀 마음 상해하지 않을게요."

 지킬 수 없는 약속이라는 것을 알면서도 한나가 대답했다. 자신이 만든 케이크를 마음에 들어 하지 않는데 전혀 기분 상하지 않을 사람이 과연 몇이나 될까!

 "훌륭해요, 자기. 얼마나 많은 사람이 혹평을 그대로 받아들이지 못하는지 아마 모를 겁니다. 그들을 위해서 나름 친근하게 일러주는 말인데도 그래요. 좀 잘라 주겠어요?"

 "그러죠."

 한나는 케이크를 꺼낼 때 흐트러지지 않도록 상자의 옆면을 밑으로 접었다.

 "칼이 필요한데요."

"여기 어딘가 있을 텐데. 사무실을 넓게 쓸 수 있도록 주방을 없애버리긴 했지만, 찬장이나 서랍에 필요한 물건들은 그대로 뒀을 거예요."

딘이 한나의 옆을 스치고 지나가자 한나는 소스라치게 놀랐다.

꿈꾸는 것이 아니라면 방금 로렌스 씨가 한나를 부적절하게 더듬고 간 것인가? 한나는 몸을 돌려 그를 쳐다봤지만, 그는 칼을 찾으려고 서랍을 뒤지느라 분주했다.

어쩌면 우연히 부딪힌 것일지도 모른다. 두터운 퀼트 파카 코트를 입은 한나로서는 그의 손길이 의도된 것이었는지 아니었는지 가늠하기가 어려웠다. 이러한 소동도 모른 채 바람둥이 감독이 서랍들을 열었다가 큰 소리가 나도록 닫았다.

그때, 한나는 위네바고 뒤쪽 문이 닫히는 소리와 함께 누군가 뒤쪽에 달린 철제 계단을 내려가는 듯 희미한 걸음 소리를 들을 수 있었다.

만약 복도 끝 방이 침실이 맞다면, 거기 있던 누군가가 뒷문으로 몰래 빠져나간 것이다. 정말 의심스러운 일이었다. 만약 업무 때문에 누군가 이른 아침부터 딘을 찾아온 것이라면, 떳떳하게 나와 한나에게 인사하고는 함께 치즈케이크를 들어도 좋을 일이 아닌가.

커튼에서 얼마 떨어져 있지 않은 곳에 서 있던 한나는 커튼을 살짝 젖히고 딘의 방문자가 누구인지 확인해보려 했지만, 바로 그때 그가 나이프와 접시를 들고 돌아왔다.

"여기 있군요, 자기. 접시도 찾았어요. 한 개 더 준비하려고 했는데, 카페로 빨리 돌아 가봐야 할 것 같아서 말이에요."

"맞아요, 그래요. 카페 문 열 시간이 한 시간도 안 남았거든요."

한나는 부드러운 치즈케이크를 잘라 접시에 얹었다.

"그럼 나중에 봐요."

딘은 한나를 가볍게 포옹했는데, 그의 손길은 아무리 생각해도 지나칠 정도로 애정이 넘쳤다.

한나는 뒤로 물러섰다.

이것도 의도된 것인가? 한나는 제대로 판단할 수 없었다.

"점심때 보죠. 그때 치즈케이크 맛이 어땠는지도 말해줄게요. 지금은 할 일이 산더미라서."

딘의 퇴장명령에 한나는 지금 당장 평을 듣고 싶은 마음을 접고 발길을 돌렸다. 시종일관 안하무인격인 딘을 겪으며 한나는 그의 배우들도 이런 기분을 느낄까 문득 궁금해졌다.

건설적인 혹평이라고, 참도! 그런데 그의 스킨십은 어떻게 된 거지? 일부러 그런 것일까?

한나는 여전히 알쏭달쏭한 기분이었다.

모토홈의 문을 열며 한나는 그래도 딘에게 의심의 여지를 거두어주 사고 다짐했다.

모토홈 안이 넓긴 했지만, 일반 사무실만큼 넓지는 않고, 커다란 책상과 사무집기들로 공간이 꽉 차 있었으니 아주 날렵한 몸매의 여인이었다고 해도 그렇게 스치지 않고는 지나기 어려웠을 것이다.

모든 것이 의도하지 않게 이루어진 일이었다. 등 뒤로 문을 닫으며 한나는 또다시 긍정적으로 생각하자고 다짐하고는 서둘러 계단을 내려왔다. 딘의 방문자가 빠져나간 지 2분도 지나지 않았으니 운이 좋으면 그 뒷모습이라도 볼 수 있을지 모른다.

운은 생각대로 따라주지 않았다. 한나가 밖으로 나왔을 때 딘의 방문자는 이미 온데간데없이 사라지고 없었다.

한나가 발견한 것이라곤 위네바고 뒤쪽을 오른편으로 돌아 한나의 트럭까지 가는 길에 발견한 눈밭의 발자국뿐이었다. 발자국은 남자 것이라고 보기에는 작았고, 무엇보다도 뾰족한 힐 자국이 아주 선명하게 남아 있었다. 보통 남자 구두의 힐은 전체 발자국보다 아주 조금 작은 정도로만 남지 않는가. 웃음소리를 듣고 여자라고 판단했던 한나의 추측이 정확했던 것이다.

한나가 다시 쿠키단지로 돌아왔을 때 리사는 작업대를 사이에 두고 마이크와 노먼을 마주하고 앉아 있었다. 두 남자는 커피와 함께 쿠키를 먹고 있었는데, 작업실 안은 축복스럽게도 모이쉐의 울음소리에서 완전히 해방된 채 조용했다.

"모이쉐가 포기한 거야?"

코트를 벗어 뒷문 옷걸이에 걸며 한나가 리사에게 물었다.

"녀석과 휴전협정을 맺었어요."

노먼이 대답하며 의자를 뒤로 밀자 그의 무릎에 앉아 있는 모이쉐의 모습이 보였다.

"누군가 관심을 두니까 괜찮아지던 걸요."

마이크가 알려주었다.

"다시 우리에 넣어보려고 했는데, 노먼이 우리 근처에 가기만 해도 울기 시작하더라구요."

한나가 바로잡아 주었다.

"상자에요. 휴대용 캐리어라구요."

"그래도 녀석에게는 우리처럼 느껴지는 가봅니다. 그냥 목줄을 채워서 내놓는 건 어때요?"

놀라움에 한나의 눈썹이 높이 치켜세워졌다.

마이크가 불법적인 일을 먼저 나서서 제안하다니 말이다.

"농담해요? 당연히 그러고 싶죠! 울음소리 때문에 거의 미칠 지경인 걸요. 얌전히 데리고 있을 수만 있다면 어떤 방법이든 다 써보고 싶을 정도라구요. 우리가 구워서 내는 쿠키만 건드리지 않으면 되는데, 녀석이 잠자코 있으리라고 100% 장담할 수 없거든요."

"걱정하지 마요, 한나. 식품안전법 같은 건 잊어버려요."

한나의 입이 떡 벌어졌다.

"식품안전법을 잊어버리라구요? 당신이 그런 말을 했다는 게 믿어지지 않네요, 마이크. 식품안전청은 나를 소환해서 벌금을 내게 할 수도 있어요. 심지어 심기가 좋지 못한 검사관이라도 나온다면 내 면허를 취소해버리고 카페를 닫게 할 수도 있다구요!"

"아뇨, 그러지 못할 겁니다. 어차피 카페는 이번 주 내내 닫는 거잖아요. 오늘 나온 것도 영화배우들과 스태프들을 위한 사적인 파티를 준비하기 위해서죠. 모이쉐 역시 공식적으로 배우 중 하나니까 당연히 여기 있을 권리가 있어요."

힌니는 리시를 쳐다보았고, 리사는 어깨를 으쓱해 보였다.

"이상하게 들릴지도 모르지만, 마이크의 말에도 일리가 있어요."

"내 생각도 그래요."

노먼 역시 모이쉐의 볼을 긁어주며 말했다.

"우리의 귀청이 당신에게 감사해야겠네요."

한나가 마이크를 돌아보며 씩 웃었다.

"하지만……, 정말 아무 문제없을까요?"

"그럼요. 내가 현역 경찰이라는 것 잊었어요? 이건 사적인 파티라고 이야기하면 식품안전청에서도 아무 말 못할 겁니다. 내가 그렇다고 하면 식품안전청에서도 그런 줄 알 거예요."

한나는 입술을 굳게 다물었다. 새로 승진한 마이크를 부패 경찰의 길로 유혹하는 것이 아닌가 하는 의심이 들었지만, 그러한 지적은 한 주 후에 하기로 했다.

오전 10시가 지나자 손님들이 속속 들어오기 시작했다.

우선 의상담당인 소피와 미용팀장인 허니. 로스는 버티 스트롭의 미용실인 '컷 앤 컬' 역시 한 주간 세를 내어 미용팀에서 사용할 수 있도록 했다. 버티가 50년대 헤어스타일에 대해 조언을 해주었는데, 50년대를 기억하는 나이라는 사실을 숨기고 싶어 하는 엄마와는 달리 나이 많은 것을 전혀 개의치 않았다.

시간이 지날수록 더 많은 스태프와 배우들이 한나의 카페로 찾아들었는데, 오후 내내 모이쉐를 촬영해야 한다며 투덜거리는 클라크는 카메라맨이었고, 역시 모이쉐 촬영에 동참해야 하는 쿱은 음향담당이었다. 영화계에서는 일상에서 사용하는 단어와 다른 전문 용어들을 사용한다며 예까지 들어 한나에게 알려준 라스는 전기설비 팀장이었다.

라스와의 대화에 끼어들어 동물 배우들을 조련하는 사람은 동물이 말이 아닌 경우에도 랭글러(wrangler: 목장에서 말을 조련하는 사람)라고 부르며, 영화 마지막에 자막이 올라갈 때 한나의 이름도 고양이 랭글러로 표기될 거라고 알려준 사람은 조감독인 돔이었다.

두 사람의 이야기에 웃음보가 터진 한나는 자신을 스크립트 걸(대본을 검토하고 세부적인 내용과 촬영 시 실시 여부를 확인하는 역할, 일종의 감독 비서)이라고 밝힌 중년의 프랜시스에게 복고풍 설탕 쿠키 세 개를 가져다줄 때까지 멈출 줄을 몰랐다.

무대 세트담당인 제어드에게 커피를 리필해주려 잠시 카운터 뒤를 돌던 한나는 작업실로 통하는 회전문이 살짝 열린 것을 보았다. 한나가 바라보는 동시에 오렌지와 흰색의 발이 빠끔히 나오더니 잠시 후, 모이쉐가 모습을 드러냈다.

한나는 모험심 많은 녀석이 홀로 나와 배우들과 스태프들을 방해하기 전에 풀쩍 뛰어올라 야옹거리는 녀석을 다시 작업실 안으로 들여보냈다.

"어-오."

한나는 가쁜 숨을 내쉬었다.

노먼과 마이크가 모이쉐를 돌봐주겠노라고 했는데, 녀석이 어떻게든 두 사람에게서 도망쳐 나온 것이 분명했다. 어차피 두 사람이 계속 모이쉐만 봐주고 있을 수도 없는 노릇이니 다른 사람들을 방해하지 않도록 녀석을 작업실에만 묶어둘 방안이 필요했다.

한나는 홀에 있는 리사를 향해 제어드의 머그잔을 가리킨 다음 자신을 가리키고 다시 작업실 방향을 가리켰다.

"미안해요."

한나가 작업실로 들어서자 마이크가 말했다.

"한 눈 파는 사이에 도망을 갔네요. 안 그래도 녀석을 홀로 데리고 나갈까 했는데……."

그러자 한나가 고개를 저었다.

"그건 안 될……."

하지만 한나의 말이 채 끝나기도 전에 모이쉐가 또다시 맹렬하게 울어대기 시작했다.

노먼이 말했다.

"이대로는 소용이 없을 것 같아요. 이리 와, 나가자."

한나에게 아무런 덧붙인 말도 없이 노먼은 모이쉐를 안아서는 회전문 밖으로 나섰고, 마이크 역시 그의 뒤를 따라나섰다.

한나는 그저 멍하게 서서 두 사람의 등 뒤로 회전문이 닫히는 광경을 쳐다보고 있었다.

"고양이 납치다."

곧 닥칠 재앙에 귀 기울이며 한나가 중얼거렸다.

한나가 벽시계를 쳐다보았다. 30초가 지나고, 1분이 지났다.

할퀴거나 울어 제치거나 하는, 지난 몇 년간 반복했던 나쁜 고양이 습관은 순식간에 털어버리고 배우답게 잘 훈련받은 고양이 행세를 손색없이 해내기라도 한 것인가?

홀 쪽에서 나는 소리에 가만히 집중해서 귀를 기울이다가, 뒷문에서 갑작스러운 노크소리가 들리자 한나는 깜짝 놀라고 말았다.

"들어와요."

한나가 문을 열어주었다.

문밖에는 옷을 쫙 빼입은 안드레아가 서 있었다. 푸른색 스웨이트 코트에는 목깃과 소매 부분에 하얀색 털이 달렸고, 장갑 역시 창백한 푸른빛 가죽으로 매치시켰으며, 부츠도 그것과 맞춰 신고 있었다.

보통 한나가 안드레아의 겨울 공주님 의상 세트라고 부르는 앙상블에서 딱 한 가지 빠진 것이 있다면 바로 흰색 털이 달린 모자였다.

"모자가 없네?"

동생의 코트를 받아 뒷문 옷걸이에 걸며 한나가 물었다.

"개가 먹어버렸어."

"무슨 개? 넌 개 안 키우잖아."

"크누드슨 목사님 댁 개인 베스퍼 말이야. 커뮤니티 센터 근처를 어슬렁거리는 걸 빌이 발견해서 뒷좌석에 태우고 집에 데려왔거든. 벌써 몇 주 됐어."

"네 모자가 그 뒷좌석에 있었구나?"

"맞아."

"그런데 그걸 베스퍼가 먹었다구?"

"흠……, 먹었다기보다는 잘게 찢어놓았다는 편이 더 낫겠어. 그래도 녀석만 나무랄 건 아니지. 그거 진짜 털이었는데, 먹고 탈이 안 난 게 다행이니까."

한나는 팔을 뻗어 안드레아를 살짝 안아주었다. 좀처럼 감정을 잘 표현할 줄 모르는 스웬슨 가의 일원으로서는 보기 드문 행동이었다.

"왜 안아준 거야?"

안드레아가 물었다.

"모자를 버린 것보다 베스퍼를 더 걱정한 네 배려심에 감동했어. 네가 자랑스럽다, 동생아."

"오, 뭐……, 그 모자, 어차피 유행도 지난 거였으니까."

안드레아는 별일 아니라는 듯 손사래를 쳤지만, 내심 기쁜 듯했다.

"레이크 에덴에서 새로 탄생한 아역배우 엄마를 위해 쿠키 좀 주겠어?"

"트레시가 배역을 따냈어?"

"응, 그래서 너무 신나! 오늘 아침에 바톤 씨가 전화로 알려줬어. 바톤 씨 혼자 결정한 일이 아니래, 로렌스 씨도 승낙했다고."

"어떻게 승낙하지 않을 수 있겠어?"

안드레아가 작업대 앞에 앉자 한나는 그녀에게 따뜻한 커피와 시험 삼아 새로 구운 쿠키 두 개를 가져다주었다.

"난 트레시가 결국 배역을 맡게 될 줄 알았어. 오디션 때도 얼마나 잘했다구."

안드레아는 매우 뿌듯한 듯한 표정을 짓고 있었다.

"나도 정말 잘한다고 생각했어. 99%는 배역을 따낼 수 있을 거라고 확신했지만, 닭들을 낳기도 전에 먼저 수를 세면 안 될 것 같아서."

"부화하는 거지. 닭들은 부화하는 거야, 알이 낳는 거고."

"내 말이 그 말이야. 어쨌든 난 뭐라 말할 수 없을 정도로 행복해."

"그럼 언제부터 시작이야?"

"첫 번째 큰 장면 촬영은 수요일에 있는데, 오늘 3시에 메이크업을 받아 봐야 하고, 의상도 맞춰야 해. 그리고 정오에 트레시 대본을 가지러 로렌스 씨 사무실에 들르기로 했어. 오늘 밤에 트레시랑 같이 대사를 맞춰보려구."

"대사를 맞춘다구?"

"그래, 영화계에서는 그렇게 표현하던데. 왜, 내가 먼저 상대역 대사를 읽어주면 거기에 맞춰 트레시가 자기 대사를 하는 거 있잖아."

"로렌스 씨의 모토홈에 간다고 했어?"

"응, 정오에."

"흠, 조심해."

"왜?"

안드레아가 쿠키를 입에 가져가다 말고 멈칫했다.

"상당한 바람둥이래."

"어떻게 알았어? 혹시 언니한테 집적거렸어?"

"글쎄, 잘 모르겠어."

안드레아는 결국 쿠키를 다시 냅킨 위로 떨어뜨리고 말았다.

"누군가 집적거리는데 어떻게 그걸 모를 수가 있어? 이건 장시간 고심해야 하는 학문 같은 것이 아니라구. 했으면 한 거구, 안 했으면 안 한 거야."

"확실하게 말을 못하겠어. 두꺼운 파카 코트를 입고 있었는데 그가 날 살짝 만지며 지나갔거든. 근데 협소한 공간이어서 그랬을지도 모르는데, 그리고……, 에이, 아니다. 그냥 믿을만한 사람에게서 로렌스 씨가 다소 그런 성향이 있다는 이야기를 들었다고 이해해. 그러니까 만약의 경우를 대비해 누군가와 함께 가는 게 현명할 거야."

"내 걱정은 하지 마. 남자들 다루는 것쯤이면 혼자서도 거뜬하니까. 빌에게 한 번도 충실하지 않았던 적 없었어. 앞으로도 그럴 거구."

안드레아가 갑자기 머리를 푹 숙이더니 이내 날카로운 눈빛으로 고개를 들었다.

"빌도 부디 나랑 생각이 같아야 할 텐데 말이야!"

한나는 침을 꿀꺽 삼켰다. 기분 좋아하던 동생이 금방이라도 손톱을 마구 씹을 듯한 기세로 한순간에 바뀌어버렸다.

"무슨 일 있어?"

"아무 일도 없어. 바로 그게 문제야."

"무슨 말인지 모르겠어."

"어젯밤에 빌이 전화해서 꽤 길게 통화를 했거든. 그리고 나서 막 잠자리에 들려고 하는데, 그이한테 차 얘길 안 한 게 떠오른 거야."

"무슨 차 얘기?"

"시릴 머피가 뒤쪽 타이어를 새로 교체해야 한다고 그랬거든. 그런데 중요한 건 그게 아니야. 정말 중요한 건 내가 다시 그의 호텔방으로 전화를 걸었을 때 아무도 받지 않더라는 거야."

"자고 있었을 수도 있잖아?"

"빌이 지금껏 경찰 생활이 몇 년인데, 아무리 피곤할 때도 전화벨 소리에는 벌떡 일어난다구."

"흠······, 그럼 스트레칭이라도 하러 잠깐 밖에 나갔나 보네."

"새벽 2시에?"

"음······, 상당히 야심한 시각이긴 하다."

한나는 또다른 이유를 찾아 골몰했다.

"그럼 잠이 안 와서 아래층 바로 내려가 술 한 잔 했는지도 모르지."

"바도 새벽 1시면 문을 닫아."

"오, 그렇다면……, 네가 전화를 잘못 건 게 아닐까."

"나도 처음에는 그렇게 생각했어. 그래서 일부러 호텔로 전화해서 방으로 연결해달라고 했다구."

"그런데도 아무도 안 받았어?"

고개를 끄덕이는 안드레아의 눈가에 미처 떨어뜨려 내지 못한 눈물방울이 그렁그렁 맺혔다.

"너무 성급하게 생각하지 마, 안드레아. 뭔가 그럴만한 이유가 있었을 거야."

"그게 바로 내가 가장 걱정하는 부분이야!"

오, 세상에! 한나는 숨을 가쁘게 몰아쉬었다.

안드레아가 고개를 들어 한나의 눈을 똑바로 바라보며 물었다.

"자? 이제 내가 어떻게 해야 할까?"

"네가 해야 할 일이 딱 한 가지 있긴 해."

한나가 재빨리 대답했다.

"초콜릿을 먹어. 여기 앉아서 잠시 안정하고 있으면 내가 쿠키를 한 접시 가득 담아서 갖다줄게."

체리 치즈케이크

오븐은 섭씨 190도로 예열합니다. 틀은 오븐 중앙에 둡니다.

크러스트를 위한 재료:

바닐라 와퍼 쿠키 조각들 2컵(조각낸 다음에 측량하세요)

녹인 버터 6테이블스푼 / 아몬드 추출액 1티스푼

만드는법

1. 녹인 버터에 아몬드 추출액을 넣고 쿠키 조각들 위에 붓고서 포크로 잘 섞어줍니다.
2. 9인치 팬의 바닥에 양피지나 기름종이를 까는데, 깔기 전 팬에 들러붙음 방지 스프레이를 뿌려주고, 양피지나 기름종이를 덮은 후에 그 위로도 스프레이를 뿌려줍니다.
3. 팬에 촉촉하게 젖은 쿠키 조각들을 1인치 정도의 높이가 되도록 꼭꼭 눌러 담고, 나머지 과정을 진행할 동안 냉동실에 15분에서 30분 정도 보관해 둡니다.

토핑을 위한 재료:

사우어크림 2컵 / 백설탕 1/2컵 / 바닐라 1티스푼

***체리파이 속이 든 통조림 21온스 (595g)

***통조림을 사용하고 싶지 않다면, 체리 통조림이나 얼린 체리, 설탕, 그리고 옥수수 녹말로 직접 만들어서 사용하셔도 됩니다.

만드는 법

사우어크림과 설탕, 바닐라를 작은 그릇에 담아 섞고서 그릇을 덮어 냉장 보관합니다. 통조림을 사용할 때는 그대로 냉장고에 보관했다 사용하시면 됩니다.

치즈케이크 반죽을 위한 재료:

백설탕 1컵 / 마요네즈 1컵 / 계란 4개 / 화이트 초콜릿칩 2컵
바닐라 2티스푼 / 실온에 보관한 크림치즈 24온스 (680g)

만드는 법

1. 전자믹서에 설탕을 넣고 크림치즈와 마요네즈를 넣은 다음 중간 정도의 속도로 혼합물이 부드러워질 때까지 돌립니다. 거기에 계란 4개를 한 개씩 깨어 넣을 때마다 잘 섞어줍니다.
2. 전자레인지에 화이트 초콜릿칩을 녹인 다음(녹인 후에도 형태가 그대로 남아 있을지 모르니 잘 저어주세요) 1, 2분 정도 식힌 다음, 1에 초콜릿을 넣고 바닐라 추출액을 더한 후 골고루 섞습니다.
3. 완성된 것을 냉장실에서 식힌 크러스트 위에 붓는데, 팬밑에 기름종이를 깔아 한 방울도 흘리지 않도록 합니다. 반죽이 담긴 팬을 오븐에 넣어 섭씨 190도에서 55분 동안 굽습니다. 다 구워졌으면 오븐에서 다시 팬을 꺼내는데 오븐을 끄지는 마세요.

4. 중앙 부분부터 시작해 케이크 윗부분에 사우어크림을 바르는데, 가장자리에서 반 인치 정도 안쪽 범위로만 넓게 펴 준 뒤 다시 팬을 오븐에 넣어 5분간 더 굽습니다.

5. 완성된 치즈케이크는 팬에 담긴 채로 선반에 옮겨 식힌 뒤 맨손으로 만져도 뜨겁지 않을 정도로 식으면 아무것도 덮지 않은 채 냉장고에 넣어 최소한 8시간을 보관합니다.

6. 손님에게 내려면 팬의 가장자리를 칼로 떼어낸 뒤 기름종이를 얹은 접시로 팬의 위를 덮은 뒤 거꾸로 뒤집습니다. 아주 조심스럽게 팬을 빼낸 뒤에 크러스트 부분에 붙은 기름종이도 떼어냅니다.

7. 다시 접시로 크러스트 부분을 덮은 뒤 거꾸로 뒤집어 윗부분에 붙은 기름종이도 떼어냅니다.

8. 치즈케이크 위에 덮인 사우어크림 위로 체리 파이 소를 바릅니다. 원하는 취향에 따라 옆으로 조금 흘러내리게 할 수도 있습니다.

한나의 메모: 블루베리나 사과, 라즈베리, 심지어 레몬 소로도 같은 종류의 치즈케이크를 만들 수 있어요. 원하는 과일에 따라 선택할 수 있는 점이 매력이죠.

엄마는 이 치즈케이크를 먹을 때면 진한 커피를 달라고 하세요. 뭔가 홀짝일 것이 없이 먹기에는 케이크 맛이 너무 깊고 진하다나요.

"기분이 훨씬 나아졌어."

마지막 쿠키를 입에 털어 넣으며 안드레아가 반쪽짜리 미소를 보이며 말했다.

"베서니를 안고 달래다가 마침내 아기가 잠이 들었을 때와 비슷한 기분이야. 이거 내가 좋아하는 쿠키에 새로 넣을래, 언니. 이름이 뭐야?"

한나가 대답했다.

"모크 터틀스Mock Turtles. 피칸에 캐러멜, 초콜릿이 들어가거든. 캔디랑 똑같이(미국에 '모크 터틀스'라는 캔디가 있다)."

"좋은 이름이야. 정말 거북이를 닮은 것 같기도 하구."

한나는 그래서 캔디에도 그런 이름이 붙은 거라는 설명은 굳이 덧붙이지 않은 채 그저 고개만 끄덕였다.

"왜 초콜릿을 먹으면 기분이 좋아지지?"

"엔도르핀 때문이라는데, 나도 확실히는 모르겠어. 어쨌든 효과가 있으면 된 거잖아."

"법원에는 늘 초콜릿을 비치해 둬야 할 것 같아. 특히 이혼법정 문밖에는 필수로."

어-오, 안드레아의 머릿속에서 이혼 생각을 떨쳐내 버릴 방법을 찾아 한나는 또다시 골몰했다.

"허브가 불법주차 딱지를 끊을 때마다 초콜릿을 가지고 다니면서 하나씩 나눠주는 방법도 좋겠다."

"그래, 그것도 좋겠어."

안드레아가 어깨를 펴며 대답했다.

"아마 정말 그럴 수밖에 없었던 이유가, 듣자마자 바로 웃어버릴 이유가 있을 거야. 단지 아직 내가 모르고 있다 뿐이지."

"그래."

안드레아는 여전히 새벽녘에 빌이 전화를 받지 않았던 일에 대해 생각하고 있었다.

"내 음성 녹음기에 그이가 메시지를 남겼을지도 몰라."

안드레아가 핸드폰과 메모를 하려고 가지고 다니는 가죽으로 덮인 수첩과 수첩 앞면에 달린 값비싼 펜을 꺼냈다.

"확인해보는 게 좋겠어."

안드레아는 메시지를 들으며 수첩에 받아적기 시작했.

한나는 어릴 적부터 거꾸로 된 글씨도 읽을 줄 알았는데, 새로운 기술을 익히기 위해서였다기보다는 게으름에서 터득된 것이었다.

안드레아와 미셸의 큰언니로서의 책임 중 하나가 바로 잠자리에 들기 전 동생들의 읽기 연습을 들어주는 일이었다.

한나가 침대 머리맡에 등을 기대고 편안히 앉아 지켜보는 가운데 동생들은 침대 발치에 다리를 꼬고 앉아 읽기를 연습했다. 그러니 안락한 침대에서 조금도 움직이지 않고 동생들이 모르는 단어를 짚어주려면 거꾸로 읽는 법을 익혀야 했다. 그편이 침대에서 일어나 발치까지 걸어가서 동생들의 어깨너머로 책을 들여다보는 수고를 겪는 것보다 훨씬 나았다.

쇼핑몰-비즈니스 카드.

안드레아가 단정한 글씨로 수첩에 적은 단어였다.

잠시 후, 펜 끝으로 그 밑에 두 번이나 줄을 그었다.

또다시 펜이 움직이자 한나는 곁눈질을 하기 시작했다.

인쇄된 글자보다 필기체를 읽는 것이 훨씬 어려웠지만, 한나는 끈기 있게 관찰했다.

공식Formula.

다음에 적힌 단어였다.

안드레아가 갑자기 고급수학에 흥미를 느낀 것이 아니라면 안드레아의 집에 상주하면서 베서니를 돌봐주는 맥캔 부인이 안드레아에게 집으로 오는 길에 *분유Formula*를 사오라고 이른 모양이었다.

"어-오!"

안드레아가 숨을 몰아쉬었고, 한나는 다음에 적힐 단어를 기다렸다.

12개들이 스낵 세 상자-학부모 모임이 오늘!

안드레아는 오늘이라는 단어를 강조하려고 그 밑에 세 번이나 줄을 긋더니 마침내 핸드폰의 끊김 버튼을 누르고 귀에서 떼어냈다.

"언니? 큰일 났어. 혹시 언니가……."

"문제없어, 쿠키도 괜찮다면 말이야. 12개들이 세 상자라구?"

"그거면 돼! 그런데 내가 뭐가 필요한지 어떻게 알았어?"

한나가 어깨를 으쓱해 보였다.

"자매간 텔레파시라도 통했나 보지."

안드레아는 살짝 얼굴을 찌푸렸고, 한나는 조금 긴장했다.

혹시 어렸을 때 내가 침대 머리맡에 앉아 일어나지 않고서도 모르는 단어를 알려주던 일을 안드레아가 기억하는 것은 아닐까?

하지만 안드레아 역시 이내 어깨를 으쓱하더니 미소를 지었다.

"하여간 언니가 최고야. 원래는 빨간부엉이 식료품점에 가서 발라먹을 수 있는 피멘토 치즈랑 크래커를 사려고 했는데, 한 주간 문을 닫는다는 걸 깜빡했어."

한나는 싫은 내색을 하지 않으며 말했다.

"괜찮아."

한나가 인스턴트커피만큼이나 싫어하는 것이 있다면 바로 발라먹을 수 있는 피멘토 치즈였다.

안드레아는 핸드폰으로 또다른 번호를 누르더니 다시 펜을 집어들었다. 그렇게 잠자코 듣고 있던 그녀는 수첩에 하트 모양을 그리며 미소를 짓기 시작했다.

잠시 후, 핸드폰과 수첩, 그리고 펜은 다시 안드레아의 잘 정돈된 가방으로 돌아갔고, 안드레아는 거의 입이 귀에 걸릴 듯 웃고 있었다.

"무슨 일인지 맞춰볼래?"

"복권 당첨."

"아냐, 하지만 그것만큼 좋은 일이야. 글쎄, 빌의 전화기가 뽑혀 있었대! 아침에 일어날 때까지 몰랐다는 거야. 그래서 세미나에도 한 시간이나 지각하구. 아래층 데스크에 가서 왜 모닝콜을 해주지 않았느냐고 불평하니까 모닝콜을 했는데, 아무도 받지 않았다고 하더래. 그러면서 확인차 직원을 방으로 올려 보냈는데, 빌의 베개가 침대 밑으로 미끄러져 떨어지면서 전화선을 건드린 사실을 알게 된 거지. 그래서 한밤중부터 그렇게 먹통이 되었던 거야!"

"별것 아닌 일로 괜히 걱정했네."

한나 역시 활짝 웃으며 말했다.

"그랬나 봐! 사실 그런 건 구태의연한 변명이잖아. *'밤새 집에 있었는데, 아마 전화기에 문제가 있었나 봐요.'* 같은 것 말이야. 그런 일이 정말로 일어나다니. 어쨌든 빌의 이야기가 그랬으니까."

안드레아의 미소가 조금씩 사라지더니 어느새 아랫입술을 깨물기 시작했다.

한나가 알기론 5학년 때 여자화장실에서 아이섀도를 칠하다가 브루더 선생님께 걸린 이후로는 한 번도 보이지 않았던 행동이었다.

안드레아가 또다시 염려스러운 얼굴로 물었다.

"어떻게 생각해, 언니? 그게 구태의연한 변명일지도 모른다고 생각하다니, 나 정말 바보 같지 않아?"

어차피 답은 하나인 것을, 한나는 망설임 없이 답했다.

"그렇지 않아."

"그런데……, 만약 빌이 거짓말을 한 거면 어쩌지?"

"그렇다면 어떡할 건데? 이혼할 거야?"

"아니! 난 그이를 사랑해!"

"그럼 빌을 믿어야지. 물론 그가 거짓말을 하는 것일 수도 있고, 네 믿음이 틀린 것일 수도 있겠지만, 진실을 말하는 빌을 믿지 못하는 것보다는 그편이 낫잖아."

안드레아는 한참을 생각했다.

"언니 말이 맞아. 역시 언니는 현명해."

한나가 미소를 지었다.

"아니야. 내가 정말로 그토록 현명한 사람이었다면, 이미 부자에다 행복한 결혼생활을 영위하며, 국가에서 날 무형문화재로 지정했을걸. 그런데, 지금 그것 중 어느 하나도 해당하지 않잖아."

안드레아가 오후 모임에 가져갈 쿠키상자를 한 아름 안고 돌아간 후, 한나는 작업대 앞에 앉아 커피를 마셨다.

홀 쪽에서는 사람들의 희미한 대화와 웃음소리도 간간이 들려왔는데 확실히 좋은 징후들이었다.

비극배우에 어울릴만한 우리 고양이님께서 울어대는 소리는 전혀 들리지 않았기 때문이다.

아무래도 모이쉐가 밖에서 꽤 잘 행동하는 듯했다.

"조용한데……, 너무 조용해."

한나가 B급 카우보이 영화에 자주 등장하는 대사를 읊었다.

이 대사는 늘 인디언들의 공격이 있기 바로 직전에 등장했다. 곧 무슨 일이 일어날지 잘 알고 있으면서도 한나는 그런 대사를 들을 때마다 바짝 긴장하며 소파 끝으로 거의 떨어질 듯 바싹 다가가 앉았다.

지금도 꼭 그런 기분이었다. 모이쉐가 소동을 부리기 직전의 폭풍전야 같은 기분.

마침내 한나는 긴장을 참지 못하고 자리에서 일어나 우리의 고양이님이 잘하고 있는지 알아보려고 홀로 향했다.

한나가 문을 밀고 들어서자 보통 아기들을 어를 때 사용하곤 하는 높은 톤의 목소리가 들려왔다. 그 소리는 다름 아닌 의상담당인 소피가 내는 소리였는데, 아무리 살펴봐도 주변에 아기는 없었다.

소피가 달래는 것은 다름 아닌 바로 한나의 모이쉐였던 것이다!

모이쉐는 창가에 놓인 커다란 둥근 테이블 중앙에 앉아 여러 명의 숭배자에게 둘러싸인 채 마음껏 가르랑거리고 있었다.

이 정도이니 녀석이 충분히 만족할 만했다.

녀석을 쓰다듬는 손길만 해도 다섯 개가 넘었고, 녀석을 부르는 호칭에도 예쁜이, 귀여운 녀석, 대단한 친구 등 여러 개였다. 모두들 모이쉐를 마치 왕처럼 떠받들었고, 그것을 녀석은 또 당연히 여기는 듯 한나가 지금껏 한 번도 본 적이 없는 미소를 짓고 있었다.

"물렁물렁한 사람들."

테이블을 가로지르며 한나가 중얼거렸지만, 기분이 나쁘진 않았다.

모이쉐가 사람들의 사랑을 듬뿍 받으며 즐겁게 지내고 있으니 말이다. 이렇게 녀석의 팬들이 자주 카페로 와 녀석에게 변함없는 사랑을 쏟아 부어 준다면 모이쉐를 카페로 데리고 나와야 하는 이번 주 내내 오늘 아침과 같은 악몽은 반복되지 않을 것이 아닌가.

샐리가 배우와 스태프들을 위해 보낸 점심 도시락을 리사가 한창 나눠주고 있는데 카페 앞문이 딸랑거리며 열렸다.

한나가 고개를 들어보니 들어온 사람은 다름 아닌 딘 로렌스였다.

그의 팔짱을 낀 린도 함께였는데, 50년대 스타일의 스웨터 드레스를 입은 한나의 대학 동창은 정말 세련되고 예뻤다. 그녀의 머리는 페이지 보이 스타일(머리를 어깨 언저리에서 안쪽으로 미는 헤어스타일)로 손질되어 있었는데, 한나는 마치 죽은 지 오래된 엘비스의 '러브 미 텐더'나 '하운드독' 같은 노래의 소절이 귓가에 들리는 듯했다.

"맡아 봐."

린이 쇼핑몰에 가서 향수를 시험해볼 때 하듯이 손목을 뒤집어 내보이며 말했다.

"무슨 향인지 모른다는 것에 10달러."

한나는 킁킁거리며 향을 맡더니 이내 웃음을 터뜨렸다.

"네가 졌어, 이건 '파리의 저녁'이잖아. 우리 할머니도 이걸 쓰셨다구."

"정말 놀라운 친구이지 않아요? 미각만큼이나 후각도 발달한 것 같아요. 아마 그래서 그렇게 제빵도 잘하는가 봐요. 냄새와 맛만으로도 재료가 뭐가 들어갔는지 척척 알아내죠."

린이 딘에게 말했다.

"흠, 그놈의 치즈케이크에는 뭐가 들어갔는지 모르겠지만, 정말 대단했어요!"

딘이 한나의 볼을 비켜 키스를 보내며 한나의 허리를 감아 꼭 끌어안았다.

"역시 보이는 것만큼 맛있을 줄 알았지만, 이 정도까지일 줄은 몰랐답니다."

"지금껏 맛본 것 중 최고래."

린이 한나에게 말했다.

"맞아요. 매일 두 개씩 주문하겠어요. 하나는 아침에 또 하나는 점심 후에 배달해줘요. 할 수 있겠어요?"

"그럼요."

딘이 한나에게 가까이 다가서며 한나의 두 눈을 똑바로 바라보았다.

"또 하나 있어요. 약간의 도전이 필요한 건데."

한나의 머릿속에서 경고의 종소리가 마구 울려대기 시작했다.

도전이 필요하다는 설명이 덧붙는 건 곧 성취해 내기 불가능하다는 의미가 숨어 있기도 했다.

"영화 개봉 첫날에도 이 치즈케이크를 선보이고 싶은데, 문제는 그날 핑거푸드(간단하게 손으로 집어먹을 수 있도록 만든 음식)만 내야 한다는 거예요. 핑거푸드가 뭔지는 알겠죠, 자기?"

"물론이죠."

그에게 펀치를 날리고 싶은 마음을 간신히 다스리며 한나가 말했다.

일상적인 듯 보이는 그의 손길은 단순한 친근함 정도를 넘어 한나에게 불쾌감을 안겨준 데다가 딘은 몹시 거만했다.

작은 마을에 산다고 핑거푸드가 뭔지도 모를 줄 알았나?

"그럼 애피타이저로 내놓을 수 있도록 체리 치즈케이크를 미니 사이즈로 만들 수 있겠어요?"

확신할 수 없지만 시도해볼 의향은 있었다.

"아마 가능할 거예요. 하지만 작은 크기로 만든 건 진정한 내 체리 치즈케이크라고 할 순 없을 거예요."

"어째서요?"

"제 맛이 나지 않을 테니까요. 구울 때 비중과도 상관이 있거든요."

딘이 멍한 표정을 짓자 한나는 미소를 짓기 시작했다.

한나가 멍청할 거로 생각했던 딘에게 그가 알아듣지 못할 이야기로 한 방 날린 것이다.

"제가 구운 치즈 케이크는 철제로 된 팬에 촉진 재료들을 위해 기름칠을 하는데, 전통적인 슬로우 오븐에 굽지 않기 때문에, 즉 정제과정을 거치지 않은 고형화된 재료들을 사용해야 해요. 만약 작은 크기의 용기에 담아 굽게 되면 여러 가지 변수들이 있어서요, 여러 매체에서 시험해본 것 같은데, 그다지 긍정적인 결과가 나오지 못했어요."

"오."

딘의 눈가가 흐릿해지자 이쯤 했으면 물러설 때라고 판단했다.

"당신을 위해 만든 케이크는 특별한 것이라 크기를 바꾸면 레시피를 몽땅 바꿔야 한다고 말씀드리면 이해가 되실 거예요."

"이해합니다. 사실 나의 비밀 치즈케이크를 여러 사람과 공유하고 싶지 않은 마음도 있었구요. 그럼 다른 것을 만들어 봐요."

"대신 며칠 안에 다른 것을 시험 삼아 맛보여 드릴게요."

자신이 너무 냉혹하지 않았기를 바라며 한나가 약속했다.

"잘 되면, 영화 속 칵테일파티 장면에서도 사용할 수 있을지도 몰라요. 영화랑 연계해서 선보이면 더 좋지 않겠어요?"

"아……, 그렇군요! 그래요, 맞아요! 관람객들이 영화 속 칵테일파티에서 본 깜찍한 애피타이저들을 영화를 보고 난 다음 로비에서 맛볼 수 있게 한다면! 정말 멋진 생각이에요. 내가 그런 생각을 해내다니!"

　오, 세상에!

　딘이 저 멀리 사라지는 것을 보며 한나가 중얼거렸다.

　한나의 아이디어가 채 20초도 지나지 않아 딘의 것이 되어버리고 말았다. 아무리 엄청난 자존심을 가진 감독이라고 해도 이 시간은 기록일 것이다.

모크 터틀 쿠키

오븐을 예열하지 마세요-굽기 전에 반죽을 충분히 숙성시켜야 한답니다.

재료

식힌 버터 3/4컵 / 밀가루 2컵 / 슈가 파우더 3/4컵

소금 1/2티스푼 / 초콜릿칩 1/2컵 / 거품 낸 계란 1개 분량

크래프트 사에서 만든 카라멜 꾸러미 약 3개

만드는 법

1. 버터는 12조각으로 잘라 그릇에 담고 밀가루와 슈가 파우더, 소금을 넣고 두 개의 포크로 잘 섞어줍니다. 부스러기처럼 보이는 덩어리가 생길 때까지 섞어주세요.

   한나의 메모: 파이 크러스트를 만들 때처럼 칼날이 달린 믹서에 돌리면 더 간편해요.

2. 초콜릿칩을 전자레인지에 '강'으로 40초 동안 녹인 후 한 번 저어줍니다(녹아도 형태를 그대로 유지할 수가 있으니 잘 저어주세요). 충분히 녹지 않았으면 20초를 더 돌립니다.

3. 반죽에 녹인 초콜릿을 넣고 초콜릿색이 골고루 돌 때까지 섞어줍니다. 작은 그릇에 계란을 깨어 담고 거품을 낸 뒤 1의

반죽에 섞습니다. 그리고 부드러운 파이 크러스트 타입의 반죽이 완성될 때까지 계속 섞어줍니다(이 모든 과정에 믹서를 사용하셔도 됩니다).

4. 반죽을 네 부분으로 균일하게 나눕니다. 기름종이 역시 1.5피트(45cm)의 크기로 넉 장을 준비합니다. 반죽을 굴릴 때 기름종이가 필요하거든요. 반죽을 기름종이의 중앙에 놓고 손으로 약 12인치 길이에 3/4인치 두께가 되도록 굴립니다. 나머지 반죽 세 개도 똑같이 만드세요.

5. 그렇게 굴린 반죽은 기름종이로 싸서 냉동실용 백에 넣은 뒤 단단해질 때까지 냉동실에서 1~2시간 정도 보관합니다(밤새 보관해도 좋아요).

6. 구울 준비가 되었으면 반죽을 꺼내 실온에서 15분간 녹입니다. 그런 뒤 오븐을 섭씨 160도로 예열하고 틀은 오븐의 중앙에 둡니다.

7. 반죽을 감싼 기름종이를 떼어내고 잘 드는 칼로 3/4인치의 조각으로 잘라냅니다. 그런 후 잘린 면이 아래쪽으로 향하게끔 기름칠한 팬 위(혹은 기름종이)에 올려놓습니다.

8. 캐러멜을 6개 꺼내 반으로 자릅니다. 주방 가위를 물에 담가두었다가 자르면 캐러멜을 아주 쉽게 자를 수 있답니다.

9. 캐러멜 반 조각을 반죽 중앙에 얹고 누르는데, 너무 세게 눌러 바닥까지 닿지는 않게 하세요(캐러멜이 잘 들어가지 않을 정도로 반죽이 충분히 녹지 않았으면, 실온에 좀더 두었다가 시도해봅니다). 오븐에 넣기 전에 캐러멜이 반죽에 충분히 묻혔는지, 옆으로 흐르지는 않는

지 다시 한 번 확인합니다.

10. 섭씨 160도로 약 15분 동안 굽습니다. 만져 봤을 때 단단하면 완성된 것입니다. 완성된 쿠키는 팬 위에서 1, 2분 정도 식힌 다음 팬에서 떼어 선반으로 옮겨 나머지 식힘 과정을 거칩니다.

11. 쿠키를 굽고 식히는 동안 쿠킹호일이나 기름종이를 선반 아래 두어 쿠키에 초콜릿 소스를 칠할 준비를 합니다(전 가장자리도 잘 접히고, 버리기도 손쉬워서 쿠킹호일을 쓴답니다).

재료

초콜릿 소스 :

물 1/3컵 / 옥수수 시럽 1/3컵 / 백설탕 1컵

밀크 초콜릿칩 1과 1/3컵 / 피칸 반쪽짜리 조각 약 72개

밀크 초콜릿칩을 그릇에 담아 놓습니다.

만드는 법

1. 소스 팬에 물과 옥수수 시럽, 백설탕을 넣고 불에 올린 뒤 계속 저어줍니다. 내용물이 끓은 후에도 15분간 계속 끓이면서 젓는 것을 멈추지 않습니다. 15분이 지났으면 불에서 내립니다.

2. 소스 팬에 초콜릿칩을 붓습니다. 뜨거운 시럽과 골고루 섞이도록 포크로 하나씩 푹 담가주세요. 그런 후 소스 팬을

냄비받침 위에 2분 30초 동안 올려놓습니다.

3. 거품 내는 기구로 혼합물을 부드럽게 섞어줍니다(포크를 사용해도 돼요). 거품 내듯이 체 치진 마세요. 그렇게 하면 거품이 생겨버리거든요.

4. 스푼으로 소스를 약간만 떠서 쿠키에 얹은 뒤 옆쪽으로 흘러내리도록 합니다. 다 되었으면 위에 피칸 조각을 올린 뒤 피칸이 초콜릿 소스에 잘 붙었는지 확인합니다.

5. 초콜릿 소스가 완전히 굳을 때까지 선반에서 쿠키를 빼내지 않습니다. 약 30분 정도 걸릴 거예요. 그 후에 맛있게 드시면 됩니다!

리사의 메모: 너무 급해서 초콜릿 소스를 바를 시간이 없을 때는 쿠키 위에 슈가 파우더만 뿌려서 초콜릿 아이스크림과 함께 내놓기도 합니다. 아주 간편해요.

한나의 메모: 노먼은 이 쿠키를 먹는 사람들한테는 쿠키 속에 숨어 있는 캐러멜을 조심하라는 말을 꼭 해줘야겠다고 했어요. 캐러멜이 너무 쫄깃하다나요.

기타 메모: 기름종이를 깐 상자에 담아 냉장고에 보관해 두고 드셔도 됩니다. 단, 먹기 30분 전에는 꼭 냉장고에서 꺼내어 놓으셔야 해요. 그렇지 않으면 딱딱한 캐러멜에 이가 부러질지도 모르거든요!

 한나는 샐리가 점심 도시락과 함께 보내준 명단의 이름들을 확인했다. 모두 130개, 로스와 버크 앤슨, 그리고 딘의 운전사인 코노를 제외하고는 모두 도시락을 받았다. 한나가 막 남은 도시락을 작업실의 냉장실에 넣으려고 하는데, 로스가 버크와 함께 카페로 들어왔다.
"늦어서 미안."
 로스가 카운터를 돌아가 한나를 포옹했다. 그러고는 한나의 어깨에 두 팔을 두른 채 말을 이었다.
"버크랑 같이 오늘 오후에 촬영할 신에 나오는 대사를 다시 손보느라 늦었어."
"대사를 손본다구?"
 무슨 뜻인지 알 것 같았지만, 한나는 자신이 생각하는 것이 맞는지 확신할 수 없었다.
"아주 약간. 그래도 장면 전체나 기본적인 장면 설정에는 영향을 주지 않을 정도야. 에이미가 아버지 이야기를 꺼낼 때마다 조디가 조금씩 말을 더듬는 것이 좋겠다고 해서."
 로스가 설명했다.
"아버지를 죽인 사람이 조디라는 복선을 까는 거로구나?"
"그렇지. 그런데 단번에 알아차릴 만큼은 아니야. 에이미도 바로는 모르고 나중에 오빠가 말을 더듬었던 일을 회상하며 여러 가지 정황들을 짜맞추는 퍼즐에 한 조각으로 발견하게 되는 거지."

"난 린이랑 에리카에게 가서 결정한 사항을 얘기해줄게요."

버크가 점심 도시락을 가지고 린과 에리카 제임스, 그리고 그녀의 엄마가 앉은 테이블로 향했다.

에리카의 엄마인 지넷은 전혀 행복해 보이지 않았다. 천방지축인 딸을 돌보는 것이 힘에 부치기라도 하는 것일까?

하지만 한나는 지넷 제임스보다 더 불행한 표정을 짓는 누군가를 발견하고는 깜짝 놀라고 말았다.

그 사람은 다름 아닌 바로 노먼이었다. 그는 거의 이글이글 불타는 눈빛으로 로스를 쏘아보고 있었다. 로스가 내 어깨에 팔을 두른 것 때문에 그러는 것일까? 아니면 다른 이유가 있는 것일까?

로스가 팔을 떨어뜨리며 말했다.

"어-오, 저기 치과의사가 결코 친근하다고 말할 수 없는 시선으로 날 쳐다보고 있어. 질투가 많은 타입인 줄 몰랐는데."

"질투 같은 거 안 해, 보통은."

"우리 주연배우의 치아를 몽땅 망쳐버리기 전에 난 얼른 도시락 가지고 사라지는 편이 좋겠어."

한나는 로스를 날카롭게 쏘아보았다.

"노먼이 그런 짓을 할 리가 없어! 그는 전문가라구."

"농담이야."

로스가 대답했다.

하지만 또 한 번의 포옹 없이 그는 딘의 테이블로 옮겨가고 말았다.

다음으로 카페 안에 등장한 사람은 코노였다.

아직 첫인사를 나누기 전이지만 그는 검은색 운전사 유니폼을 입고 있었기 때문에 한나는 한눈에 그를 알아볼 수 있었다. 잘생긴 은발의 남자가 카운터로 다가오더니 한나에게 다정한 미소를 보냈다.

"안녕하세요, 코노."

그가 자신을 소개하기도 전에 한나가 먼저 인사를 건넸다.

"저는 한나예요. 여기 점심 도시락 있구요."

"만나서 반가워요, 한나. 당신 이야기는 많이 들었어요."

한나에게서 점심 도시락을 건네받는 코노를 보며 한나는 그가 좋은 사람인 것 같다고 생각했다.

코노가 막 등을 돌리려는 찰나 딘이 바람같이 그에게 달려왔다.

감독은 그의 앞을 떡 하니 막고 서더니 물었다.

"코노! 헨더슨이라는 여자한테 공원 사용 허가증 받아왔나?"

"아뇨, 로렌스 씨. 최선을 다해 설득해봤지만, 서명을 해주지 않았습니다."

딘의 두 눈이 가늘어지는 것을 보니 거부당하는 것에 익숙하지 않은 듯했다.

"내가 제시한 인센티브를 얘기했는데도?"

"네, 로렌스 씨."

"괴팍한 늙은이 같으니라구!"

딘이 중얼거렸다.

"좋아, 사용료를 더 올려주지. 사인할 때까지 100달러씩 올려."

코노가 고개를 끄덕였고, 한나는 그가 전에도 이런 비슷한 일을 많이 한 것 같다는 느낌을 받았다.

"알았습니다, 로렌스 씨. 그런데 얼마까지가 한계선인지……."

"5천 달러. 6천 달러 이상을 부르면 계약은 없었던 일로 해. 다른 장소를 찾아봐야지. 사실상 그녀의 협조가 그다지 필요 없다는 것을 상기 시켜. 시장이 이미 모든 허가권을 내줬거든."

코노는 믿을 수 없다는 표정이었다.

"정말입니까? 하지만 땅에 대한 권리는 그녀에게 있는 것 같던데요. 그녀가 죽기 전까지는 어림없을 겁니다."

"그렇지, 하지만 평생을 농가에서 지내면서 세상물정 모르고 살아온 늙은이한테 당할 수야 없지. 전세가 역전될 수도 있어, 어찌 알겠어? 배역을 맡은 이 동네 시골뜨기들한테 헨더슨이란 여자가 공원 사용을 허가해주지 않아서 공원 장면이 취소됐다고 하면 그들이 알아서 손봐 줄지도 몰라."

딘의 이야기를 들으며 한나는 탄식소리가 절로 흘러나오려는 것을 간신히 참아냈다. 딘의 말이 무슨 의미인지 아주 잘 알 것 같았다. 그가 위니 헨더슨에게 정말로 그런 몹쓸 짓을 하진 않겠지만, 농담으로라도 그런 이야기를 하다니, 정말 냉정하기 이를 데 없는 사람이다!

딘이 다시 입을 열었다.

"3천에 합의 보도록 해봐. 그 여자 인생에 그런 큰돈을 만져보긴 처음일 걸. 성공하면 이번 주에 지급될 자네 주급에 보너스를 얹어주지."

"감사합니다, 로렌스 씨."

코노는 제자리에 서서 다음 지시를 고분고분히 기다렸다.

"당장 시작해. 지금 점심 따위가 문제가 아니잖아. 자네가 출연하는 장면 촬영이 시작하기 전에 돌아오는 것 잊지 말고."

"그러겠습니다, 로렌스 씨."

코노가 등을 돌리자 딘이 그의 팔을 잡았다.

"테텡저는 가져왔나?"

한나의 귀에도 익은 유명한 샴페인 이름이 나오자 한나는 하마터면 아는 척을 할 뻔했다.

고급 파티에서 한 번 맛본 적이 있었는데 어마어마하게 값비싼 것이었다. 그 샴페인 한 병이 한나의 차 값 이상으로 팔리고 있었기 때문에 감히 살 생각조차 하지 못했다.

"네, 로렌스 씨, 두 병 가져왔습니다. 사무실에 있어요."

"냉장고에 넣었겠지?"

"그럼요."

"잘했군, 코노. 그런데 그걸 어디서 찾았나?"

"트라이 카운티 쇼핑몰에 있는 와인 케이브라는 조그만 상점에서 샀습니다."

"그게 어디지?"

"여기서 40분 정도 거리에 있는 곳이에요."

"아주 잘했어. 집 짓는 비버처럼 무척 분주했겠구먼, 코노. 여기 일이 끝나면 휴가를 좀 주지. 그리고 샴페인이 남으면 다시 코르크 마개를 씌워서 선물로 줄게."

"감사합니다, 로렌스 씨."

코노는 그의 상사가 제자리에 돌아갈 때까지 기다렸다가 마침내 다시 등을 돌렸다.

"잠깐만요, 코노."

한나가 그를 불렀다.

"네?"

"점심도 거르셨는데, 커피라도 일회용 컵에 담아 드릴까요?"

"네, 그래 주면 정말 감사하죠."

한나는 가장 큰 컵을 커피로 가득 채운 다음 뚜껑을 닫았다.

"여기요. 국내에서 제일 맛있는 커피일 걸요."

"고마워요."

코노는 킥킥거리기 시작해 더 큰 웃음을 터뜨렸다.

"로렌스 씨가 나한테 한 이야기를 다 들었을 거예요. 그래서 말하는 건데 전 헨더슨 부인을 좋아합니다. 어떤 식으로든 부인을 다치게 하는 일은 없을 거예요, 설사 로렌스 씨를 실망시키게 되더라도 말이죠."

"코노 씨는 정말 좋은 분이시네요. 로렌스 씨 같은 사람과 함께 일하다 보면 그러기 쉽지 않으실 텐데."

코노는 아무 말 없이 미소만 지었고, 한나는 그런 그를 더욱 높이 평가했다. 그러고는 고약하기 짝이 없는 냉혈한 감독 밑에서 일하는 코노가 아주 좋은 사람이라는 이유만으로 한나와는 전혀 상관도 없는 일에 턱 하니 발을 들여놓고 말았다.

"위니를 설득하는 데 어려움이 있거든, 저한테 오세요. 제가 그분을 잘 아니까 도움이 되어 드릴 수 있을지도 몰라요."

"미니 체리 치즈케이크요?"

리사가 한나가 해준 이야기를 되물었다.

"그래, 영화 개봉 첫날 쟁반에 담아 애피타이저처럼 돌릴 음식이 필요하대. 그날 준비한 음식이 모두 핑거푸드라네."

"그럼 레시피를 손볼 시간은 넉넉하구요?"

그러자 한나가 고개를 가로저었다.

"고작 이틀 남았어."

"아직 영화촬영이 끝나지도 않았는데, 촬영 후에도 편집 작업을 거치려면 기간이 더 걸리잖아요."

"그렇기는 한데, 내가 성가신 일을 벌이고 말았어. 칵테일파티 장면에 미니 체리 치즈케이크를 선보인 다음, 개봉 날에도 선보이면 좋지 않겠느냐고 했거든."

"정말 좋은 생각이에요! 로렌스 씨가 무척 좋아하셨겠는데요."
한나가 빈정대는 듯한 미소를 지었다.
"오, 정말 좋아했지. 너무 좋아한 나머지 훔치기까지 한걸."
"훔쳐요? 그게 무슨 말이에요?"
"이야기를 끝내놓고 나니까 어느새 그게 그의 아이디어가 되어 있었단 말이지."
리사가 도리질을 하며 말했다.
"알만 하네요. 그가 그렇게 믿음이 가는 사람은 아니니까요. 우리 카페 테이블에 앉은 지 채 5분도 지나지 않아서 그 사람이 그다지 좋은 사람은 아니구나 하고 생각했어요."
"어째서?"
"커피 주전자를 들고 홀을 돌아다니다가 그의 테이블 앞에 멈춰 서서 리필이 필요하냐고 물었더니 그냥 컵만 치켜들지 뭐예요. 말 그대로 컵만 들었어요. 바톤 씨와 계속 이야기를 하면서 그에게도 리필을 해주라고 말하더니 제가 시키는 대로 하자 다시 컵을 자기 앞에 내려놓는 거예요. 고맙다는 인사는커녕 한 번 쳐다보지도 않았어요! 다른 테이블에 앉은 사람들은 다 고맙다고 했는데 말이에요. 정말 자기 바지 치수도 알아서 맞춰 입을 줄 모르는 오만방자한 사람이지 뭐예요!"
한나는 참지 못하고 웃음을 터뜨렸다. 옛날 할머니들이나 쓰는 표현이 이제 겨우 20살을 넘긴 리사의 입에서 나오다니 말이다.
한나가 말했다.
"꼭 할머니 같잖아."
"즐겨 말하는 표현인 걸요. 그 이야기 할 때마다 겉으로는 젠 척하지만, 꼭 바지 없이 맨몸으로 돌아다니는 남자들 모습이 떠올라요."
"리사!"

한나는 다소 충격을 받았다. 어리고 순수했던 리사가 결혼 후에 조금 능청스러워진 것 같다.

"정말 그래요. 물론 로렌스 씨가 그러는 장면을 상상한다는 건 아니구요!"

리사의 볼이 발그레해지더니 그녀는 얼른 화제를 돌렸다.

"그럼 수요일까지 미니 체리 치즈케이크가 필요한 거네요?"

"응, 좋은 생각이라도 있어?"

리사는 잠시 골몰했다.

"연구해볼게요, 한나. 그런 비슷한 것을 본 적이 있어요. 저희 어머니가 예전에 만들어주셨던 것 같은데. 어머니 레시피 파일을 살펴보고 만약 거기에도 없으면 아버지께 한 번 물어볼게요."

"기억하고 계실까?"

잭 허민의 기억이 거기까지는 생생하게 살아있기를 간절히 바라며 한나가 물었다. 알츠하이머의 새로운 치료법을 시도하는 그는 일명 '칵테일'이라고 부르는 약물치료의 효과를 단단히 보고 있었다.

리사가 어깨를 살짝 으쓱해 보였다.

"어쩌면요. 기억 못 하실 수도 있구요. 조금 기다려보기로 해요. 나도 아버지가 기억하고 계셨으면 좋겠어요. 뭔가를 기억해 내실 때면 무척 좋아하시거든요."

차를 마시는 사람들이 더 원할 경우를 대비해 리사가 주전자에 뜨거운 물을 채우고 차 티백을 넣는 동안 한나는 리사의 말에 대해 곰곰이 생각해보았다.

따뜻한 마음씨를 지닌 리사는 인생의 쿠키단지가 늘 반이나 비어 있는 것이 아닌 반이나 차 있다고 보는 사람이었다. 그러니 그런 리사에게 레시피를 찾아내는 것보다는 아버지가 기뻐하시는 일이 더 중요한 건 당연한 일이었다.

"한나?"
작업대 뒤에서 단지에 쿠키를 채우다 말고 한나는 뒤를 돌아보았다. 회전문 안쪽에서 노먼이 한나를 부르고 있었다.
"1분만 내줄 수 있어요?"
그가 물었다.
"정말 말 그대로 딱 1분 시간이 있어요. 지금 쿠키가 다 떨어져서 리사가 기다리고 있거든요. 이거 갖다주고 올 때까지만 기다릴 수 있으면 시간을 1분 이상 낼 수 있구요."
"내가 도와줄게요."
노먼이 당밀 쿠키가 든 단지와 보글스가 든 단지를 들었고, 한나는 화이트 초콜릿 수프림 단지와 시나몬 크리스피가 든 단지를 들고 함께 홀로 나갔다.

둘이 같이 나르니 쿠키를 나르는 데 왕복 세 번이면 되었다. 두 사람이 마지막 배달을 끝내고 다시 작업실로 돌아오자 한나는 작업실에 있는 포트에서 커피 두 잔을 따라 노먼과 함께 작업대 앞에 앉았다.
"난 딘 로렌스가 마음에 들지 않아요."
노먼이 난데없이 말했다.
"나도요. 그를 볼 때면 차라리 도심 속에서 발가벗은 게 낫다는 생각이 든다니까요."
지금까지 매우 심각했던 노먼이 시원스럽게 웃음을 터뜨렸다.
"그를 정말 싫어하나 봐요."
"맞아요."
"왜요?"

한나는 손가락을 꼽아가며 이유를 들었다.

"그 사람은 거만하고, 안하무인에다가 냉혹하기까지 해요. 글쎄, 위니 헨더슨이 농장에 산다는 이유만으로 바보 취급을 하지 뭐예요. 그리고 레이크 에덴에 사는 사람들을 전부 시골뜨기라고 했어요. 다른 사람의 아이디어를 훔치기도 하고, 예의라고는 눈을 씻고 찾아봐도 없는데다가 무엇보다도 여자들이 자기를 따르고 좋아한다고 생각한다구요!"

"그래도 그에게 마구 매력을 느끼죠?"

한나의 입이 떡 벌어지더니 이내 어린아이처럼 킥킥거리기 시작했다. 중학교 1학년 때 이후로는 한 번도 지어보지 못한 웃음이었다. 노먼의 장난기 어린 빈정거림에 한나가 완전히 넘어가 버리고 말았다.

"노먼한테 완전히 걸려들고 말았네요."

"정말 그럴 수만 있다면요!"

노먼이 제법 진지하게 대답하자 한나의 킥킥거림도 단번에 멈췄다.

"사실 한나를 만나러 온 건 사적으로 할 이야기가 있어서예요."

한나의 경고 시스템이 작동하기 시작했다. 만약 로스의 말대로 노먼이 질투를 한 것이라면, 그의 질투심이 그에게 또 한 번의 청혼 결심을 하게 만들었을지도 모른다.

"설마 또다시 결혼해 달라고 청하려는 건 아니겠죠?"

"오늘은 아니에요. 다시 청혼을 하려면 적어도 몇 달은 더 기다려야 한다는 사실 정도는 충분히 감지했으니까요. 다른 일 때문이에요."

자신도 모르게 숨을 참던 한나는 허둥지둥 참고 있던 숨을 내쉬었다.

"무슨 일인데요, 노먼?"

"루시 리차드의 책상에서 발견한 편지 기억나요? 청혼할 때 당신에게 보여주겠다고 했던?"

한나는 또다시 숨을 참았다. 하지만 이번에는 무심결이 아닌 고의적이었다. 그 편지라면 물론 기억하고 있다! 시애틀 경찰서에서 온 편지를 뜯어보지 않으려고 한나는 거의 죽을 힘을 다해 참아야만 했다.

편지를 노먼에게 넘겨주자 그는 한나에게 편지 내용이 공개되면 그의 어머니가 자살하실지도 모르고, 노먼이 운영하는 치과병원을 문 닫게까지는 못할지 몰라도 노먼에 대한 환자들의 생각에 변화를 줄지도 모른다고 했다.

노먼이 되물었다.

"기억나죠, 한나?"

"네. 네, 기억나요."

간신히 대답하며 한나는 문득 이런 생각이 들었다. 혹시 노먼이 그 오랜 비밀을 마침내 털어놓으려는 것인가?

"청혼하기 전까지는 편지를 보여줄 수 없다고 했는데, 혹시 그 이유 때문에 내 청혼을 거절한 건가요?"

한나가 솔직하게 대답했다.

"아뇨, 편지는 내 결정과 아무런 상관도 없어요. 난 그저 지금 당장 결정하지 말자고 결정했을 뿐이에요. 그때 카페에서 전부 설명해줬잖아요."

"그래요, 그냥 확인차 물어본 거예요. 정말 신경이 쓰였거든요. 만약 그 편지가 총각 냄새 풀풀 나는 내 주방 테이블에 놓인 계란 프라이 샌드위치 사이에 낀 것처럼 당신과 행복하게 살 수 있는 것을 방해하는 장애물이라면, 지금 당장에라도 편지 내용을 레이크 에덴 저널에 공개해버릴 생각이에요."

한나의 두 눈이 휘둥그레졌다.

"하지만 그렇게 되면 어머니가 자살하실 거라면서요!"

"문자 그대로의 의미는 아니었어요. 물론 무척 당황하시겠지만, 결국에는 이겨내시리라고 믿어요."

"그래도 시도해보겠다?"

"네, 한나가 나와 결혼해준다면요."

한나는 오랫동안 아무 말이 없었다.

어머니를 끔찍이 아끼는 노먼이 저렇게까지 나오는 것을 보니 정말로 많이 한나를 사랑하는 것이 분명했다. 한나는 당장에라도 '네, 좋아요'라고 대답하고 싶은 유혹을 느꼈지만, 차마 그럴 수 없었.

"한나? 어떻게 할까요? 편지를 신문사에 있는 로드에게 갖다줄까요? 정말 그렇게 할 수 있어요."

"노먼의 마음은 잘 알아요. 정말 고마워요. 하지만 당신과 결혼할 수 없어요."

노먼의 얼굴이 어두워지자 한나는 대답의 수위를 조금 완화했다.

"……, 적어도 아직은요."

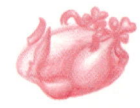

"아야!"

한나는 놀란 눈으로 모이쉐를 내려다보며 외마디 소리를 질렀다.

녀석의 귀는 머리 뒤로 바싹 붙이고, 털은 모두 삐죽삐죽 솟아 있었다. 이번 것은 얼마 전에 할퀴었던 것보다 더 선명하게 자국이 남았다.

오늘은 모이쉐의 '체리우드의 위기' 두 번째 촬영이 있는 날이다.

한나는 루터교 예배당의 긴 의자에 앉아 있었다. 모이쉐의 바늘처럼 날카로운 발톱에 할퀸 한나의 허벅지 상처는 따끔거렸지만, 녀석을 마구 꾸짖을 수만은 없었다.

"긴장했나 봐요."

노먼이 한나의 무릎 위에 앉아 있는 모이쉐를 번쩍 안아 자신의 무릎으로 옮겼다.

"밖으로 데리고 나가서 산책을 시켜볼게요. 촬영 준비가 다 되면 부르러 와요."

노먼이 몇 번 눈을 깜박거렸고, 처음에 한나는 노먼의 눈에 먼지가 들어간 줄 알고, 괜찮으냐고 물어보려는 순간 그가 윙크한 이유를 깨달았다. 모이쉐가 몹시 불안해하며 청바지를 입은 한나의 허벅지에 날카로운 발톱 자국을 남겼던 원인은 따로 있었다.

다름 아닌 엄마가 중앙통로를 통해 허겁지겁 한나에게 달려오고 있었던 것이다. 싫어하는 사람들 명단에 당당히 속해 있는 엄마를 본 녀석에게 할리우드 유명세의 유혹 따위는 당연히 둘째 문제이리라.

노면에게 얼른 자리를 피하라고 손짓하고서 한나는 자신의 옆자리를 톡톡 두드렸다.

"안녕, 엄마. 앉으세요."

"고맙구나, 애야. 모이쉐가 촬영하는 걸 보려고 좀 일찍 왔단다. 어제 촬영을 놓쳐서 아쉬웠거든."

이거야말로 난감한 구렁텅이에 빠진 격이 아닌가.

한나는 아버지가 난처할 때마다 즐겨 말하던 문구를 떠올렸다. 어떻게 해서든 엄마를 모이쉐로부터 멀찍이 떨어뜨려 놓아야 했다.

머릿속에 제일 먼저 떠오른 말로 한나가 대꾸했다.

"엄마라면 언제든 환영이죠. 그런데 트레시는 무척 실망할 거예요."

"그게 무슨 소리냐? 안드레아 말이 트레시의 첫 촬영은 내일 오후 늦게라고 하던데."

"맞아요. 그런데 지금쯤 한창 컷 앤 컬 미용실에서 머리와 메이크업을 받고 있을 거거든요. 그런 다음 의상도 맞출 거래요. 마침 빌도 마이애미로 출장을 가고 없어서 안드레아 혼자 아역스타 엄마 노릇을 하기가 버거울 텐데 엄마가 같이 있어 주시면 좋지 않을까 해서요."

"어머나, 네 말이 맞구나! 얘기해줘서 고맙다, 애야."

엄마가 활짝 웃으며 자리에서 일어났다.

"물론 안드레아는 아무 이야기도 하지 않았다만, 빌도 없는 상황에서 누군가 있었으면 할 게야……, 할머니가 같이 있어 주면 트레시가 얼마나 좋아할지는 말할 것도 없고 말이다."

엄마가 서둘러 자리를 뜨는 모습을 보며 한나는 큰 안도의 한숨을 내쉬었다.

가까스로 자유의 몸이 됐지만, 그 대가는 톡톡히 치러야 할 것이다. 마치 먹구름과도 같은 존재인 엄마가 어떻게 해서 자신에게 오게 됐는지 안드레아가 사실을 알게 된다면, 쿠키 한 단지를 몽땅 안겨줘도 모자라다고 할 터이니 말이다.

"믿을 수 없군요!"
클라크가 활짝 미소를 지으며 한나를 돌아보았다.
"저것 좀 봐요. 녀석은 포즈 취하는 솜씨가 정말 뛰어나요."
한나도 미소를 지으며 고개를 끄덕였다. 달리 어떻게 대꾸해야 할지 알 수 없었다.
모이쉐가 정말 깜짝 놀랄 정도로 협조적으로 촬영에 임하는 건 사실이었다. 녀석은 딘이 요구하는 포즈를 그대로 취해줬을 뿐만 아니라 다 끝났다고 이야기하기 전까지는 전혀 움직이지 않았다.
"자, 이제 한 장면 남았어."
딘이 앞줄에 앉아 기다리던 에리카에게 손짓했다.
"한나가 네 무릎에 녀석을 올려놓아 줄 거야. 그리고 그녀가 카메라 앵글에서 빠져나가면 녀석을 팔로 안고 아버지를 보러 관까지 걸어가는 거야. 그리고 거기서 슬픈 표정으로 1분 정도 서 있다가 다시 자리로 돌아와서 앉아."
한나는 에리카의 무릎에 모이쉐를 올려놓고는 촬영이 시작되기를 기다렸다. 맹세컨대 모이쉐는 모르는 사람에게 안기는 것을 좋아하지 않는다. 한나는 부디 배우나 스태프들이 매우 건실한 보험 상품에 가입하였기를 바랐다.
마침내 에리카가 모이쉐를 안고 녀석의 가슴을 어르기 시작했는데, 평소에 한나가 그렇게 했다면 당장에라도 날카로운 발톱이 솟은 앞발과 뒷발로 한나에게 어퍼컷을 날렸을 상황이었다.

하지만 한나의 고양이는 그녀의 입을 떡 벌리게 하기 충분했다.

어퍼컷을 날리는 대신 모이쉐는 에리카에게 그렇게 다정스러울 수 없는 고양이 미소를 지어 보인 것이다. 눈은 실눈처럼 가늘어지고 볼은 둥글게 솟아올라 오는 종류의 미소였다. 그러더니 녀석은 에리카가 불편한 자세로 녀석을 안고 관까지 이동하는 것도 너그럽게 허용했다.

모이쉐가 전생에 배우가 아니었을까? 의심의 여지없이 확실하다!

모이쉐가 스타를 꿈꾸는 고양이가 아니었다면, 에리카가 입은 비싼 검은색 실크 정장은 이미 오래전에 조각이 나고 말았을 것이다.

"실마리를 찾았어요, 한나!"

한나가 쿠키단지로 돌아오자마자 리사가 화급히 달려왔다.

"그거 잘 됐네. 그런데 무슨 신마리?"

한나는 테이블 위에 모이쉐를 내려놓고 테이블 다리에 녀석의 목줄을 맸다.

"미니 체리 치즈케이크 애피타이저요. 어젯밤 아버지께 여쭤봤을 때는 전혀 기억을 못 하셨는데, 오늘 아침에 엄마가 그 레시피를 이웃에 살던 분한테서 받았다는 걸 기억해 내셨어요. 이름이 메리 허친슨이었는데, 블록 끝에 우리 집 맞은편에 살았어요. 근데 메리와 마브는 아이오와로 이사를 가버려서 주소도 연락처도 전혀 몰라요. 혹시 알 만한 사람이 누가……?"

리사가 하던 말을 멈추더니 이내 미소를 짓기 시작했다.

"안드레아!"

"그래, 안드레아라면 알고 있을 거야. 레이크 에덴에 있는 집 중에서 안드레아의 손을 거쳐 가지 않은 집은 거의 없으니까. 그리고 이사 간 사람의 주소도 당연히 갖고 있을 거야."

"게다가 지금 당장 물어볼 수도 있어요. 바로 여기 와 있거든요!"

리사가 가리킨 쪽을 돌아보자 안드레아가 막 카페 안으로 들어서고 있었다. 하지만 세상의 불행이란 불행을 모두 짊어진 듯한 표정을 한 안드레아를 보자 한나는 알쏭달쏭해졌다. 그러고는 이내 자신이 엄마를 트레시의 메이크업과 의상을 손보는 안드레아에게 보냈다는 사실을 기억해 냈다.

안드레아가 한 시간도 채 지나지 않아 결국 여기까지 달려오고 만 것이다. 세련된 안드레아의 얼굴은 피레네 산맥의 지형도만큼이나 잔뜩 구겨져 있었다. 성난 곰과 같은 기세로 서 있는 안드레아를 보자 한나는 안드레아의 별자리가 큰곰자리가 아니었든가 하는 불길한 추측이 떠올랐다.

"흠……, 알았어."

한나가 정확히 이런 비상사태를 대비해 저장실에 비축해 둔 초콜릿 트뤼플을 또 하나 집어들며 안드레아가 결론을 지었다.

"용서해줄게. 그래도 엄마를 그런 식으로 나한테 보낸 건 비겁한 방법이었어."

"그저 더 이상은 모이쉐에게 할큄을 당하고 싶지 않았을 뿐이야. 내 다리를 마치 레몬 껍질 벗겨 내듯 할퀴더라구."

"무척 아팠을 것 같아요."

리사가 한나의 옆에 앉으며 말했다.

"정말 그랬어. 어쩌면 엄마 덕분에 네가 해방의 몸이 돼서 모이쉐의 촬영 장면을 보러 올 수 있을지도 모르겠다고 생각했거든."

"방금 교회에서 오는 길인데 크누드슨 목사님 말씀이 언니가 벌써 돌아갔다고 하더라구. 모이쉐는 어땠어?"

"녀석에게는 배우의 피가 흐르나 봐. 적어도 딘이 그렇게 말했어."

"그랬을 것 같아. 녀석은 항상 포즈를 취하잖아. 카메라를 들고 있지 않을 때도 말이야."

리사가 한나를 향해 눈썹을 치켜세우고, 한나 역시 조용히 눈썹 짓을 하며 안드레아가 두 사람의 질문에 대답할 수 있을 만큼 안정됐다고 신호를 보냈다.

한나가 마침내 입을 열었다.

"정보가 좀 필요해, 안드레아. 우리를 도와줄 사람은 너뿐이야."

"나?"

"그래. 혹시 리사가 살던 옛집 맞은편에 살던 허친슨네 집 팔았던 거 기억나?"

"내가 팔았지. 전문 부동산 중개인으로 활동을 시작하고서 처음 판 집이었어."

"잘 됐어요!"

리사가 안도의 미소를 지었다.

"그럼 허친슨네가 어디로 이사 갔는지 알고 있어?"

"아이오와 어디라고 했는데……, 정확한 주소가 필요해?"

"응."

한나가 대답했다.

"메리한테 미니 체리 치즈케이크 레시피가 있다는데, 영화에서 칵테일파티 장면에 미니 체리 치즈케이크가 꼭 필요하거든."

"알았어, 조금만 기다려봐. 내가 알아봐 줄게."

놀랍게도 안드레아는 핸드폰을 꺼내 번호를 눌렀다. 그러고는 연결되기를 기다리는 동안 펜과 가죽 커버가 덮인 수첩을 꺼내 빈 페이지를 펼쳤다.

"연결됐어, 기다려 봐."

안드레아가 리사와 한나에게 말하더니 이내 숫자판에 번호를 몇 개 더 눌렀다. 그러고는 잠시 더 기다리더니 수첩에 뭔가를 끄덕이기 시작했다. 메모가 끝나자 안드레아는 번호를 몇 개 더 눌러 통화를 끝내고 핸드폰을 다시 가방에 집어넣고는 수첩을 리사에게 건네주었다.

"여기, 전화번호도 알아냈어."

한나가 경이로움에 가득 찬 눈으로 안드레아를 쳐다보았다.

"어떻게? 아무 말도 하지 않았잖아."

"사람이랑 통화한 게 아니었으니까. 다시 차에 가서 노트북을 가져오기 귀찮아서 핸드폰으로 주연합 부동산 중개인 협회의 메인 컴퓨터에 접속했어. 거기에 모든 정보들이 저장되어 있거든."

"그렇게도 할 수 있어?"

"당연하지. 언니도 그런 것 좀 배워 둬. 지금 기술이 얼마나 발달했는데, 언니는 아직도 아날로그 시대에 살고 있잖아!"

"그래."

주변을 돌아본 한나는 안드레아의 말이 옳다는 것을 깨달았다.

한 곳만 제외하고 다른 테이블들은 오후의 커피를 즐기는 손님들로 가득 차 있었는데, 다섯 중 셋은 핸드폰으로 통화를 하고 있었다. 그리고 노트북 컴퓨터도 네 대나 보였으며, 오직 한 사람만이 펜으로 종이에 끼적이고 있었다.

"컴퓨터라도 사. 요즘 컴퓨터 없는 사람이 어디 있어? 사용해보면 생활이 훨씬 편해진단 말이야."

한나가 대답했다.

"어쩌면. 너한테는 꼭 필요해 보이지만, 나한테는 아직 잘 모르겠어.

대신 약속은 할게."

"좋아, 뭔데?"

"엄마가 컴퓨터를 사시면, 나도 산다."

"오, 그래. 조만간 그렇게 되고 말 거야!"

안드레아가 짧고 경쾌한 웃음을 짓더니 리사를 돌아보며 말했다.

"어서 가서 메리에서 전화해봐."

"하지만 지금은 커피 주전자를 들고 홀을 한 바퀴 돌아야 할 때라서……."

안드레아가 자원하고 나섰다.

"그건 내가 대신 해줄게. 리사는 어서 가서 전화해. 그리고 메리에게 내 안부도 전해주구."

자리에서 일어나 앞치마를 두르는 안드레아를 보며 한나는 애써 놀란 기색을 감추었다. 지금껏 안드레아가 카페 일에 이토록 열정을 보인 적이 없었다.

"그러지 않아도 돼. 그건 내가……."

"아냐, 내가 할게."

안드레아가 주전자를 들더니 한나만 들을 수 있도록 몸을 숙이며 속삭였다.

"언니가 말하는 속임수가 정말로 통하는지 한번 알아보고 싶거든."

잠깐 한나는 안드레아가 무슨 말을 하는 것인가 알쏭달쏭했지만, 금방 깨달았다.

"투명인간 웨이트리스 속임수 말이야? 아무리 사적인 이야기도 커피를 따라주는 웨이트리스 앞에서는 전혀 개의치 않게 된다는……?"

"그래, 혹시 영화계의 비밀스러운 소문들도 듣게 되지 않겠어? 오늘 밤 빌이 전화하면 전부 얘기해줘야지."

소문 거리를 수집할 생각으로 신나서 자리를 뜨는 안드레아를 보며 한나도 흐뭇해했다. 그러고는 커피를 한 잔 따라 카운터 뒤에 앉아 휴식을 취했다.

모이쉐가 촬영에 매우 협조적이었던 덕분에 녀석이 나오는 장면은 아주 완벽하게 촬영되었지만, 그래도 한나는 종일 긴장 상태였다.

사실 한나가 염려한 건 모이쉐 때문이 아니었다.

바로 마이크와 노먼 때문이었다, 그리고 로스도 역시.

한나는 로스와의 새로운 로맨스가 마이크와 노먼 사이의 삼각관계에 어떤 영향을 미치게 될까 잠시 생각해보았다.

이제 한 사람이 늘었으니 사각관계가 되는 건가? 아니면 상자관계? 한 가지 확실한 건 세 남자와 데이트를 시작함으로써 한나는 자기 스스로를 꽉 막힌 상자 속에 가둬버렸다는 사실이었다!

그러자 머릿속에 문득 떠오른 이미지에 한나는 얼굴을 살짝 찌푸렸다. 예전에 보았던 프랑스의 전설적인 마임 아티스트 마르셀 마르소(프랑스의 유명한 팬터마임 작가 겸 연출가, 배우)가 유리상자 안에 갇히는 퍼포먼스의 장면이 떠올랐던 것이다.

이제 삼각관계는 사각으로 바뀌어버렸으니, 상자 속 사람은 남편감으로 안성맞춤인 남자를 선택할 때까지 줄곧 저 안에 갇혀 있어야만 하는 것인가?

 10분도 채 지나지 않아 리사가 다시 홀로 나왔다. 그녀는 한나가 지금껏 본 적이 없는 환한 미소를 지으며 손에 든 메모지를 흔들었다.
"알아냈어?"
대답은 이미 알 것 같았지만, 한나가 물었다.
"알아냈어요!"
리사가 의자에 미끄러지듯 앉으며 외쳤다.
"정말이지 완벽한 레시피에요. 별로 복잡하지도 않고요. 컵케이크용 종이와 근처 상점에서도 쉽게 구할 수 있는 바닐라 와퍼, 그리고 체리 파이 소만 있으면 돼요!"
 한나는 메모를 받아들고는 제인의 미니 체리 치즈케이크의 목록을 하나하나 살펴나갔다.
"제인이 누구야? 이 레시피는 메리 허친슨에게서 받은 거라고 했던 것 같은데."
리사가 대답했다.
"그걸 원래는 제인이라는 사촌에게서 받은 거래요. 어떨 것 같아요?"
한나는 지금껏 본 레시피 중 가장 쉽고 명료한 것을 찬찬히 읽었다.
 24개의 머핀 틴(반죽 모양을 잡아주는 철제 컵)을 줄 맞춰 늘어놓은 다음, 컵케이크용 종이를 넣고 바닐라 와퍼를 바닥에 깐다. 그런 후 치즈케이크 반죽을 만들어 와퍼 위에 얹고 굽는 것이다.

먹음직스럽게 구워진 미니 치즈케이크가 충분히 식으면 파이 소가 든 통조림에서 꺼낸 체리 세 개를 토핑으로 장식하고서 손님에게 내기 전 4시간 동안 더 식히면 완성이었다.

"정말 쉽네. 그런데 맛있을까?"

"메리 말로는 너무 맛있어서 먹어본 사람은 누구나 다음 파티에도 이걸 만들어 오라고 한데요. 정말 굉장한 것은 바로 체리 파이 소에요."

"어째서?"

한나는 자신이 두 명이 나오는 코미디 쇼에서 직설적인 역을 맡은 사람 같다는 생각을 했다.

"치즈케이크 하나당 체리가 세 개 필요한데, 파이 소 통조림에는 정확히 72개의 체리가 들어 있거든요. 그러니까 아주 딱 떨어지는 거죠."

"정말?"

"메리 말이 그랬어요. 아주 오랫동안 만들어 왔으니까 맞겠죠. 지금 당장 시험해보고 싶은데요, 한나. 그래도 될까요?"

"되고말고. 그런데 체리 파이 소는 어쩌지? 지금 가진 것이 없는데."

"벌써 플로렌스에게 전화를 해봤는데, 빨간부엉이 식료품점 뒷문으로 들여보내 주겠다고 했어요. 지금 재고 정리 중이래요."

한나가 고개를 끄덕이자 리사는 바람처럼 작업실 밖으로 나섰다. 한나의 어린 동업자는 뭔가에 열정적으로 몰두하기 시작하면 무섭게 돌진하곤 했다.

허브는 리사를 만나기 시작한 지 얼마 되지 않아 그 사실을 깨달았을 것이다. 왜냐하면 리사가 그와 사귀어야겠다고 마음의 결심을 내리자마자 어느새 허브는 그녀에게 데이트 신청을 하고 있었고, 리사가 그와 결혼하고 싶다고 결심한 지 얼마 지나지 않아 어느새 그는 그녀에게 청혼하는 자신을 발견했기 때문이다.

 두 사람의 결혼이 진행된 과정도 바로 그랬다. 하지만 허브는 틀림없이 기꺼운 마음이었을 테지.

 쿠키단지의 앞문이 열리더니 잘생긴 젊은 남자가 안으로 들어섰다.

 그는 캐주얼한 옷차림을 하고 있었는데, 완벽하게 잘 어울리는 옷맵시가 마치 값비싼 브랜드의 옷들인 듯 보였다.

 한나는 아직 만나지 못한 영화 스태프 중 한 명인가 보다 생각해서 그에게 환영의 미소를 지어 보였다.

 "안녕, 한나!"

 남자가 한나에게 친근한 인사를 건네더니 멍한 한나의 표정을 읽고는 크게 웃음을 터뜨렸다.

 "나 모르겠어요?"

 한나의 머릿속은 버터 명장의 버터 제조기처럼 광포하게 휘휘 돌아갔지만, 아무런 소용이 없었다.

 눈앞의 젊은 남자가 누구인지 한나는 도통 떠오르지가 않았다.

 한나가 막 고개를 저으며 누구인지 모르겠다는 사실을 인정하려는 찰나 그가 자신의 귓불에 달린 금으로 된 귀고리를 가리켰다.

 "혹시 피케이?"

 그는 다름 아닌 지난해 하트랜드 제분회사 주최로 디저트 경연대회가 열렸을 때 한나에게 아웃 테이크를 보여주었던 KCOW 텔레비전의 당직 엔지니어였다.

 "네, 나예요. 특집 리포터로 발령받은 이후로 꼬랑지 머리도 자르고, 수염도 밀었죠."

 "귀고리는 그대로네요."

한나가 말했다.

"네, 그래도 좀 덜 화려한 것으로 바꿔야 했어요. 다이아몬드는 카메라 앞에서 너무 눈이 부시다길래요. 이건 금이에요."

한나는 피케이에게 쿠키 몇 개와 커피를 내주고는 자신도 그가 앉은 테이블의 맞은편에 앉았다.

"그래……, 여긴 무슨 일로 왔어요?"

"버크 앤슨 때문에요. KCOW에서 '10시 나이트 뉴스'에 내가 맡은 코너가 있는데, 그를 인터뷰하라고 해서요. 난 주로 엔터테인먼트 뉴스를 다뤄요."

"잘 됐네요! 근데 감독이 되고 싶어 하는 줄 알았는데."

피케이가 말했다.

"맞아요, 최종 목표는 그거예요. 지금은 사다리를 오르는 중이죠. 버크 말이 촬영 중에는 여기서 자기를 만날 수 있을 거라던데요. 한나만 괜찮다면 쿠키단지에서 인터뷰를 하고 싶대요."

한나는 깜짝 놀랐다.

"여기서요? 왜 세트장에서 하지 않구요?"

"모르겠어요. 아마 촬영에 방해될지도 모른다고 생각했나 봐요. 그가 여기서 만나자고 했으니 요청한 사람인 나로서는 별달리 선택의 여지가 없네요."

"그렇군요."

피케이는 그렇다손 치더라도 인터뷰 장소가 될 쿠키단지의 여주인인 자신에게는 왜 선택의 여지가 없었던 것일까 한나는 의아해했다.

버크는 왜 물어보지도 않고 그런 결정을 내린 걸까.

"자리는 많이 차지하지 않을게요. 그리고 방송 내보낼 때 인터뷰 장소가 어디였는지 명확히 알릴 거구요."

한나의 마음을 읽기라도 한 듯 피케이가 말했다.

"홍보 효과가 아주 좋을 거예요. 디-디도 한몫을 할 거구요. 광고 시작하기 전에 그녀가 어떻게 홍보해주는지는 잘 알고 있죠?"

"본 방송을 예고할 때 하는 멘트 말인가요?"

"네, 맞아요."

피케이가 목청을 가다듬더니 나이트 뉴스의 여성 진행자인 디-디 휴즈의 목소리를 따라했다.

"*광고 후에 레이크 에덴 쿠키단지에서 이루어진 버크 앤슨과의 독점 인터뷰가 곧 방송될 예정이니 채널을 고정하세요.*"

피케이가 디-디의 목소리를 완벽하게 흉내 내자 한나는 웃음을 터뜨렸다.

"테이블이나 의자 같은 것 옮기지 않아도 되겠어요?"

"괜찮아요, 버크가 도착하면 우리 카메라맨과 내가 알아서 할게요. 그런데 그에 대해 어떻게 생각해요?"

"버크 말인가요?"

시간을 벌려고 일부러 한나가 되물었다.

방송에 내보낼 수도 있는 이야기를 무작정 솔직하게만 말할 수는 없었다.

"네, 버크요. 어떻게 생각해요?"

"그에 대해서는 잘 몰라요."

한나가 전형적인 동시에 솔직하기도 한 대답을 털어놓았다.

"우선은 잘 생겼죠."

"내 여자친구도 그렇게 말하더군요."

"좋은 배우라고 들었구요."

"그 얘긴 나도 들었어요. 그런데 그가 딘 로렌스와 그다지 좋은 사이가 아니라는 이야기도 들었는데."

"그런 얘긴 처음인데요."

한나가 역시나 솔직하게 말했다.

"전혀?"

"전혀."

한나가 고개를 가로저었다.

"만약 들었다고 해도 나한테 이야기해줬을까요?"

한나가 또다시 고개를 젓자 피케이는 웃음을 터뜨렸다.

"그럴 줄 알았어요. 한나, 당신은 리포터의 악몽이에요. 전혀 소문 거리가 없으니."

한나가 말했다.

"그러지 않으려고 노력하는 거예요. 들은 것을 있는 대로 모두 이야기했다가는 얼마 못 가 카페 문을 닫아야 하고 말 걸요."

그때 마침 큐 사인에 맞춘 듯 안드레아가 주전자를 들고 돌아왔다.

"내가 무슨 얘길 들었는지 맞춰 봐! 의상담당인 소피가 그러는데……."

가벼운 소문 거리가 튀어나올 것을 염려한 한나가 먼저 나서서 안드레아의 말을 낚아챘다.

"트레시의 의상이 아주 예쁘다고 하지? 나도 알아. 오늘 아침에 소피가 얘기해줬거든. 여기 옛 친구가 찾아왔는데, 아마 알아보지 못할 거야, 안드레아. 여긴……."

이제 안드레아가 끼어들 차례였다.

"피케이! 이렇게 다시 만나게 돼서 너무 반가워요."

"난 누군지 몰라봤는데, 넌 어떻게 알았어?"

한나는 궁금했다.

"KCOW 로고가 그려진 회사 배지를 보고 알았지. 디저트 경연대회 때 피케이가 우리한테 아웃 테이크를 보여줬잖아. 그때 본 건데 다른 직원들은 O가 파란색인데 피케이 것은 O가 보라색이었어."

피케이는 즐거워했다.

"맞아요. 2년 전 크리스마스 때 받은 건데, 이건 만든 사람이 실수한 거예요. 다시 보내주면 새것을 주겠다고 했는데, 그냥 이게 좋다고 했어요. 다른 것과 다르잖아요."

한나는 자그마한 배지를 바라보며 믿을 수 없다는 듯 고개를 설레설레 저었다.

너무 작아서 눈에 띄지도 않는 것을 안드레아는 어떻게 그렇게 자세히 관찰하면서 알파벳 하나가 색이 다르다는 것까지 알아냈을까? 의상이나 패션에는 안드레아만큼 관찰력이 뛰어난 사람도 없을 것이다.

"그런데 여기 어쩐 일이에요, 피케이?"

안드레아가 한나의 옆에 앉으며 물었다.

"지금 10시 나이트 뉴스에 엔터테인먼트 전문 리포터로 일하고 있어서요."

"그렇군요."

안드레아가 한나를 향해 유쾌한 눈빛을 보냈다.

"뉴스 안 본지가 꽤 됐는데, 꼭 KCOW에 채널 고정해야겠네요."

"그나저나 집 뒷마당에서 영화를 촬영하는 기분이 어때요?"

그러자 안드레아가 웃음을 터뜨렸다.

"우리 집 뒷마당은 영화 촬영과는 아무 상관도 없는 걸요. 우리 엄마 가게라면 모를까. 엄마의 앤티크점을 영화 촬영의 배경으로 쓰고 있거든요."

피케이가 수첩을 꺼내 메모를 했다.

"그래요? 마을 주민들도 몇몇 캐스팅을 했다고 들었는데. 혹시 배역을 맡은 사람 중 아는 사람이 있나요?"

한나가 참지 못하고 말했다.

"배역을 맡은 사람이라면 전부 알죠! 여긴 레이크 에덴이잖아요. 작은 마을이라구요."

피케이는 살짝 부끄러워하는 듯 보였다.

"그렇죠. 그럼 큰 배역은 어때요? 배역을 맡은 마을 소녀라든가?"

안드레아는 한나를 쳐다보았고, 한나 역시 안드레아를 쳐다보았다.

한나는 안드레아가 입을 열기를 기다렸고, 안드레아는 한나가 입을 열기를 기다리며 몇 번의 심장박동이 뛰는 동안 긴장감 어린 침묵이 흐르더니 이내 두 사람이 동시에 웃음을 터뜨리고 말았다.

"뭐가 그렇게 재밌어요?"

"내 딸이요!"

안드레아가 말했다.

"내 조카요."

한나도 대답했다.

그러고는 피케이에게 어째서 트레시를 꼭 인터뷰해야 하는지, 그리고 '체리우드의 위기'가 극장가에서 인기 돌풍을 일으키면 트레시가 얼마나 유명해질지를 서로 질세라 이야기하기 시작했다.

"전혀요."

살인적인 촬영 스케줄과 그런 스케줄이 영화의 질에 안 좋은 영향을 미치지는 않는지를 묻는 피케이의 질문에 버크가 카메라를 똑바로 바라보며 대답했다.

"우리 감독인, 딘 로렌스 씨는 우리가 마음껏 연기를 펼쳐보일 수 있도록 도와주십시오."

한나는 비웃음을 감췄다.

버크는 지금 악동 감독에게 열광적으로 아부하고 있었다. 버크와 딘의 사이가 좋지 않다는 건 정말이지 소문에 불과했다!

한나는 피케이의 다음 질문에 귀를 기울였다.

의상을 모두 입고하는 리허설에 대한 질문이었는데, 미처 버크의 대답을 듣기도 전에 안드레아가 작업실 문가에 모습을 보였다.

안드레아의 얼굴을 본 한나가 물었다.

"무슨 일 있어?"

안드레아는 무척 당황한 듯한 표정을 짓고 있었다.

"피케이가 다음으로 나를 인터뷰하고 싶다기에 무심결에 응해버렸어. 그러지 말 걸, 나 어떡하지?"

"그저 질문에 대답하기만 하면 돼."

"만약 내가 모르는 질문을 하면 어떡해?"

"네가 괜한 걱정을 하는 거야. 인제 그만 기운 내, 안드레아. 넌 부동산 중개인이란 사실을 잊지 말라구."

안드레아가 어깨를 쫙 펼쳤다.

"그래, 언니 말이 맞아. 난 전문 부동산 중개인이니까 모르는 건 답을 만들어 내면 돼. 중개인 학교 다닐 때 어떻게 하는지도 다 배웠으니까."

"양념통을 놓는 선반이 있으면 미식가용으로 특별 제작한 주방이라고 하고, 작고 답답한 집은 아담하고 아늑하다고 하는 것처럼 말이지?"

안드레아의 입이 떡 벌어지더니 이내 배꼽을 잡으며 웃기 시작했다. 어찌나 신나게 웃었던지 그녀의 볼 위로 눈물까지 흘러내렸다.

"어떻게 그런 말을 할 수 있어, 언니. 내 직업을 웃음거리로 만들다니."

"흠……, 그래. 내가 그랬는지도 모르지. 아주 조금은 말이야. 어쨌든 이제 네 긴장은 다 풀린 것 같은데."

"무슨 소리야. 나 아직도 긴장된다구. 너무 긴장돼서……."

안드레아가 하던 말을 멈추고 휘둥그레진 눈으로 한나를 쳐다보았다.

"잠깐, 언니 말이 맞잖아. 이제 떨리지 않아! 어떻게 한 거야?"

"웃으면서 동시에 긴장할 수는 없거든. 둘 다 아주 강력한 감정이라 서로 잠식해버리는 거지. 웃음의 힘이 커지면 긴장감이 줄어들어……. 아무튼 대학시절 심리학 교수님의 말씀으로는 그랬어."

안드레아가 호기심 어린 눈빛으로 한나를 쳐다보았다.

"흥미로운데. 그 교수님이 또 뭐라고 하셨어? 서로 잠식시켜버리는 감정에 지금 얘기해준 것 말고 다른 것도 있어?"

"한 쌍 더 기억하는 게 있어. 분노와 호감은 동시에 존재할 수 없대."

"호감?"

"왜 있잖아."

한나가 조그맣게 쪽쪽 키스 소리를 흉내 내어 보았다.

"아, 그 호감."

안드레아가 씩 웃기 시작했다.

"알려줘서 고마워. 그런데 그런 건 이미 알고 있던 것 같은데. 아마 본능적으로 알게 되는 건가 봐."

한나가 웃으며 말했다.

"네 말이 맞을지도 모르지."

심리학 교수님은 특별한 현상이 행복한 결혼의 비밀이 되기도 한다고 했다.

안드레아가 짓궂은 미소를 지었다.

"그래도 한 번 시험은 해봐야겠어. 빌이 로니 워드와 함께 마이애미에서 돌아올 때 직접 체험할 수 있을 것 같아."

"자, 어떤 것 같아요?"
리사가 미니 체리 치즈케이크가 담긴 쟁반을 내밀며 물었다.
"로렌스 씨가 마음에 들어 할까요?"
"보기에는 아주 멋져. 사실 맛보다는 그게 더 중요할지도."
리사는 충격을 받은 듯한 얼굴이었다.
"한나! 어떻게 그런 말을 할 수 있어요?"
"딘 로렌스라면 말이야, 우리가 아니라. 우리야 겉으로 보이는 것보다는 맛을 더 중요하게 생각하겠지만."
리사가 말했다.
"오, 이제야 이해했어요. 한나 생각이 맞아요. 그는 매우 얕은 사람이니까요. 모든 게 다 자기 중심적이죠."
"어떻게?"
한나 역시 어린 동업자의 말에 완전히 동의했지만, 리사의 구체적인 설명이 듣고 싶었다.
"우선, 그 사람은 자기가 여자들에게 매력이 있다고 생각해요."
"눈치 챘어?"
"어떻게 모를 수 있겠어요. 커피 리필해줄 때 나를 쳐다보지도 않고 계속 앞에 앉은 사람이랑 얘기하면서 고맙다는 말도 안 했다고 했죠?"
"기억나."
"흠, 제가 리필을 하러 다니기 몇 분 전에 일어났던 일보다는 차라리 그게 나았어요."
"무슨 일이 있었는데?"
"저한테 추파를 던졌는데, 자세히는 얘기 안 할게요. 그냥 손을 제 맘

대로 놀리더라고만 할게요. 전혀 예상치 못한 상황에 엄청 놀랐어요. 하마터면 그의 옷에다 뜨거운 커피를 쏟을 뻔했다니까요."

"차라리 쏟아버리지 그랬어."

그러자 리사가 킥킥거렸다.

"그래야 할 걸 그랬나. 한 번만 더 그러면 그런 짓은 절대 환영받지 못한다는 것을 단단히 보여주겠어요. 그런데 그 사람에 대해 또 하나 눈치 챈 것이 있어요."

한나가 물었다.

"뭔데?"

"그는 내용보다 겉모습이 더 중요하다고 생각해요. 그건 허풍쟁이의 가장 큰 특징인데 말이에요……, 아니면 마술사나. 전부 환상에 불과한 거죠. 연기나 거울 같은 것으로 사람들의 관심을 다른 데로 돌리면서 말이에요. 무슨 말인지 아시죠?"

한나는 리사가 새롭게 보였다.

"그래, 그런데 그런 건 어떻게 알았어?"

"허브가 아마추어 마술사잖아요. 허브는 아직 사람들 앞에서 보여주거나 할 정도는 아니라고 하는데……, 나한테는 몇 가지 마술을 보여줬거든요. 그런데 정말 환상적이었어요. 고등학교 때부터 연습했지만, 결혼하기 전까지는 누구한테도 보여준 적이 없대요."

허브에게 그런 특기가 있는 줄 미처 몰랐던 한나는 고등학교 동창에 대한 새로운 정보를 머릿속에 입력해 넣었다.

"전혀 몰랐네. 핼러윈 때 커뮤니티 센터에서 공연하면 아주 좋겠어."

"저도 그렇게 생각해요. 작년에 한 번 하겠다고 했었는데, 아직 준비가 안 됐다고 해서. 아마 올해는 할 수 있지 않을까 싶어요."

"아마도."

새로운 가르침을 마음 깊이 새기며 한나가 대답했다.
 작은 마을에 산다는 것은 종종 이렇게 한나를 헷갈리게 한다.
 마을 사람들 하나하나에 대해 아주 잘 알고 있다고 자부하다가도 어느새 이렇게 그 사람에 대한 새로운 면모를 접하게 되니 말이다.

제인의 미니 체리 치즈케이크

오븐은 섭씨 175도로 예열합니다. 틀은 오븐 중앙에 둡니다.

재료

백설탕 3/4컵 / 계란 2개 / 레몬 주스 1테이블스푼 / 바닐라 1티스푼

바닐라 와퍼 쿠키 24개 / 체리 파이 소 통조림 1개

컵케이크용 종이 24개(48개를 준비해서 이중으로 겹쳐서 사용하셔도 좋아요)

부드러운 크림치즈 16온스(450g)(실온에 두세요)***

***사각으로 포장된 크림치즈를 사용하세요. 모험을 하고 싶지 않거든 휘핑 크림 치즈를 사용하지 마세요-휘핑 크림치즈나 저지방 크림치즈, 뇌샤텔 치즈는 의외로 잘 될지 모르겠지만, 확신할 수 없답니다.

만드는 법

1. 열두 개를 구울 수 있는 머핀 팬을 2개 놓고 컵케이크용 종이를 놓습니다. 종이에 바닐라 와퍼 쿠키를 바닥에 깔고 평평하게 해주세요.
2. 미니 치즈케이크를 만드는 동안 아직 따지 않은 체리 파이 소 통조림은 냉장고에 넣어 차갑게 합니다.
3. 부드러운 크림치즈를 백설탕과 골고루 섞습니다. 계란을 한 개씩 깨뜨려 넣고 잘 섞어줍니다. 그런 후 레몬 주스와 바닐라를 넣고 가볍고 보송보송해질 때까지 저어줍니다. 이 과정은 손으로 해도 되지만, 전자 믹서로 낮은 속도로나 혹은 중간 정도의 속도로 사용하면 훨씬 더 간편하답니다.

4. 치즈케이크 반죽을 머핀 틴에 골고루 붓는데 컵케이크용 종이의 반에서 2/3정도 차게끔 합니다(지금 당장 보기에는 빈약해도 다 구워진 후에 체리 토핑을 올리면 훨씬 보기가 좋답니다).

5. 섭씨 175도로 15~20분 동안 굽습니다. 윗부분이 단단해지면서 윤기가 돌면 잘 구워진 것입니다(가운데 부분이 조금 가라앉을 수도 있는데, 괜찮아요-토핑이 그걸 가려줄 겁니다).

6. 완성된 미니 치즈케이크를 팬에 담긴 상태에서 선반으로 옮겨 식힙니다. 치즈케이크가 다 식었으면 체리파이 소 통조림을 따서 체리 세 개를 모든 체리 치즈케이크 위에 올립니다. 체리 주스는 24개의 미니 치즈케이크에 골고루 나누어 붓습니다.

7. 머핀 틴은 적어도 4시간 동안 냉장 보관합니다(밤새 보관하면 더 좋아요). 그런 후 틴에서 빼어내 조심스럽게 종이를 제거한 후, 핑거푸드 파티에서 많이 사용하는 우아한 디저트용 은색 접시에 담아냅니다.

> 한나의 메모: 취향에 따라 체리 파이 소 통조림 대신 신선한 과일에 젤리 코팅을 입혀 사용하셔도 됩니다. 그리고 어떤 통조림이든 마음껏 응용하실 수 있어요.

한나는 쿠키단지 작업실의 작업대 앞에 앉아 달콤한 휴식을 취하고 있었다. 방금 굽기를 끝낸 딘 로렌스의 치즈케이크 역시 리사가 만든 제인의 미니 체리 치즈케이크와 함께 저장실에서 나란히 휴식을 취하고 있었다.

두 종류의 체리 간식은 충분히 휴지가 된 후 아침에 딘의 사무실로 배달될 것이다. 그리고 당연히 그 일은 한나의 몫이었다. 리사를 음흉한 로미오와 그의 잘 빠진 위네바고에 단둘이 있게 할 수는 없었다.

리사에게 배달을 보내 악동 감독이 또다시 그녀에게 치근댄다면 그 다음 일이 어떻게 될지를 상상해보던 한나는 웃지 않을 수 없었다.

아직도 리사를 수줍은 새댁으로 생각하는 사람들이 꽤 되지만, 리사는 바람기가 넘치는 남자에게 있어서만큼은 순진하고 수줍은 것과는 전혀 거리가 멀었다.

리사의 조단 고등학교 동창생이자 한나의 막냇동생인 미셸의 말에 따르면, 고등학교 시절 농구부 남자애 하나가 리사에게 집적거렸다가 시퍼렇게 멍든 눈으로 일주일 동안 병원 신세를 져야 했다는 것이다.

그래, 아니다. 한나가 걱정하는 건 리사가 아니다. 리사는 혼자서도 얼마든지 잘 대처할 수 있을 것이다. 딘 로렌스 때문도 아니었다. 리사가 미셸이 이름 붙인 대로 '정의의 레프트 훅'을 날릴 상황이라면 딘은 충분히 그럴만한 행동을 했기 때문일 것이다.

한나가 걱정하는 건 만약 그런 일이 벌어졌을 때 로스는 어떤 상황에 부닥칠 것이며, 감독이 병원에 묶인 처지가 된다면 한창 촬영 중인 '체리우드의 위기'는 어떻게 되는가 하는 것이다.

카페 문을 닫으려면 이제 한 시간이 남았다. 한나는 집에 돌아가 모이쉐와 함께 보낼 저녁을 상상해보았다. 찬장이나 냉장고에서 찾아낸 재료로 아무렇게나 간단하게 저녁식사를 마치고 치즈케이크를 굽는 동안 만들어보았던 새 레시피 반죽을 시험해보겠지.

린이 좋아할 만한 종류의 쿠키였는데, 그녀가 좋아하는 샌드위치인 피넛버터와 바나나를 올린 토스트와 흡사한 쿠키였다. 아마 린이 유일하게 만들어본 요리가 바로 이 샌드위치일 것이다.

토스터에 구운 빵에다 피넛버터를 바르고 바나나를 썰어 올리는 것도 '요리'라고 할 수 있다면 말이다. 대하시절 두 사람은 기말시험을 준비하면서 피넛버터와 바나나를 얹은 토스트를 엄청나게 먹어댔다. 학교를 떠나 고향으로 돌아온 후 거의 1년 동안은 피넛버터 단지를 쳐다보고 싶지도 않았을 정도니까.

한나는 커피를 모두 마시고 싱크대로 가 막 머그잔을 씻으려는데 뒷문이 열리더니 엄마가 바람처럼 안으로 들어왔다.

엄마가 큰딸에게 인사를 건넸다.

"안녕, 한나. 정말 놀라운 소식이 있단다!"

"그래요?"

한나는 엄마의 밝은 표정을 보고는 미소를 지어 보였다.

윈슬롭이 엄마의 인생에서 갑작스럽고도 비극적으로 사라져버린 후로 저렇게 밝게 웃으시는 것은 처음이었다.

"가게 단장을 모두 마쳤는데, 제어드 말이 아주 흠 잡을 곳 없이 훌륭하다는구나! 1950년대 집을 완벽하게 재현해 냈는데 네가 제일 먼저 와서 봐줬으면 좋겠구나, 얘야. 네 의견이 필요해."

"초대해줘서 고마워요, 엄마. 기꺼이 가야죠."

50년대풍으로 재단장한 엄마의 상점에 제일 첫 손님으로 초청해줬다는 사실이 한나는 기뻤다.

"자릴 비우는 동안 가게를 봐줄 수 있는지 리사에게 물어볼게요."

잠시 후, 한나는 옷걸이에서 코트를 벗겨 내 손에 들고 엄마의 뒤를 따라 주차장을 가로질러 그래니의 앤티크 뒷문으로 향했다.

엄마가 뒷문을 열자 한나가 전혀 예상하고 있지 못했던 사람이 두 사람을 기다리고 있었는데, 그는 다름 아닌 로스 바튼이었다.

혹시 이것도 엄마의 또다른 중매 계획의 일환인가? 아니면 엄마가 작가이자 제작자의 자격으로 로스를 초대한 것인가?

"헤이, 한나!"

한나가 뒷문을 통해 엄마와 로드 부인이 창고로 사용하던 협소한 방안으로 들어서자 로스가 반갑게 인사를 건넸다.

"어머니들이 여기서 기다리라고 하시더라구. 너랑 같이 초대받은 첫 손님이야."

"우리가 실수한 게 없나 사전에 봐주는 것이 두 사람의 임무에요."

엄마만큼이나 행복한 얼굴을 한 로드 부인이 말했다.

"그러니까 다른 사람들이 보기 전에 우리가 고쳐야 할 부분이 뭐가 있는지 알려주기만 하면 된답니다."

로스는 두 어머니에게 따뜻한 미소를 지어 보였다.

"분명히 완벽할 거예요. 그럼 이제 들어가도 되나요?"

"그래요, 그런데 다시 뒷문으로 나가서 앞문으로 들어와요. 현관에서부터 거실까지 완벽한 경로를 봐줘야 하거든."

엄마가 다정다감한 미소로 말했다.

"임무를 잘해 낼 수 있겠죠?"

"그럼요."

로스가 대답하고는 한나를 이끌고 뒷문 밖으로 나섰다. 두 사람이 건물 모퉁이를 돌자 로스가 입을 열었다.

"이렇게 빨리 끝내시다니 믿을 수가 없어. 너희 어머니와 로드 부인은 정말 대단하셔."

"대단하시지."

로스와는 약간 다른 의미로 한나가 대답했다.

대단하다는 의미보다는 '현혹적인, 혹은 기술적인'이라는 의미가 더욱 강했다. 조금 수위를 낮춰 표현한다면, 전략적이라고 말하는 것이 안전할 것이다.

엄마에게는 단순히 대단한 것 이상의 무언가가 있었지만, 한나는 지금 로스와 그런 이야기를 나누고 싶지 않았다. 엄마에 대해 속속들이 알고 있지 않은 것이 로스에게는 더 나았다. 엄마와는 나중에 따로 만나 지금 이 일이 어떻게 된 것인지 물어보리라.

"둘루스에 이것과 똑같은 모양의 현관이 있었는데."

로스가 문을 열며 말했다.

"현관 모양이 다 이렇지, 뭐."

로스의 스튜디오 목수들이 부린 마법의 창작물에 서서 주변을 둘러보며 한나가 말했다.

"문 앞에 부츠를 놓을 수 있는 카펫도 깔렸어."

"부츠도 놓여 있잖아. 시대를 잘 반영한 것 같아. 우리 엄마도 저것과 아주 똑같은 부츠를 갖고 계셨거든. 고등학교 때 신던 거라고 하셨어."

한나는 윗부분에 털이 달린 갈색 스웨이드 부츠를 물끄러미 내려다보았다. 그녀의 기억이 정확하다면 저 부츠는 엄마의 옷장에서 나온 것일 테지.

"그럼 문 안쪽에는 코트걸이랑 손님용 벽장 같은 것도 있겠네."

"코트걸이야."

로스가 문을 열고 안으로 들어서며 알렸다.

문 바로 안쪽은 더 넓고 값비싼 집이라면 '포이어'라고 불릴만한 공간으로 꾸며져 있었다.

"완벽해, 한나. 물기를 털어낼 수 있도록 집에서 손수 짠 카펫에 코트걸이까지 놓여 있어."

"당연하지. 농가의 아내들 대부분은 푼돈을 모아 베틀을 사서 손수 카펫을 짰다구. 만들 수 있는 재료는 모두 사용했어. 올이 굵은 삼베자루나 플라스틱으로 된 식료품점 가방까지. 그렇게 해서 짠 카펫을 마을 사람들에게 팔기도 하고, 여름철에 레이크 에덴을 방문하는 관광객들에게 팔기도 했지."

"무척 안락하고 좋은데."

로스가 초록빛 담쟁이덩굴이 늘어진 상아색 벽지를 둘러보며 말했다.

"독서등이랑 쿠션이 빵빵하게 들어찬 소파까지 놓여 있어. 창문에 있는 유리를 떼어내고 트레시가 모이쉐에게 책을 읽어주는 장면을 바로 여기서 찍으면 좋겠어."

"그래, 그러면 될 것 같다. 응접실은 어떻게 꾸몄는지 가보자. 칵테일 파티 장면에 나와야 하니까 중요하잖아."

한나는 자그마한 가족들만의 공간을 개방적인 응접실과 분리해주는 두 짝의 유리문으로 다가갔다.

더 널찍한 공간으로 발을 들여놓은 한나는 엄마와 로드 부인이 거의 완벽에 가까운 무언가를 만들어냈다는 사실을 깨닫고 말았다.

"환상적이야."

로스가 한나의 감정을 대변해주고 있었다.

"그래."

한나는 경이로움에 방 안을 거닐어보았다. 엄마와 로드 부인은 그 당시 값비싼 집의 우아한 내부 모습을 완벽하게 부활시켜 놓았다.

응접실 바닥은 가장자리에 세공 마루를 토대로 붉은 포도주 빛 카펫이 깔렸으며, 커튼 역시 짙은 붉은 포도주 빛이었고, 벽에는 상아색 벽지가 발라져 있었다. 벽지 위에는 테두리를 금으로 도금한 거울이 적당한 위치에 걸렸고, 몇 점의 풍경화가 화려한 액자에 담겨 걸려 있었다.

"피아노를 놓으시다니, 정말 감각이 있으신데."

로스는 천장까지 닿아 있는 책장 옆에 놓인 반짝반짝 빛이 나는 흰색 그랜드 피아노로 다가갔다.

"칵테일파티 장면에서 누군가 연주하는 모습을 담아도 좋겠어."

한나가 뚜껑을 열자 안은 텅텅 비어 있었다.

"안 돼, 그건 힘들겠어. 이건 그냥 껍데기일 뿐이거든."

"괜찮아, 소리는 나중에 섞어 넣으면 되니까. 우선 건반은 있으니까 누군가 연주하는 척하면 돼."

두 사람은 응접실 탐방은 물론 자살 장면에 나올 책상까지 모두 살펴보고서 다시 복도로 나와 두 번째 문을 열었다.

"《황태자의 첫사랑(1901년 중편소설 '카를 하인리히'를 각색해서 만든 5막짜리 희곡)》에 나오는 방 같아."

푸른빛 채색 도자기와 같은 색이 나는 파란색 벽에 하얀 커튼, 그리고 하얀색의 가구들을 보며 한나가 감탄했다.

"여기가 에이미의 방인가?"

"응, 지붕창 앞에 놓인 쿠션 보여?"

한나는 고개를 끄덕였다.

밝은 오렌지색 쿠션은 방 안에서 유일하게 튀는 물건이었다.

"저건 모이쉐 용이야. 녀석이 창가에 앉아 창밖의 새를 바라볼 수 있도록 에이미가 사온 거야. 그런데 에이미의 아버지가 방 분위기와 전혀 안 어울린다고 하면서 그걸 쓰레기통에 버려. 하지만 오빠인 조디가 다시 주워다가 아버지 장례식 날 에이미에게 돌려주지."

"정말 나쁜 아빠 같은데."

"사실이야."

한나는 잠시 아무 말이 없다가 이내 얼굴을 찌푸렸다.

"영화에서 아버지 역은 누가 연기해? 배우를 아직 만나보지 못한 것 같은데."

"앞으로도 만나볼 수 없을 거야. 아버지 역은 목소리만 나오는 걸로 대신하려 하거든. 강한 효과가 있으려면 그 방법이 좋을 것 같아서. 관객들이 아버지에게서 좋은 점은 하나도 찾아볼 수 없도록 말이야."

한나가 말했다.

"흥미로운데."

"의도한 만큼 효과가 있어야 할 텐데 걱정이야. 악역을 캐스팅하는 건 언제나 도박이거든. 악역을 지나칠 만큼 잘 소화해 내면 약간 우스울 수도 있고. 조금이라도 더 약하게 표현했다가는 관객들이 동정심을 가질 수 있어. 그래서 이번에 극단적인 접근법을 사용하기로 한 거야. 아버지는 늘 에이미의 마음속에서만 재현돼. 그래서 실제 생활을 보여 주는 것보다 더 존재감이 짙고 기세력이 있으면서 동정의 여지라고는 전혀 없게 되는 거지. 그러면서 동시에 나한테는 변명의 여지를 만들어 주기도 해. 왜냐하면 영화 속 아버지는 에이미 마음속 아버지일 뿐 객관적으로 판단할 수 있는 인물이 아니니까."

한나는 잠시 생각에 잠겼다가 이내 미소를 지었다.

"괜찮은 이유인 것 같은데. 어쨌든 난 영화에 대해 너만큼 전문가는 아니니까."

"지나치게 인위적인 느낌이 나지 않았으면 좋겠어. 만약 그런 느낌이 든다면 중요한 몇 장면만 제외하고는 지금까지 대본을 모두 수정하고 재빨리 누군가를 캐스팅해야 할 거야."

"언제쯤 알 수 있어?"

"금요일 밤 데일리즈(영화 스태프들이 촬영을 시작하기 전이나 막간을 이용해서 촬영한 장면을 리뷰하는 것)에서 알 수 있을 거야. 괜찮으면 와서 나랑 같이 볼래? 샐리가 바에 준비해놓겠다고 했거든."

"놓칠 수 없지."

로스의 새로운 촬영 기법에 완전히 매혹되어 버린 한나가 대답했다.

"좋았어, 그럼 얼른 너희 어머니와 로드 부인에게 기시 집에 대한 우리의 견해를 말씀드리자."

"그래. 내 생각엔 아주 멋졌는데, 넌 그래도 제작자니까 생각이 다를 수 있잖아. 어땠어?"

"내 생각에도 아주 환상적이었어."

"정말 그렇게 좋았단 말이에요?"

엄마가 흥분에 두 눈을 반짝이며 물었다.

"네, 그랬어요. 마치 살던 집을 그대로 옮겨놓은 것 같은 느낌이 들던데요."

"고마워요!"

엄마만큼이나 들뜬 미소로 로드 부인이 인사했다.

"정말 고생해서 꾸몄어요."

"게다가 일정보다 일찍 마치셨구요. 영화계에서 이렇게 일정보다 빠르게 일을 마치는 게 얼마나 드문지 아세요?"

엄마와 로드 부인 모두 고개를 가로저었고, 이내 엄마가 목청을 가다듬었다.

"우리가 꾸민 세트가 그렇게 마음에 들었다니 하는 말인데, 부탁이 하나 있어요."

"뭔데요?"

"오늘 밤 우리 한나를 데리고 호텔로 가서 저녁식사를 함께 해줘요, 애가 제대로 먹질 않아서."

'정말이지, 엄마! 엄마는 힙합 옷을 입은 발레리나만큼이나 우스운 꼴이에요!'

한나는 생각했다. 하지만 실제로 말하진 않았다. 이제 엄마는 사윗감으로 점찍어 두었던 노먼과 마이크는 포기하고 새로운 인물인 로스에게 모든 관심을 집중하는 듯했다.

"기꺼이요."

로스가 한나의 어깨에 스르르 팔을 두르며 그녀를 꼭 끌어당겼다.

"저녁식사 후에는 한나랑 같이 모이쉐를 촬영한 장면을 볼 건데, 두 분은 어떠세요? 같이 보시지 않겠어요?"

그러자 엄마가 고개를 가로저었다.

"정말 고맙지만, 괜찮아요. 오늘 밤 쇼핑몰에서 큰 세일이 있다길래 캐리랑 같이 쇼핑하러 가기로 했거든요."

"쇼핑은 다음에 가도 되잖아."

로드 부인이 말했다.

"하지만 세일은 어쩌고? 20%나 할인해준다던 걸."

"어차피 필요도 없는 걸 살 텐데, 뭐. 그리고 저렇게 공손한 청을 거절할 순 없잖아. 그러지 말고, 딜로어. 가서 당신 손자 고양이가 나오는 장면을 한 번 보자구."

엄마가 로드 부인을 쏘아 보았다.

"손자 고양이? 노먼은 어쩌고? 그 아이 저녁을 챙겨줘야 하지 않아?"

"한 끼 정도는 알아서 챙겨 먹을 수 있어. 난 가겠어, 딜로어. 당신은 어떻게 할 거야?"

그다지 행복해 보이지 않는 얼굴로 엄마가 대답했다.

"오. 그렇다면……, 좋아. 고마워요, 바톤 씨. 기꺼이 저녁식사 초대에 응하죠."

"그냥 로스라고 부르세요. 초청에 응해주셔서 감사합니다."

한나는 놀란 눈으로 로스를 바라보았다.

그는 정말 진심으로 대답하고 있었다.

"그럼 7시에 모시러 올까요?"

엄마와 시선을 주고받으며 로드 부인이 말했다.

"그럴 필요 없어요. 우리 차로 한나까지 데리고 갈게요."

한나는 순간 목이 막혀 캑캑거리려는 것을 간신히 기침 소리로 막아버렸다. 이건 그야말로 엄마들의 전쟁이 아닌가.

엄마는 제대로 된 적수를 만난 듯했다. 2분도 채 흐르지 않은 시간 동안 엄마는 한나를 강제로 로스의 팔 안으로 밀어 넣었고, 그에 맞서 로드 부인은 한나의 보호자 역을 자청하고 나섰으니 말이다.

로스가 로드 부인에게 말했다.

"번거롭게 해드릴 수 없죠. 한나는 제가 아파트로 데리러 갈게요. 우선 모이쉐를 집에 데려다 놓아야 할 테니까요."

한나는 어린아이들의 공 뺏기 놀이에서 공이 된 것 같은 기분이 들었다. 흥미진진하긴 하지만, 결코 편안하진 않았다.

"모이쉐는 노먼이 데려다 놓으면 돼요."

로드 부인이 아들인 노먼을 내세웠다.

"하지만 노먼에게 그런 일을 부탁할 수는……."

로드 부인이 한나의 거절을 칼처럼 잘라버렸다.

"괜찮아! 노먼이 모이쉐를 얼마나 좋아하는데, 모이쉐도 마찬가지이고. 한나가 집에 돌아올 때까지 모이쉐를 돌봐줄 수 있을 거야……, 우리 고양이 스타께서도 심심하지 않고 말이야."

'아-하! 숨은 의도가 있었군! 로드 부인은 로스가 나를 데려다 주는 길에 내가 그를 집 안으로 들일까 봐 걱정하는 것이다. 그래서 노먼을 미리 보내 골치 아플 일이 생기는 것을 방지해보려는 것이다.'

하지만 로드 부인은 괜한 걱정을 하고 있다. 굳이 그렇게까지 안 해도 골치 아플 일은 절대 생기지 않을 것이다. 너무나 정신없는 하루를 보낸 한나는 오늘만큼은 집에 들어가자마자 바로 침대에 뻗을 계획이었기 때문이다.

 샐리의 커다란 텔레비전 화면이 나가고, 다시금 불이 켜지자 한나는 왠지 자랑스러운 아이를 둔 엄마처럼 뿌듯한 기분이었다.
 모이쉐는 정말이지 사랑스러웠다. 심지어는 엄마조차도 몇몇 장면에서 '아', '오' 하면서 감탄을 아끼지 않았다. 특히 장례식 장면에서 모이쉐가 에리카를 위로하려고 그녀의 뺨을 핥는 장면은 단연 최고였다.
 "타고났다니까."
 한나가 옆자리에 앉은 로스에게 말했다.
 하지만 얼굴에는 여전히 미소가 가실 줄을 몰랐다. 배우의 피를 타고난 고양이도 드물게 있는 모양이다. 그런 고양이를 키우는 한나는 정말 행운이었다.
 "훈련받은 고양이보다도 나은 것 같은데."
 로스가 말했다.
 "고양이를 훈련할 수 있어?"
 한나는 놀라 물었지만, 이내 씩 웃어버리고 말았다.
 물론 고양이를 훈련할 수 있다는 건 한나도 알고 있지만, 모이쉐에게 그런 훈련 따위는 절대 통하지 않을 것이다. 만약 모이쉐에게 원하는 바가 있다면, 녀석은 그대로 따라줄 것이다. 단, 기분이 내킬 때만. 그리고 아주 특정한 때만, 어쩌면.

"빨리 집에 돌아가 봐야겠어."

시계를 내려다보며 한나가 말했다.

벌써 밤 9시 15분이니 호텔에서 조금만 더 지체했다가는 일찍 돌아가리라 약속했던 시간이 늦은 밤으로 변해버리고 말 것이다.

"버크의 인터뷰까지만 보고 가. 내가 집까지 데려다 줄게. 그가 리포터를 어떻게 구슬리는지 네가 한 번 봐야 한다니까. 다른 사람들도 오기로 했어."

"다른 사람들, 누구?"

"딘의 부인인 샤린이랑 톰 라치몬트를 포함한 배우들 전부. 코노가 공항에서 7시에 마중하기로 했으니까, 지금쯤이면 도착할 때가 됐어."

"좋아."

한나는 기다렸다는 듯 대답했다.

린의 남편도 만나보고 싶었을 뿐더러 도대체 어떤 여성이 딘 같은 남자와 결혼했을까 궁금하기도 했다. 모르긴 몰라도 샤린 로렌스는 분명히 인내심이 남다른 성인군자일 것이다. 또 사실 버크의 인터뷰가 보고 싶기도 했다. 쿠키단지에서 찍은 인터뷰 장면이니, 카페가 화면에 어떻게 비치는지 궁금했던 것이다.

"안드레아랑 한 인터뷰도 나온대?"

"그건 다음 주에나 볼 수 있을 거야. 방송국에 전화해서 뉴스 디렉터와 통화를 했는데, 그건 이번 주말에 작업할 트레시와 린, 에리카의 인터뷰와 함께 편집해서 내보낼 거래. '에이미의 세 가지 얼굴'이라는 주제로 다음 주 금요일 밤에 방송할 거라던데."

10분 후 레이크 에덴 호텔의 바는 영화인들로 가득 찼다.

로스는 한나를 톰 라치몬트에게 소개해줬는데, 그를 보자 한나는 린이 왜 그와 결혼했는지 한눈에 알 수 있었다.

그는 마치 린이 연약하고 유약한 도자기 인형이라도 되는 듯 그녀가 원하는 것은 이리저리 뛰어다니며 무엇이든 가져다주었고, 틈만 나면 애정이 듬뿍 담긴 눈길로 그녀를 바라보며 그녀의 어깨에 팔을 둘렀다. 비록 린보다 나이가 훨씬 많은 그였지만, 체구도 운동선수 못지않게 다부졌고, 외모 또한 부유한 사람들에게 볼 수 있는 여유가 엿보였다.

그리고 샤린 로렌스가 있었다. 한나는 악동 감독으로 소문난 남자와 결혼한 그녀를 흘끗흘끗 엿보았다. 딘이 여배우들의 가슴을 설레게 한다면, 그의 부인 또한 남자 배우나 스태프들에게 똑같은 영향을 내뿜는다고 할 수 있을 것 같았다.

그녀는 5피트(152cm)도 채 안 되는 아담한 체구에 아이처럼 크고 동그란 눈을 가지고 있었으며, 반짝반짝 빛이 나는 검은색 머리카락은 마치 장난꾸러기 여자아이의 머리 모양을 하고 있어 순진해 보이는 그녀의 인상을 더욱 강조했다. 하지만 그녀의 몸매는 그런 인상과는 전혀 딴판이었다. 샤린은 레이크 에덴 비키니 경연대회에서 여왕의 영애를 차지한 로니 워드와 경쟁해도 될 만큼의 몸매를 지니고 있었던 것이다.

한마디로 목 아래로는 풍만하고 목 위로는 순수했다.

한나는 샤린과 얼마 이야기하지는 못했지만, 짧은 시간에도 그녀가 남편의 말도 안 되는 행동들을 참아내기에는 너무 똑똑하고 기지가 넘치는 여자라는 느낌을 받았다. 만약 샤린이 이곳에 있는 동안 딘이 조금이라도 한눈을 판다면, 부부간에 싸움이 터질 것이 뻔했다.

샐리가 불의 밝기를 낮추자 딕이 커다란 텔레비전 화면을 켰다.

그러자 척 윌슨의 잘생긴 얼굴이 화면을 가득 채우더니 이내 카메라가 뒤로 당겨져 척 윌슨의 옆에 앉은 신경성 무식욕증 환자, 디-디 휴즈의 모습이 비쳤다.

두 사람은 손에 대본을 든 채(사실 화면에 대본이 모두 뜨는 현실에서는 필요가 없는 종이일 뿐이다) KCOW의 10시 뉴스 세트인 커다랗고 둥근 책상 뒤에 앉아 오늘의 주제에 대해 이야기를 하고 있었다.

한나와 로스는 부드럽게 진행되는 뉴스를 지켜보았다.

그레이 이글 거리의 조용한 주택단지에 강도가 들었고, 브로어빌의 타이어 상점에 불이 났으며, 지역의 자선단체 수익을 위해 리틀 폴스에서 밴드 콘서트가 열리고, 미시시피 강둑에서 누군가 자전거를 타다가 미끄러지는 바람에 강의 얕은 얼음을 깨고 떨어져 거의 익사할 뻔했으며, 지난여름 로얄튼에서 열린 가든 세일 때 도난당했던 물품들을 되찾았다는 소식이 있었고, 세인트 클라우드의 스케이트장이 개장시간을 변경했고, 롱 프라이어리 자원 소방팀이 복권에 당첨됐고, 소비에스키의 작은 마을에서 동창회 모임이 있다는 소식도 있었다.

카메라가 다시 디-디의 예쁘장한 얼굴을 잡았다.

"곧이어 피케이의 '영화와 함께'가 이어지겠습니다. 오늘은 우리 모두 잘 알고 사랑하는 장소인 쿠키단지를 배경으로 피케이가 영화 속 인물을 인터뷰합니다."

"멘트가 멋진데."

로스가 한나의 등을 두드렸다.

"전부 피케이의 아이디어였어. 난 차마 부탁할 생각도 못했다니까."

누구든 선뜻 사들이지 못할 값비싼 차와 야간에도 작업해주는 카펫 가게, 그리고 신용 평가를 재정립해주는 회사에 대한 광고가 나가는 동안 한나는 자신도 모르게 숨을 계속 참고 있었다. 끝이 날 것 같지 않던 광고가 마침내 끝나고 다시 척과 디-디의 모습이 보였다.

"자, 쿠키단지에서 누굴 만났는지 이야기해주시죠."

척이 먼저 나서자 카메라는 피케이가 앉아 있는 옆자리로 이동했다.

"버크 앤슨입니다."

피케이는 커다란 비밀이라도 알리듯 몸을 앞으로 숙이며 말했다.
"레이크 에덴에서 촬영 중인 영화 '체리우드의 위기'의 남자 주인공이죠."
카메라가 다시 디-디 휴즈에게로 옮겨갔다.
"버크 앤슨이 누구인지 모르는 시청자를 위해 다시 한 번 소개해주시지 않겠어요?"
피케이가 말했다.
"서프 앤 터프 광고에 나왔던 구릿빛 아도니스죠. 서프보드를 들고 있던 그의 모습만을 기억하는 시청자들을 위해 미리 말씀드리는데, 이번에는 아주 쫙 뺀 정장 차림이랍니다."
카메라는 디-디가 피케이를 향해 거만한 눈길을 보내는 모습을 잡더니 이내 인터뷰 테이프가 돌아가기 시작했다. 화면에 리사와 카운터 뒤로 진열된 쿠키 단지들의 모습이 보이자 한나는 미소를 지었다.
노먼이 찍어준 베스트 쿠키 사진들이 걸린 카페 풍경은 아주 멋졌다. 아무래도 그에게 사진을 몇 장 더 부탁해야 할 것 같았다. 체리 밤 쿠키는 물론 모크 터틀스도 아주 먹음직스러웠다.
노먼에게 어떤 쿠키 사진을 부탁할까 고심하던 한나는 문득 자신이 인터뷰에 집중하지 않고 있다는 사실을 깨닫고는 다시 텔레비전으로 시선을 돌렸다.

"전혀요."
살인적인 촬영 스케줄과 그에 따른 영화의 질에 대한 피케이의 질문에 버크가 카메라를 똑바로 바라보며 대답했다.
"우리 감독인, 딘 로렌스 씨는 우리가 마음껏 연기를 펼쳐보일 수 있도록 도와주십니다."

"매 장면 촬영 전에 의상을 모두 갖춰 입고 리허설을 한다고 들었는데요. 누군가 그러는데, 같은 장면을 여러 번 반복해서 연기하도록 하는 건 흔치 않은 일이라고 하더군요. 사실 그렇게 하면 배우들이 힘들지 않습니까? 특히 그 장면의 촬영이 다음날이면 더 그렇지 않나요?"

"글쎄요. 그에 대한 불평은 전혀 들은 바가 없어서요."

"그럼 다음날은 어떤가요? 다시 리허설을 합니까? 촬영 시작 바로 전에요?"

"그럼요. 제대로 될 때까지 몇 번이고 합니다. 그런 다음 촬영하죠."

"하지만 대부분의 감독은 그렇게 많이 반복시키지 않잖아요, 안 그런가요?"

"그건 잘 모르겠군요. 영화 촬영은 이번이 처음이라서요. 하지만 로렌스 씨가 천재적인 재능을 가진 것은 틀림이 없습니다. 제 의상을 입고 연기 시범을 하실 때를 한 번 봐야 해요. 정말 좋은 배움을 얻고 있지요."

"그가 의상을 입고 연기 시범을 한다구요?"

"네, 감정을 제대로 끌어내지 못하면 그렇게 합니다. 제 목소리도 아주 잘 흉내 내시죠."

"혹시 당신이 영화 출연 경험이 없어서 그렇게 한다고 생각하시나요? 그러니까, 당신이 능숙한 영화배우가 아니라서?"

그러자 버크가 고개를 가로저었다.

"오, 그렇게 생각하지 않습니다. 다른 배우들에게도 그러시니까요."

"여배우들은요?"

"흠, 린 같은 경우에는 그럴 필요가 전혀 없죠. 그녀는 처음부터 무엇이든 잘 소화해 내니까요."

피케이가 카메라를 똑바로 바라보았다.

"자, 여기서 제가 한 번 정리하고 가겠습니다. 린 라치몬트는 '체리우드의 위기'에서 여주인공 역을 맡은 배우입니다."

피케이가 다시 인터뷰 자세로 돌아왔다.

"감독인 딘 로렌스가 때때로 의상을 갖춰 입고 연기 시범을 보인다고 했는데, 맞습니까?"

"맞습니다. 아주 큰 도움이 되죠."

피케이가 살짝 웃음을 터뜨리더니 카메라를 향해 윙크했다.

"하지만 물론 로렌스 씨가 여자 역까지 대신해 보이진 못하겠죠."

"아뇨, 당연히 합니다. 여장이 꽤 예쁘장하게 잘 어울리시죠."

잠시 무거운 침묵이 흘렀다.

피케이는 버크가 그런 폭탄 발언을 하리라고는 전혀 예상하지 못한 것 같았다. 하지만 거기에 그치지 않고 버크는 더 깊고 어두운 바다로 자진해서 뛰어들고 말았다.

"아시겠지만, 농담입니다. 그런데 사실 로렌스 씨는 여자 목소리도 아주 완벽하게 흉내 내죠. 에리카 역을 하실 땐 더욱 돋보입니다. 그녀의 의상을 입고 어둑어둑한 바에 앉아 있으면 사내 여덟에 일곱은 분명히 다가가서 치근거릴 걸요."

몇몇 사람이 놀라 탄식을 터뜨렸고 한나는 로스를 쳐다보았.

버크는 그야말로 큰 곤경에 처해버리고 말았다.

로스가 화면을 쳐다보며 숨죽여 중얼거렸.

"바보 같으니, 리포터가 프로답게 잘 넘어가야 할 텐데."

"아주 재미있군요, 버크."

피케이가 카메라를 쳐다보며 상황을 수습했다.

"영화계 사람들은 종종 이렇게 서로를 놀려대곤 하죠, 여러분. 어쨌든 로렌스 씨가 훌륭한 감독일 뿐만 아니라 나무랄 데 없는 배우라는 사실은 분명하군요. 버크가 언급하진 않았지만, 영화에는 모이쉐라는 이름의 고양이도 출연한답니다. 놀랍게도 대사도 몇 마디 있죠……, 아니 대사라기보다는 야옹이라고 해야 할까요. 로렌스 씨가 모이쉐보다 대사를 잘 읊는다고 해도 전혀 놀랄 일이 아니겠어요."

로스가 나지막이 말했다.

"잘 넘어갔어. 이제 시청자들은 고양이 이야기만 기억할 거야."

한나는 재빨리 딘 쪽을 살펴보았다. 그는 웃고 있었지만, 전혀 친근하거나 따뜻한 종류의 미소가 아니었다.

한나는 지금 이 순간 버크가 아닌 것이 너무나 감사했다.

"고맙습니다, 버크."

피케이가 세트장에서 말하며 다시 카메라를 쳐다보았다.

"다음 주 금요일 밤 뉴스 후에 보내 드릴 소식을 준비하고 있습니다. '체리우드의 위기'에서 에이미 톰슨 역을 연기하는 세 명의 여배우에 대한 깊이 있는 이야기를 보내드릴 겁니다. 이미 알려 드린 바와 같이 성인 에이미 역은 린 라치몬트가 맡았고, 에리카 제임스는 십대 시절의 에이미 역을 맡았습니다. 아직 알려 드리지 못한 세 번째 인물은 미네소타 주 레이크 에덴에 사는 우리의 트레시 토드 양입니다. 에이미의 어린 시절 역을 맡았죠."

뉴스가 5분 정도 더 방송된 후, 레인 필립스가 내일 날씨는 오늘과 비슷할 것이라는 정보를 알리는 동안 바에 모인 사람들은 아무 말이 없었다. 그런 후 윙고 존스가 스포츠 경기의 점수를 알리며 리틀 폴스 플라이어 팀이 경기 마감 2초를 앞두고 농구 코트 반대편에서부터 달려와 바구니에 공을 던져 넣는 장면을 보여주었다. 점수판의 점수가 재빨리 바뀌고 곧이어 화면이 어둑해지더니 다시 불이 들어왔다.

한나는 재빨리 버크를 흘끗거렸다.

그는 상당히 긴장한 듯 보였다. 그도 그럴 것이 그의 발언은 너무나도 노골적이었고, 딘이 명예훼손으로 소송을 건다고 해도 전혀 무리가 없을 만한 상황이었기 때문이다.

"저……, 로렌스 씨?"

버크가 차마 감독의 이름으로 부르지 못해 공손하게 말을 걸었다.

"그래, 버크."

"저기, 어……, 정말 죄송해요. 인터뷰를 하는 게 익숙하지가 않아서 그만, 어, 그렇게 이야기하면 재미있을 줄 알고."

"상당히 재미있군. 앞으로 몇 주간은 사람들 입에 오르내리겠는 걸."

"저기……, 혹시, 화나신 건, 아니죠? 제가 한 이야기 때문에."

"내가 왜 화를 내겠어? 방금 재미있었다고 하지 않았나."

"하지만……, 제가 한 이야기 때문에 보기가 안 좋아지신 게 아닌가 해서요. 그러니까, 여자 옷이며 어두운 바에 대해 했던 농담은 실제로 감독님이 그렇게 하지 않으신대도 제가 재미있게 말하려고 했던, 그때는……."

"재미있었다고 했잖아."

한나는 제발 인제 그만 하라고 애원하고픈 마음을 꾹 참으며 버크를 바라보았다.

하지만 그는 멈출 줄을 몰랐다.

"그럼……, 아무런 감정 없으신 거죠?"

"없어."

딘이 자리에서 일어서며 하품을 했다.

"가지, 여보. 이만 가서 자야겠어. 내일 아침 일찍 7시부터 촬영이 있어. 에리카랑 두 명의 어릴 적 아가씨들도 같이 올 거야. 이미 공지는 했으니."

"저는 아니구요?"

버크가 침을 꿀꺽 삼키며 물었다.

"자네는 그 장면에서 빠져 있잖아. 세트장에서 10시에 보자구."

한나는 딘이 문밖을 나설 때까지 숨을 참고 있다가 마침내 그의 모습이 보이지 않자 긴 한숨을 내쉬었다.

로스가 물었다.

"괜찮아?"

"난 괜찮아. 그냥 이제야 마음이 놓여서. 그래도 결과가 예상했던 것만큼 나쁘진 않네. 난 딘이 버크를 샐리가 새로 만든 연못에 던져버릴 줄 알았거든."

"딘은 그렇게 안 하지, 그는 프로니까. 어찌 됐든 버크가 영화 촬영을 무사히 끝마쳐야 한다는 것쯤은 잘 알고 있다구."

"하지만 딘은 미소까지 짓고 있었어, 안 그래? 그러니까 내 말은, 버크에게 무척 화가 났을 텐데 말이야?"

"글쎄, 모르겠어. 딘은 어떤 광고든지 좋은 효과를 낸다는 사실을 알고 있을 만큼 할리우드 생활을 오래 했으니까. 어쨌든 버크는 딘의 이름이랑 영화 제목을 여러 번 언급했잖아. 물론 여자 옷이 잘 어울린다는 말은 마음에 들지 않겠지만, 버크가 딘은 천재적인 감독이라고 했으니, 그런 부분은 또 흡족했을 거야. 여러 가지가 섞여 있는 상황에서 아마 딘은 이번 일을 대수롭지 않게 넘겼을 거라는 게 내 생각이야."

"딱 커피 한 잔만이야."

두 시간 후 아파트 계단을 오르며 한나가 말했다.

뉴스가 끝난 후 샐리가 내준 간식들을 먹으며 두 사람은 배우와 스태프들과 이야기하느라 시간가는 줄 몰랐다. 눈 깜짝할 사이에 두 시간이 흘렸고, 한나는 인제 그만 집에 돌아가야겠다고 로스에게 말했다.

"그런 후에 난 바로 잘 거야. 오늘 밤은 꼭 숙면을 취해야 하거든."

그러자 로스가 짓궂은 미소를 지었다.

"넌 절대로 영화 일은 못하겠다. 여섯 시간밖에 못 자는 날들이 허다하거든."

"여섯 시간이면 훌륭하지. 난 대부분 다섯 시간 이상은 자지 않아."

"그럼 네 시간 정도만 잔단 말이야?"

"어떤 때는 세 시간. 어젯밤에는 두 시간밖에 못 잤어!"

"정말? 아니, 어째서?"

남자인 척하던 로스가 사슬을 풀고 물었다.

"모이쉐 때문에. 녀석이 긴장했는지 한 시간마다 깨서 사료를 먹고는 꼭 화장실에 가더라구."

"그것 때문에 깼단 말이야?"

"모래를 덮을 때 녀석의 발톱이 플라스틱 바닥을 긁거든. 뭘 덮는지는 묻지 말구."

"무슨 이야긴지 알아. 우리 어머니도 고양이를 키우셨거든. 오늘도 기습에 대비할 수 있게끔 도와줄까?"

"부탁이야."

한나가 열쇠를 꺼내 구멍에 집어넣었다. 하지만 문을 열었는데도 평소 때와 같은 오렌지빛 털 뭉치는 한나에게 날아들지 않았다.

"모이쉐는 어디 있어요?"

한나가 소파에 앉아 있는 노먼에게 물었다.

"녀석은 먹이를 먹은 다음 일찍 잠자리에 들었어요. 오늘 촬영 때문에 피곤했나 봐요. 괜찮을지 모르겠는데, 녀석이 한나의 베개 위에서 자는 것 같아요. 차마 깨우질 못했어요. 그리고……, 한나의 초콜릿 퍼지 아이스크림도 내가 다 먹어버렸어요."

베개나 아이스크림 일은 괜찮다고 노먼에게 말하고는 한나는 주방으로 들어가 커피 물을 올렸다.

그런 후 침실로 들어가 우리의 네 발 달린 영화배우께서 잘 자고 있는지 확인했다. 모이쉐는 한나가 특별히 녀석을 위해 사준 거위털 베개는 내버려둔 채 한나의 베개 위에서 새근새근 자고 있었다.

"베개는 침대 한구석에서 베고 자야 더 부드러운 법이지."

한나는 조용히 속삭인 뒤 침실에서 나왔다. 그리고 거실로 돌아가려고 막 손님방을 지나는데 문이 열린 것이 눈에 띄었다.

이상한 일이다. 손님이 없을 때는 늘 문을 닫아놓는데 말이다. 전기료나 가스 비를 아낀다든가 뭔가 특별한 생태학적 이유 때문이 아니었다. 손님방에 새로 들여놓은 침대 머리에 달아놓은 새틴 나비를 모이쉐가 즐겨 '사냥' 하기 때문이었다.

한나가 막 문을 닫으려는데 침대 위로 무언가가 볼록 솟아 있는 것이 눈에 띄었다. 한나의 눈썹이 전 주인이 달아놓은 천장의 팬 높이만큼이나 높이 치켜세워졌다. 누군가 침대에서 자고 있다.

침대로 가까이 다가간 한나의 눈썹은 하늘 높은 줄 모르고 더 치켜세워졌다. 초청하지 않은 손님이 한 명 더 있었던 것이다.

그건 바로 마이크였다!

한나는 집에 돌아와 보니 누군가 포리지(오트밀에 우유 또는 물을 넣어 만든 죽)를 모두 먹어버리고 아끼던 의자를 사용하고, 누군가 자신의 침대에서 자고 있었다는 동화 속 이야기의 아기 곰이 된 듯한 기분이 들었다.

한나의 경우는 아이스크림을 모두 먹어버리고 노먼이 한나의 소파에 앉았으며, 마이크가 침대에서 자고 있다는 점이 다를 뿐이었다.

하지만 어찌 됐든 상관없었다. 우선은 동화가 그렇게 과장된 이야기만이 아니라는 사실은 충분히 증명이 되었으니 말이다.

"내 침대에서 뭐 하는 거예요?"

한나가 곰 같은 콧김을 내뿜으며 외치며 침대 머리를 부여잡자 잠자던 불청 취침객은 깜짝 놀라 후다닥 침대에서 일어났다.

"한나! 미안해요. 소파에서 졸고 있으니까 노먼이 들어가서 자라고 해서요. 한나가 괜찮다고 할 거라면서……."

한나가 말했다.

"흠……, 그건 맞는 말이에요. 그런데 여긴 왜 온 거예요?"

"피자를 가져왔습니다."

"무슨 피자요?"

"노먼이 퍼타넬리에서 주문한 피자요. 버타넬리에서 내 피자를 기다리고 있는데 마침 노먼이 전화 주문을 했어요. 엘리 말이 배달할 인력이 모자란다고 해서 내가 노먼 것까지 배달해주고 둘이 같이 먹으면 좋겠다고 했어요."

한나는 그렇게 절묘한 우연의 수치는 어떻게 따져야 할까 의아했다.

"좋아요. 커피 마실래요? 방금 물을 올렸는데."

"좋죠. 로스도 왔나요?"

"거실에서 노먼과 이야기하고 있어요."

"잘 됐군요. 아이들이 자꾸만 공원 아이스 링크에서 스케이트를 타려고 해서, 그 이야길 하려고 했는데."

"그게 왜요?"

"가짜 얼음이라 금요일 촬영 때는 온통 자국이 남을 수 있거든요."

"가짜 얼음이요?"

한나는 깜짝 놀랐다.

처음 듣는 이야기였지만, 그럴 만도 하다는 생각이 들었다.

금요일 촬영 전에 갑자기 날씨가 따뜻해져 버리면 애써 준비한 얼음 스케이트장을 사용하지 못하게 될지도 모르니 말이다.

"날씨가 따뜻해지면 눈은 어떻게 한데요?"

"가짜 눈을 만들 겁니다. 따뜻해지지 않아도 가짜 눈은 만들 걸요. 눈이 많아야 좀더 보기가 좋으니까요."

"그렇군요."

머릿속에 떠오른 질문을 던지기에 한나는 너무나도 피곤했다.

"괜찮다면 난 이만 들어가서 잤으면 하는데. 노먼과 로스에게도 그렇게 말해줄래요?"

마이크는 놀란 표정을 지었다.

"그럼요. 그런데 우리한테 커피도 안 주고 내쫓아버리는 겁니까?"

"쫓아내는 게 아니에요. 커피도 마음껏 마시고, 쿠키도 단지 안에 들어 있으니까 얼마든지 가져다 먹어요. 언제까지고 있어도 좋아요. 단, 나갈 때 날 깨우진 말아요. 그리고 당신은 경찰이니 특별히 부탁하는 이야기인데, 제일 마지막으로 나가면서 문단속 좀 잘해주겠어요?"

"그거라면 염려 붙들어 매요!"

마이크가 한나의 허리를 잡고는 그녀를 돌려세워 침실을 향해 부드럽게 밀어냈다.

수요일 아침 10시에 리사는 쿠키단지 문을 열었다. 딘 로렌스는 미니 체리 치즈케이크에 열광했고, 쿠키단지로 돌아온 한나는 오늘 오후에 있을 칵테일파티 장면에 사용될 미니 치즈케이크를 굽기 위해 반죽을 네 개나 만들어놓았다.

모이쉐는 창가의 둥근 테이블에 앉아 있었고, 리사는 손님 맞을 준비를 하고 있었으며, 한나는 안드레아와 함께 작업실에서 전날 저녁에 구우려고 했던 쿠키를 굽고 있었다.

"세 명 전부?"

안드레아가 깜짝 놀란 눈빛으로 한나를 쳐다보더니 이내 웃음을 터뜨렸다.

"그런데 그 남자들을 내버려두고 그냥 잠을 자러 들어갔단 말이야?"

쿠키 팬을 선반에 밀어 넣으며 한나가 어깨를 으쓱해 보였다.

그때 타이머가 울렸고, 한나는 오븐에서 또다른 팬을 꺼내어 놓고 다시 방금 반죽 나열을 끝낸 팬을 집어넣었다.

"오늘 처음 선보일 쿠키야. 이름은 올-나이터스."

"왜?"

"바나나랑 피넛버터가 들었거든. 린이 대학 다닐 때 즐겨 먹던 샌드위치에 들어가는 것과 똑같은 재료야. 기말고사 공부를 같이하면서 늘 만들어 먹었어."

"그 왜가 아니라, 다른 왜야."

"다른 왜라니?"

"더 중요한 왜. 왜 거실에 세 남자만 남겨됐느냐구."

"세 명을 전부 내쫓는 것보다는 그편이 쉬웠으니까. 졸리기도 했구."

"그러고도 정말 잠이 잘 왔단 말이야?"

"아기처럼 새근새근 잘 잤지. 그러고 보니, 베서니는 어때?"

"잘 있어. 오늘 아침에는 날 보면서 방긋방긋 웃는 거 있지. 유모 말로는 정말 웃는 게 아니라고 하는데, 난 꼭 진짜 미소 짓는 것 같단 말이지. 올-나이터스 맛이 어떤지 시험 삼아 한 개 먹어보고 말해줄까?"

"그래."

안드레아가 쿠키를 집어 입으로 가져가 신중하게 오물거리더니 이내 미소를 지었다.

"맛있다, 언니. 내가 바나나랑 피넛버터를 좋아하잖아. 아주 조화로운 맛이 나. 참, 그래서 생각난 건데, 혹시 빨간색 스카프 빌릴 수 있을까? 스케이트 탈 때 목에 맸던 거 말이야."

한나는 애써 미소를 숨겼다.

이건 또 뜬금없이 무슨 이야기인가? 갑자기 화제를 돌린 데는 그럴 만한 이유가 있겠지만, 한나는 별로 묻고 싶지 않았다. 때로는 쓸데없는 설명이 불필요하게 길어질 때가 있으니 말이다.

"빨간색 스카프는 없는데, 필요해?"

"로렌스 씨가 트레시가 스케이트를 타는 장면에서 목에 빨간색 스카프를 매면 더 돋보일 것 같다고 해서. 로얄 블루빛 코트랑 아주 잘 어울릴 거라고 하던걸. 그리고 크랙더휩(미국의 아이들 놀이 일종) 게임을 할 때 빨간색이 스케이트 타는 속도를 더 빨라 보이게 해줄 거라고 했어."

"아주 조화로운데."

한나는 바나나와 피넛버터가 들어간 쿠키에 대한 안드레아의 표현을 빌었다. 그런 후 다시 빨간 스카프에 대해 물었다.

"빌한테 빨간 스카프 있지 않아? 몇 년 전에 크리스마스 선물로 내가 하나 줬던 것 같은데."

안드레아는 찰싹 손뼉을 쳤다.

"그래, 맞아! 연미복 입을 때 매는 것이 있어. 제일 위 서랍에 있을 거야, 아마. 기억해줘서 고마워, 언니. 트레시가 나오는 장면에 정말 딱 맞아."

"촬영이 오늘인가?"

"아니, 그건 금요일이야. 오늘은 교실에서 철자 쓰기 시험에서 1등 하는 장면을 촬영할 거야. 점심 먹기 바로 전에 촬영할 거라던데, 언니도 올 거지?"

"그래, 놓칠 수 없지."

한나가 대답했다.

"그럼 난 지금 가서 스카프를 찾아봐야겠어. 어차피 집에 가야 하기도 하구."

"왜?"

"베서니가 또 날보고 웃는지 확인해보고 싶어 못 참겠어."

한나가 홀을 다니면서 커피잔을 리필해주고 있는데 코노가 카운터 쪽에서 손짓하는 것이 보였다.

한나는 리필을 마치고 서둘러 카운터 뒤로 돌아왔다.

"안녕, 코노. 날 불렀어요?"

"그래요. 헨더슨 부인과 이야기가 잘 안 되면 한나한테 얘기하라고 했잖아요. 정말 할 수 있는 데까지 다 해봤는데, 동의서에 사인해줄 기미가 전혀 없어요. 하지만 개인적으로는 정말 친절하게 대해 주세요. 구스베리 파이와 커피도 내주고, 손자들 사진까지 보여주셨죠."

"그런데 사인은 안 하시구요?"

"네, 어떤 말을 해도 통하지 않았어요. 심지어는 로렌스 씨가 얹어 주겠다는 돈에도 별로 관심이 없었어요."

한나가 약속했다.

"그럼 제가 한 번 이야기해볼게요. 칵테일파티 촬영 때가 좋을 것 같은데……."

"헨더슨 부인이 그 장면에 출연하시나요?"

"아뇨, 부인의 막내딸이 출연하거든요. 어차피 앨리스를 보러 올 테니까 그때 기회를 잡으면 돼요."

"오, 제발 잘 돼야 할 텐데! 고마워요, 한나. 로렌스 씨한테 당신이 한 번 설득해보겠노라고 했다고 전할게요. 실망시켰다고 날 해고하면 안 될 텐데."

"설마요……, 그럴까요?"

"전에도 한 번 해고당한 적이 있었어요. 물론 미친 듯이 화를 내고 난 뒤에 바로 복직시켰지만요. 이번에는 영구 해고일까 봐 걱정되네요. 이제 거의 60살이 다 되었는데, 전 상사의 추천서 없이 다른 일자리를 구하기 어려울 거예요."

"별일 없을 거예요."

한나가 그를 안심시키며 단지에서 두 개의 트윈 초콜릿 딜라이트를 꺼내 냅킨에 담아 건네주었다.

"이것 좀 드세요. 초콜릿을 먹으면 기분이 좋아지거든요."

"하지만 서둘러 로렌스 씨를 찾아봐야 할 텐데."

"그건 나중에 해요. 제가 위니와 이야기해본 다음에요."

"하지만 로렌스 씨가 곧장 돌아와서 보고하라고 했거든요."

"나쁜 소식은 좀 기다렸다 전해도 괜찮아요. 더군다나 좋은 소식으로 바뀔 가능성이 있는 것이라면 더욱이요."

코노는 잠시 생각하더니 이내 고개를 끄덕였다.

"한나 말이 맞아요. 로렌스 씨가 당장 나에게 와서 묻는 게 아니니까 좀 더 기다리다가 전하죠."

10분 후 코노는 웃으면서 사람들과 이야기를 나누고 있었다. 한나의 초콜릿 처방이 성공한 것이다. 한나가 뿌듯한 기분을 만끽하는 찰나 안드레아가 헐레벌떡 다시 카페 안으로 뛰어들어 왔다.

한나가 그녀를 맞아주었다.

"안녕, 안드레아. 스카프는 찾았어?"

"찾았어. 그리고 그것 말고 찾은 것이 또 하나 있어."

"뭔데?"

"빌이 바람을 피우고 있다는 증거!"

한나의 머릿속에서 경적이 울렸다. 이글이글 불타오르는 안드레아의 두 눈을 보니 그녀는 아주 단단히 화가 난 듯했다.

"작업실에 가서 얘기하자. 어차피 모이쉐도 데리고 들어가서 쉬게 해야 하거든."

한나는 모이쉐를 한쪽 팔로 안고 다른 한쪽 팔로는 안드레아의 팔을 잡았다. 그러고는 누군가가 무슨 일이냐고 묻기 전에 서둘러 황량한 작업실 안으로 들어갔다. 작업실 문을 닫고 모이쉐를 나무상자 안에 내려놓은 동안, 한나는 한쪽 팔로 안드레아가 작업대 앞에 앉을 때까지 그녀를 붙들고 있었다.

"이걸 먹어!"

한나가 초콜릿칩 크런치 쿠키를 안드레아 쪽으로 밀면서 명령했다.

"하지만 아무것도 먹고 싶지……."

"커피 준비하는 동안 먹어."

한나가 안드레아의 말을 막고 나섰다.

"내 초콜릿 처방이 언제 틀린 적 있었어?"

"아니, 하지만……."

안드레아가 말을 멈추더니 이내 한숨을 푹 내쉬었다. 그러고는 쿠키를 하나 집어 한 입 베어 물었다. 쿠키를 다 먹고 난 안드레아가 고개를 들자 그녀의 두 눈에는 눈물이 그렁그렁 맺혀 있었다.

"빌이 글쎄……."

한나가 다시 한 번 지시했다.

"커피부터 한 모금 마셔. 그리고 처음부터 찬찬히 하나하나씩 이야기해봐."

안드레아는 한나의 말에 따라 커피를 한 모금 마시고는 떨리는 한숨을 내쉰 다음 어깨를 간신히 폈다.

"그이가 새로 산 셔츠를 가져가지 않았어. 그걸 손수건이랑 스카프 넣어놓은 서랍 바닥에 숨겨 놓았더라구."

"그래."

한나는 초콜릿 처방을 강화하려고 저장실로 들어가 남은 초콜릿 트뤼플 상자를 꺼내 안드레아의 앞에 놓아주었다.

"빌이 셔츠를 잊어버리고 간 게 왜 바람을 피웠다는 증거가 되는지 이걸 먹으면서 설명해줘."

"잊어버리고 간 게 아니야. 일부러 가져가지 않은 게 아니라구."

부정 표현의 중복, 한나의 문법검열관이 마구 소리쳤지만, 그냥 무시하기로 했다. 지금은 문법의 오류나 고쳐주고 있을 때가 아니었다.

"그럼 빌이 일부러 셔츠를 집에 두고 갔단 말이야?"

"그래! 내가 고이 접어서 다른 물건들이랑 같이 침대 위에 뒀단 말이야. 그런데 내가 등을 돌린 새 그걸 여행가방에 넣은 게 아니라 다시 서랍에 집어넣고 말았어. 그것도 스카프랑 손수건을 넣어 두는 서랍에 넣어서 내가 발견하지 못하도록 했다구."

한나는 안드레아의 말을 재정리해보았다.

"그래, 그래서 그게 빌이 바람을 피우고 있다는 뜻이란 말이지?"

"분명해."

안드레아가 초콜릿을 한 입 더 베어 물자 한나가 다시 물었다.

"그런데 정확히 어떻게 해서 그렇다는 거야?"

"그 셔츠는 내가 밸런타인데이 선물로 준 새것이거든. 그걸 입을 때마다 내 생각하라고 했더니 그이가 그러겠다고 약속했는데."

"그런데 빌이 그 셔츠를 가져가지 않았단 말이지."

"그래. 그이가 진심이 아니면 섣불리 약속하지 않는 거 언니도 알잖아. 마이애미에 가서는 내 생각은 전부 잊고 나름 계획한 대로 지내겠다는 생각이었던 거야. 아마 지금쯤 로니 워드와 해변에서……."

안드레아가 말을 멈추자 그에 맞춰 모이쉐가 야옹거렸다.

"그래, 네 말이 맞아, 모이쉐. 빌은 분명히 여기저기 치근덕거리고 있을 거야."

하지만 안드레아의 말이 채 끝나기도 전에 모이쉐가 아까보다 더 큰 소리로 야옹거리더니 이어지는 울음소리는 귀청이 찢어질 만큼 컸다.

"녀석이 왜 그러지, 언니?"

한나는 상자로 다가갔다.

모이쉐는 대중의 관심에서 멀어진 채 상자에 홀로 내버려진 것이 서러워 우는 것이었지만, 안드레아가 모이쉐의 관심마저 받지 못했다는 사실을 알게 되면 더욱 우울해할 것 같았다.

"화가 나서 그러는 거야."

한나가 정말인 것처럼 들리도록 꾸며 말했다.

"왜?"

진실은 운에 맡긴 채 한나가 말했다.

"네가 화가 난 걸 녀석도 안 거지. 모이쉐가 널 얼마나 좋아하는데. 네 무릎에 앉고 싶어 할지도 몰라. 그게 너한테 위로가 될지도 모른다고 생각해서 말이야."

안드레아가 탄성을 지르며 손을 뻗었다.

"어쩜! 모이쉐를 나한테 줘봐, 언니."

"얌전히 굴어야 해. 그럼 집에 가서 참치 통조림 하나 다 줄 테니."

한나는 모이쉐의 귀에 나지막이 속삭였다.

모이쉐는 냄새 나는 뇌물 따위는 녀석에게 모욕이라는 듯 한나를 쏘아보았지만, 화가 날 대로 나 있는 지금의 안드레아 앞에서 섣불리 행동할 녀석은 아니었다.

"날 그렇게 생각해주다니 너무, 너무, 고맙다. 덕분에 지금은 기분이 훨씬 나아졌어."

안드레아가 모이쉐의 머리를 쓰다듬으며 말했다. 그런 후 한나를 쳐다보았다.

"정말 놀라운 일이야. 모이쉐가 날 이렇게 좋아하는 줄 미처 몰랐는걸. 봐, 언니. 녀석이 내 손을 핥고 있어."

한나는 미소를 지으며 집에 돌아가면 녀석에게 참치 통조림뿐만 아니라 연어맛 간식도 몽땅 주리라 결심했다.

그런 후 다시 본론으로 돌아왔다.

"그럼……, 셔츠를 빌의 스카프 서랍에서 찾은 거란 말이지."
"스카프랑 손수건 서랍에서. 스카프만 보관하는 서랍은 없어."
"그래."
한나는 빌이 셔츠를 가져가지 않은 합당한 이유를 생각하는 데 골몰했다.
"셔츠 얘기 좀 해봐. 어떤 종류야?"
"쇼핑몰에서 세일가격으로 산 아르마니야. 거기 판매원이 요즘 유행하는 스타일이라고 했고, 빌도 무척 마음에 들어 했단 말이야."
유행하는 스타일이라…….
간단한 셔츠 한 장에 아주 많은 이야기가 숨어 있을 것 같았다.
"어떻게 생긴 셔츠인데?"
"왜 있잖아. 소매에 단추, 칼라가 달리고……, 일반 셔츠와 똑같지."
"긴 팔이야, 짧은 팔이야?"
"긴 팔."
"일반적인 칼라?"
"응. 주머니가 하나 달렸는데, 무엇보다 색이 아주 환상이야."
"어-오."
한나가 나지막이 중얼거렸다. 수수께끼의 실마리가 잡히는 듯했다.
"무슨 색인데?"
제부의 유별난 행동을 설명해줄 수 있는 무언가가 잡히길 바라며 한나가 물었다.
"라즈베리."
한나의 추측은 몇 걸음 더 진일보했다.
"라즈베리……, 붉은색?"
"붉은색보다 더 밝아."

아—하!
마침내 수수께끼를 해결한 한나는 성공의 짜릿함을 만끽했다.
"혹시 분홍색 아니야?"
"순수한 분홍은 아니고, 약간 푸른빛이 섞였어. 어떤 건지 알아?"
"정확히는 몰라. 색깔을 좀더 자세히 설명해봐."
"음……, 자주색보다는 더 파랗고, 체리색보다는 부드러워. 적포도주 색보다는 두 단계 정도 밝아."
"알겠다."
한나는 웃음을 참느라 애썼다.

빌이 가져가기를 거부한 셔츠는 간단히 말해 분홍색이었고, 그것이면 모든 상황이 설명되었다. 빌은 경찰서장 모임에 차마 분홍색 셔츠를 입고 나타날 수는 없었던 것이다. 남성호르몬이 넘쳐흐르는 경찰들, 거뭇거뭇하게 수염을 기른 사람도 부지기수일 텐데 분홍색 셔츠라니, 웃음거리가 되고도 남을 만하지 않은가……. 그것도 아내가 사주면서 입을 때마다 우리의 사랑을 생각하라고 했다니 말이다.

안드레아가 물었다.
"왜 그래? 왜 콜록대는 거야?"
"가끔 이렇게 사레가 걸려서 말이야. 잠깐 물 좀 마실게."
싱크대로 향하던 한나는 또다시 기침을 하며 터져 나오려는 웃음을 감췄다.
한나가 다시 돌아오자 안드레아가 재촉했다.
"자? 이제 내가 왜 화가 났는지 알겠지?"
"물론이지. 그런데……. 아주 사소하고도 간단한 이유가 있을지도 모르겠는데. 혹시 빌이 그 셔츠 입은 적 있어?"
"아니, 아직 한 번도."

"그럼 그거네."

안드레아의 결혼생활을 구원하고 위기에 빠진 제부를 구해 냈다는 성취감에 한나는 자축했다.

"뭐가? 무슨 말인지 모르겠는데."

"빌은 네가 없을 땐 그 셔츠를 입고 싶지 않았던 거야. 네 생각이 나면 더 외롭고 보고 싶어지니까. 내 얼굴에 붙은 코만큼이나 분명하고 명확한 사실 아니야?"

그 코가 1초마다 한 번씩 쑥쑥 자라고 있단다.

한나의 마음이 덧붙였지만, 무시해버렸다.

"아직도 모르겠어."

"빌은 특별한 때를 위해 그 셔츠를 아껴두는 거야."

"흠……, 살짝 이해가 가기도 하는데."

안드레아가 동의했다.

"분명히 그런 거야. 아마 빌은 집에 돌아오는 대로 그 셔츠를 입고 너를 아주 멋진 레스토랑에 데리고 갈걸."

"정말 그렇게 생각해?"

"그럼. 난 다 안다구."

플로리다에 있는 호텔로 전화해 빌에게 빨리 이 이야기를 알려야겠다고 생각한 한나였다.

올나이터 스 쿠키

오븐은 섭씨 175도로 예열합니다. 틀은 오븐 중앙에 둡니다.

한나의 메모: 플로렌스가 바나나가 없다고 하는 바람에(촬영하는 동안에는 식료품점을 열지 않는다고 하네요) 에드나가 알려준 대비책을 사용했어요. 만약 대비책이 마음에 들지 않으면 오리지널로 만드시면 됩니다. 방법은 우선 바나나 푸딩 믹스 대신 아주 잘 익은, 겉면이 검은색에 가까운 바나나 퓨레 2/3컵을 준비합니다. 그리고 밀가루도 3과 1/2컵 대신 4컵을 사용하세요. 반죽이 조금 끈적거릴 테니 반죽을 만들려면 적어도 4시간 정도는 숙성을 시켜야 해요. 전 두 가지 방법을 다 사용해봤는데, 유일하게 엄마만 그 미세한 차이를 알아채시더군요(전 어쩌다 맞춘 거로 생각하지만요).

재료

거품 낸 계란 2개 분량(포크로 휘저으면 됩니다)

아기 이유식용 으깬 바나나 1/2컵(전 거버(아기 이유식 브랜드)를 사용했어요)

바나나 크림 푸딩 믹스 5 온스(144g)(슈가프리 제품은 안 됩니다)

밀가루 3과 1/2컵(체질할 필요 없습니다. 포장에서 바로 꺼내 측량하세요)

다진 견과류 1컵(전 소금에 절인 땅콩을 사용했어요)

녹인 버터 1과 1/2컵 / 백설탕 1컵 / 황설탕 1컵 / 베이킹소다 1티스푼

피넛버터 칩 2컵 / 나중을 위한 백설탕 1/2컵 / 소금 1/2티스푼

만드는 법

1. 커다란 전자레인지용 그릇에 버터를 녹인 뒤 설탕과 거품

낸 계란, 베이킹소다, 소금을 넣습니다.

2. 바나나 이유식 1/2컵을 넣고 푸딩 믹스도 넣습니다(이유식에 시리얼 같은 기타 식품이 들어가 있지 않은지 꼭 확인하세요!).

3. 밀가루 반 컵을 넣고 견과류와 피넛버터 칩도 넣은 뒤 재료들이 골고루 섞이도록 반죽합니다.

4. 반죽을 호두 크기의 공 모양으로 굴립니다(너무 끈적거리면 30분 정도 더 휴지시켜 주세요).

5. 작은 그릇에 백설탕 1/2컵을 넣고 반죽을 굴립니다. 그런 뒤 기름칠 한 쿠키틀에 올려놓고 손바닥이나 들러붙음 방지 스프레이를 뿌린 철제 주걱을 사용해 반죽을 눌러줍니다.

6. 섭씨 175도로 10~12분 동안 굽습니다. 먹음직스러운 황갈색이 돌기 시작하면 완성입니다. 구워진 것은 틀에서 2분간 식힌 다음 선반으로 옮겨 나머지 식힘 과정을 거칩니다.

7. 이 쿠키는 냉동도 잘 된답니다. 그러니 쿠킹호일에 돌돌 말아서 냉동용 백에 넣어 보관해도 좋습니다.

로니 머피가 쿠키단지에서 이 쿠키를 맛보고 간 이후로
미셸이 레시피를 알려달라고 난리입니다.
여러 개 만들어서 냉동해 두었다가 그가 오면 주겠다나요.
대신 포장에는 류트 고무마개라고 쓸 거랍니다.
그래야 룸메이트가 먹지 못할 테니까요.

초콜릿 트러플

재료

차갑게 식힌 버터 6테이블스푼 / 슈가파우더 1/2컵 / 계란 노른자 6개

중간 정도 달기의 초콜릿칩 12온스 (340g)(혹은 2컵)

럼, 바닐라 추출액, 브랜디, 브랜디 맛이 나는 것이면 뭐든지 1테이블스푼

만드는 법

1. 이중으로 된 냄비에 1인치 정도 높이로 물을 부은 다음 끓입니다. 버터를 잘라 위쪽 냄비에 넣습니다. 그런 후 칩과 슈가 파우더를 넣고 뚜껑을 닫아 모두 녹을 때까지 기다리는 동안…….

2-1. 작은 그릇에 계란 노른자를 담아 휘젓습니다. 하지만 너무 부들부들해지거나 색이 더 밝아지면 안 돼요.

2-2. 초콜릿이 완전히 녹을 때까지 젓습니다. 아마 퍼지처럼 걸쭉할 겁니다. 위쪽 냄비를 꺼내 비어 있는 가스레인지에 올려놓습니다.

2-3. 초콜릿 혼합물에 거품 낸 계란 노른자를 스푼으로 떠서 넣어줍니다. 웬만큼 잘 섞였으면 스푼으로 여러 번 계란 노른자를 떠 넣습니다. 그렇게 초콜릿 혼합물이 부드러운 윤을 낼 때까지 노른자를 조금씩 떠서 나릅니다.

2-4. 브랜디나 럼, 혹은 바닐라를 넣고 다시 뚜껑을 닫은 다음 3시간 동안 냉장 보관합니다.

트뤼플 장식하기:
재료

잘게다진 견과류 / 슈가파우더 / 초콜릿 가루

초콜릿 톱밥 / 코코아파우더 / 코코넛가루

주의: 다음 단계는 조금 손이 많이 더럽혀질 수 있으니 일회용 비닐장갑을 끼세요. 아니면 손에 살짝 기름칠을 하거나 들러붙음 방지용 스프레이를 뿌려 초콜릿이 손가락에 달라붙지 않게 하세요.

3. 차게 식힌 초콜릿을 손으로 굴려 동그랗게 만들고서 위의 재료들이 들어 있는 그릇 위로 굴려줍니다. 각각 재료 하나씩만 굴려주어도 되고 원하는 재료만 골라 섞은 뒤 굴려도 됩니다. 완성된 트뤼플은 주름이 달린 '봉-봉'용 종이 위에 얹은 뒤 밀폐용기에 넣어서 냉장고에 보관합니다.

정말 믿을 수 없을 만큼 맛있는 간식이랍니다.
만들기도 쉽지만, 방법은 꼭 비밀로 하셔야 해요.
손님들로 하여금 당신이 이 디저트를 위해 얼마나 고생했는지
추측하겠끔 하는 것도 나쁘지 않아요.

　트레시가 3학년 학생들에게는 아직 어려운 단어인 'onomatopoeia'의 철자를 정확히 써내자 한나와 안드레아는 열광적으로 손뼉을 쳤다.

　두 사람은 철자 쓰기 시험을 지켜보러 온 학부형 역을 맡아 교실 뒤에 서서 엑스트라의 임무를 충실히 해내고 있었다.

　딘 로렌스가 촬영 직전 이 장면에 '학부형'들이 몇 있으면 좋겠다고 말해 급하게 투입된 참이었다. 에이미의 치명적인 사고로 죽기 전 엄마 역을 맡은 안드레아가 큐 사인에 맞춰 교실 앞으로 달려가 트레시를 꼭 끌어안았고, 두 사람이 그러는 동안 또다시 딘의 큐 사인에 맞춰 실제 3학년 학생들 몇몇이 감독에게 지시받은 대로 질투와 분노 어린 시선으로 두 사람을 쳐다보며 무언가를 서로 속삭이는 연기를 했다.

　"컷." 장면의 촬영이 끝나자 딘이 외쳤다.

　"됐습니다, 여러분. 한 번에 끝났네요."

　실제 3학년 학생들은 담임선생님의 사인에 따라 모두 환호하기 시작했다. 아마 영화에 출연했다는 사실에 모두 들뜬 모양이었다.

　딘이 옆을 지나는 안드레아의 팔을 잡고 트레시를 향해 몸을 굽혔다.

　"아주 완벽했어요, 꼬마 아가씨. 넌 정말 훌륭한 아역 배우야. 그리고 엄마?"

　딘이 다시 몸을 세우고는 안드레아의 손을 잡았다.

"역시 기대한 대로 최고였어요. 내가 얘기한 것 잊지 마요, 알았죠?"
"그럴게요."
한나와 함께 트레시를 교실에서 데리고 나오며 안드레아가 말했다. 학교 입구에 아무도 없는 것을 확인하자마자 한나가 물었다.
"무슨 말이야? 그가 너한테 뭐라고 한 거야?"
안드레아는 어깨를 으쓱해 보였지만, 눈을 맞추려고 하지 않았다.
"별것 아니야, 정말로. 그냥 트레시 엄마 역으로 최고였다고 했어."
"그거야 네가 트레시의 진짜 엄마니까 그렇지."
"아마도."
트레시의 머리를 다시 묶어주려고 안드레아가 몸을 숙였다.
"좋아, 아가. 한나 이모한테 인사해야지. 그래야 얼른 집에 가서 메이크업을 지우지."

트레시와 안드레아가 떠나자 한나는 쿠키단지를 향해 걷기 시작했다. 안드레아가 급한 마음에 한나를 카페까지 데려다 주기로 한 것도 깜빡한 모양이다.

정말 이상한 일이다. 딘 로렌스가 교실에서 했던 말도 그렇다. 설마 빌이 바람을 피웠을 거란 의심 때문에 안드레아도 다른 남자를 찾아 나선 것인가? 아니다. 그럴 리 없다. 안드레아가 빌을 무척 많이 사랑한다는 사실은 한나도 아주 잘 알고 있으니 말이다.

하지만 한편으로 생각해보면 질투와 의심은 사랑을 흔들리게 하기도 한다. 그리고 바람둥이들은 그러한 맹점을 놓치지 않고 공격한다. 그러고 보니 오늘 아침 딘의 치즈케이크를 배달하면서 들었던 여자 목소리는 안드레아의 목소리와 제법 비슷했다.

하지만 아니다, 분명히 한나가 잘못 생각한 것일 테다.

한나는 의심을 마음속에서 완전히 몰아내고 공원 옆 텅 빈 놀이터를 지났다. 놀이터의 그넷줄은 멜빵 바지 줄처럼 축 늘어져 있었고, 반짝반짝 빛이 나는 철제 미끄럼틀의 경사면에는 쌓인 눈이 반쯤 녹아 있었으며, 커다랗고 둥근 받침에 철제 손잡이가 달린, 트레시가 제일 좋아하는 회전목마도 아무런 미동 없이 우두커니 멈춰 선 채 녹아드는 눈에 덮여 있었다. 그 밑으로는 아이들의 발자국에 마구 눌려버린 잔디가 따뜻한 오후 날씨 탓에 진흙과 뒤섞여 질퍽해지고 있었다.

공원 저 끝으로는 스케이트장이 햇빛에 반짝이고 있었다. 제법 포근한 날씨에도 얼음이 녹지 않는 것이 신기하다고 생각하는 찰나 인공 얼음으로 만든 스케이트장이라는 사실이 떠올랐다.

날이 계속 이렇게 따뜻하면 눈도 모두 녹아 로스는 가짜 얼음뿐만 아니라 가짜 눈에도 의지해야 할 것이다. 뭐, 그렇다 한들 나쁠 것은 없겠지만, 두꺼운 옷을 입고 스케이트 타는 장면을 찍어야 하는 트레시와 아이들에게는 참으로 힘든 일이 될 테다.

한나는 놀이터를 돌아난 보도를 지나 길을 건너 4번가와 메인가의 교차로를 향해 걸었다. 이제는 문을 닫은 매그놀리아 블로썸 베이커리 앞을 지나며 한나는 통유리 너머로 그곳이 한때 얼마나 화려했는지를 떠올렸다. 사랑스러운 원형 탁자와 그에 어울리는 의자들을 포함한 몇몇 화려한 소품들은 지금 쿠키단지를 장식하고 있지만 말이다.

혼잡한 틈을 타 바네사에게 말도 안 되리만큼 싼 가격으로 매그놀리아 블로썸 베이커리의 집기와 가구들을 구매한 것이 한나는 사실 마음에 걸렸지만, 그렇다고 그 좋은 것들을 포기할 수는 없었다.

한나는 옳은 일을 했을 뿐이고 바네사 재산의 본 주인이나 마찬가지인 글로리아 트라비스에게 전화를 걸어 집기와 가구를 마음대로 처분해도 좋다는 허락까지 받았다.

안드레아가 일하는 레이크 에덴 부동산에는 외로운 기계음만 들려오고 있었다. 컴퓨터와 책상등도 켜져 있었으며, 팩스도 열심히 종이를 뿜어내고 있었지만, 사장인 알 퍼시는 물론 안드레아의 모습도 보이지 않았다. 로스가 메인가를 통째로 세 낸 이후로는 영화 사업을 제외한 모든 사업들이 단기 휴업에 돌입한 듯했다.

하지만 한나의 카페만큼은 바빴다. 리사가 카페 앞문을 활짝 열고 한나에게 손짓하는 것을 보니 그녀가 돌아오기를 애타게 기다리던 모양이다. 한나는 황급히 거리를 가로질러 쿠키단지로 달려가며 자리를 비웠던 45분간 도대체 무슨 응급 상황이 발생한 것일까 생각했다.

당황한 눈길로 어린 동업자를 쳐다보며 한나가 말을 더듬었다.
"그가……, 그가 뭘 원한다구? 그리고 언제까지?"
"오르되브르(전채요리). 그러면서 그게 뭔지 아느냐고 묻지 않겠어요!"
한나가 말했다.
"그렇게 기분 나빠할 일은 아니야. 나한테는 핑거푸드가 뭔지 아냐고까지 한걸!"
리사가 킥킥거리기 시작했다. 다행히 기분이 나아진 모양이었.
한나는 이런 점 때문에 리사가 좋았다. 선천적으로 긍정적인 리사는 딘과 같은 사람이 아무리 그녀의 수평선에 칠흑처럼 검은 먹구름을 드리운다고 해도 금세 이겨내곤 한다.
"어떤 종류로?"
한나가 구체적으로 묻자 리사가 미소를 지었다.
"그건 우리한테 맡기겠대요. 단지 먹을 수 있기만 하면 된다던데요. 칵테일파티 장면에 출연하는 엑스트라들이 실제로 뭔가를 오물거릴 수 있도록 말이에요."
한나가 얼굴을 찌푸렸다.

"오물거린다구? 바보 같은 표현인걸. 50년대는 어떤 종류의 애피타이저를 먹었을까?"

"마지한테 전화해볼게요. 도서관에 옛날에 출간된 요리책도 있으니까 찾아봐 줄 수 있을 거예요."

"좋은 생각이야."

1950년대 가정에서 뭔가를 오물거릴 수 있는 것을 만들려면 어떤 재료들을 준비해야 할지 살펴보러 한나는 저장고로 향했다. 저장고를 뒤지는 일은 그리 오래 걸리지 않았고, 냉장실 역시 마찬가지였다.

한나가 다시 홀로 돌아왔을 때 리사는 누군가와 통화를 하고 있었다. 리사는 한 손에 한나의 수첩을 들고 있었다.

"세 개 정도가 있네요. 피넛버터를 바른 셀러리 스틱은 어때요? 예전에는 파티할 때 꼭 그걸 준비했대요."

"좋아. 그런데 피넛버터라면 얼마든지 있지만, 셀러리는 없어. 사야 할 것들을 적어 봐. 우리 중 누가 재빨리 식료품점에 다녀와야겠어."

"제가 갔다 올게요. 플로렌스에게 뒷문으로 들여보내 달라고 미리 전화해 둬야겠어요."

리사가 플로렌스에게 전화하는 동안 한나는 수첩을 집어 리사가 적은 애피타이저들을 살펴보았다. 개중에는 올리브와 크래커, 크림치즈로 조화롭게 색을 내는 애피타이저도 있었는데, 한나는 유독 그 메뉴에 관심이 갔다. 애피타이저를 굳이 셀러리로만 내라는 법은 없다.

셀러리와 크림치즈와 더불어 마이크의 바쁜 날의 파테를 세 번째 애피타이저로 같이 접시에 내면 좋을 것이다. 파테는 시간이 가장 관건이다. 그에 비해 재료는 간단하다. 다진 양파를 넣은 크림치즈에 마요네즈 약간만 있으면 된다. 그렇게 섞은 것을 크래커 위에 넓게 펴 바르고 크림치즈가 막 불룩해지기 시작할 때까지 구우면 끝이다.

한나는 할 수 있을 것 같았다. 엄마의 상점 위층 휴식공간에 토스터 오븐기가 있으니 누군가 오븐기를 잘 다룰 줄 아는 사람만 있다면 촬영에 맞춰 따끈따끈한 애피타이저를 내놓을 수 있다.

"자, 그럼 무얼 사야 하나요?"

한나는 세 종류의 애피타이저를 설명하고는 미리 적어둔 목록을 읽어 내려갔다.

"셀러리, 마요네즈, 양고추냉이, 크래커, 말린 양파, 브라운슈바이크(훈제한 간 소시지), 크림치즈, 그리고 참치 통조림 하나."

"알겠어요."

목록을 받아든 리사가 뒷문으로 향하다 말고 멈칫하더니 한나를 돌아보았다.

"그런데 참치 통조림은 뭐 하시게요?"

"모이쉐 주려구."

"왜……?"

"안드레아에게 얌전하게 굴었거든."

"그렇구나. 그럼 연어 통조림도 하나 더 사야겠어요."

"그건 왜?"

"모이쉐가 저한테도 퍽 얌전하게 굴었거든요!"

크림치즈 퍼프

한나의 메모: 바로 먹을 것이 아니라면 크림치즈를 혼합물로 만들어 냉장 보관했다가 먹을 때 크래커 위에 바르시면 됩니다.

재료

단단한 크림치즈 8온스(226g) / 마요네즈 2테이블스푼

다진 파 3테이블스푼 혹은 말린 양파 다진 것 3테이블스푼

샬롯 다진 것 3테이블스푼 / 거품 낸 계란 1개 분량

소금 친 크래커 박스(리츠 크래커를 사용하시면 아주 좋아요!)

만드는 법

1. 크림치즈 포장을 벗겨 내고 그릇에 담아 전자레인지에 30초 정도 혹은 크림치즈가 부드러워질 때까지 돌립니다.
2. 마요네즈를 넣고 부드럽게 저어줍니다.
3. 양파를 넣습니다(샬롯이나 말린 양파 대신 파를 사용했다면 줄기 1인치 정도 분량을 넣으시면 됩니다).
4. 거품 낸 계란을 넣습니다.
5. 구이용 팬에 크래커를 나열하고 한쪽 면에만 소금을 뿌립니다(저희는 일회용 팬을 사용해서 앤티크점에서 나올 때 바로 쓰레기통에 버렸어요. 그러니까 따로 팬을 나를 필요가 없어 간편하던 걸요).

6. 크래커 위에 둥근 모양으로 중앙에서부터 가장자리까지 크림치즈를 바르는데, 가운데가 봉긋 솟아오르도록 발라주세요. 크래커 1개당 치즈 혼합물 2티스푼 정도면 될 겁니다.

7. 선반을 열 코일에서 약 3인치 정도 아래로 걸어주세요. 그런 다음 '강'으로 온도를 맞춘 뒤 크래커의 크림치즈가 봉긋 솟아오르면서 먹음직스러운 황갈색을 보일 때까지 구워줍니다. 선반의 위치가 제대로 걸렸으면 대략 90초 정도면 완성될 것입니다.

8. 1, 2분 정도 식혀야 먹는 사람이 혀를 데이지 않아요. 완성된 크림치즈 퍼프는 접시에 담아 손님에게 대접합니다.

한나의 또다른 메모: 한 번도 해본 적은 없지만, 크림치즈 혼합물에 잘게 다진 훈제 연어를 조금 더해도 아주 맛이 좋을 것 같아요.

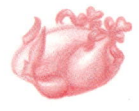

한나는 기꺼이 크림치즈 퍼프를 맡아 굽겠다고 나선 루앤 행크스에게 여러 가지를 알려준 참이었다.

"다 떨어지면 미셸이 엄마에게 신호를 보낼 거고, 다시 엄마가 루앤에게 인터콤을 할 거야. 그런데 정말 칵테일파티 장면을 찍는 내내 여길 지키고 있을 수 있겠어?"

"그럼요. 영화계 사람들은 별로 좋아하지 않아서요."

루앤의 예쁘장한 얼굴에 제법 단호한 표정이 어리는 것을 본 한나는 대충 짐작을 할 수 있었다. 영화계 사람 중 한 명과 뭔가 문제가 있었던 것이로군.

"혹시 누구 특정한 사람을 두고 얘기하는 거 아니야?"

한나가 미끼를 던졌다.

"맞아요. 바로 로렌스 씨요. 정말 더러운 늙은이에요!"

늙은이라는 표현에 한나는 주춤했지만, 이내 루앤이 미셸과 스무 살 동갑내기라는 사실을 떠올렸다. 이제 40대인 딘 로렌스가 그녀에게는 늙은이 같아 보일 만도 했다.

"루앤에게도 설마 치근거린 거야?"

루앤은 깜짝 놀란 듯했다.

"어떻게 아셨어요? 아무한테도 얘기하지 않았는데."

"그냥 추측해본 건데, 정말인가 보네. 내가 듣기론 딘은 마을에서 치근거리지 않은 여자가 없을 정도래."

"한나한테도요?"

한나는 살짝 눈을 깜빡거렸다.

그렇게 믿지 못하겠다는 듯이 물을 필요까진 없는데.

"그래, 나한테도. 그 남자는 정말 구제불능이야, 루앤."

"고등학교 남학생들처럼 말이죠? 오로지 여자 생각만 하는."

"그렇지. 아무런 뜻도 없이 하는 행동들일 거야. 그한테는 일종의 게임 같은 거지. 할리우드에서는 그렇게 행동해도 별로 거리낄 것이 없었을 거야."

볼멘소리를 하는 루앤의 눈빛이 분노로 이글거렸다.

"레이크 에덴은 할리우드가 아닌데……. 그리고 다 큰 남자가 고등학교 남자애들처럼 행동하는 건 못 봐주겠어요."

"내가 아는 어떤 여자들도 그렇다고 하더라."

한나는 리사가 딘의 목에 뜨거운 커피를 끼얹을 뻔했던 걸 떠올렸다.

"아……, 비단 저뿐이 아니라는 게 위안이 되네요. 혹시 그 남자가 저를 자기 트레일러에 초청하면 금방이라도 그러겠다고 나설 것 같은 여자로 착각하게끔 제가 뭔가 실수를 한 게 아닐까 하는 생각도 했었거든요. 결혼도 하지 않고 혼자 수지를 키우고 있으니까 아마도……, 그런데 다른 사람들에게도 똑같이 한 거죠?"

"여자들한테만. 마을 남자들은 안전해."

그러자 루앤이 킥킥거리기 시작했다.

"오, 정말 재밌네요. 고마워요, 한나. 덕분에 기분이 훨씬 좋아졌어요. 그래도 여전히 로렌스 씨와 10피트(3m) 안쪽으로 가까이 있고 싶진 않아요. 정말 모욕적이었어요, 아세요? 그 남자가 내 쪽을 살짝 쳐다보기만 해도 금방이라도 죽여 버리고 싶을 거예요."

"그러지 말고 나한테 와서 말해. 그럼 다른 여자들의 의견도 한데 모아서 그를 마을에서 완전히 추방할 테니."

"그게 가능해요?"

"불가능하면 가능하게 하면 되지. 그런데, 지금은 그 사람 부인이 마을에 와 있으니까 한동안은 잠잠할 거야."

루앤은 충격을 받은 듯했다.

"어머, 결혼한 줄 몰랐어요! 전혀 결혼한 사람처럼 행동하지 않잖아요. 정말 불쌍한 부인이네요! 아마 자기 남편이 등 뒤에서 무얼 하고 돌아다니는지 까맣게 모르고 있을 거예요."

"왜 그렇게 생각해?"

"만약 알고 있다면, 남편을 떠나거나 죽이거나 둘 중 하나였을 테니까요. 둘 중 어느 것이 더 낫다고 말할 수도 없을 정도에요."

한나는 영화 속 칵테일파티 장면에서 웨이트리스들이 들고 다닐 은색 쟁반을 채우느라 분주했다. 아직 아무도 도착하지 않았지만, 오래지 않아 영화 스태프들이 밀어닥칠 것이다. 리사가 무로 만든 꽃 주변에 햇살 모양으로 셀러리 스틱을 진열하며 한나는 지난 며칠간 영화계에 대해 새로 알게 된 것들에 대해 생각해보았다.

한나가 제일 처음 알게 된 사실은 영화 촬영이 그렇게 순식간에 완성되지 않는다는 사실이었다. 로스는 레이크 에덴에 '고향 마을'의 전경을 촬영하러 온 것이다. 에이미의 어린 시절 역을 맡은 트레시의 장면이 세 컷, 십대 시절 역을 맡은 에리카의 장면이 네 컷, 그리고 성인이 된 에이미 역을 맡은 린의 장면이 세 컷이었다.

오늘 촬영 장면은 마지막에서 두 번째가 되는 촬영인 칵테일파티 장면이었다. 버크가 연기하는 캐릭터는 오늘 있을 촬영에서 죽지만, 내일 촬영에서는 다시 에이미의 팔짱을 끼고 거리를 걷는 조디 역을 소화해 내야 한다.

내일도 역시 종일 촬영이 이어질 것이다. 에리카와 버크가 싸우고 하얀 그녀의 침실에 함께 있는 장면과 린이 '아버지'의 무덤을 찾아가는 장면, 그리고 '고모'의 장례식에 참석하는 장면의 촬영이 남아 있었다.

금요일에는 조디의 십대 시절 고등학교 장면과 트레시가 공원에서 스케이트를 타는 장면, 그리고 영화의 마지막 장면인, 린이 연기하는 성인이 된 에이미가 체리우드에 영원한 작별을 고하며 그녀의 남편과 가족한테 돌아가는 장면이 촬영될 것이다.

셀러리 나열을 모두 끝낸 한나는 이제 차게 식힌 미니 체리 치즈케이크를 나열하기 시작했다. 한나는 또한 딘에게 치즈케이크를 배달할 적당한 시간 같은 건 없다는 사실두 깨달았다.

배달을 간 첫날 아침에 에리카와 비슷한 목소리를 가진 누군가가 뒷문으로 몰래 빠져나간 사실을 눈치 챈 이후로 한나는 배달을 나가기 전 항상 딘의 사무실로 전화를 걸었지만, 그런 한나의 노력이 허무하게도 아무 소용이 없었다.

늘 자동응답기만 받을 뿐 그는 한나가 남긴 메시지를 하나도 확인하지 않는 듯했다. 한나가 트레일러의 문을 노크할 때마다 안쪽에서는 여자 목소리가 들려왔으며, 곧이어 악동 감독의 중얼거리는 욕지거리도 들려왔다. 그러고는 잔뜩 구겨진 얼굴로 문을 열었고, 한나가 안으로 들어서면 뒤쪽 문이 열리고 닫히는 소리가 들려왔다.

한나는 치즈케이크를 배달하면서 지금까지 모두 다섯 명의 여자가 딘의 위네바고에서 황급히 떠나는 소리를 들었다. 법정에서 증언할 수 있을 정도까지는 아니지만, 한나는 지금까지 들은 여자들 목소리를 곰곰이 생각해본 끝에 나름의 결론을 내릴 수 있었다.

첫 번째 목소리는 정말 에리카 같았다. 그렇게 많이 킬킬거리는 사람은 그녀가 유일할 것이다. 그리고 둘째 날 아침에 들은 목소리는 꼭 린 같았다. 그리고 점심 후에 두 번째 치즈케이크를 배달하러 갔을 때 한나가 들은 목소리는 분명히 에리카의 엄마인 지넷이었다.

그리고 오늘 아침에 들은 목소리는 정말이지 누구인지 차라리 몰랐으면 하는 마음이었다. 처음에는 아닐 거라고 생각했지만, 이제는 그 목소리의 주인공이 분명히 안드레아였다는 사실을 인정해야만 할 것 같았다. 이건 트레시의 받아쓰기 시험 장면의 촬영이 있던 날 딘이 했던 이야기와도 정황상 일맥상통했다. 한나는 자신의 추측이 틀렸기를, 안드레아가 악동 감독과는 아무런 연관이 없기를 간절히 기도했다.

오늘 오후 딘에게 두 번째 치즈케이크를 배달했을 때 한나는 이번에도 여자의 목소리를 알아들을 수 있었다. 그건 분명히 미용팀장인 허니의 목소리였다. 샤린이 마을에 와 있는 지금도 예전과 다름 없이 여자들이 들락거리는 것을 보니 딘의 행동에 아내의 존재쯤은 별다른 영향을 끼치지 않는 모양이었다.

이 모든 사실에도 딘은 여전히 재능 있는 감독이었다. 배우들 전부가 그 사실에는 동의했다. 버크가 인터뷰에서 이야기했던 것 일부는 사실이기도 했다. 딘은 배우들이 원하는 만큼의 연기를 해내지 못하면, 직접 나서서 어떻게 해야 하는지 보여주곤 했다.

물론 의상까지 모두 입고 시범을 보이진 않았지만, 때로는 모자나 스카프 같은, 연기에 몰입하는 데 도움이 될 만한 소품 같은 것들은 직접 착용하고, 사용하기도 했다.

촬영을 지켜볼 수 있는 사람은 몇 안 되었기 때문에 위니 헨더슨을 발견한 한나는 안도의 숨을 내쉬었다.

한나가 그녀에게 달려가며 말했다.

"안녕하세요, 위니. 촬영이 끝나면 드릴 말씀이 있는데, 혹시 쿠키단지에 들러줄 수 있으세요?"

"그럼, 단 공원 대여 건에 대한 이야기만 아니라면 말이야. 영화 촬영을 할 수 있도록 공원 이용을 허가해 달라고 사람들이 하도 졸라대는 통에 아주 지쳐버렸어."

한나가 솔직하게 말했다.

"그건 약속드리지 못할 것 같아요. 하지만 제가 드리는 말씀을 모두 들어보고도 그래도 안 된다고 하신다면, 그 이후로는 입을 꾹 다물고 그것에 대한 얘기는 절대 꺼내지 않을게요."

위니는 자연스러운 웃음을 터뜨렸다.

"좋아, 그렇다면. 그 정도면 공평해. 저 조그만 체리 치즈케이크 하나만 따로 뒀다가 맛보게 해준다면야 기꺼이 한나 카페에 들를게. 치즈케이크가 정말 맛있어 보이거든."

"계약 성립이에요."

안드레아가 즐겨 사용하는 표현을 빌려 한나가 대답했다.

그러고는 미리 접시에 올려놓은 치즈케이크가 조명 아래서 녹을 경우를 대비해 아이스박스에 담아 온 여분의 치즈케이크를 확인하려고 서둘러 자리를 떴다.

"우리 왔어!"

외침 소리가 들리자 한나는 고개를 돌렸고, 거기에는 미셸이 다른 스태프와 배우들과 함께 도착해 있었다. 막 바로 촬영에 돌입해야 할 엑스트라를 포함한 배우들은 의상까지 전부 갖춰 입은 상태였다.

곧 미셸과 여러 명의 스태프는 엑스트라들이 제자리를 찾을 수 있도록 돕고는 어떻게 연기를 해야 할지 지도했다.

촬영을 위한 모든 준비가 끝나자 딘이 들어왔다. 그는 몇 명의 사람을 위치로 이동시킨 후 뒤로 물러서 전체적인 모습이 어떤지 살펴보고는 이내 고개를 끄덕였다.

그가 버크와 린에게 마지막 지침을 내리는 동안 미셸이 한나 옆에 와 섰다.

"내가 늦은 건가?"

곧이어 안드레아가 헐레벌떡 들어왔다.

"아니, 적어도 10분 후에야 촬영이 시작될 거야, 아니면 15분 후나."

미셸이 말했다.

"트레시는 어딨어?"

"집에서 유모랑 같이 숙제하고 있어. 숙제가 다 끝나면 둘이 같이 영화 보러 갈 거야."

세 자매는 우두커니 서서 촬영을 지켜보았다. 레이크 에덴 사람들이 대낮에 우아한 이브닝드레스를 입는 모습을 지켜보는 건 어쩐지 어색하고 이상했다.

제일 먼저 돌아선 건 한나였다. 그러던 중 그녀는 두 명의 동생이 뭔가를 갈망하는 눈길로 딘 로렌스를 바라보고 있다는 사실을 눈치챘다.

한나는 혼자서 살짝 어깨를 으쓱해 보였다. 잘생긴 감독에게 매력을 느끼는 건 이해할 만했다. 동생들이 단지 그를 '윈도쇼핑'하는 것일 뿐이라면 아무래도 괜찮았다.

부스스한 머리에 악동의 기질이 다분한 그가 묘한 매력을 풍기는 건 사실이니까. 여자를 이리저리 휘둘리고 다니는 기질이 해적 복장을 입으면 아주 딱 잘 어울릴 듯한 사람이었다.

한나의 시선이 방금 안으로 들어선 낯익은 누군가에게로 옮겨갔다.

그는 바로 로스였다. 한나의 눈에는 로스가 딘보다 훨씬 더 매력적이었다. 비록 조각처럼 잘생긴 얼굴은 아니지만, 잉그리드 할머니가 늘 말씀하셨던 것처럼 아름다움은 외모가 아닌 행동에서 나오는 거니까.

한나는 할머니의 말에 전적으로 동의했다. 로스는 딘보다 훨씬 좋은 사람이었으며, 자신보다도 남을 더 배려할 줄 알았다.

"헤이, 쉘리. 마이크랑 내가 왔어."

한나는 뒤를 돌아보았다.

미셸의 남자친구인 로니 머피가 마이크와 함께 경찰제복을 완전히 갖춰 입고 서 있었다. 황토색과 적갈색으로 된 위넷카 카운티 경찰서의 제복과는 달리 촬영용 경찰제복은 남색이었고, 어깨에는 '체리우드 경찰'이라고 수 놓여 있었다.

로니의 미소에 한나도 미소로 답해주었다. 로니는 미셸이 가장 싫어하는 애칭인 '쉘리'로 그녀를 부를 수 있는 유일한 사람이었다. 싫어하는 애칭에도 별로 개의치 않아 하는 미셸을 보면 두 사람의 관계기 이느 정도 깊이까지 발전했는지 한나는 충분히 가늠할 수 있었다.

미셸의 얼굴에 환한 미소가 번졌고, 딘을 바라볼 때보다 적어도 100와트 이상은 더 밝은 미셸의 표정에 한나는 어쩐지 마음이 놓였다.

미셸은 역시 일편단심이다. 하지만 안드레아는?

한나의 바로 아래 동생은 여전히 악동 감독에게서 눈을 떼지 못하고 있었지만 한나는 이내 마음을 놓을 수 있었다. 샤린 로렌스가 세트장에 도착해 엑스트라들의 틈을 헤치며 그녀의 남편에게로 다가간 것이다.

안드레아는 샤린을 얼마간 바라보더니 한나를 향해 고개를 돌리며 말했다.

"샤린이야, 딘의 부인."

"벌써 만난 줄 몰랐는데."

"아직 만나보지 못했어. 부인이 아니면 누구겠어? 부인의 머리카락이 검은색이라고 딘이 말했거든."

"딘이랑 딘의 부인에 대해 얘길 했어?"

"그런 건 아니구. 그냥 어쩌다 보니 부인 이야기가 나왔을 뿐이야. 트레시가 맡은 배역에 대해 얘길 하다가."

한나는 단도직입적으로 묻기로 했다.

"혹시 오늘 아침에 내가 위네바고에 치즈케이크를 갖다 주러 갔을 때 너, 거기 있었어?"

"그게……, 맞아. 저기, 언니. 그런데 아무 일도 없었어."

"그럼 왜 뒷문으로 나왔어?"

"딘이 그렇게 하라고 했어. 소문 거리를 만들고 싶지 않다면서 말이야. 그러니까, 난 기혼자잖아."

딘에게는 결혼했는지 안 했는지 따위는 아무 상관도 없는 것 같은데. 한나는 생각했다. 하지만 실제로 말하진 않았다.

한나는 입을 꾹 다문 채 아무 말도 하지 않았고, 마침내 스스로 불편해진 안드레아가 다시 입을 열었다.

"내가 말한 그대로야, 언니. 정말로 아무 일도 없었어! 트레시가 맡은 배역에 대해 얘길 했을 뿐이야. 아주 훌륭한 조언들을 많이 해줬다구."

또다시, 한나는 아무 말도 하지 않았다. 쉽지 않은 일이었지만, 어쨌든 설명을 해야 할 사람은 안드레아이니 말이다.

"개인적으로 할 얘기가 있어서 아침 일찍 불렀다는 거야. 다음 작품의 대본을 받았는데 나한테 안성맞춤인 역이 있다면서."

"너한테?"

한나는 너무 놀라 더 이상 침묵을 지킬 수 없었다.

"그래, 나한테. 오디션을 위해 할리우드까지 오라는 말도 했어."

한나는 충격에 휩싸인 눈빛으로 안드레아를 쳐다보았다.

"그런 낡은 수작에 설마 넘어간 건 아니겠지! 비록 홀로 마이애미로 떠난 남편에게 살짝 삐쳐 있기는 하지만, 남편을 너무나도 사랑하는 내 동생이 그렇게 순진할 리가 없어……, 그렇지?"

"당연하지! 내가 영화배우로 성공할만한 인물이 아니라는 것쯤은 나도 잘 알고 있다구. 게다가 그 얘기를 들었을 때 괜한 수작이라는 걸 나도 알아챘단 말이야. 그런데도 너무나 유혹적인 이야기들이라 비록 잠깐이었지만 그러겠다고 대답하고픈 충동을 느꼈어."

"그래도 싫다고 대답했겠지?"

"물론. 그런데 딘이 얼마나 말을 잘하는지 말이야. 왜 그렇게 여자들이 그의 말이라면 깜빡 죽는지 이제야 좀 알 것 같아."

"네가 그런 여자 중 하나가 아니라는 사실이 너무 다행스러워……."

하지만 채 다른 말을 이어나가기도 전에 조감독이 곧 촬영이 시작되니 모두 조용히 해달라고 소리쳤다.

소품담당 스태프 몇몇이 샴페인 잔을 들고 칵테일파티 장면에서 손님 역을 맡은 사람들에게 가져다주었다. 손님 중 몇 명은 잔을 받지 못했는데, 아마도 극 중에서 웨이트리스들이 나누어주는 샴페인 잔을 받아드는 연기를 해야 하는 엑스트라인 듯했다.

한나가 막냇동생에게 물었다.

"저 사람들, 정말로 샴페인을 마시는 거야?"

그러자 미셸이 고개를 가로저었다.

"저건 크림소다야. 진짜 샴페인이 담긴 잔이 나오는 장면은 두 컷 정도 따로 찍어서 나중에 삽입할 거야."

"클라크가 찍은 모이쉐의 장면을 삽입하는 것처럼?"

"그렇지. 잠깐만, 언니. 로스가 날 찾아."

미셸이 자신을 향해 손짓하는 로스에게로 달려갔다.

잠시 후 그녀는 문쪽을 향하더니 이내 마이크와 함께 돌아왔다.

"오, 세상에!"

한나는 가쁜 숨을 몰아쉬었다.

체리우드 경찰제복을 갖춰 입은 마이크에게서 그야말로 광채가 뿜어져 나왔다. 하긴 마이크는 무얼 입고 있어도 빛이 나긴 하지만, 한나는 지금 당장은 그런 생각을 하고 싶지 않았다.

철제 배지를 조명 아래서 반짝이는 마이크는 로스와 소품팀장인 로이드를 따라 구석에 놓인 금장식의 화려한 흰색 책상 쪽으로 다가갔다.

책상은 두 사람이 각각의 편에 앉아 함께 사용할 수 있는 더블 책상이었다. 한나는 늘 이런 책상이 하나 갖고 싶었는데, 왜 갖고 싶은지는 스스로도 알 수 없었다.

한나가 지켜보니 마이크가 가운데 서랍 중 하나를 열어 그 안에 있는 무언가를 살폈다. 그러고는 다시 서랍을 닫더니 로이드와 로스와 몇 마디 이야기를 나누고 거실문을 통해 사라져버리고 말았다.

다시 안드레아의 옆자리로 돌아온 미셸에게 한나가 물었다.

"방금 뭘 한 거야?"

"총에 총탄이 없는 것이 맞는지 확인한 거야. 로이드가 공이(탄환의 뇌관을 찔러주는 장치)도 빼놓았어."

"자살하는 장면에서 사용할 총이야?"

안드레아가 물었다.

"응."

그러자 한나가 얼굴을 찌푸렸다.

"하지만 공이를 빼놓으면 아무 소리도 안 나잖아."

"그렇지, 총소리는 나중에 인위로 집어넣을 거야."

"왜 공포탄을 쓰지 않고?"

안드레아가 물었다.

"공포탄은 목표물이 적어도 몇 야드 밖에 떨어져 있을 때 사용해야 하는 거야."

자살 장면에 대해 설명해주었던 로스의 이야기를 떠올리며 한나가 대답했다.

"버크는 총을 바로 관자놀이에 가져다 댈 거거든."

"공포탄은 그 안에 뇌관이랑 화약이 들어 있거든. 그걸 셀락처럼 보이는 마개로 봉해놓은 거지. 총이 발사되면 마개가 터지는데 그 위력이 버크를 충분히 죽일 수 있을 정도야."

"몰랐어!"

안드레아가 몸을 부르르 떨었다.

"대부분 사람들이 모르고 있지. 난 리사가 말해줘서 알았어."

"리사는 그걸 어떻게 알았대?"

미셸이 물었다.

"허브가 총기 안전에 대해 가르치잖아."

한나가 공포탄으로 자살 장면을 촬영하다가 정말로 죽어버린 TV 탤런트의 이야기를 막 꺼내려는 데 엄마가 한나를 향해 마구 손짓하는 모습이 눈에 띄었다.

"크림치즈 퍼프가 다 됐나 봐. 엄마가 풍차 역을 맡으려는 사람처럼 마구 손을 돌리고 계셔."

"네가 끝까지 모르기를 바랐는데, 이제 어찌 됐든 아무 상관없어. 내가 아버지를 쏘기 전 그가 나를 바라보던 눈빛이 아직까지 꿈속에서 나타나 나를 괴롭혀. 이제 더 이상은 못 견디겠어."

버크는 가운데 서랍을 열어 총을 집었다.

하지만 그가 다시 입을 열기도 전에 딘이 화난 음성으로 소리쳤다.

"컷!"

그의 고함소리가 이어졌다.

"도대체 뭐 하는 거야, 버크? 이 장면에서 관객들은 눈물을 흘려야 한다고! 일어나. 어떻게 하는 건지 내가 직접 보여주지."

자리에서 일어난 버크는 몹시 당황한 듯 보였다.

"죄송해요, 감독님. 뭐가 문제인지 잘 모르겠어요. 동기를 제대로 잡아내지 못하는 것 같아요. 조디가 지금 극단의 상황까지 왔다는 건 알았는데, 그게 제대로 표현이 안 돼요."

"왜 그게 안 돼? 그는 몇 년간을 죄책감에 시달려왔고, 이제야 그 값을 치르는 거야. 그리고 지금 그는 술이 잔뜩 취해 있는 상태라구. 그러니까 술에 취한 채 죄책감에 시달리는 표현만 끌어내면 된다니까."

"알고 있어요. 이미 감독님과 여러 번 의논도 했고, 잘할 수 있을 거로 생각했는데……."

딘이 나머지 배우들을 향해 눈을 굴렸다.

"좋아. 어떻게 하는지 내 직접 보여주지."

"감사합니다, 감독님."

버크는 세트장 구석으로 비켜나 딘이 책상 쪽으로 걸어가는 모습을 지켜보았다. 하지만 책상에 미처 도달하기도 전에 딘은 발길을 멈추더니 카메라맨을 향해 고개를 돌렸다.

"이건 쓰리-샷(세 사람을 촬영하는 경우)으로 찍도록 해. 그렇게 찍는 게 필요할 것 같아. 버크가 오늘 한 연기는 밤새도록 스크린에 걸어두고 보게끔 해야겠어."

"못됐다."

한나가 미셸에게 속삭였다.

"확실히 그렇지! 영화계에서 신사라고 손꼽힐만한 인물은 결코 못된다니까."

미셸도 속삭이며 대답했다.

"이 장면 촬영이 끝나면, 오늘 아침에 그가 나한테 뭐라고 했는지 알려줄게!"

한나는 엄마 쪽을 흘끗 바라보았다.

이번에도 엄마는 풍차처럼 열심히 손을 돌려가며 한나에게 신호를 보내고 있었다. 한나가 크림치즈 퍼프를 더 가지러 가려고 막 계단으로 향하려는데 안드레아가 한나의 팔을 잡았다.

안드레아가 제안했다.

"내가 갈게. 전화할 곳도 있거든. 지금 사용하는 퍼프 분량이 다 떨어질 때가 되면 쟁반 갖고 다시 내려올게."

"그래, 좋을 대로 해."

안드레아가 떠나자 한나는 다시 고개를 돌려 촬영 현장에 집중했다.

딘은 웨이트리스에게서 크림소다 샴페인 잔을 하나 건네받아 몇 모금 마시더니 이내 카메라를 정면으로 응시했고, 그런 그의 모습을 본 한나는 그만 깜짝 놀라고 말았다.

어느새 그는 마치 몇 시간 동안이나 뭔가에 홀렸던 사람처럼 눈가가 촉촉하게 젖어 있었다. 거의 극단에 가까울 정도로 술에 거나하게 취한 연기를 하며 비틀거리는 걸음으로 군중을 헤치고 린이 앉아 있는 앤티크 책상으로 다가가는 그의 모습은 아름다워 보이기까지 했다.

성인이 된 에이미는 생각에 깊이 잠긴 채 웨이트리스가 무심코 책상 위에 놓고 간 미니 체리 치즈케이크가 담긴 쟁반을 물끄러미 바라보고 있었다. 지금 린은 아버지가 자살하던 날 일어났던 일들을 곰곰이 되짚어보는 것이 분명했다.

"흠, 우리 동생은……, 어떠신가."

딘이 말을 살짝 더듬으며 책상 가장자리에 기댔다.

"앉아도 될까?"

"오, 이런. 오빠. 취했구나! 꼭 아버지가 칵테일파티 때 취했던 것처럼……."

린은 하던 말을 멈추더니 마치 떠오르는 기억을 저지하려는 듯 두 손을 머리에 가져다 댔다.

완벽한 제스처가 한나는 인상적이었다.

"아버지가 죽었던 날을 생각하는 거야?"

딘이 혀가 꼬인 발음으로 물었다.

"그래."

"아버지도 그날 밤 술을 엄청 마셨지. 아버지가 술에 취하면 어떻게 변했는지 너도 잘 알잖아."

린은 미세하게 몸을 떨었다. 창백한 그녀의 얼굴은 조금만 건드려도 눈물이 뚝뚝 떨어질 듯했다.

"그래, 알아, 오빠. 기억하고 있어."

"또다시 그런 짓을 하게끔 내버려둘 수 없었어, 동생아. 절대 안 되지. 너도 이해하지?"

린이 슬픈 표정으로 대답했다.

"응. 이제 괜찮아, 오빠. 그날 무슨 일이 있었는지는 아무도 모르……"

"하지만 내가 알고 있잖아!"

딘이 린의 말을 가로막고 나서더니 금방이라도 린을 만질 것처럼 책상 위로 가까이 몸을 기울였다.

약속하는 린의 눈에서 눈물이 한 방울 또르르 굴러 떨어졌다.

"절대 말하지 않을게. 약속할게, 오빠. 절대 아무에게도 말하지 않을게."

"당연히 그래야지. 네가 그러리라고 생각하지 않아. 하지만 그런 것도 전혀 도움이 안 돼, 동생아. 네가 끝까지 모르기를 바랐는데, 이제 어찌 됐든 아무 상관없어. 내가 아버지를 쏘기 전 그가 나를 바라보던 눈빛이 아직까지 꿈속에서 나타나 나를 괴롭혀. 이제 더 이상은 못 견디겠어."

딘은 책상의 가운데 서랍을 열더니 총을 꺼내 들었다.

몸을 곧추세운 그는 총을 자신의 머리에 겨누었고, 린은 비명을 지르기 시작했다. 그녀의 비명은 칵테일파티의 흥겨운 음악 소리와 사람들의 웃음소리에 묻혀 다른 사람에게까지 들리지 않았다.

"안 돼!"

몹시 당황하고 놀란 듯한 음성으로 린이 소리쳤다.

"사랑해, 오빠! 제발 나에게 이러지 마!"

"너한테 하려는 게 아니야, 에이미. 나에게 하려는 거야."

대사를 읊고 나자 딘은 총구를 정확히 자신의 관자놀이에 겨누고는 방아쇠를 잡아당겼다. 그러자 공이가 즉각 앞으로 튕겨 나오며 커다란 폭발음이 들렸다.

귀가 아플 정도의 폭발음에 몇몇 엑스트라들이 비명을 질렀고, 한나는 그 자리에 우두커니 선 채 눈앞에 벌어진 상황을 믿을 수 없다는 듯 고개를 설레설레 저었다.

할리우드의 악동 감독인 딘 로렌스가 미니 체리 치즈케이크가 담긴 쟁반에 얼굴을 묻은 채 쓰러져 있었던 것이다.

그의 다리는 책상 앞쪽에 걸쳐져 있었고 팔은 책상 옆으로 미끄러져 내려와 축 늘어져 있었다.

그는 자신이 연기했던 영화 속 캐릭터와 똑같은 운명에 처한 것이 틀림없었다. 그의 가짜 자살 연기는 실재가 되어버렸다.

공이가 제거된 총이 발사되고 만 것이다!

 마음 같아선 사건 현장에 가까이 다가가고 싶었지만, 한나는 차마 그럴 수 없었다. 사람들은 온통 고함을 치고, 비명을 지르고, 서로 밀치고 밀리며 끔찍한 사건 현장을 빠져나가려 난리였다.

 한나는 누군가 다가와 지시 비슷한 것이라도 내리기 전까지는 꼼짝하고 싶지 않아 그저 제자리에 우두커니 선 채 혼란에 빠진 배우와 엑스트라들의 모습을 지켜보았다.

 우왕좌왕하는 사람들 무리 가운데 저기 보이는 게 남색 제복이 맞나? 한나는 헬렌 바텔의 불투명한 라벤더색 실크로 된 엉덩이 너머로 보이는 낯익은 물체에 집중하려 애썼다.

 맞다, 깜찍한 칵테일 웨이트리스 복장을 한 아담한 체격의 앰버 쿰스 위로 머리와 어깨가 불쑥 솟아 있는 사람은 바로 마이크였다.

 한나가 지켜보는 가운데 마이크는 사람들 틈을 비집고 린의 옆으로 갔다. 그는 그녀와 잠시 이야기를 나누더니 린이 여전히 앉아 있는 의자를 들어 책상에서 조금 떨어진 곳에 옮겨다 놓았다. 그러고는 일본제 실크 스크린을 가져오게 해 사람들이 볼 수 없도록 딘의 시체 주변을 둘러쳤다.

 한나는 방금 목격한 사건에 너무 놀란 나머지 우스꽝스러운 생각마저 들었다. 제인의 미니 체리 치즈케이크를 쿠키단지의 새 메뉴로 올리려 했는데, 이제 다 틀린 일이 아닐까.

이 끔찍한 사고 장면을 목격한 사람이라면 치즈케이크를 사먹을 때 딘의 혼신이 담긴 마지막 연기를 떠올리지 않을 수 없을 것이다. 정말 안타까운 일이 아닐 수 없다. 치즈케이크는 정말 맛있었고, 하얀 냅킨에 올린 채 은색 쟁반에 나열한 모습도 정말 사랑스러웠는데······.

그때 날카로운 호루라기 소리가 울려 한나의 생각은 그대로 멈춰버렸다. 호루라기 소리는 두 번, 세 번을 이어지더니 이내 마이크의 목소리가 들렸다. 그가 확성기처럼 손을 동그랗게 말아 쥐고는 입에 가까이 가져다 대며 외쳤다.

"멈춰요! 있던 자리에 그대로 멈춰요! 아무도 그 자리에서 꼼짝도 하지 마십시오!"

모든 사람이 마이크가 지시한 대로 따르는 것을 본 한나는 깜짝 놀라고 말았다. 마이크의 목소리에는 뭔가 힘이 느껴졌고, 지금 상황에서는 모두 그런 힘있는 목소리가 절실했다.

"머피 경관이 지나갈 수 있도록 길을 비켜주십시오."

마이크가 부드러운 목소리로 명령했다.

"라치몬트 부인을 현장에서 모시고 나가는 동안 모두 조용히 해주실 것을 부탁드립니다. 큰 충격을 받으셨으니 안정이 필요하세요."

세트장 안은 쥐죽은 듯 고요해졌다.

무슨 일이 일어난 것인지 아는 사람들은 그들이 린처럼 감독의 끔찍한 죽음을 바로 앞에서 지켜보지 않을 수 있었던 것에 감사했다. 설사 무슨 일이 있었던 것인지 모르는 사람들이더라도 형사의 명령을 감히 거스를 생각을 하지 못했다.

"머피 경관이 라치몬트 부인을 모시고 나가는 동안 전 여러분을 몇 개의 무리로 나눌 겁니다. 그리고 제가 호출한 경관들이 와서 여러분을 세 곳의 각각 다른 장소로 데려가 인터뷰를 할 겁니다. 인터뷰가 끝날 때까지 자리를 떠나셔서는 안 됩니다. 이 불행한 사건을 직접 목격하셨든, 아니든 전부 인터뷰를 할 겁니다. 제 말을 잘 이해하셨습니까?"

사람들 무리에서 이해했다는 중얼거림이 들리자 마이크가 다시 말을 이으려는 순간 린이 먼저 입을 열었다.

"실례합니다만……, 묻고 싶은 게 있어서요. 딘은, 그는……, 그는 죽은 건가요?"

마이크가 대답했다.

"네, 그렇습니다. 머피 경관을 따라가시면 그가 모든 걸 다 알아서 해 줄 겁니다."

그때 톰 라치몬트가 로니에게 다가가 뭔가를 물어보는 모습이 한나의 눈에 띄었다. 로니가 고개를 끄덕이자 톰은 두 사람과 함께 문밖으로 나섰다.

"몇몇 분들에게는 몹시 불편한 상황이라는 것을 잘 압니다."

마이크가 다시 말을 이었다.

"하지만 그래니의 앤티크점을 떠나기 전에 모든 분들을 조사해봐야 합니다. 그건 저희가 여러분을 믿지 못해서가 아니라 이렇게 많은 목격자가 발생했을 때 거쳐야 할 절차상의 문제일 뿐입니다."

예상했던 대로 곳곳에서 불평이 터져 나왔고 마이크는 더욱 목청을 높였다.

"제 지시사항에 잘 따라주신다면 여러분 모두에게 커피와 약간의 간식거리를 준비해 드리겠습니다. 어떻습니까?"

그러자 불평소리가 잦아들었고, 심지어 몇몇 사람은 마이크를 향해 미소까지 보였다.

다시 입을 연 마이크는 좀 전보다 훨씬 기분이 나아진 듯했다.

"감사합니다, 여러분. 여러분이 잘만 협조해주시면 그리 오래지 않아 집으로 돌아가실 수 있을 겁니다. 위넷카 카운티 경찰서에서 지금껏 수많은 목격자를 인터뷰했지만, 오늘처럼 잘 차려입은 멋쟁이 목격자들은 처음이로군요!"

대부분의 사람들 얼굴에 미소가 지어졌고, 몇몇은 킥킥거리기까지 했다. 한나는 믿을 수 없었다. 음울하고 끔찍한 사건을 경험한 사람들을 아주 멋지게 달래주지 않았나.

이런 마이크에 비한다면 평소 타고난 정치가라고 생각했던 바스콤 시장도 별것 아니다. 바스콤 시장이 정신을 차리고 바싹 긴장하지 않으면, 마이크가 그의 자리를 차지하게 될 날도 멀지 않은 듯하다!

마이크와 그가 현장으로 호출한 다른 경관들이 엑스트라와 영화계 사람들을 세 무리로 나누는 동안 한나는 머뭇거렸다. 우선 첫 번째 무리는 커뮤니티 센터로 향했다. 그곳에서 에드나 퍼거슨이 커피와 간식을 준비해줄 것이다. 그리고 두 번째 무리는 홀과 로즈의 카페로 향했고(로즈가 이미 연락을 받았다), 배우들과 카메라맨, 그리고 촬영 현장에서 일하던 영화계 사람들 대부분이 포함된 세 번째 무리는 리사가 갓 내린 커피와 쿠키를 준비하는 쿠키단지로 향했다.

조금 시간이 걸리긴 했지만, 한나는 마침내 마이크와 이야기를 나눌 기회를 잡을 수 있었다. 한나는 짙은 남색 제복을 입은 그가 얼마나 멋있게 보이는지에 대한 생각을 애써 물리치며 애초에 의도한 질문거리에만 집중했다.

"딘이 자살한 건가요?"

장비를 챙기는 카메라맨이 들을 수 없게 작은 목소리로 한나가 물었다.

"무시할 수 없는 가능성 중 하나죠. 하지만 글쎄요. 카메라맨과 수많은 배우와 엑스트라들이 보는 앞에서 공개적으로 자살하는 사람이 몇이나 되겠습니까."

"그건 그래요."

마이크의 생각 역시 그녀와 비슷하다는 사실에 한나는 내심 기뻤다.

"그럼 살인사건일까요?"

"내 추측으로는 그래요."

"내가 도울 일은 없겠어요?"

"있죠."

마이크가 한나의 허리에 팔을 두르더니 그녀를 가까이 끌어당겨 포옹했다.

"이번 사건도 알아서 수사할 생각일랑 하지 말고 나에게 맡겨둬요."

한나는 마이크가 의도한 것보다 더 오래 포옹을 하고 있었다. 마이크와 포옹하는 것이 좋아서이기도 했고, 약속할 수 없는 것에 대해 대답을 하고 싶지 않아서이기도 했다.

"그럼 난 어느 무리에 들어갈까요?"

"쿠키단지 무리로 가요. 가서 라치몬트 부인을 살펴줘요. 한나의 친구잖아요, 맞죠?"

"맞아요. 대학동창이죠."

"이번 일로 매우 충격이 컸을 겁니다. 그래서 그녀는 그렇게 오래 인터뷰하지 않을 계획이에요."

"마이크 생각이 옳아요. 바로 코앞에서 그 광경을 모두 목격했는데 당연히 충격이 컸겠죠."

"그래서 로니를 시켜 쿠키단지까지 데려다 주라고 했어요. 마침 남편이 같이 있어서 다행입니다. 그리고 한나가 해주는 위로도 어떤 것이든 그녀가 진정하는 데 도움이 될 거예요."

"기꺼이 그렇게 해야죠. 샤린 로렌스는 어때요? 그녀는 어느 무리에 있어요?"

"샤린 로렌스도 라치몬트 부인과 그녀의 남편과 함께 있습니다. 라치몬트 씨가 로렌스 부인의 삼촌이라던데요?"

"맞아요."

한나는 심호흡을 했다. 자신이 너무 꼬치꼬치 묻고 있다는 사실은 알고 있었지만, 그래도 궁금한 건 질문을 해야 직성이 풀렸다.

"그럼 로렌스 부인도 사건을 모두 목격한 거예요?"

"아뇨. 마침 딘에게 가져다줄 커피를 가지러 자리를 떴다고 로니에게 말했다더군요. 감독이 늘 연기 시연이 끝나면 커피를 찾았다고 해요. 그래서 남편을 위해 미리 준비하려던 거죠. 사건이 발생했을 당시에는 루앤과 안드레아와 함께 위층에 있었답니다."

"천만다행이에요!"

한나가 대답했다. 하지만 머릿속은 재빠르게 돌고 있었.

샤린 로렌스는 정말로 남편에게 갖다 줄 커피를 가지러 간 것일까? 아니면 총이 발사될 것을 미리 알고 현장을 피하려 했던 것일까?

마이크가 수첩을 꺼내자 한나는 심호흡을 했다.

마이크가 한나를 인터뷰하려는 모양이었다.

"내가 총을 확인하는 거 봤죠?"

"네."

"혹시 그 후로 누군가 책상 근처를 배회하는 것 보지 못했습니까?"

한나는 고개를 가로저었다.

"아뇨, 애피타이저를 준비하느라 바빴거든요. 준비를 끝낸 다음에는 다른 사람들과 같이 서서 촬영을 지켜봤어요. 세트장에 너무 많은 사람이 돌아다니고 있어서 린이 제자리에 가서 앉기 전까지 책상 근처는 거들떠보지도 못했는걸요."

"혹시 딘을 죽일만한 동기를 가진 사람이 누가 있을까요?"

한나는 잠시 생각에 잠겼다.

"특정한 인물은 없네요. 사실 딘이 그다지 친화적인 사람은 아니었으니까 누가 그를 죽인 건지 잘 모르겠어요. 그래도 어쨌든 천재 감독인 건 사실이었죠."

"그럼 그를 좋아하지 않았던 사람들이 누구인지는 알고 있단 거죠?"

"나를 포함해서 엄청 많죠. 딘이 매력은 있어도 신사적인 남자는 아니었거든요. 다른 사람에게 물어봐도 모두 내 의견에 동의한다고 할 거예요. 뭐든 자기 뜻대로 되지 않으면 아주 못되게 굴었죠."

"하지만 그것이 살해 동기가 될 수는 없다고 생각하는 거로군요?"

"모르겠어요. 어쩌면 가능할 수도 있겠지만, 조금 전 당신 입으로 말했듯이 형사는 내가 아니라 마이크, 당신이니까요."

한나는 생각했던 그대로를 숨김없이 말하고는 질문을 던졌다.

"누군가 총을 바꿔치기해놓은 것이 분명한 것 같은데, 마이크도 나와 생각이 같은가요?"

"물론이죠. 모델이나 제조사는 같지만, 미리 확인했던 총에는 공이가 없었습니다. 게다가 내가 확인할 때는 총탄이 장전되지 않았어요."

"그래서 모두에게 자리를 뜨지 말 것을 명령한 거예요?"

"그렇죠. 서랍에는 오직 로렌스 씨를 죽게 한 총 한 자루만 들어 있었으니까, 누군가 원래 총을 빼놓고 자신이 준비해온 총탄이 모두 장전된 총을 넣어둔 것이 분명합니다. 만약 원래의 가짜 총을 미처 밖으로 빼돌리지 못했다면, 그건 아직 이 건물 안에 있을 거예요."

"그리고 거기에는 지문이 묻어 있을 거구요?"

"가정일 뿐입니다."

한나가 제안했다.

"또다른 가정도 있어요. 그 총이 딘을 죽이려는 것이었다고 생각해요? 혹시 버크를 노렸던 것일 수도 있지 않을까요? 원래 그 장면에서 연기했을 사람은 버크잖아요."

마이크는 웃음을 터뜨리더니 한나를 또다시 포옹했다.

"당신이 생각하는 방식이 난 정말 마음에 들어요. 내 대답은 둘 다 가능하다는 겁니다. 딘의 작업 방식을 잘 아는 사람이라면 그가 배우의 연기를 시연할 거라는 것쯤은 능히 알 수 있었을 테니까요."

"그리고 반면에, 딘의 작업 방식을 잘 알지 못하는 사람이 버크를 죽이려고 그 모든 걸 준비했을 수도 있다는 거죠?"

"그렇죠."

"그렇다면 딘과 버크를 모두 피해자로 두고 두 사람을 죽이고 싶어 할 만한 동기를 가진 사람을 찾는 데 주력해야겠네요?"

"바로 그겁니다. 그런데 우리 지금 뭘 하는 겁니까?"

마이크가 얼굴을 찌푸리기 시작했다.

"형사는 나에요, 당신이 아니라."

"알아요."

"당신이 아는 걸 나도 알고 있으니, 이제는 혼자 수사에 나서지 않겠다고 약속해요."

한나는 고개를 끄덕였지만, 마이크에게는 그것만으로 성에 안 차는 듯 여전히 얼굴을 잔뜩 찌푸리고 있었다.

"큰소리로 약속하겠다고 말해줘요."

마이크가 고집을 부렸다. 한나는 잠시 망설였지만, 마이크의 말이 최종 경고나 다름없다는 사실을 이내 깨닫고 말았다.

한나는 지금껏 지어본 중 가장 달콤하고 순진무구한 미소를 지으며 말했다.

"혼자 수사하지 않겠다고 약속할게요."
"좋아요. 그 정도면 됐어요."
마이크가 다시 한 번 한나를 끌어안고 문쪽을 향해 그녀를 재촉했다.
"그럼 이제 쿠키단지로 돌아가요. 난 나이트 박사님이 올 때까지 기다렸다가 곧 건너가겠습니다."
문 앞에서는 릭 머피가 마지막 목격자의 몸수색을 하고 있었다.
그는 한나를 보더니 마지막 목격자가 충분히 문밖으로 멀어지자마자 한나를 향해 고개를 가로저으며 말했다.
"한나는 수색할 필요가 없을 것 같네요."
"아니에요, 그래도 해야죠. 마이크가 한 사람도 빠짐없이 수색하라고 했잖아요."
한나는 양옆으로 팔을 벌려 릭이 제대로 수색할 수 있도록 도왔다.
"가짜 총을 갖고 사라진 사람이 적어도 난 아니라는 사실을 마이그에게 분명히 확인시키고 싶어요."
마침내 밖으로 나선 한나는 씩 미소를 지었다.
마이크에게 홀로 수사에 나서지 않겠다고 약속했으니 약속은 분명히 지킬 것이다. 여기저기 다니며 사람들을 만나고, 새로운 소식을 듣는 것은 어차피 혼자 하지 못한다……. 한나에게는 그녀를 도와줄 두 명이나 되는 여동생들과 노먼, 엄마, 로드 부인, 그리고 기타 확장된 의미의 가족들이 있지 않은가!

　한나가 쿠키단지에 도착했을 때 확장된 범위의 가족들은 이미 카페에 모두 모여 있었다. 안드레아와 리사가 커피와 쿠키를 나르는 동안 엄마와 로드 부인은 뜨거운 물과 티백을 준비하고 있었다.

　그러는 중에도 그들은 귀를 쫑긋 세우고 있어 한나는 마치 가족들의 귀가 모이쉐가 벽 안을 돌아다니는 생쥐 소리를 들었을 때처럼 휘휘 돌아가는 것처럼 보였다.

　샤린은 린과 톰 라치몬트 부부와 함께 앉아 있었다. 그리고 그녀의 무릎에는 모이쉐가 올라타 있었다. 샤린의 얼굴은 창백했고, 볼에는 눈물자국이 남아 있었는데, 그걸 본 한나는 그녀가 남편의 충격적인 죽음을 슬퍼하는 것인지, 아니면 린 못지않게 감쪽같은 연기를 하는 것인지 의아스러웠다.

　만약 딘이 바람을 피운 사실을 샤린이 알았다면 남편을 죽이고 싶을 만한 동기는 충분할 것이다. 현장에서 남편이 죽는 모습을 직접 보지 못한 것은 우연의 일치일 수도 있겠지만, 끔찍한 현장을 피하고 싶은 마음에 고의적으로 계획한 것일 수도 있다.

　한나는 이제 린을 쳐다보았다. 엄청난 일을 겪었는데도 그녀는 차분해 보였다. 감독의 죽음을 눈앞에서 지켜보는 일은 결코 유쾌하지 않았을 것이다. 하지만 대학시절의 린은 무척 대담한 학생이었다.

아마 지금도 크게 다르지 않을 것이다. 한나는 대학시절 기숙하던 아파트에 돌아다니던 쥐들을 잡으려고 여기저기 쥐덫을 설치하던 린을 회상했다. 그녀는 매일 아침이면 죽은 쥐들을 도맡아 치우곤 했다.

심지어는 주방에 '살생부'라고 부르던 종이를 붙여 놓고는 쥐를 몇 마리나 잡았는지 매일 기록하곤 했다. 죽은 쥐의 수를 세는 것은 너무 잔인하지 않으냐고 한나와 로스가 말했지만, 린은 그저 그런 두 사람을 향해 호탕하게 웃으며 설치류는 설치류일 뿐이라고 대답했다.

사람에게 해로운 설치류를 죽이는 것에 그녀는 조금도 개의치 않았다. 그런 대학시절 린의 모습을 떠올려보았을 때 아무도 모르게 바꾸어 버린 총기로 사람이 죽는 것을 눈앞에서 목격한 것쯤은 아마 린에게 별일 아닐지도 모른다. 큰 충격과 슬픔에 휩싸인 모습을 보이는 것이 어쩌면 전부 연기일 수도.

톰 라치몬트 역시 고려해봐야 할 인물이다. 한나는 확실히 돋보이는 은발의 남자를 의심 어린 눈길로 쳐다보았다. 아침 일찍부터 딘의 위네바고를 방문했다가 뒷문으로 몰래 빠져나간 여자 중 분명히 린도 포함되어 있었다. 만약 린이 딘의 트레일러를 찾아갔던 사실을 톰이 알게 됐다면? 톰은 딘이 자신의 아내를 넘보았다는 이유만으로도 능히 그를 살해할 수 있을만한, 질투심 많은 남자인 것이 아닐까?

역시나 혐의를 두는 코노를 찾아 한나가 주변을 두리번거리고 있는데, 안드레아와 미셸이 화급히 한나에게 다가왔다.

"우리, 모임 좀 해." 안드레아가 한나의 팔을 잡았다.

"여기 일은 엄마와 로드 부인이 리사를 도와주시겠다고 했어."

"그럼 작업실로 가자."

한나가 제안했지만, 미셸이 고개를 가로저었다.

"그건 안 돼. 방금 로니랑 이야기했는데, 작업실은 마이크가 추가 인터뷰를 위해 사용하기로 했대. 다른 경관들이 유력한 목격자를 선별해서 마이크에게 보내고 있나 봐."

안드레아가 물었다.

"그게 뭐야?"

한나 역시 호기심이 생겼다.

"어떤 요건으로 유력한 목격자를 선별하는 거야?"

"로니에게 물어봤는데, 수사에 큰 단서가 될 만한 뭔가를 보았거나 무슨 소리인가를 들었거나 하는 사람들을 말하는 거래. 예를 들면 딘과 가까이에 서 있었던 사람들이라든가 책상 위에 미니 체리 치즈케이크 쟁반을 놓고 간 웨이트리스라든가."

한나가 말했다.

"그건 앰버 쿰스인데. 이유는 모르겠지만, 딘이 책상 위에 두고 가라고 했거든."

그때 안드레아가 초등학생들처럼 한 손을 번쩍 들었다.

"왜 그랬는지 난 알아. 내가 대본을 전부 읽어봤거든. 원래 자살 장면에서 치즈케이크 위로 엎어져야 했던 사람은 버크였어. 하지만 버크가 아니라 딘이 그렇게 되어버리고 말았다는 것이 정말……, 끔찍한 일이지. 그래서 난 혹시 그에게, 그……, 뭐지, 언니?"

"전조?"

"그래, 맞아. 치즈케이크에 얼굴을 박은 사람이 딘일 수밖에 없었던 전조 같은 것이 있나 하는 거지."

세 자매는 부르르 몸을 떨었다.

예기치 못한 피해자를 발생시킨 이번 사건을 통해 죽음이 얼마나 우리 가까이에 있는지를 새삼 깨달은 것이다.

잠시 긴장감 어린 침묵이 흐르더니 마침내 한나가 입을 열었다.

"시작할 준비, 됐어?"
두 동생이 고개를 끄덕이자 한나가 말을 이었다.
"작업실은 마이크가 차지했으니 우린 내 쿠키 트럭을 이용하자."
안드레아가 반대했다.
"트럭은 추울 거야. 그러지 말고 길 건너편에 레이크 에덴 부동산을 이용하는 건 어때? 나한테 열쇠가 있어."

몇 분 후, 세 자매는 레이크 에덴 부동산의 타원형 회의실에 놓인 회전의자에 앉았다. 한나는 따뜻한 커피가 든 보온병과 함께 최근에 새로 구운 쿠키 꾸러미도 챙겨온 참이었다.
"이건 뭐야?"
미셸이 쿠키를 한 입 베어 먹으며 물었다.
"더블 플레이크."
안드레아가 미간을 살짝 찌푸렸다.
"더블 플레이크라구? 코코넛 플레이크 맛은 확실히 나는데, 또다른 플레이크는 뭐야? 더블이라면 두 개의 맛이어야 하잖아."
그러자 한나가 고개를 가로저었다.
"말해주지 않을래. 쿠키에 들어갔으리라고는 절대 생각하지 못할만한 재료야."
"받아 적을래?"
한나는 가져온 수첩을 펼쳐 안드레아에게 건네주었다.
"언니는 이런 건 나만 시키더라!"
"그거야 네가 글씨를 잘 쓰니까 그렇지. 내가 메모를 하면 생각이 마구 앞서가는 바람에 손가락이 미처 속도를 따라가지 못한단 말이야."
"알았어, 내가 할게. 대신 나한테 뭔가 해줘야 해."

"뭘?"

이번에도 분명히 좋아하는 쿠키를 잔뜩 구워달라는 것일 거라고 한나는 생각했다.

"또다른 맛이 뭔지 알고 싶어."

"안 돼, 그건. 이건 미스터리 쿠키란 말이야. 뭐가 들었는지 알고 나면 그 맛을 느껴보고 싶어서 쿠키를 계속 먹게 될걸."

안드레아는 일부러 과장된 몸짓으로 펜을 내려놓더니 수첩을 탁 덮으며 말했다.

"언니가 협조하지 않으면 나도 협조하지 않겠어. 언니의 무보수 개인 비서 노릇은 이제 그만둘 거야."

"왜 이래, 안드레아. 너 그러다가 쿠키 때문에 미쳐버릴지도 몰라."

"아니, 그렇지 않을걸. 날 믿어. 그냥 알려주기만 하면 끝나는 일인데 뭘 그래. 그저 한 마디만 해주면 언니는 깔끔한 글씨체의 메모를 얻게 된다구."

한나는 미셸을 쳐다보았다.

미셸은 그저 어깨를 으쓱해 보일 뿐이었다.

"이번에는 한나 언니가 진 것 같은데."

한나는 한숨을 푹 내쉬었다.

"알았어. 말해 줄게. 거기엔 인스턴트 매쉬드 포테이토 플레이크가 들어갔어."

"거짓말! 꿈에도 생각 못했어!"

안드레아가 쿠키를 집어 또 한 입 베어 물더니 잔뜩 인상을 쓴 채 씹기 시작했다.

"정말이야? 인스턴트 포테이토 플레이크 맛이 전혀 안 나는데."

"정말이고말고. 내가 직접 반죽했는걸."

"아직도 모르겠어. 쿠키 몇 개 더 줘봐. 포테이토 플레이크가 빠져 있는 것을 먹은 걸지도 모르니까."

한나는 미셸과 함께 나란히 앉아 쿠키가 하나둘씩 없어지는 광경을 지켜보았다.

마침내 마지막 쿠키에서 안드레아는 고개를 끄덕였다.

"이제 조금 맛이 나는 것 같기도 한데, 확실히는 모르겠어. 쿠키, 더 없어?"

"가져온 건 그게 전부야. 내일 다시 구울 거야."

"그렇다면 됐어."

안드레아가 다시 펜을 집어들고는 전혀 숙녀답지 못한 트림을 했다.

"미안. 둘 중 아무나 커피 한 잔만 따라주면 금방 본업에 돌입할 수 있을 것 같아."

"정말 샤린이 그랬을 거로 생각해?"

안드레아가 용의자 명단에 샤린 로렌스의 이름을 적어 넣는 것을 본 미셸이 물었다.

한나가 대답했다.

"그걸 확실하게 말할 수 있을 만큼 그녀를 잘 알지 못해. 그녀가 얼마만큼 질투에 사로잡혀 있었느냐가 문제야. 어디까지 알고 있느냐가 관건이기도 하구."

미셸이 물었다.

"무슨 뜻이야?"

"만약 샤린이 쉽게 질투하는 성격인데, 남편이 위네바고에서 다른 여자들과 바람을 피운다는 사실을 알았다면, 충분히 죽일 만하잖아."

"이제 알겠다."

안드레아가 다시 펜을 부지런히 움직였다.

"하지만 쉽게 질투하는 성격도 아니고, 남편이 위네바고에서 다른 여자들이랑 바람을 피웠든 어쨌든 전혀 신경 쓰지 않는다면, 살해 동기 같은 것이 있을 리가 없지."

"그래. 하지만 일단 우리가 만드는 용의자 명단의 작성 의도를 살려서 그녀가 사실을 알고는 엄청난 질투에 사로잡혔다고 가정해보자. 그 정도면 살해 동기로 충분하니까. 이제는 딘과 유희를 즐겼던 여자들이 누구일지 생각해야 해. 그 여자들의 남자친구나 남편이 딘에게 질투를 느껴 살해했는지도 몰라."

안드레아가 커피를 한 모금 마시며 말했다.

"일단 난 아니야. 빌이 지금 마이애미에 있다는 건 모두가 다 아는 사실이잖아."

그러자 미셸의 입이 떡 벌어졌다.

"언니, 그 얘긴 지금……."

"아냐!"

안드레아가 재빨리 나섰다.

"물론 트레시가 맡은 배역에 대해 의논할 것이 있어서 트레일러에 가긴 했어. 빌이 마침 마을에 없는 게 정말 다행이야. 안 그랬으면 우리 둘 다 의심받을 뻔했으니까. 하지만 빌은 여기 없으니까 난 결백해."

"빌이 여기 없으니 결백하다……, 라."

한나가 안드레아의 말을 반복해서 되뇌더니 이내 씩 웃기 시작했다.

"그것이 받아들여지면 넌 무죄인 거야."

"뭐?"

두 여동생이 동시에 되물으며 한나를 쳐다보았다.

"미안. 갑자기 O.J 심슨의 판결이 생각나서 말이야. 거기서 판사가 그렇게 말했거든."

"그 일이랑 도대체 무슨 상관이······."

"전혀 상관없지."

한나가 막내 여동생의 말을 가로막았다.

"갑자기 떠올랐을 뿐이야. 하던 얘기나 계속 하자. 딘이랑 관계가 있던 여자들이 또 누가 있을까?"

미셸이 죄책감에 어린 듯 발그레해진 볼로 대답했다.

"나, 어제 점심 후에 트레일러로 오라고 하길래 일 때문인 줄 알았는데, 가보니 치근대더라구."

"어떻게?"

안드레아가 물었다.

"정말 바보 같지 뭐야. 정말······, 바보가 아니라면 그런 얘기에 넘어가지 않을 거야. 글쎄, 내 어깨에 손을 두르고는 다음에 기획하는 영화에 나한테 꼭 맞는 배역이 있다는 거야. 그러면서 할리우드로 같이 가서 오디션을 보자더라구. 그런 얘길 하면 내가 확 넘어갈 줄 알았나 보지? 키스까지 하려 하더라니까."

그때 안드레아가 목이 막힌 듯한 소리를 내더니 이내 기침 소리로 감추어버렸다.

"미안, 갑자기 사레가 들어서."

뭔가 얹히는 게 있는 게지, 한나는 이렇게 생각하고는 자신이 참 못됐다고 느꼈다.

한나는 실제로 표현하지도 않은 마음의 말에 대한 사과의 의미로 안드레아에게 커피를 더 따라주고는 다시 미셸을 향해 고개를 돌렸다.

"그래서 어떻게 했어?"

"뒤로 물러나서는 내 재능을 높이 평가해준 건 감사하지만, 일단은 대학으로 돌아가서 무사히 졸업부터 하는 것이 현명한 선택인 것 같다고 했지."

어느새 회복한 안드레아가 말했다.

"잘했네. 하지만 네가 아무리 거절했다고는 해도 로니는 그 이야길 들었을 수도 있어. 그럼 몹시 화가 나서 어쩌면……."

한나가 나섰다.

"그건 아닐 거야. 딘의 얼굴에 주먹을 한 대 날렸을 수는 있어도 그를 죽일 정도의 사람은 아니야. 미셸이 딘의 위네바고에 갔었던 일을 아예 모르고 있다고 보는 편이 맞을 것 같은데."

미셸은 잠시 생각에 잠겼다.

"언니 말이 맞아. 로니가 만약 딘을 죽이고 싶어 했다면, 그의 손으로 직접 했지, 총을 바꿔놓는 것처럼 다른 무고한 사람에게까지 피해를 줄지도 모르는 행동은 하지 않았을 거야. 방금 용의선상에 오를만한 사람이 생각났어."

"누구?"

안드레아가 긴장감 있게 펜을 쥐며 물었다.

"린. 린도 분명히 딘의 트레일러에 몇 번 들락거렸어. 지난번 세트장에서 딘이 직접 한 얘기였다구. 그리고 딘이 그 얘기를 꺼냈을 때 린의 표정이 몹시 안 좋았어!"

"알았어, 그럼 그녀의 이름도 적을게. 그런데 만약 린이 딘의 트레일러에 자주 다녀갔다면 그녀의 남편도 용의자 명단에 올려야 해. 이름이 톰, 맞지?"

한나가 대답했다.

"맞아, 그리고 에리카도 적어 넣어. 딘한테 치즈케이크 배달한 첫날 트레일러에서 들었던 웃음소리가 에리카와 아주 똑같았거든. 그리고 지넷도 포함시켜야 해."

"딸을 건드리는 사람은 누구든 죽였을 테니까?"

종이 위를 날아다니듯 움직이던 안드레아의 펜이 용의자 이름 옆의 살해 동기 란에서 멈칫하고 말았다.

"그것도 그렇지."

한나가 말했다.

"그럼 또다른 동기가 있단 말이야?"

"오, 그럼. 그 다음 날 오후에 딘의 트레일러에서 지넷의 목소리를 들은 것 같거든. 확실하진 않지만, 꼭 그녀 목소리 같았어. 딘이 트레일러 회사에 위장용 회전문을 달아달라고 요청하지 않았다는 사실이 놀라울 따름이라니까."

그러자 안드레아가 깔깔거리며 웃기 시작했다.

"정말 재밌다. 과연 레이크 에덴에서 딘이 집적대지 않은 여자가 있을까 궁금해."

한바탕 웃음이 터질 것을 기대하며 한나가 말했다.

"엄마랑 로드 부인?"

미셸이 대답했다.

"로드 부인이라면, 어쩌면."

"엄마는 아니고?"

"엄마는 아냐." 미셸이 씩 웃으며 대답했다.

"엄마가 수집한 소품 명단을 출력할 때 딘이 엄마한테 슬쩍 가까이 접근하는 걸 봤거든."

"어-오! 그래서 엄마는 어떻게 했어?"

"팔꿈치로 딘의 배를 밀어버렸지."

"잠깐!"

안드레아가 손바닥을 활짝 펼쳐 앞으로 내미는, 지구상 어디서도 통하는 제스처를 취하며 외쳤다.

"엄마가 명단을 출력했다고?"

"그래."

"그럼 엄마한테 컴퓨터가 생겼단 말이야?"

미셸이 말했다.

"어젯밤에 보여주셨어. 정말 끝내주는 노트북이야. 펜티엄 4인데, 3기가 프로세서에 하드 드라이브가 80기가이고, 17인치 모니터야. 파이어와이어에 USB 포트, 그리고 기타 주변장치들에……, 스캐너, 프린터, 디지털 카메라, 외장용 하드 드라이브까지 있어."

안드레아가 휙 휘파람을 불었다.

"들었어, 언니? 엄마가 컴퓨터를 샀대!"

"들었어."

진흙탕에 빠진 하마 신세가 된 한나는 신음 소리를 냈고, 두 언니를 번갈아가며 쳐다보던 미셸이 물었다.

"한나 언니가 왜 그러는 거야?"

"엄마가 컴퓨터를 사면 언니도 사겠다고 호언장담했기 때문이지."

안드레아가 킥킥거렸다.

"결국 엄마가 샀잖아."

"알았어, 알았다구."

한나는 마지못해 포기하고 나섰다.

"영화 촬영 인원이 모두 마을을 떠나는 대로 어떤 종류를 사면 좋을지 노먼과 상의해볼게."

그때 안드레아의 핸드폰이 울렸고, 그녀는 펜을 내려놓고 전화를 받았다. 잠시 전화기를 붙들고 상대편 말을 듣고 있던 안드레아가 이내 한숨을 내쉬었다.

"알았어, 리사. 금방 갈게. 알려줘서 고마워."

"뭘 알려줘?"

이미 커피잔을 모으기 시작한 한나가 물었다.

"마이크가 유력 목격자들을 인터뷰하러 왔는데, 우리가 없는 걸 보고 어디 갔냐고 물었대."

"그래서 리사가 뭐라고 얘기했대?"

"길 건너편 여기에 있다고 했다는데."

"어-오."

한나가 신음 소리를 냈다. 세 자매 모두가 한꺼번에 사라진 사실을 마이크는 분명 의심스럽게 여길 것이다.

"리사에게 또다른 이야기는 안 했대?"

"왜 안 했겠어. 문도 열지 않은 부동산에서 셋이 뭘 하고 있냐고 물었다던데?"

"그래서 리사가 뭐라고 했대?"

"모른다고 했대. 그저 건너편 부동산에 있는 동안 카페 좀 보고 있어 달라는 얘기만 했다면서."

"잘했네!"

한결 편해진 마음에 안도의 한숨을 내쉬며 한나가 말했다.

카페에서 나오면서 미처 거짓말을 해달라는 부탁을 하지 못했다. 어린 동업자를 차마 그런 난처한 처지에 놓이게 할 수는 없었다. 물론 절실한 상황이라면 한나를 위해 기꺼이 거짓말을 해주겠지만 리사는 워낙 거짓말을 싫어하는 사람이었다. 게다가 무엇보다 중요한 사실은 리사가 거짓말을 그다지 능숙하게 해내지 못한다는 것이었다.

허브 비즈먼의 새색시가 포커페이스를 지니고 있다는 사실을 누가 믿을 수 있겠는가. 말 그대로 리사는 모든 감정이 얼굴에 그대로 드러나는 타입이었다.

화가 나면 즉시 얼굴이 빨개져서는 눈빛이 이글이글 불타올랐으며 긴장하면 손을 파르르 떨며 자꾸만 입술에 침을 발랐고, 슬플 때는 눈물이 그렁그렁해서는 자신도 모르게 코를 훌쩍거렸다.

만약 한나가 거짓말을 해달라고 부탁했다면 리사는 제법 잘 해내겠지만, 마이크의 얼굴을 제대로 쳐다보지도 못했을 것이다. 그 두 개의 증상은 여느 사람이라면 눈치 채지 못하고 지나가겠지만, 사람을 대하는 데 능숙한 마이크가 그것을 놓치고 지나갈 리 만무했다.

미셸이 물었다.

"그럼 돌아가서 뭐라고 하지? 뭐라고 하냐면······."

한나가 머릿속에 부릉부릉 시동을 걸고는 잠시 골몰하고는 이내 씩 웃으며 말했다.

"사실대로 말하자. 그 방법밖에는 없어."

"뭐!"

안드레아가 입을 떡 벌렸다.

미셸은 아무 말도 하지 않았지만, 내심 충격을 받은 듯 멀뚱멀뚱 한나만 쳐다보고 있었다.

한나가 자신의 생각을 풀어 설명하기 시작했다.

"그래. 마이크에게 사실대로 말하는 거야. 여기서 딘의 살인사건에 대해 이야기하면서 범인일 만한 사람이 누가 있을지 생각해봤다고 하는 거지. 마이크가 목격자 중 누구 인터뷰한 사람이 있냐고 물으면, 사실대로 없다고 대답하면 돼. 그리고 살인사건에 대해 이야기하려고 일부러 여기, 부동산까지 왔던 거라고 말하는 거야."

"어째서?"

안드레아가 알 수 없다는 표정으로 물었다.

"왜냐하면 마이크는 목격자 중 누구도 우리 이야기를 엿듣는 것을 원치 않으니까. 지금 쿠키단지에는 사람들이 엄청 모여 있잖아. 개인적으로 이야기할 공간이 전혀 없어."

"기발해!"

미셸이 한나를 칭찬했다.

"정말이야."

안드레아도 미소를 보냈다.

"거짓말하지 않아도 되고 말이야. 정말로 우린 그저 이야기만 한 것뿐이잖아. 설마 그것까지 금지된 건……, 아니겠지?"

"당연히 아니지."

미셸이 대답하며 한나의 확답을 듣고 싶다는 듯 한나에게로 고개를 돌렸다.

"그렇지 않길 바라야지."

한나는 미셸에게 보온병을 건네주며 안드레아에게서 수첩을 건네받아 숄더백에 깊숙이 집어넣었다.

"지금까지 우리가 한 거라곤 그저 잡담뿐이었어. 그것만으로도 교도소에 가야 한다면 레이크 에덴 사람 절반은 가야 할걸!"

더블 플레이크 쿠키

오븐은 미리 예열하지 마세요. 굽기 전 반죽을 충분히 숙성시켜야 합니다.

이 레시피는 리사의 사촌인 베티 하나의 것입니다. 사실 쿠키단지에서 만드는 건 베티의 원래 레시피와는 조금 달라요. 그러니 만약 쿠키단지에서 구운 것이 마음에 들지 않는다면, 베티의 레시피를 따르세요.

재료

코코넛 추출액 1티스푼 (없으면, 바닐라를 사용하셔도 됩니다)

밀가루 1과 1/2컵 (체질할 필요 없어요) / 계란 3개

인스턴트 매쉬드 포테이토 플레이크 2컵

잘게 다진 피칸 혹은 호두 3/4컵 (다진 다음에 측량하세요)

나중을 위한 백설탕 약 1/2컵 / 베이킹소다 1티스푼

백설탕 1과 1/2컵 / 타르타르 크림 2티스푼 / 소금 1/2티스푼

코코넛 플레이크 1컵 / 녹인 버터 1컵

만드는 법

1. 녹인 버터를 잠시 식혀두세요. 그릇에 계란을 넣고 잠시 휘저어 줍니다. 그저 충분히 섞이면 되니 거품까지 낼 필요는 없습니다. 그릇에 설탕을 넣고 섞습니다. 그런 후 타르타

르 크림, 베이킹소다, 소금, 그리고 코코넛 추출액을 넣고 충분히 섞어 줍니다. 섞은 것을 녹인 버터에 넣고 밀가루를 부어줍니다. 밀가루가 골고루 섞일 때까지 잘 반죽합니다.

2. 반죽에 매쉬드 포테이토 플레이크 2컵을 넣은 뒤 코코넛 플레이크를 넣습니다(저처럼 실끈이 많이 남아있는 형태의 코코넛이 싫으시다면 믹서로 잘게 갈아서 넣어주시면 돼요). 마지막으로 다진 견과류를 넣고 다시 한 번 반죽합니다.

3. 반죽을 타이트하게 감싸서 냉장고에 최소 4시간 보관합니다. 밤새 보관하면 더욱 좋습니다.

4. 구울 준비가 다 되었으면, 오븐을 섭씨 175도 예열하고 틀을 오븐의 중앙에 넣습니다.

5. 반죽을 1인치 지름의 크기로 떼어냅니다. 그런 후 설탕 위에서 굴린 뒤 기름칠(전 들러붙음 방지 스프레이를 뿌렸어요)한 쿠키틀 위에 올려놓습니다. 다 올렸으면 철제 주걱이나 손바닥으로 꾹 눌러주세요.

6. 섭씨 175도에서 10~12분 동안 굽는데, 가장자리에 먹음직스러운 황갈색이 돌기 시작하면 완성입니다. 완성된 쿠키는 틀 위에서 2분간 식힌 다음 선반으로 옮겨 나머지 식힘 과정을 거칩니다.

엄마는 이 쿠키가 샌드위치 쿠키로는 최고라고 꼽으셨어요. 쿠키의 한쪽 면에 초콜릿을 바르고 위에 또 쿠키를 얹어서 샌드위치 쿠키를 만들어 드렸거든요(가운데 부분이 불룩 올라오게 만드세요). 버티의 미용실 손님들은 속에 초콜릿 대신 라즈베리 잼을 넣어 달라고 요청해서 그렇게 만들어 드렸더니 아주 좋아하셨답니다. 초콜릿은 헤어 드라이기의 뜨거운 바람에 금방 녹기 때문이었나 봐요.

한나의 메모: 원래는 반죽을 충분히 숙성시켜야 하지만, 그럴만한 시간적 여유가 없다면 손에 물을 잔뜩 묻힌 다음 반죽을 떼어내는 작업을 하세요. 그래야 반죽이 손에 달라붙지 않거든요.

이미 지칠 대로 지쳐버린 한나에게 오후는 영영 끝나지 않을 것 같았다. 하지만 마침내 자유의 몸이 된 목격자들이 하나씩 카페를 빠져나가고 7시가 되자 홀 안은 비로소 텅 비었다.

한나는 리사도 앞문에서 배웅해 집으로 돌려보내고, 가장 좋아하는 창가 테이블에 묶여 그녀를 기다리는 모이쉐 옆에 앉았다. 그러고는 자동으로 녀석을 쓰다듬으며 창밖을 내다보았다. 작업실 안에서는 마이크가 한창 마지막 목격자를 인터뷰하는 중이었다.

금세 밤이 찾아오고 메인가에는 차 한 대 보이지 않았다. 모두들 집으로 돌아가 6시에 이미 저녁식사를 마치고 가족끼리 거실에 모여 앉아 최근 인기리에 방영 중인 시트콤을 보고 있을 것이다. 그리고 혼자 사는 사람들의 무리는 레이크 에덴 술집에 모여 바 위로 놓인 TV를 통해 마이애미 히트(미국 이스턴콘퍼런스 대서양 지구에 소속된 농구팀)의 경기를 보고 있을 테지.

한나는 테이블 위에 두 팔을 포갠 채 그대로 엎드렸다. 이대로 따뜻한 거실 소파로 순간이동을 한다면 얼마나 좋을까 생각하는 찰나 마이크가 마지막 목격자인 로스와의 인터뷰를 끝내고 작업실에서 나왔다.

"한나?"

"네?"

"한나……, 일어나요!"

한나가 고개를 들어 마이크를 쳐다보며 눈을 깜빡거렸다.

"잠들지 않았어요. 이제 집에 가도 돼요?"

그러자 로스가 한나의 어깨를 토닥였다.

"일단 호텔로 가서 저녁부터 먹자. 방금 호텔에 전화해봤는데, 샐리가 9시까지는 꼬꼬뱅을 먹을 수 있다고 했어."

한나는 자신 못지않게 지쳐 보이는 모이쉐를 물끄러미 바라보다가 일방적인 결정을 내렸다.

"고맙지만, 사양할래, 로스. 모이쉐랑 난 곧장 집으로 가야겠어. 이렇게 피곤했던 적도 오랜만이야."

마이크가 한나의 다른 쪽 어깨를 토닥이기 시작했다.

"내 잘못입니다. 마지막 몇 사람은 경찰서로 데려가서 인터뷰해도 되는 건데 그랬어요. 그랬으면 한나는 진작 돌아갈 수 있었을 텐데요."

"괜찮아요."

한나는 제대로 발음할 기운도 없었다. 며칠간 밤잠을 설친데다가 과중한 작업까지 도맡아 한 것이 이제야 제대로 영향력을 발하는 듯했다.

얼마나 피곤했으면 집까지 힘들게 운전해서 가지 말고 쿠키단지에서 하룻밤을 보낼까 심각하게 고민해보기도 했다. 피로에 취한 한나는 로스와 마이크가 테이블에서 물러나는 것을 제대로 눈치 채지 못했다.

두 사람의 목소리는 들을 수 있었지만, 그저 홀 뒤편으로 멀어진다는 것만 느낄 수 있었을 뿐 뭐라고 하는지는 알아들을 수 없었다. 아마도 한나의 이야기를 하는 것 같았지만, 한나는 그마저도 상관할 기운이 없었다. 한나는 그대로 눈을 감은 채 모이쉐의 폭신한 털 옆에서 다시 잠에 빠져들고 말았다.

한나가 다시 눈을 떴을 때 세 쌍의 무언가가 보였다.

그건 다름 아닌 세 쌍의 눈이었는데, 눈의 주인들은 바로 노먼과 마이크, 그리고 로스였다. 한나는 눈을 깜빡거리며 자리에서 일어났다.

"미안해요. 살짝 잠이 들었나 봐요."

"그런 것 같습니다."

노먼에게 모이쉐를 건네주며 마이크가 킥킥거렸다.

"어서 갑시다, 한나. 로스가 당신 코트랑 물건을 챙길 거예요. 그리고 노먼이 집까지 차로 데려다줄 겁니다."

"하지만 나 혼자서도 괜찮……."

마이크가 한나의 말을 잘랐다.

"그렇지 않아요. 그렇게 피곤한 상태로 운전했다가는 길 위에서 다시 잠들지도 모릅니다. 내가 직접 바래다주고 싶지만, 서류작업 때문에 다시 경찰서로 돌아가 봐야 해서요. 로니와 릭과 함께 회의 일정도 잡아야 하고 말입니다."

마이크의 마법 주문이 한나를 잠에서 퍼뜩 깨어나게 했다.

로니와 릭과 함께 회의를 한다는 것은 곧 무언가 중요한 사실을 알아냈다는 뜻이다. 정보를 알아내기에 지금처럼 좋은 때도 없다.

노먼은 집까지의 여행을 위해 모이쉐를 모래상자가 있는 곳으로 데려갔고, 로스 역시 한나의 코트와 가방 등을 챙기려 자리를 뜨고 없었다. 잠깐의 꿀맛 같은 잠 덕분에 피곤기도 어느 정도 가셨으니 마이크에게 정보를 캐내기에 지금이 딱 좋다.

한나가 물었다.

"인터뷰에서 뭔가 소득이 있었던 건가요?"

"몇 가지요. 우선은 라치몬트 양이 연출에 관심 있어 하더군요."

한나는 하마터면 웃음을 터뜨릴 뻔했다.

"당연히 그렇겠죠. 배우 중에서 연출에 관심 없어 하는 사람이 어디 있겠어요."

"그런데 문제는 이제 딘이 죽었으니 자신이 한 번 기회를 얻었으면 싶어 한다는 거죠. 로스랑 인터뷰하면서 이야기해봤는데, 그녀에게 기회를 줘보고 싶다고 했어요."

"오."

한나는 짧게 대답한 뒤 아무 말도 하지 않았다. 그렇다면 상황이 달라진다. 딘에게 무슨 일이 생긴다면 자신에게 기회가 생긴다는 사실을 린이 알고 있었던 것일까? 이건 정말 중요한 질문이었다.

"다른 건요?"

"그 의상담당 팀장……, 이름이 뭐죠?"

"소피."

"맞습니다. 소피 말이 어젯밤 라치몬트 양이 남편과 방에서 크게 다투는 소리를 들었다고 해요."

"무엇 때문에요?"

"그건 그녀도 몰라요. 그저 지나면서 우연히 큰 고함을 들었는데, 일부러 엿듣지는 않았다고 해요. 자신이 별로 상관할 일이 아닌 것 같아서 가던 길을 그대로 갔다고 하더군요."

과연? 한나는 생각했다.

좀더 자세한 이야기는 내일 소피에게 직접 들어야겠다.

"뭔가 단서가 있을지는 모르겠지만, 어쨌든 정황상 고려해봐야 할 부분인 것 같아요. 그리고 무대세트 팀장도 있습니다."

"그 사람이 왜요?"

한나는 제어드가 딘의 죽음과 도대체 무슨 관련이 있다는 말인가 의아스러웠다.

"첫 장면 촬영 전 그가 책상으로 가까이 다가가는 걸 봤다는 사람이 있었어요."

"그건 그렇게 중요한 단서가 아닐지도 모르잖아요."

그렇게 말하면서도 한나는 머릿속으로 수첩에 그의 이름도 적어놓자고 생각했다.

"책상 위의 소품들을 재나열하러 간 걸지도 모르죠."

"어쩌면, 하지만 일단은 확인해봐야 할 것 같습니다. 지금까지는 그 정도예요. 책상에 접근했던 사람을 정확히 기억하는 사람은 없었어요. 한나가 그래니의 앤티크에서 했던 말이 정말이더군요. 사람들은 배우가 다가가기 전까지는 책상 따위에 관심을 두지 않더군요."

"테이프도 전부 확인했어요? 누군가 책상 서랍에 접근하는 모습이 카메라에 찍혔을 수도 있겠는데."

"무슨 테이프 말입니까?"

한나는 놀란 눈빛으로 마이크를 쳐다보았다.

"아는 줄 알았어요. 딘이 리허설 장면을 모두 촬영한다는 사실 말이에요."

"그런 얘기는 아무도 안 해줬어요!"

"아마 다들 마이크가 알고 있겠거니 했나 봐요. 내가 듣기로는 일반적인 작업 방식이 그렇다고 해요. 리허설은 전부 녹화해 둔대요. 딘이 시범 연기를 해보일 때도 전부요."

"이야기해줘서 고마워요, 한나."

마이크가 수첩을 펼쳐 메모했다.

"카메라팀 팀장과 아침에 이야기를 해봐야겠습니다. 혹시 내가 알아야 할 만한 것들이 또 있나요?"

한나는 고개를 가로저었다.

마이크는 한나가 알려준 정보에 무척 고마워하는 듯했으니 중대한 질문을 던질 안성맞춤의 시점은 바로 지금이다.

"그래니의 앤티크를 수색한 건 어떻게 됐어요? 가짜 총, 찾았어요?"

"아뇨."

"하지만 범인이 그걸 가지고 빠져나갔을 리는 없잖아요. 안에 있던 사람을 전부 수색했으니, 안 그래요?"

"바스콤 시장님까지 했죠. 어찌나 불쾌해하시던지."

"상상이 가네요!"

사람들에게 지시하는 것에만 익숙한 시장이 모두가 보는 앞에서 경찰의 지시에 고분고분 따라야 했으니 그 모습이 어땠을지 한나는 충분히 상상이 되고도 남았다.

"그렇다면……, 아직도 총이 거기 있는데 발견하지 못한 것이거나 사건이 발생하기 전에 이미 범인이 총을 가지고 유유히 사라진 뒤거나 둘 중 하나네요."

"맞습니다. 만약 범인이 일찍 자리를 떴다면 뒷문을 통해 나갔을 거예요. 앞문에는 내가 촬영 차례를 기다리느라 지키고 서 있었거든요."

마이크가 문득 말을 멈추더니 눈이 금세 휘둥그레지고 말았다.

"그러고 보니 내가 그토록 말렸던 수사를 시작한 것 같군요."

"절대 아니에요."

"약속할 수 있습니까?"

"당연하죠. 수사하지 않겠다고 이미 약속했잖아요."

하지만 마이크는 여전히 의심쩍은 눈길로 한나를 쳐다봤고, 한나는 마이크가 정말로 눈치 챈 것이 아닐까 생각했다.

한나는 정말 보이는 그대로의 사실을 이야기했을 뿐이다. 물론 좀 애매모호한 부분이 있을지언정.

마이크가 좀더 집요한 질문을 하려 막 입을 열었을 때 운명은 노먼의 몸을 타고 두 사람 사이를 끼어들었다. 한나의 코트와 가방을 들고서.

노먼이 한나에게 파카 코트와 숄더백을 건네주었다.

"여기 있어요, 한나. 로스는 급하게 호텔로 돌아갔어요. 누군가 급한 일로 호출을 한 모양이에요. 오늘 저녁이나 내일 아침 일찍 연락하겠다고 전해달라던데요."

"알았어요."

로스가 자신에게 직접 와서 전하지 않은 것에 대한 실망을 한쪽 편으로 밀어놓으며 한나가 대답했다.

"갈 준비가 됐으면 모이쉐부터 태울게요."

"준비됐어요."

한나는 자리에서 일어나 마이크의 도움을 받아 코트를 입었다.

잠깐 눈을 붙인 것이 이렇게 개운할 수가 없었다. 이제는 전혀 졸리지 않았다. 하지만 뱃속은 굶주린 거지가 들어앉은 양 마구 요동쳐 한나는 한시라도 빨리 집으로 돌아가 뭔가 요깃거리를 만들어 먹고픈 생각뿐이었다.

25분 후, 한나는 집으로 올라가는 아파트 계단을 밟으며 밤공기를 호흡했다. 한나가 착각하는 것이 아니라면 누군가 저녁식사로 중국음식을 먹고 있는 것이 분명하다.

한나는 뒤따라오는 노먼을 돌아보며 물었다.

"무슨 냄새 안 나요?"

"중국 음식이요. 누군가 산라탕(죽순, 버섯, 해물, 두부 등을 넣고, 전분으로 걸쭉한 농도를 내어 후추와 고추기름으로 매콤한 맛을 내는 중국 수프)이랑 쿵파오 치킨(중국 신천 지방의 전통적인 닭요리)이랑 차우멘, 완두콩 요리, 그리고 특제 간장소스가 빠진 오리 물갈퀴 요리를 먹나 봐요."

그때 노먼의 팔에 안겨 있던 모이쉐가 야옹 소리를 내자 노먼이 큰 소리로 웃음을 터뜨렸다.

"마지막 메뉴에 대해서는 이 녀석이 아주 잘 아는 모양이네요."

"맞아요. 내가 중국 음식을 배달시킬 때마다 모이쉐 몫으로 특제 간장소스를 뺀 오리 물갈퀴 요리를 시켜주거든요. 그걸 얼마나 좋아한다구요."

"나도 들었어요. 그래서 그 메뉴들을 전부 주문하고는 한나 동생들에게 여기 오는 길에 찾아오라고 부탁했어요. 물어보지도 않고 주문했는데, 한나가 좋아할지 모르겠네요."

한나의 뱃속이 큰소리로 꼬르륵거렸다.

"좋아해요? 좋아하다 뿐이겠어요? 방금 내 생명을 살렸어요."

"피곤하면 우린 이만 갈게."

한나의 커다랗고 둥근 커피 테이블 위에 놓인 하얀색 배달상자들을 냉장고에 넣으려고 하나씩 정리하며 미셸이 물었다.

"사실……."

생각을 추스르느라 한나는 잠시 멈칫했다.

"이제 피곤한 건 다 가셨어. 마이크가 로스를 인터뷰하는 20분 동안 잠깐 눈을 붙였더니 훨씬 개운한 거 있지."

안드레아가 말했다.

"잠깐 잠자는 게 그렇게 효과만점일 때가 있다니까. 양육 잡지에서 그런 기사를 읽은 적 있어."

문득 안드레아가 하던 말을 멈추고는 인상을 찌푸렸다.

"트레시한테는 내가 이런 얘길 했다고 하면 안 돼. 밤에 잠을 안 자겠다고 하도 고집을 피우는 통에 사람은 잠을 충분히 자야 한다고 가르치고 있는데 말이야."

맥캔 부인이 가르치고 있다는 말이겠지. 한나는 생각만 할 뿐, 말하진 않았다. 안드레아에게 그런 직선적인 말을 내뱉을 수 없었다.

"물론 이제는 맥캔 부인이 베서니를 돌보고 있으니, 내 손에서는 문제가 떠난 셈이나 마찬가지긴 하지만."

한나의 마음을 읽기라도 한 듯 안드레아가 말했다.

"딸들을 직접 돌보지 않는 난 나쁜 엄마인가?"

"아니!"

"당연히 아니지."

"절대 그렇지 않아요."

세 사람이 동시에 안드레아의 말을 부정하고 나섰다.

안드레아가 집에서 조신하게 가사와 육아만 전담할 타입은 아니라는 사실을 세 사람 모두 잘 알고 있었다. 안드레아는 다른 사람들을 행복하게 만들 때야 스스로 만족을 느끼는, 사회적 교류가 끊임없이 필요한 타입의 사람이었다.

"그래."

안드레아는 다시 미소를 지으며 자그마한 흰색 상자를 열어 포춘 쿠키를 꺼냈다.

"자, 우리의 운이 어떤지 큰소리로 읽어보자구. 미셸, 너부터."

미셸은 포춘 쿠키를 반으로 쪼개어 안에 들어 있던 돌돌 말린 종잇조각을 꺼냈다.

"*달까지 닿을 수 있도록 별을 겨냥해라.*"

"심오한데."

노먼이 자신의 쿠키를 쪼개며 말했다.

"내 것에는, '*남을 도우면 적절한 보상이 돌아오리라.*'라고 쓰여 있어요. 안드레아는 어때요?"

"'진정한 아름다움은 밤과 같다.' 무슨 뜻이지?"

종잇조각을 내려다보며 안드레아는 알쏭달쏭한 표정을 지었다. 하지만 모두들 그저 어깨를 으쓱해 보일 뿐이었고, 안드레아는 살짝 웃음을 터뜨렸다.

"그럴 줄 알았어. 별 뜻 없는 말일 거야. 한나 언니 건 뭐야?"

한나는 자신의 것을 노먼에게 밀어주었다.

"난 포춘 쿠키를 싫어해. 노먼의 아몬드 쿠키랑 바꿀래요."

노먼은 한나에게 아몬드 쿠키를 건네주었다.

"좋아요. 한나가 괜찮다면 딘의 살인사건에 대한 이야기를 좀더 하고 싶어요. 좋은 생각이 몇 가지 떠올랐거든요."

"난 괜찮아요."

한나가 자신의 숄더백에서 수첩을 꺼내어 테이블 위로 안드레아에게 밀어주었다.

"언니, 정말 피곤하지 않겠어?"

미셸이 염려스러운 얼굴로 물었다.

"정말 괜찮아. 어차피 이 와중에 더 잠을 잘 수 있을 것 같지도 않아."

네 사람은 자리를 주방으로 옮겼다.

모이쉐는 쓰레기통에 남은 오리 물갈퀴를 앞발로 툭툭 건드려 쓰레기통 뒤로 떨어뜨리려 애썼다. 녀석은 실패할 때마다 큰소리로 야옹거렸지만 절대 포기하지 않았다.

"마이크에게서 뭘 알아냈어요?"

포춘 쿠키를 한 입 베어 문 노먼이 물었다.

"로스 말이 우리가 작업실에 있는 동안 둘이 뭔가 얘기하는 것 같다고 하던데요."

"린이 연출을 해보고 싶어 했는데, 이제 딘이 죽었으니 로스가 그녀에게 기회를 주기로 했대요. 그게 린의 또다른 살해 동기야, 안드레아."

"좋아."

안드레아가 용의자 명단을 적은 수첩의 페이지를 펼쳐 린의 이름 옆에 두 번째 동기를 적어 넣었다.

"다른 건요?"

"딘이 모든 리허설을 녹화해놓는다는 것을 마이크는 모르고 있었대요. 그래서 아침에 테이프들을 전부 살펴보라고 일러줬어요."

미셸은 핸드폰을 꺼내 번호를 눌렀다.

"그렇다면 클라크에게 미리 알려야겠는데. 테이프 관리는 클라크 담당이거든. 그 테이프들이 그렇게 중요한 거면 당장에라도 호텔로 달려가서 직접 살펴볼 수도 있어."

그러자 한나가 고개를 끄덕였다.

"좋은 생각이야. 그리고 엄마에게도 전화해서 네가 어디에 있는지 알려 드려. 호텔에 늦게까지 있으면 엄마가 걱정하실 거야."

"아니, 그렇지 않을걸. 엄마가 내 마음껏 다녀도 좋다고 하셨지롱."

안드레아와 한나는 서로 시선을 주고받았다.

"그건 우리가 사랑해 마지않는 평소 엄마 같지 않은 소리인데."

"그렇지? 게다가 나랑 같이 저녁을 먹고 싶지만, 이번 주는 매일 밤 저녁식사 후에 따로 계획이 있어서 안 될 것 같다고까지 하셨다니까."

한나는 얼굴을 찌푸렸다.

"도대체 무슨 계획이지? 이번 주에는 영화 촬영 때문에 클럽 모임도 전부 취소되었을 텐데."

한나는 노먼을 돌아보았다.

"혹시 두 어머니가 함께 밤에 어디론가 가시던가요?"

"아뇨, 한나랑 로스와 함께 저녁식사를 했던 날을 제외하고는 계속 집에서 TV만 보셨어요."

"그럼 도대체 엄마 혼자 뭘 하고 다니시는 거야?"

안드레아가 걱정스러운 얼굴로 물었다.

"설마 또다른 남자가 생긴 건 아니겠지?"

"가능한 얘기일지도 몰라."

한나가 대답했다.

"하지만 윈슬롭 일을 겪고 나서도? 그러니까……, 엄마한테 좀더 시간이 필요하지 않을까?"

"무슨 시간? 어차피 나이만 더 들 뿐인걸."

안드레아의 입이 떡 벌어졌지만, 미셸과 노먼은 웃기 시작했다. 전염성이 강한 두 사람의 웃음은 안드레아를 끌어들이더니 마침내 한나까지 합세하게 되었다.

"마이크에게 또 뭘 알아냈는지 알고 싶지 않아?"

웃음이 잦아들자 한나가 물었다.

테이블 주변으로 둘러앉은 사람들이 고개를 끄덕이자 한나가 마침내 입을 열었다.

"마이크 말이 경관들이 그래니의 앤티크에 있던 사람들을 전부 수색해봤는데, 원래 가짜 총을 찾지 못했대. 가게 구석구석까지 모두 살펴봤는데도 전혀 보이지 않더래."

안드레아가 외쳤다.

"하지만 그럴 리 없잖아! 총에 발이 달려서 제 스스로 사라졌을 리도 없고."

"당연히 그렇지. 그래서 내일 다시 수색해볼 거라고 했어. 하지만 총을 바꿔치기 한 사람이 사건이 발생하기 전에 이미 그래니의 앤티크를 빠져나왔을지도 몰라."

노먼이 말했다.

"위니 헨더슨."

"네?"

"촬영이 시작되고 나서 그녀의 차가 메인가를 달려 내려가는 것을 봤어요. 딸이 등장하는 장면인데, 촬영이 채 끝나기도 전에 돌아가는 것이 이상하다고 생각했죠."

"좋아."

안드레아가 수첩에 받아 적었다.

"또 다른 건?"

"우리가 오늘 오후에 모였을 때 미처 의논하지 못했던 의문점이 하나 있어."

한나는 쿠키를 한 입 베어 물었다. 역시 시중에서 파는 쿠키 따위보다는 그녀가 직접 구운 것이 몇 배는 더 맛있다.

"무슨 의문점이요?"

노먼이 물었다.

"범인이 정말로 딘을 노렸느냐는 점이죠. 원래 목표는 버크였을 수도 있어요."

"정말 기발해, 언니!"

미셸이 감동하여 외쳤다.

"정말이야. 그런 생각은 아무도 하지 못했을 거야. 이렇게 되면 경찰 수사보다 몇 광년은 앞서 나가겠는 걸."

"아니, 그렇지 않아. 내가 마이크에게 그 얘길 해줬거든."

세 사람이 믿을 수 없다는 표정으로 한나를 쳐다보는 동안 잠시 침묵이 흘렀다.

한나는 불편한 마음으로 변명하기 시작했다.

"물론 아무 이야기도 해주지 말았어야 했는지도 모르겠지만, 어쨌든 마이크는 공식적인 수사관이잖아. 그때 내가 경황이 없었기도 했고. 살인사건이 일어난 직후여서……."

노먼이 한나를 달랬다.

"괜찮아요. 수사가 무슨 경연대회는 아니잖아요."

안드레아가 거들었다.

"사실이야. 대부분은 경연대회 같은 느낌이 들긴 하지만."

안드레아가 미셸을 돌아보았다.

"넌 그런 느낌 안 들어?"

미셸이 동의했다.

"나도 들어. 하지만 우리 모두 마음으로는 딘을 죽인 범인이 잡히는 것이 중요할 뿐 누가 잡는지는 중요하지 않다는 사실을 알잖아."

노먼이 손을 뻗어 한나의 손을 꼭 잡아 쥐었다.

"미셸의 말이 맞아요. 그리고 우리에게는 한나의 운이 있으니까요."

"내 운이요?"

"한나의 포춘 쿠키에서 '*큰 입을 가진 빨강머리가 제복을 입은 덩치 큰 남자보다는 수사 면에서 더 실력이 낫다.*'라고 쓰인 종잇조각이 나왔거든요."

"내가 노먼 대신 갔어야 하는 건데 그랬나 봐. 미셸을 호텔까지 바래다준 김에 테이프까지 같이 보고 오는 건데."

한나가 말했다.

"지루할 것 같다더니."

"생각이 바뀌었어. 그다지 나쁠 것 같지 않고, 무엇보다 그건 안전하잖아."

헨더슨 농장으로 향하는 자갈길 한쪽 편에 차를 세우는 안드레아를 향해 한나는 아무 말도 하지 않았다. 안드레아의 말이 맞았다.

두 자매가 앞으로 하려는 일은 안전과는 거리가 멀었다.

위니는 권총을 한 자루 갖고 있었는데, 총을 다루는 것을 전혀 겁내지 않았으며, 더군다나 침입자에게 절대 친절하지 않았다.

"우리가 왜 이래야 한다고 했지?"

안드레아가 자신의 볼보에서 내린 뒤 주머니에 차 열쇠를 집어넣으며 물었다. 한나의 쿠키 트럭은 너무 눈에 잘 띈다고 판단해 안드레아의 볼보를 몰고 온 참이었다.

"그래니의 앤티크에서 사건이 발생하기 몇 분 전에 위니가 차를 타고 메인가를 빠져나가는 걸 노먼이 봤다잖아. 나도 칵테일파티 세트장에서 앨리스가 왈츠를 추고 다니는 걸 지켜보는 위니를 봤고."

"그러니까 그녀가 촬영장에 있었는데, 바로 떠났다는 얘기지, 딘이 죽기……."

안드레아의 음성이 파르르 떨리더니 이내 몸을 떨었다.

"맞았어."

"일찍 촬영장을 빠져나갔기 때문에 수색을 피할 수 있었던 것이고, 그건 즉, 그녀가 총을 바꿔치기 한 다음 가짜 총을 갖고 사라졌을 수도 있단 말이지. 그렇게 되면 아무도 모를 테니까."

"그렇지."

농장까지 향하는 좁은 길을 터덕터덕 걸으며 안드레아가 한숨을 푹 내쉬었다. 저 멀리로 농장의 임야를 비추는 할로겐 불빛에 반사되어 하얗게 빛나는 석고로 지어진 농가가 보였다.

안드레아가 신고 있는 스니커즈를 내려다보며 투덜거렸다.

"부츠를 신는 건데 그랬어. 바닥이 아직 얼어 있어서 발바닥이 너무 차가워."

"헛간은 따뜻할 거야."

"맞아. 헛간에 난방이 된다는 사실을 잊고 있었네."

한나는 애써 안드레아의 잘못된 말을 지적하려 들지 않았다. 어떻게 보면 안드레아의 말이 맞기도 했다. 헛간은 자동난방이 된다. 닫힌 공간에 소 떼들이 무리지어 있으니 자동으로 열이 발생하는 것이다. 그러한 자연 시스템은 겨울을 넘어 여름까지 지속한다.

"정말 이렇게 하는 것이 잘하는 일일까?"

꽁꽁 언 길을 걸으며 안드레아가 물었다.

"잘하는 일이 아닐지도 모르겠지만, 어차피 누군가는 해야만 해."

한나는 다시 농가를 바라보았다.

"집안에 불빛이 전혀 안 보이는데, 그렇지?"

"없어. 완전 어두워. 위니는 이미 잠자리에 들었나 봐. 언젠가 나한테 매일 새벽 5시에 일어난다고 얘기한 적이 있어. 그렇게 일찍 일어나다니, 상상이 돼?"

"되고말고."

"오, 당연히 그렇겠지. 언니도 철저한 아침형 인간이라는 사실을 잊고 있었네."

한나는 아무 대꾸도 하지 않았다.

지금은 기상 시간에 대해 이러쿵저러쿵 잡담을 늘어놓을 때가 아니었다. 농가에 더 가까워지니 위니의 세단과 소형 오픈 트럭이 진입로에 주차된 것이 눈에 띄었다. 농가는 완벽하게 고요했고, 움직이는 것이라고는 달을 훑고 지나가는 구름의 그림자뿐이었다.

"우리가 알아낸 사실을 마이크에게 얘기해서 그가 직접 총을 찾아보게 하는 것이 낫지 않을까?"

안드레아가 제안했다. 물론 이번이 처음은 아니었다.

"이미 얘기했잖아. 아무리 마이크라도 수색영장이 나오지 않으면 마음껏 수색할 수 없어. 그러니 우리가 이렇게라도 하지 않으면 아무도 하지 못할 거란 말이야."

한나는 창백하고 푸른 달빛 아래 드러난 안드레아의 표정을 읽을 수 있었다. 안드레아는 정말로 그만두고 싶은 마음이 간절한 모양이었다.

한나가 엄하게 말했다.

"여기서 그만두고 돌아갈 생각은 꿈에도 하지 마. 위니가 귀중품들을 헛간에 숨긴다는 걸 알려준 사람은 너였잖아."

"그랬지, 하지만 당장 여기로 오게 될 줄은 몰랐지! 만약 앨리스가 꾸며낸 얘기면 어쩌지? 원래 십대 애들은 장난처럼 거짓말을 꾸며대기 좋아하잖아."

안드레아는 어떻게 해서든 이 상황을 모면하려는 듯했지만, 여기까지 와서 포기할 수는 없었다. 앨리스 헨더슨과 함께 학교를 다닌 안드레아는 어느 날 위니의 막내딸인 앨리스가 '보여주고 이야기하기' 시간에 무엇을 가져왔는지 이야기해줬다고 했다. 앨리스의 이야기가 사실일 거라고 한나는 확신했다. 정말 그건 위니다운 얘기였기 때문이다.

"하지만 위니가 우수품질 소 경연대회에서 타온 황금메달을 앨리스가 너한테 직접 보여줬다고 했잖아?"

"그래, 하지만 그걸 헛간에 숨겨놓았다는 이야기는 사실이 아닐지도 몰라. 거짓말로 꾸며댄 것일지도 모른다구."

"무엇 때문에 그런 거짓말을 해?"

"그거야 나도 모르지. 메달을 넣은 비닐백에서 어딘가 모르게……, 그, 왜……, 헛간 같은 냄새가 났거든."

"위니가 아직도 헛간을 안전금고로 사용하고 있기를 바라자. 가짜 총도 거기에 숨겨 놓고 아직 치우지 않았을지도 몰라. 가능성이 희박할지는 몰라도 일단 시도는 해봐야지."

"난 빠졌으면 좋았을걸."

안드레아가 중얼거리고는 헛간 앞에 다다르자 크게 숨을 내쉬었다.

"안에 어떻게 들어간다고 했지?"

한나는 오늘 저녁에 들어서면 벌써 세 번째인 설명을 시작했다.

"너 하나만 겨우 들어갈 수 있을 정도의 틈이 생기도록 내가 문을 옆으로 밀게. 만약 활짝 열어버리면 마찰음 때문에 들킬 수가 있거든. 대부분 농가에서는 문에 일부러 기름칠을 하지 않아. 그게 도둑 방지 경보음이나 마찬가지니까."

"똑똑하네."

안드레아가 말했다.

"그리고 경보 회사에 등록하는 것보다 더 저렴하지. 네가 안으로 들어가면 난 큰 문을 닫고, 네가 손전등으로 작은 문을 찾아 열어주는 거야."

"알았어. 그런데 한 가지 문제가 있어."

"무슨?"

"내가 안으로 들어가면 소들이 날 볼 거 아냐."

"모르지. 그건 왜?"

"소들이 '저 멀리 구유에서'(크리스마스 캐럴, 가사 중 소들이 깨어 울었다는 구절이 나온다)처럼 굴면 어떡해."

"뭐?"

"왜, 있잖아……. 소들이 음매 하고 울어대는 거 말이야."

안드레아의 이야기를 들은 한나는 재빨리 머리를 굴렸.

만약 소들이 잠에서 깰 거라는 사실을 알게 되면 안드레아는 절대 헛간 안으로 들어가려 하지 않을 것이다.

"그건 걱정하지 않아도 돼. 소들은 아주 깊이 잠들어 있을 테니까. 걔들도 일찍 일어나잖아."

"그래, 언니 말이 맞아. 닭들이 울 때 소들도 일어나는 광고를 본 적이 있어."

안드레아는 깊게 심호흡을 했다.

"좋아, 언니. 나 이제 준비됐어."

"문가 도랑에 걸려 넘어지지 않도록 조심해. 헛간 청소할 때 흘려보낼 수 있도록 파놓은 거니까."

"흘려보낸다구?"

"아무것도 아니야. 어쨌든 그냥 조심해야 해. 네가 안에 들어가는 대로 난 작은 문 앞에 가서 서 있을게."

한나는 젖 먹던 힘을 다해 육중한 문을 밀어 안드레아가 안으로 들어갈 수 있도록 했다. 무사히 도랑을 넘어선 안드레아가 손전등을 켜자 한나는 문을 닫고 헛간 옆을 돌아 작은 문으로 향했다.

 거기서 한나는 기다리고, 기다리고, 또 기다렸다. 다시 큰 문쪽으로 가 안을 들여다보려는 찰나에 안드레아가 작은 문의 걸쇠를 여는 소리가 들리더니 이내 문이 열렸다.

 "무슨 일이 있었던 거야?"

 달빛에 비친 안드레아를 쳐다보며 한나가 얼굴을 찌푸렸다.

 안드레아의 머리에는 지푸라기가 묻어 있었는데 바지와 재킷은 그 정도가 더 심했다.

 "소 한 마리가 깨서는 날보고 자꾸 울잖아. 너무 무서워서 넘어졌어. 나, 보기에, 그렇게……, 흉하지 않지?"

 한나는 들고 있던 손전등을 켜 안드레아를 비춰보았다.

 흉하다는 말은 적절하지 않았다. 안드레아의 바지 뒤에 뭔가가 묻어 있었지만, 한나는 애써 그것이 무엇인지 살펴보고 싶지 않았다. 안드레아의 머리에도 묻어 있기는 마찬가지였다.

 "언니?"

 불편한 기색으로 안드레아가 한나를 불렀다.

 "보기 흉한 거 아니지?"

 "그래, 괜찮아."

 거짓말을 둘러대며 한나는 입으로 숨을 쉬었다. 안드레아가 어디 위로 넘어졌는지는 몰라도 고약한 냄새를 풍기는 무엇임에 틀림이 없다.

 "소 우리 안을 뒤져본 다음 얼른 여기서 나가자. 너도 얼른 씻어야 할 것 같고."

 "소 우리? 위니가 물건을 숨긴 곳이 소 우리 안일 거라고 생각하는 거야?"

"네가 해준 이야기에서 힌트를 얻었어. 앨리스가 반 아이들한테 울타리를 넘어야 했다고 말했다면서? 거의 모든 농가에서 소들이 빠져나가지 못하도록 헛간 안에 울타리를 쳐둔다구."

"농장에 대해서 어떻게 그렇게 잘 알고 있는 거야?"

"할아버지, 할머니 농장에서 보낸 시간만 해도 얼마인데. 할아버지랑 같이 헛간에 가서 소의 여물 주는 일, 정말 재미있었어."

"난 기억이 안 나는데."

"당연히 그럴 수밖에. 그때 넌 아직 아기여서 할머니랑 같이 집 안에 있었으니까."

한나가 헛간 안으로 들어선 뒤 문을 닫았다.

"중앙통로로 가자, 안드레아. 그래야 오물더미를 피할 수 있어."

"아니……, 아무것도 아니야."

안드레아는 좀더 나은 화젯거리로 관심을 돌리려는 듯했다.

"저쪽 끝편에 울타리가 두 개 쳐 있는 걸 봤어. 하나는 비어 있었는데, 하나에는 소가 있었어."

"아마 황소일 거야."

울타리에 가까워져 오자 한나가 말했다.

"아니, 그건 또 어떻게……, 아냐."

안드레아는 다시 입을 꾹 다물었다.

"내가 빈 우리를 살펴볼게, 언니는 다른 우리를 살펴봐."

한나는 미소를 지었다. 역시 예상했던 대로다.

"너부터 살펴봐. 그쪽에서 뭔가 발견되면 황소 우리 안은 살펴볼 필요 없잖아. 난 여기서 기다리고 있을게."

헛간의 중앙통로를 지나며 안드레아는 손전등으로 소 무리 위를 비춰보았다.

"우리 위에 간판 같은 것이 달렸어."

안드레아가 말했다.

"저기 봐, 언니. 여기 얼룩 젖소는 이름이 데이지래. 이 누런 소는 버터컵이고, 여기는 페튜니아, 그리고……, 젠장!"

"소 이름이 젠장이야?"

"아니, 이름을 읽으면서 가다가 내가 어디를 걷고 있는지 깜빡했지 뭐야. 하마터면 엉망이 될 뻔했잖아."

안 그래도 더 이상 엉망일 수 없는 안드레아의 상태를 한나는 굳이 알려주지 않았다. 그저 한 번 씩 웃고는 안드레아를 따라 헛간 뒤쪽으로 걸을 뿐이었다. 빈 우리 안을 살펴보는 일은 그리 오래 걸리지 않았다. 안드레아는 나무상자의 뚜껑을 들어 안을 모조리 살펴보고는 서둘러 한나에게로 돌아왔다.

"아무것도 없어. 이제 언니 차례야."

한나가 바로잡아 주었다.

"우리 차례지. 내가 들어가긴 하겠지만, 살펴보는 동안 네가 황소의 관심을 끌어줘야 해."

"어떻게?"

"이야기를 하던지, 머리를 쓰다듬어 주든지, 쿠키를 주든지, 어떻게든. 내가 안으로 들어가서 상자를 뒤져보는 동안 주의를 딴 데로 돌리기만 하면 돼."

"나, 쿠키 없는데."

"아니, 있어."

한나는 주머니에서 구운 지 하루가 지난 쿠키 꾸러미를 꺼냈다. 아파트에서 나오기 전에 쿠키 트럭에서 손전등과 함께 꺼내온 것이었다.

"무슨 쿠키야?"

"이것저것 섞였어. 리사가 진열장에 남은 쿠키를 모두 모았거든. 황소가 좋아하는 걸 찾을 때까지 계속 먹여 봐. 그런 다음에는 아주 천천히 먹여야 해. 그래야 내가 들어가서 상자들을 살펴본 다음에 다시 나올 때까지 충분한 시간을 벌 수 있으니까."

"좋아, 할 수 있을 것 같아, 아마도."

안드레아는 울타리 앞으로 다가갔지만, 이내 걸음을 멈추고 한나를 돌아보았다.

"이 녀석 이름을 모르면 말을 걸 수가 없잖아. 여기에는 간판이 안 달렸어."

한나는 재빨리 생각했다.

"래리라고 부르면 돼."

"얘 이름이 래리야?"

"그렇고말고."

한나는 제발 자신의 거짓말이 들통나지 않기를 간절히 바랐다.

"위니가 알려준 거야?"

"응."

한나는 오른쪽 손가락을 십자 모양으로 꼬았다.

"그걸 기억하고 있었어?"

"물론."

한나는 마침내 손가락을 풀고 안드레아를 울타리 쪽으로 재촉했다.

"서둘러, 안드레아. 여기서 밤을 꼴딱 샐 순 없잖아."

안드레아가 베서니에게 말할 때와 똑같은 톤의 목소리로 말을 걸기 시작했다.

"안녕, 래리. 배고프지 않니? 내가 널 위해 뭘 갖고 왔는지 볼래! 설탕 쿠키야. 색색의 설탕이 뿌려져 있는데, 먹어보면 아주 맛있을걸."

한나는 또다른 방책을 생각해보기 시작했다.

안드레아는 도통 자신감이 없는 목소리였고, 사실 한나도 그러했다.

위니의 황소에 대해 아는 것이 전혀 없는 한나였다. 어떤 황소들은 얌전하고, 온순하지만, 어떤 황소들은 아주 사납고 거칠지 않은가.

울타리 안에 들어서기 전에는 녀석이 어떤 타입의 녀석인지 전혀 알 길이 없으니 말이다. 그리고 어떤 타입의 녀석인지 마침내 알았을 때는 이미 때는 늦은 것이다.

"설탕 쿠키 싫어, 래리? 알았어, 사실 나도 이건 별로야. 그럼 초콜릿 칩 크런치 쿠키를 먹어볼까? 안에 콘플레이크도 들었는데, 너도 아침으로 콘플레이크 먹는 거 좋아하지? 아, 위니가 아침으로 콘플레이크를 안 준다고? 그럼 오트밀은 어때? 여기 어딘가 오트밀 건포도 크리스피도 있었는데."

한나는 울타리 문을 살펴보았다.

다행히 잠겨 있지 않으니 마음만 먹으면 안으로 들어설 수 있다.

한나는 자신의 행동에 뒤따를 최악의 상황을 생각하지 않으려 애를 썼지만, 자꾸만 마음은 극단의 시나리오를 향해 달음질치고 있었다.

황소가 한나를 공격해 울타리로 몰아가서는 뿔로 받을지도 모른다. 그것이 첫 번째 시나리오였다. 두 번째 시나리오는 한나 대신 안드레아를 공격하는 것이었다. 하지만 그런 상황이라 해도 한나 역시 위험하긴 마찬가지였다. 플로리다에서 돌아온 빌이 한나를 고이 살려두지 않을 테니 말이다.

세 번째 시나리오는 앞의 것들에 비해 긴박감은 덜하지만, 역시나 무서운 것이다. 황소가 크게 울부짖는 소리에 잠에서 깬 위니가 권총을 들고 나와 한나와 안드레아를 쏘는 시나리오였던 것이다.

네 번째 시나리오도 있었는데, 개중 제일 마음에 들었다. 황소가 한나의 쿠키를 너무나 좋아한 나머지 쿠키단지의 마스코트가 되어 모이쉐와 나란히 창가 테이블에 앉아 쿠키 냄새를 맡는 것이다. 디즈니랜드의 캐릭터 퍼디난드가 꽃향기를 맡는 것처럼 말이다.

"언니!"

안드레아의 소리에 한나는 우스꽝스럽고 유치한 시나리오에서 퍼뜩 깨어났다.

"뭘 꾸물거리는 거야? 래리가 다행히 피넛버터 멜츠를 좋아하는데, 이제 겨우 두 개밖에 안 남았단 말이야!"

"알았어."

한나는 울타리 문을 열고, 안으로 들어가 곧장 벽에 붙은 상자로 향했다. 그러고는 상자 뚜껑을 열었다.

"제발 잭팟이 터지길."

한나는 숨을 가다듬으며 안에서 비닐백을 꺼냈다.

하지만 안에 든 것은 총이라고 하기엔 너무나 밝은 색이었다. 가짜 총이라고 해도 말이다. 결국 막다른 길에 다다르고 말았다.

아무것도 건진 것 없이 위험을 감수한 격이 되고 만 것이다!

"서둘러, 언니. 이제 마지막 쿠키야. 래리가 다른 쿠키는 거들떠도 안 본다구."

"알았어. 이제 거의 끝나 가."

한나는 무사히 울타리를 빠져나온 뒤 문이 잘 잠겼는지 확인했다.

그녀가 안드레아에게 막 슬픈 소식을 전하려는 찰나에 헛간의 불이 반짝 켜지고 말았다.

"꼼짝 마, 요놈의 여우들! 이번엔 아주 끝장을 내줄 테다!"

한나가 문쪽을 쳐다보니 위니가 권총을 든 채 이쪽을 향해 오고 있었다. 한나가 막 안드레아를 향해 같이 두 손을 들고 나가자며 손짓을 보내려는 찰나 위니가 안경을 쓰고 있지 않다는 사실을 알게 되었다.

"엎드려."

안드레아를 짚더미 위로 몸을 숙이게 하며 한나가 속삭였다.

"날 따라와. 벽에 바짝 붙은 채로 기어서 빠져나가는 거야."

"하지만……, 위니가 우리를 보지 않았을까?"

"안경 없이는 아무것도 못 보는데, 지금 안경을 쓰지 않았어. 그냥 날 따라와. 유쾌한 일은 아니겠지만, 해낼 수 있을 거야."

이처럼 진실한 말이 또 있을까.

두 사람은 바깥까지 이어져 있는 먹이통 밑을 열심히 기기 시작했다. 온통 끈적끈적한 진흙과 먼지로 뒤덮인 한나와 안드레아의 행색은 꼭 생물학자가 좋아할 만했다.

작은 문이 열린 것을 본 한나가 고개를 들어 위니가 어쩌고 있는지 살폈다.

"뛰어!"

한나가 속삭이고서 안드레아의 팔을 잡고 문밖으로 뛰쳐나왔.

마침내 볼보에 도달했을 때 두 사람은 숨이 턱까지 차올랐다.

안드레아가 자동 열쇠로 차 문을 열고 막 운전석에 올라타려는 순간 자신의 모습을 알아채고 말았다.

"윽!"

"여기도야."

안드레아만큼 엉망이 된 자신의 모습을 내려다보며 한나가 말했다.

"혹시 트렁크에 담요 없어?"

"당연히 있지! 마침 보온 담요가 두 개 있어. 내 미네소타 겨울용 운전자 필수품 세트 중 하나야. 빌이 6월 전까지는 절대 트렁크에서 빼내지 못하게 한다니까."

"똑똑한 제부."

5월에 눈폭풍이 밀어닥쳤던 일을 회상하며 한나가 중얼거렸다.

"하나씩 갖고 담요 위에 올라타면 되겠어. 그래야 차 안이 더러워지지 않지."

"그런데 몸에 묻은 이게 다 뭐지?"

안드레아가 트렁크를 열고 담요를 꺼내며 물었다.

"오물이야. 곧장 우리 집으로 가서 샤워부터 하자."

"샤워도 좋지만, 난 갈아입을 옷이 없는데."

"미셸이 저번에 와서는 청바지랑 스웨터 셔츠를 두고 갔으니까 그걸 입어."

"그렇지만……, 난 그냥 집으로 가는 게 좋겠어."

"그럼 오물이 다 말라붙어버릴 텐데? 바보같이 굴지 마, 안드레아. 소똥은 석고 같은 거라서 한 번 굳어버리면 좀처럼 떼기 어려워."

"소똥?"

안드레아가 충격에 어린 표정으로 한나를 쳐다보았다.

"그러니까 오물이 소똥이랑 같은 거야?"

"아주 흡사하지. 적어도 우리 경우에는."

"이런, 왜 처음부터 말하지 않았어! 꽉 잡아. 언니네 집까지 10분 만에 날아갈 테니!"

"마치 전쟁이라도 치르고 온 듯하네요."
다음날 아침 쿠키단지 작업실로 들어선 한나를 본 리사가 말했다.
"거의 그런 셈이야."
한나는 싱크대로 가 손을 씻었다.
"모이쉐는요?"
"집에서 자고 있어. 오늘은 촬영이 없거든."
"사람들 관심 받는 게 좋아서 오고 싶어 할 줄 알았는데."
비누를 집으며 한나가 대답했다.
"아마 아닐걸. 내가 오늘은 같이 나올 필요 없다고 했더니 내 손을 핥고는 이내 담요 밑으로 들어가 침대 발치 부근에 숨어버렸어."
"휴가가 필요했나 보네요. 휴가 얘기가 나와서 말인데요, 한나도 하루쯤 쉬는 게 좋지 않겠어요? 어젯밤에 수사 때문에 늦게까지 있었을 거 아니에요."
한나가 비누 거품을 내며 고개를 가로저었다.
"수사 안 해."
"안 해요?"
"절대. 수사는 수사관만 해야지. 난 그저 작은 마을의 참견쟁이일 뿐인걸."

그러자 리사가 웃음을 터뜨렸다.

"아직도 단어의 의미를 가지고 마이크와 다투는 거예요?"

"아니."

한나가 손을 헹구며 잠시 생각에 잠기더니 이내 고개를 끄덕였다.

"맞아."

"내가 정리를 한 번 해볼게요. 한나는 마이크에게 수사하지 않겠다고 약속했지만, 수사를 하지 않겠다고만 했지 참견하고 다니지는 않겠다고 약속하지 않은 거죠?"

"비슷해."

상황을 제대로 짚어낸 것을 기뻐하며 리사가 외쳤다.

"역시 한나에요! 그럼 어젯밤에는 어딜 참견하고 다니셨어요?"

한나는 손을 닦고서 작업대로 향했다.

리사는 보글스를 반죽하고 있었는데, 다음에 만들 메뉴로 시나몬 그리스피의 레시피가 레시피 걸이에 걸려 있었다.

"안드레아랑 같이 B와 E를 좀 했지."

"몰래 들어가서Breaking 살펴보는 일Entering이요?"

한나가 고개를 끄덕이자 리사가 깜짝 놀라 물었다.

"어디를요?"

"위니 헨더슨의 헛간."

한나는 냉장실에서 버터와 계란을 꺼내 작업대 위에 올려놓고는 저장고에서 마른 재료들을 꺼내 나열해놓았다. 반죽할 준비가 끝났을 때 한나는 리사가 여전히 자신을 쳐다보고 있다는 사실을 깨달았다.

"왜?"

"어째서요?"

리사가 역으로 물었다.

"뭐가 어째서란 말이야?"

"왜 안드레아랑 같이 위니 헨더슨의 헛간에 몰래 들어갔었냐구요."

"위니가 촬영장을 일찍 빠져나가는 바람에 몸수색에서 빠졌거든. 그녀라면 총기류에 낯설지 않은데다가 전 남편을 포함한 남편들이 총기를 수집하는 것이 취미였으니 가짜 총과 아주 흡사하게 생긴 리볼버를 갖고 있었는지도 몰라. 위니는 평소에 스케이팅 장면을 촬영할 수 있도록 공원 사용 허가증에 서명해 달라고 요청한 딘을 몹시 못마땅해했거든. 딘은 거절을 고분고분 받아들일 만한 사람이 아니니까."

"그럼 그게 살해 동기란 말이에요?"

"좋은 동기지. 자살 장면에서 정말 사고가 발생하면 영화 촬영이 중단될지도 모른다고 생각했을 거야. 그럼 로스와 그의 일행들은 서둘러 마을을 떠나겠지."

"일리가 있네요."

리사가 반죽용 철제 그릇을 꺼내 걸이에 걸고 레시피를 집었다.

"오늘 정오에 오면 몇 가지 의심되는 걸 직접 물어봐도 되겠어요."

"위니가 오늘 여기에 온다고 했어?"

"오늘 아침에 전화해서 그러던 걸요. 어제 오지 못한 것을 사과하고 싶으시다면서. 급하게 수의사를 만나야 할 일이 생겼대요."

한나는 잠시 생각에 잠겼다.

위니는 소는 물론 말과 개 몇 마리, 고양이 몇 마리, 그리고 닭들도 키우고 있었다. 그렇게 많은 가축을 돌보고 있으니, 녀석 중 누군가가 급하게 치료를 받아야 할 일이 발생한 것이 사실일지도 모르겠다. 이유는 그럴듯했지만, 그렇다고 해서 그게 꼭 진실일 필요는 없었다.

"무슨 일이?"

"키우는 황소가 장염에 걸려서 신경이 조금 날카로워졌나 봐요. 평소에는 아주 온순한 녀석인데 어제는 안 그랬다던데요. 수의사가 항생제 주사를 맞히는 데 이웃에 사는 장정 넷이랑 고용한 일꾼 한 명의 도움까지 받아야 했대요."

발밑으로 쿵 떨어진 한나의 심장이 서서히 다시 상승하기 시작했다. 장염 때문에 포악해진 황소 우리에 내가 제 발로 들어갔단 말인가?

한나야말로 위니의 외침대로 황소 뿔에 받혀 끝장이 날 뻔했다. 게다가 안드레아는 장염에 걸린 황소에게 수제 쿠키를 먹였단 말인가. 결과가 어땠을지는 오직 하늘만이 알 것이다.

"좋은 소식은 이제 그 황소가 괜찮아졌대요. 위니 말이 오늘 아침에 헛간에 가보니 다시 양처럼 온순해졌더라는데요. 수의사가 놓아준 주사가 효과가 있었나 봐요."

주사 때문이 아닐 걸. 안드레아가 먹인 다섯 개의 피넛버터 멜츠 때문이라구.

작업대 앞에 앉은 위니는 한나가 따라준 커피잔을 받아들었다.

"마시면 좀 정신이 들겠어. 어젯밤에 계속 무슨 소리가 들려서 잠을 설쳤거든."

"정말요?"

위니 앞에 냅킨에 담은 미니 체리 치즈케이크를 놓아주며 순진한 표정으로 한나가 되물었다.

"그래. 분명히 누군가 들어왔었던 것 같은데, 직접 내려가 보니 아무도 없었어. 물론 안경을 안 쓰고 가는 바람에 아무것도 보이지 않은 거겠지만."

"안경은 어쩌셨는데요?"

"침대에서 펄쩍 뛰어내리다가 바닥에 떨어뜨렸는데, 아침이 돼도 통

찾을 수가 없네."

위니가 커피를 한 모금 들이켰다.

"어제 여기 못 와서 미안해, 급한 일이 있었거든. 리사가 래리 얘기 해줬나?"

"래리요?"

"우리 황소. 손자 녀석들이 지어준 이름이지."

한나는 웃음이 터져 나오려는 것을 간신히 참았다.

황소의 이름이 정말로 래리였던 것이다. 한나의 말은 거짓이 아니었다! 이건 우연일 리가 없었다. 위니가 무심코 이야기해준 것을 한나가 저도 모르게 기억하고 있었던 모양이었다.

"네, 리사가 얘기해줬어요. 이제 래리가 괜찮아졌다니 다행이에요."

"그나저나 이제 나한테 공원 사용 허가증 얘길 꺼내진 않겠지?"

"왜요?"

"생각해봐, 아가씨! 거물급 감독이 죽었는데, 이제 다들 짐 싸들고 돌아가지 않겠어?"

한나의 대답이 위니를 자극한 모양이었다. 위니는 머리를 꼿꼿이 세우고는 알 수 없다는 표정으로 한나를 쳐다보고 있었다.

"안 그래?"

"그건 아닐 거예요. 적어도 제가 어젯밤에 들은 바로는 그랬어요. 중요한 장면은 대부분 촬영이 끝났고, 남은 건 네 장면뿐이거든요. 이제는 린 라치몬트가 메가폰을 잡을 거래요."

"그럼 아직도 공원 허가증이 필요하단 말이야?"

"그렇죠. 위니가 사인을 해주시면 좋겠어요."

그러자 위니는 푹 한숨을 내쉬었다.

"내 동생이 세운 초대 시장의 동상만 건드리지 않으면 얼마든지 사용해도 좋다고 했어. 그런데 그 오만방자한 감독이 기필코 그걸 치워야 한다는 거야. 그러지 않으면 장면이 제대로 안 산다나. 동상을 옮기면 분명히 흠집을 내거나 깨뜨리고 말 거야. 어니가 그걸 만들려고 얼마나 고생을 했는데. 그 애가 남긴 유일한 물건이라구."

"어쩌면 그렇게 멀찍이 옮길 필요가 없을지도 몰라요. 위치를 옮기지 말고 카메라 앵글에서 벗어날 수 있도록 살짝 들어 올리는 건 어때요?"

"그러니까……, 동상을 들어 올려서 공중에 대롱대롱 매달리게 한단 말이야? 그 사람들이 촬영하든 뭘 하든, 아무튼 그러는 동안?"

"그렇죠."

위니는 잠시 고민하더니 이내 어깨를 으쓱해 보였다.

"뭐라고 말해야 할지 모르겠네. 그렇더라도 돈은 그대로 주는 건가?"

"그건 확실히 알아봐야겠지만, 아마 그럴 걸요."

"흠, 그냥 한나하고만 하는 얘기인데, 일이 잘 풀리겠어. 엘머 피터슨이 소 20마리를 내놓았거든. 개중에는 저지종도 몇 마리 있는데 내가 키우는 것과 좋이 섞여도 아주 좋겠어. 데일리에 있는 베티 잭슨이 그러는데 아주 좋은 녀석들이라 하네."

"그럼 돈만 제대로 받으시면 허가증에 사인하시는 거예요?"

위니가 다시 고민에 잠긴 동안 한나는 현명하게도 아무 말도 하지 않고, 잠자코 있었다.

시간이 너무 느리게 가는 것이 아닌가 하는 생각이 들기 시작할 때 마침내 위니가 살짝 고개를 끄덕였다.

"동상을 아무 데도 옮기지 않고, 그저 살짝 들어 올렸다가 다시 내려놓는다는 조건에서 허가증에 사인하겠어. 그리고 그 과정을 내가 전부 다 지켜볼 수 있어야 해."

"그럼 로스에게 전화해서 가능한지 물어볼게요."

한나가 약속하며 위니의 커피잔에 커피를 더 따르고는 곧장 전화기로 향했다.

로스는 신호음이 울리자마자 전화를 받았다.

"안녕, 한나. 안 그래도 전화하려고 했었는데."

"그래서 내가 먼저 했지. 지금 위니 헨더슨과 함께 있는데, 공원 사용 허가증에 서명해주시겠대. 단 몇 가지 조건하에."

"무슨 조건?"

"원래는 딘이 동상을 공원 멀찍이 옮겨야 한다고 했었나 봐. 그것 대신 기중기 같은 것으로 제자리에서만 살짝 들어 올리면 좋겠다고 하시는 걸. 촬영이 끝난 다음 다시 제자리에 내려놓고 말이야."

로스가 말했다.

"그거라면 가능하지. 어차피 기중기는 사용해야 하니까."

"흠집이 나지 않게 조심해서 다뤄주었으면 하셔. 그리고 또……, 잠깐만."

한나는 수화기를 손으로 가린 뒤 위니를 쳐다보았다.

"허가증에 서명하는 조건으로 딘이 얼마를 제시했어요?"

"오천 달러. 코노가 약속한 금액이야."

"좋아요, 그럼 그렇게 얘기할게요."

한나가 다시 전화기 쪽으로 몸을 돌렸다. 그녀는 마치 자신이 중개인이 되어버린 듯한 기분이었다.

"위니 말이 코노가 약속한 금액은 오천 달러였다고 하셔. 괜찮겠어?"

"그 정도면 좋아. 예산에 육천 달러 정도 잡혀 있었으니까."

한나는 살짝 얼굴을 찌푸렸다.

"딘이 코노에게 오천이 제일 상한선이라고 말하는 걸 들었는데."

"다른 천 달러로 뭔가 계획한 것이 있었나 보지. 그가 얼마나 짠돌이

인데, 한나. 원래 큰돈을 버는 사람일수록 더 그래."

"그게 무슨 뜻이야?"

"제작사에서 조금씩 갖다 쓴 게 얼마라구. 큰 제작사에서 수십만 달러의 돈을 받지만, 집에서 사용할 종이나 펜 같은 건 회사 것을 가져다 썼어. 자기 돈으로 사서 쓸 능력은 충분했는데, 그렇게 하는 것이 뭔가 우쭐하고 기분이 좋았나 봐."

"딘이 정말 그랬단 말이야?"

그러자 로스가 웃음을 터뜨렸다.

"항상. 그래서 늘 우리 회계담당 직원을 돌게 만들었지. 네가 트레일러로 배달한 치즈케이크 있지? 그걸 먹기 위한 종이 접시와 플라스틱 포크 값으로 100달러나 청구했어. 미셸 말로는 빨간부엉이 식료품점에서 고작 10달러밖에 하지 않는다고 했는데 말이야."

"오, 세상에!"

한나가 고개를 설레설레 저었다.

"나한테 물어봤으면, 내가 공짜로도 줄 수 있는 것들인데."

"딘한테는 별 의미 없었을 거야. 현금지급 영수증 받는 일을 얼마나 좋아했다구. 그가 사업하는 방식이 본디 그랬어."

누군가 그를 죽이고 싶었을 만한 또다른 동기가 숨어 있을 법 한걸.

한나는 생각했다. 톰 라치몬트가 투자자였으니 한나는 그의 가능성 짙은 동기도 덧붙이자고 생각했다.

"그럼 위니한테는 계약 성사라고 말할까?"

"오늘밤에 나랑 호텔에서 저녁식사 같이해준다면."

한나는 웃음을 터뜨렸다.

"이런 억지가 어디 있어."

"억지가 아니라 절박함이야. 촬영이라든가 개인적인 생각, 계획, 야심 등등 아무튼 이쪽 영화세계와 아무런 관련이 없는 사람과 잠시라도 시간을 보내고 싶거든."

"다른 말로 하자면, 즉, 친구가 필요하다는 말이지?"

한나가 숨은 의미를 포착해 냈다.

"아주 정확히 맞혔어. 약속했던 돈이랑 허가증을 갖고 1시간 안에 집으로 찾아가도 좋을지 위니에게 물어봐 줘. 기다리고 있을게."

"로스가 1시간 내에 약속한 돈이랑 허가증을 갖고 위니의 집에 찾아 가겠다는데요."

한나가 또다시 손으로 수화기를 막은 채 위니에게 말했다.

"좋아. 대신 코노도 꼭 데려오라고 얘기해줘. 허가증에 서명해 달라면서 몇 번 찾아와 같이 시간을 보냈는데, 너무 점잖고 내가 만든 구스베리 파이도 세 조각이나 먹지 뭐야. 두 번째 남편이 죽은 이후로 내가 만든 구스베리 파이를 그토록 좋아해 준 사람은 처음이야."

정오의 혼잡함이 시작되기 전인 11시 30분에 미셸이 부리나케 쿠키단지로 달려와 한나에게 자랑스러운 듯 꾸러미를 하나 건네주었다.

"여기. 중요한 장면을 어떻게 잘라내 복사하는지 클라크가 알려줬어. 시간대도 기록했다구."

"고마워, 미셸. 안드레아네 집에 가서 같이 볼게."

"그러지 않는 편이 좋아. 딘이 죽는 장면이 고스란히 담겨 있거든. 트레시가 보면 안 될 테니까."

"그래, 그러면 점심 후에 우리 집에서 봐야겠다."

미셸이 또다시 고개를 가로저었다.

"나한테 더 좋은 생각이 있어. 딘의 트레일러를 사용하는 건 어때? 마침 내가 열쇠를 갖고 있으니까 그의 영상실에서 보면 될 거야……,

무섭겠어?"

"아니, 무섭지 않아."

딘의 트레일러 안을 자세히 살펴볼 기회를 잡은 한나가 말했다.

시간 여유만 된다면 그를 살해하는 데 동기가 될 만한 새로운 단서들을 찾아나서 볼 참이었다.

"흠, 혼자 가면 무섭겠지만, 언니는 혼자 가지 않을 거니까 전혀 무섭지 않을 거야. 내가 같이 갈 거거든."

"테이프를 또 보겠다구?"

"아니, 그건 핑계에 불과하구. 언니가 딘의 트레일러에서 정말 하려고 하는 것을 도울 거야."

"그 말은······."

미셸이 먼저 나서서 말했다.

"맞았어. 언니가 죽은 감독의 물건을 뒤지는 걸 돕고 싶단 말이지."

 텅 빈 공터의 나무들 사이로 빠끔히 몸을 내밀며 한나는 불안한 듯 주변을 두리번거렸다. 그리고 이윽고 두 사람은 딘의 위네바고 앞까지 접근했다. 한나는 감정을 억누르려 애써 보았지만, 쉽지 않았다.
"왜 그래?"
한나의 긴장 어린 기색을 눈치 챈 미셸이 물었다.
"엄청 불안해하는 것 같잖아."
"사실이야. 왜 그런지 모르겠어."
"몰래 살펴보는 거라서?"
"그건 아닌 것 같아. 이런 일이야 전에도 여러 번 해봤잖아! 몰래 문을 따고 들어가는 것도 아니고 한밤중이 아닌 대낮이라 그런가 봐."
계단을 올라 잠근 문을 열며 미셸이 웃음을 터뜨렸다.
"왜 이래, 언니. 나한테는 여기 올 만한 합당한 이유가 있어. 딘의 촬영대본도 챙기고, 내일 오후에 촬영할 스케이트 장면에서 별달리 지시한 사항이 없었는지도 확인해보라고 로스가 그랬단 말이야. 원래는 프랜시스가 오기로 되어 있었는데, 린이 갑자기 찾는 바람에 내가 오게 된 거지."
미셸이 문을 여는 동안 한나는 잠자코 동생의 뒤에 서 있다가 함께 안으로 들어갔다. 트레일러 안을 주인이 꽤 오랫동안 비운 것처럼 퀴퀴

한 냄새가 났다. 하지만 그건 한나의 착각일 뿐이었다.

"뭔가 웃긴 냄새가 나는데."

미셸이 한나가 생각한 그대로를 이야기했다.

"도대체 뭐지?"

"이거랑 관련이 있는 게 아닐까."

한나가 책장 위에 아무렇게나 던져진 양말 뭉치를 들어 미셸에게 보여주었다.

"무늬를 보니 딱 딘의 양말이네. 마름모처럼 보이지만 실은 그의 이니셜이 잔뜩 찍혀 있어. 그 사람 부인이 비버리힐스에 있는 상점에서 특별히 양말을 주문해서 신는다고 얘기하는 걸 들은 적이 있거든."

"천재적인 감독이었을지 몰라도 일상적인 습관은 형편없네."

한나가 트레일러 중앙으로 향하는 복도에 놓인 또다른 양말 뭉치를 집어들어서는 책상 옆에 놓인 비닐백에 던져놓고는 동생을 향해 고개를 돌렸다.

"샤린을 위해 이 물건들을 그대로 두어야 할까?"

"그는 이제 죽고 없는데 조금 바보 같지 않아? 그러니까, 남은 유품으로 샤린이 도대체 뭘 하겠어? 죽은 사람 물건을 서랍 한가득 보관하는 것도 그녀답지 않아. 그러니 그냥 던져 버리자. 그게 쉽고 간편해."

미셸이 손가락 두 개로 의자에서 더러운 손수건을 집어 올렸다.

"이것도 버리자."

책상 옆에 놓인 비닐백은 어느새 쓰레기통이 되어버렸고, 마침내 한나는 미셸을 따라 복도를 지나 트레일러의 뒤편으로 향했다. 그런데 뒤편에 다다를수록 냄새는 더욱 지독해져 한나는 살짝 기침을 했다.

닫힌 문 옆을 지나며 미셸이 말했다.

"역겨워. 욕실에서 나는 냄새인 것 같은데."

"내가 한 번 확인해볼게."

한나가 제안했다. 이미 엄마에게 시체 발견자로 낙인 찍혀 버린 한나였다. 동생에게까지 그런 고역을 나눠서 지게 할 수는 없지 않은가. 게다가 누군가 위네바고의 욕실에서 죽은 것이라면 시체 냄새가 밖까지 진동했을 것이다.

"그래. 그럼, 언니가 들어가 봐."

미셸이 재빨리 동의했다. 역시 미셸도 알 수 없는 냄새가 풍기는 작은 공간에 들어가 보기가 겁이 났던 모양이었다.

"필요하면 불러. 난 여기 있을게."

한나는 손잡이를 잡아 쥐고는 잠시 망설였다.

뭔가 친숙한 냄새이기도 했지만, 뭔지 확실히 알 수 없었다.

한나가 손잡이를 돌리고 막 문을 열려는 찰나 머릿속에서 7자 세 개가 나란히 나열되며 마구 돌던 기억의 바퀴가 제자리를 찾고 말았다(슬롯머신에서 보통 777이 나오면 거의 잭팟이다).

한나가 외쳤다.

"스컹크!"

"스컹크?"

"확실히 스컹크야. 혹시 욕실에 창문이 있어?"

"아마 그럴 거야."

"그럼 창문을 통해 욕실에 들어온 게 분명해."

"아직도 안에 있을까?"

"모르겠어."

한나가 어깨를 으쓱해 보였다.

"그럼 녀석을 꺼내줘야 하지 않을까?"

"그건 안 돼. 남은 하루 동안 사람들을 만나 해야 할 일이 남아 있다면 말이야. 쿠키단지에 싱싱한 토마토 주스도 다 떨어졌단 말이야."

미셸이 알쏭달쏭한 표정으로 물었다.

"토마토 주스가 무슨 상관이길래?"

"그걸 뿌리면 스컹크 냄새가 사라지거든."

"정말이야?"

"실제로 해보지 않아서 잘 모르겠어……, 적어도 지금은 시험해보고 싶지 않아. 일단 문은 그대로 닫아두고, 우리한테 아직 그 냄새가 깊게 베지 않았기를 바라자구."

"하지만……, 스컹크는 어쩌구? 저 안에 갇힌 거면 어떡해? 잔뜩 겁먹어서는?"

한나는 동생을 향해 미소를 지어 보였다.

미셸은 둘째가라면 서러운 동물 애호가였다.

"여기 일이 다 끝나고 나면 네가 나가서 뒷문을 열어둬. 그러면 그동안 내가 코를 잡고 욕실 문을 열게. 녀석이 바로 밖으로 빠져나갈 수 있도록 말이야."

"뒷문을 계속 열어둔단 말이지? 녀석이 도망갈 수 있도록?"

"그렇지. 나중에 다른 사람을 보내서 스컹크가 잘 빠져나갔는지만 확인하면 되잖아. 냄새가 좀 가시고 난 다음에."

"좋은 생각이야. 이제 스컹크 냄새라는 걸 알고 나니까 별로 신경 쓰이지 않는데."

미셸이 문득 얼굴을 찌푸렸다.

"그런데 왜 프랜시스가 얘기하지 않았을까?"

"무슨 얘기?"

"스컹크 냄새 말이야. 딘이 죽고 난 다음이라 오늘 아침에는 청소하러 오지 않았나 봐."

"내가 알고 있는 그 프랜시스를 말하는 거야?"

"맞아, 프랜시스 뉴먼. 딘이 출근하기 전 매일 아침 트레일러 청소를 맡았거든."

"하지만……, 프랜시스가 자기는 스크립트 걸이라고 했는데. 그래서 하는 일이 뭐냐고 물으니까 세트장에서 촬영하는 것을 주의 깊게 지켜보면서 똑같은 장면이라도 어느 것이 더 나은지 미세한 차이를 감독한테 일러준대, 그러면 감독이 가장 좋은 장면을……."

미셸이 끼어들었다.

"모두 사실이야. 그런데 이제는 스크립트 걸이라고 부르지 않아. 진짜 명칭은 컨티뉴어티 코디네이터contiuity coordinator라고 해."

"그럼 왜 나한테는 스크립트 걸이라고 했지?"

"그녀가 막 일을 시작했을 때는 그렇게 불렀거든. 아직 그 명칭이 익숙해서였을 거야."

"딘의 위네바고를 청소하는 건? 그것도 그녀의 업무에 포함된 건 아니잖아, 안 그래?"

"아니지. 딘이 누구 부업 겸해서 일하고 싶은 사람이 없냐고 물으니까 프랜시스가 자청하고 나섰어. 딘이 아침에 출근할 때까지 트레일러 안을 깨끗하게 치워주는 댓가로 하루에 25달러를 받아. 프랜시스 말이 청소하는 데 1시간도 안 걸리는데다가 매번 딘이 현금으로 돈을 준대."

한나는 잠시 생각에 잠겼다.

"프랜시스와 한 번 이야기를 해봐야 할 것 같아. 딘의 일상생활에 대해 회사에 있는 다른 누구보다도 잘 알고 있을지도 모르니까."

"아마 그럴 거야. 내가 알기로는 영화촬영이 시작되기 두 달 전부터 그의 트레일러를 청소했으니까 말이야."

한나는 문득 반갑지 않은 생각이 떠올랐다.

"설마 프랜시스와 딘 사이에 사적인 뭔가가 있었던 건 아니겠지?"

"그건 아닐 거야. 설사 그랬다고 해도 프랜시스가 딘을 죽였을 리 없어. 사건 당일 그녀가 창가 옆에 앉아 있는 걸 내가 봤는데, 프랜시스가 자리를 비웠을 때라곤 딘이 그녀를 불러 메모를 전달했을 때뿐이었어. 그것 말고는 책상 근처에는 가지도 않았는걸. 정말이야, 언니."

"알았어, 그렇다면 프랜시스는 결백하네."

한나는 조금 전 머릿속에 적어 두었던 용의자 명단에서 프랜시스의 이름에 가로줄을 죽 그었다.

"여기야."

미셸은 한나를 트레일러 중앙통로로 안내하며 딘의 사무실 건너편에 있는 방문을 열었다.

"여기가 영상실이야. 내가 테이프를 집어넣을게. 언니는 여기 앉아."

미셸이 비디오 재생기에 테이프를 넣는 동안 한나는 영상실 안을 둘러보았다. 영상실 안 역시 엉망이어서 딘이 몹시 지저분한 사람이었다는 사실을 뒷받침해주고 있었다.

커피 테이블에는 딘이 함께 촬영 테이프를 보았던 사람을 위해 내준 치즈케이크의 종이 접시가 쓰레기통에 버려지지 않은 채 그대로 놓여 있었다. 거기까지는 좋았다. 하지만 이내 모양이 몹시 낯익은 베이커리 상자 하나가 덩그러니 놓여 있는 것이 눈에 띄었다. 분명히 안에 케이크 조각들이 남아 있을 것이다. 못해도 만든 지 24시간은 지난 것일 텐데 아마 이렇게 내내 밖에 내놓아져 있었던 모양이었다.

한나는 냉장고에 집어넣을까 하다가 이내 바보 같은 짓이라고 판단하고는 단념했다. 어차피 이제는 먹을 사람도 없지 않은가.

"좋아, 다 됐어."

한 손에 리모컨을 쥔 미셸이 한나 옆에 와 앉았다.

"시작해볼까."

테이프가 돌아가기 시작하자 한나는 커다란 스크린에 시선을 고정했다. 마이크가 총을 확인하는 모습이 보이고(그런 장면까지 찍어놓았다), 버크가 책상 쪽으로 걸어가는 모습이 비쳤다.

버크는 서랍을 열고 총이 들었는지 확인한 다음 책상에서 멀어졌다. 그 후에도 여러 사람이 책상이 있는 부근을 왔다 갔다 했지만, 한나가 지켜본 바로는 그 이후로 다시 서랍에 손을 댄 사람은 버크처럼 총이 정말 안에 들어 있는지 재차 확인한 소품담당 로이드가 유일했다.

한나는 로이드에게 그때 서랍 안에 들어 있던 총에 뭔가 이상한 점은 없었는지 물어보자고 마음먹었다. 물론 로이드가 자세하게 공이까지 확인하진 않았지만, 무심코 생각하던 뭔가가 있었는지도 모른다.

또 하나 의심 가는 사람이 있었는데, 그는 세트담당인 제어드였다. 그는 책상 위에 놓인 꽃을 매만지러 가서는 교묘하게 카메라 앵글에서 서랍을 가리고 서 있었다. 물론 서랍을 전혀 건드리지 않았을 수도 있지만, 그에게는 총을 바꿔치기할 수 있을만한 충분한 시간이 있었으니 그것만으로도 그에게는 용의점이 남는다.

린이 책상 의자에 앉고, 버크가 앵글 안으로 들어섰다. 첫 번째 촬영에서 버크의 연기는 엉망이었다. 두 번째도, 세 번째도 마찬가지였다. 정말 딘이 말한 그대로였다. 버크의 연기는 어설프기 짝이 없었다.

물론 버크가 연기하는 캐릭터가 잔뜩 술에 취한 상태라는 설정이 있긴 하지만, 대사도 더듬었을 뿐만 아니라 꼬인 발음으로 말해야 하는 것도 자꾸 잊어버렸다. 게다가 죄책감에 시달린다기보다는 어딘가 아픈 듯한 모습이었는데, 순간 한나는 그가 등이 아프다고 했던 말이 생각났다.

마침내 딘이 앵글에 잡히기 시작하자 미셸이 말했다.

"이제 마음의 준비를 단단히 하라구. 2번 카메라가 클로즈업해서 찍었는데, 그다지 유쾌한 광경이 아니야."

교육방송 채널에서 해부학 프로그램을 즐겨 시청하던 막냇동생이 한 경고 멘트여서 한나는 상당히 무섭게 느껴졌다.

한나는 미셸의 말을 마음에 새기며 TV에서 무서운 영화를 할 때면 늘 취하는 자세를 취했다. 바로 두 손으로 얼굴을 가린 채 손가락 사이로 보는 것이다. 이런 행동이 다른 사람들에게는 바보처럼 보일지 몰라도 한나에게는 효과 만점이었다.

손가락 사이로 화면을 보면 지금 앞에서 펼쳐진 장면이 실제로 일어나는 일이 아니며 자신은 지금 저 상황 속이 아닌 영화관이나 집 거실에 앉아 있다는 사실을 더욱 생생하게 느끼게 해주었다. 물론 이번 경우에는 실제로 일어난 일이었고, 손가락 자세도 별 도움이 되어주지 못히었다.

테이프가 다 끝나자 한나는 심호흡을 한 다음 동생을 쳐다보았.

미셸은 머리를 푹 숙이고는 당황한 듯한 미소를 지어 보였다.

"미안, 언니가 나 어렸을 때 무서운 거 보면 이렇게 하라고 했잖아. 나 지금도 그러고 있어."

"나도 마찬가지야."

한나가 말하고는 재빨리 본론으로 들어갔다.

"좋아. 누구 눈여겨 본 사람, 있어?"

미셸은 손가락을 꼽기 시작했다.

"린, 하지만 그녀는 서랍을 건드리지 않아. 적어도 카메라가 돌아가고 있을 때는 말이야. 그리고 버크, 서랍을 건드렸을 뿐만 아니라 소품 총을 꺼내서 만지기도 했지."

"버크가 확인했을 때도 소품 총이 맞았다면 말이지."

한나가 지적했다.

"맞아, 버크가 총기류에 대한 지식이 있는지 물어봐야겠어."

"좋은 생각이야. 또 누가 있어?"

"로이드. 촬영이 시작되기 전에 서랍을 확인했어."

"그것도 그의 일 중 하나인가?"

"응. 매번 촬영을 시작하기 전에 중요한 소품들이 모두 제자리에 있는지 확인해."

"그밖에 다른 사람은?"

"한 사람 더 있긴 한데, 확신을 못 하겠어. 제어드가 책상 위에 꽃을 매만지러 갔었잖아. 서랍 바로 앞에 서 있었으니까, 아무도 모르게 총을 꺼냈는지도 몰라."

한나가 미셸을 향해 미소를 지으며 말했다.

"아주 훌륭해! 그리고 그게 다야?"

"내가 눈여겨본 건 그게 전부야."

"나도 그래, 나만 빼고."

"언니?"

"마지막 촬영 전에 딘이 나한테 미니 체리 치즈케이크 접시를 교체해 달라고 했잖아. 나도 서랍을 가리고 서 있었으니 아무도 모르게 총을 빼낼 수 있었어."

"하지만 그러지 않았잖아!"

"물론 그렇지. 단지 중요한 건 내가 그랬을 수도 있다는 거야. 넌 나를 조금도 의심하지 않았기 때문에 테이프에서 나를 포착해 내지 못한 거야. 이런 사건을 다룰 때 유념해야 할 점은 누구도 제외해서는 안 된다는 사실이야."

미셸은 깊은 한숨을 내쉬었다.

"그래, 언니 말이 맞아. 설사 언니가 하지 않았다고 생각하더라도 언니를 한 번쯤은 언급했어야 했어. 그래서 난 언제까지나 보조자고, 언니가 형사인가 봐."

한나가 미셸의 어깨를 토닥여주었다.

"난 형사가 아니야. 그저 참견쟁이일 뿐이라구. 그리고 참견 이야기가 나와서 말인데……, 딘의 물건도 한 번 뒤져볼까? 단서가 없는지?"

두 사람이 제일 처음 수색에 돌입한 곳은 복도 끝에 있는, 트레일러에서 가장 큰 방이었다. 문을 연 한나는 싱글벙글 미소를 지었다.

한나의 생각이 맞았다. 거기는 침실이었다.

커다란 침대가 이 공간의 핵심인 듯 보였고, 아주 조금이나마 업무 느낌이 나는 가구는 팔각형의 커피 테이블을 둘러싼 불룩한 등받이 의자 네 개뿐이었다.

"이 방은 뭐에 쓰는 거야?"

대답을 듣지 않아도 한나는 답을 알 것 같았다.

"개인적인 리허설 공간이지. 배우들이 연기를 제대로 해보이지 못하면 이리로 데려와서 리허설을 시키곤 했어. 물론 다른 용도로도 쓰였겠지만."

"그렇구나. 넌 뭔가 흥미로운 것이 없나 옷장부터 찾아봐. 난 커피 테이블이랑 침대 옆에 있는 작은 서랍들을 살펴볼게."

한나는 재빨리 커피 테이블을 살피기 시작했다.

거기에는 잡지 몇 권과 책 몇 권, 그리고 노란색 종이철이 몇 개 놓여 있었다. 도자기 연필꽂이에는 연필과 펜들이 가득했고, 휴지통에는 브리지 게임의 점수판과 함께 카드 몇 장이 버려져 있었다.

설마 누군가 브리지 게임에서 딘에게 완벽하게 패한 나머지 화가 나 그를 죽인 것은 아니겠지.

"잘 되고 있어?"

한나가 옷장을 향해 물었다.

"거의 다 끝나가."

"나도야."

한나는 조그만 장식장을 열어 보았지만 안에는 CD만 잔뜩 들어 있을 뿐이었다. 한나는 CD를 한 장 한 장 넘겨보았다.

블루스, 영화 음악, 팝 클래식 등 다양한 장르의 음악 CD들이 갖춰진 것을 보니 필시 위네바고와 함께 딸려온 서비스가 분명했다. 고급스럽고 값비싼 트레일러를 렌트하는 사람을 위해 업체에서 특별히 준비한 것일 테다.

"별다른 건 없는데."

미셸이 옷장에서 나오며 말했고, 한나도 장식장의 서랍을 닫았다.

"나도 마찬가지야. 이제 다른 곳도 살펴보자."

15분 후에도 두 사람의 수색은 멈출 줄을 몰랐다. 하지만 아무리 속속들이 뒤져도 단서가 될만한 것은 전혀 발견할 수 없었다.

그때 딘의 파일 캐비닛을 뒤져보기 시작하던 미셸이 굉장한 것을 발견하고는 휙 휘파람을 불었다.

"이것 좀 봐."

미셸은 딘의 육중한 책상 서랍을 살펴보려고 책상 의자에 앉은 한나에게 파일 하나를 건네주었다.

"코노의 임용 파일이야."

"중요한 거라도 있어?"

파일을 펼치며 한나가 물었다.

파일에 첫 번째로 끼워진 것은 보통 기업에서 첫 면접을 시행할 때 나눠주곤 하는 질문 양식지였다.

"그냥 평범해 보이는데."

"자세히 봐봐. 딘이 코노를 채용하기 전에 코노가 무슨 일을 했는지 적혀 있는 거 안 보여?"

파일로 좀더 고개를 숙인 한나는 미셸이 말한 부분을 마침내 찾아내고 말았다.

"아이오와에 사는 디킨슨이라는 가족의 운전사 겸 보디가드를 했네. 부인의 외부 사회활동을 도왔다는데? 이게 뭐가 이상하다는 거야?"

"그것 자체로는 이상할 게 없지. 그 부인의 이름을 확인해봐."

"에밀리? 에밀리 디킨슨 부인?"

한나가 얼굴을 찌푸리기 시작했다.

"맞았어. 그것 때문에 딘은 무척 호기심이 생겼나 봐. 사설탐정을 고용해서 코노의 전 고용인에 대해 뒷조사를 했어. 그 답이 뒷장에 나와 있거든."

다음 장으로 넘겨 사설탐정의 보고서를 보고 한나는 입을 떡 벌렸다.

놀랍게도 코노는 놀이공원 귀신의 집에 설치한 못난이 거울보다 더 많이 진실을 왜곡해 왔다. 물론 그가 양식서에 기술한 것은 모두 사실이긴 했다. 바로 그 점이 교묘하다는 것이다.

그는 정말로 에밀리 디킨슨을 보호하며 그녀를, 혹 그녀의 책을 곳곳의 사회활동 현장에 전달해주었다. 그는 아이오와 주립 교도소에서의 수감 시절, 수레에 책을 담아 감방을 돌며 죄수들에게 책을 나눠주는 도서관 도우미 역을 맡아 했던 것이다.

"어때?"

미셸이 물었다.

"평소 죄수들과 가까웠을 테니, 딘이 자신을 해고하겠다고 했을 때 확실히 살해 동기가 부여되지 않았을까? 게다가 딘이 그렇게 본받을만한 사람은 못 된다고 했던 코노의 말과도 맞아떨어져."

한나는 미셸과 함께 봤던 테이프를 떠올리며 고개를 가로저었다.

"테이프에서는 코노가 보이지 않았어, 그렇지?"

"맞아, 못 본 것 같아."

"촬영장에 있었다고 해도 테이프 상에서는 보이지 않을 수 있겠지?"

"당연하지. 사람들을 전부 찍은 건 아니니까."

"어제 세트장에서 코노 본 적 있어?"

"난 못 봤는데, 로스에게 확실히 한 번 물어볼게. 세트장에 누가 오고 누가 안 왔는지 그는 다 꿰고 있으니까."

그러자 한나가 고개를 가로저었다.

"그러지 않아도 돼. 이 정도면 넌 충분히 네 몫을 했어. 오늘 밤에 로스를 만나서 내가 직접 물어볼게."

미셸이 씩 웃으며 질문을 던졌다.

"오늘 밤? 오늘 밤에 뭐가 있길래?"

"로스가 호텔에서 저녁식사 대접하겠다고 했거든."

"그렇군!"

미셸이 활짝 미소를 지었고, 어느새 그 미소는 알 수 없는 빙긋거림으로 바뀌어버렸다.

"로스랑 같이 저녁 먹는 거 노먼과 마이크도 알아?"

"아니, 두 사람한테는 말 안 했는데. 고양이 보모는 필요 없거든."

"고양이 보모?"

"그래, 이제 모이쉐는 혼자 있어도 괜찮아. 또다시 늦은 밤까지 우르르 내 집에 모여 있는 건 더 이상 못 봐주겠어."

미셸이 어리둥절한 표정을 지었다.

"고양이 보모는 뭐고, 늦은 밤까지 우르르 모여 있는 건 또 뭐야?"
"쿠키단지로 돌아가는 길에 말해줄게. 여긴 이제 다 끝난 거지?"
미셸이 고개를 끄덕이자 한나는 책상 의자에서 일어났다.
"테이프랑 대본 챙기고 얼른 여기서 나가 있어. 난 스컹크를 내보내는 대로 금방 나갈게."
2분도 채 지나지 않아 한나는 뒷문으로 후다닥 뛰어나와 한 번에 계단을 풀쩍 뛰어 쿵 소리와 함께 미셸 옆에 섰다.
"스컹크, 봤어?"
미셸이 물었다.
"봤지, 그럼. 욕실 문을 열었더니 창문으로 도망가려고 하더라구. 잔뜩 겁을 먹은 것 같았는데, 무사히 빠져나가서 다행이야."
"나가는 길을 제대로 찾았을까?"
"못 찾을 이유가 없지. 다른 문은 다 닫아놓고 뒷문만 열어놨거든."
"녀석이 어떻게 해서 거기까지 들어갔는지 모르겠네."
"동족 스컹크한테 끌렸나 보지."
미셸은 알쏭달쏭한 표정을 지었다.
"동족 스컹크라니?"
"이 트레일러를 사무실로 사용하던 두 발 달린 스컹크 말이야."

"정말 환상인데!"
안으로 들어서 한나를 다정하게 포옹하며 로스가 말했다.
"옷이 정말 예쁘다."
"고마워."
한나는 머릿속에서 울려대는 엄마의 지침에 따라 입을 굳게 다물었다.
 '남자가 칭찬을 할 때는 꼬치꼬치 따지지 말고 공손하게 고맙다고 인사하는 거란다.'

한나는 로스가 저녁식사 데이트 신청을 해온 직후 부리나케 이웃인 부 몽드로 달려가 클레어에게 뭔가 매혹적으로 보일만한 의상을 골라 달라고 졸라댔던 사정 얘기는 굳이 하지 않았다.

클레어가 이웃의 특별 할인가를 적용해줬는데도 새 옷에 들인 비용으로 재정에 구멍이 뚫렸다는 얘기는 더욱 하지 않았다. 또한 의상 덕분에 몸무게가 10파운드(약 5kg)나 덜 나가게 보일뿐더러 몸매의 곡선이 살아나 보인다는 클레어의 설명을 자랑하고 싶은 것도 꾹 참았다.

"안녕, 친구."
로스가 즉각 태도를 바꿔 막 가르랑거리기 시작한 모이쉐에게 다가가 인사했다.

녀석이 로스 앞에서 배를 내보이며 애교를 부리는 것을 지켜보면서 한나는 미소를 지었다.

모이쉐는 완전히 로스에게 올인해버린 듯했다. 현재까지 한나의 네 발 달린 룸메이트가 이토록 열광적으로 인정의 메시지를 보낸 것은 세 명의 남자 중 로스가 유일했다.

혹시 모이쉐를 '친구'라고 부르며 배를 어루만져 주는 남자에게라면 누구든 상관없이, 심지어 아파트 수리공에게까지도 이렇게 나오는 것이 아닐까 순간 한나는 의심스러워졌다.

"코트를 가지고 올게."

한나는 침실로 향했다.

모이쉐와 로스의 종족을 뛰어넘는 우정을 방해하고 싶진 않았지만, 아까부터 뱃속에서 천둥이 치고 있었다. 그리고 오늘 저녁 샐리가 뵈프 웰링턴(소고기의 허릿살을 걸쭉한 반죽 속에서 껍질은 바삭바삭할 때까지 요리한 것)을 준비한다는 이야기도 들어 알고 있었다.

뵈프 웰링턴을 무척이나 좋아하는 한나로서는 만약의 사태가 발생해 샐리가 자리를 비우기 전에 얼른 호텔로 달려가 메뉴를 주문하고픈 마음이 간절했다.

한나는 옷장에서 가장 좋은 코트를 꺼냈다. 아주 특별한 때만 입는, 한나가 아끼는 코트였다. 하지만 검은색 코트는 고양이털에 취약이었다. 옷장에 넣어 놓기 전에 털과 먼지를 모두 제거했는데 공기 중에 날아다니는 오렌지색 고양이털이 어느새 소매 위에 묻어 있었다.

한나는 손으로 털을 빗어 떨어뜨렸지만, 그래 봤자 소용이 없는 일이었다. 거실에 나가면 이것의 몇백 배나 되는 모이쉐 털들이 공기 중을 부유하고 있을 테니 말이다.

"내가 모이쉐 보라구 동물 채널을 틀어줬어."

한나가 거실로 나오자 로스가 말했다.

"괜찮지?"

텔레비전 화면에서는 펭귄에 관한 다큐멘터리가 재방송되고 있었다.

"아주 좋아. 모이쉐는 새가 나오는 건 싫어하지만 뭔가 어기적거리며 다니는 동물들은 아무 상관없어."

모이쉐가 밖으로 빠져나오지 못하도록 녀석에게 연어맛 간식을 던져 준 뒤 한나는 밖으로 나와 로스와 함께 계단을 통해 차고로 향했다.

주차장에 로스가 렌트한 세단이 주차되어 있을 줄로 생각했던 한나는 그 대신 뜻밖의 차가 주차되어 있자 발걸음을 멈추고 말았다.

"저거 꼭 딘의 리무진과 똑같이 생겼는데."

한나가 말했다.

"그거야 바로 딘의 리무진이니까. 계약사항에 포함되어 있어서 빌린 건데, 계약기간까지는 아직 일주일이 남아 있으니까 오늘 같은 날에는 좀 사용해도 되지 않을까 싶어서."

"내가 운전할까?"

한나가 조그맣게 킥킥거리며 말했다.

"이래 봬도 운전 경험이 상당하거든. 원래 리무진 운전사가 갑자기 다리를 다치는 바람에 리사와 허브의 결혼식 때도 내가 직접 리무진을 운전했어."

그러자 로스는 재빨리 한나를 꼭 껴안았다.

"넌 정말 놀라운 여자야, 한나 스웬슨! 너라면 여느 운전사보다 더 잘 해내리라 믿어 의심치 않아. 하지만 오늘 밤에는 자리가 다 찼으니, 우리는 어서 뒤에 타기나 하자."

"오늘 밤을 위해 운전사를 고용했어?"

"아니, 운전사도 이미 한 사람 있었지. 코노가 운전하고 있어. 딘과 맺은 계약 일부로 그에게도 이미 합당한 금액을 지급했거든. 코노에게 이제 집으로 돌아가도 좋다고 말했는데, 촬영이 끝날 때까지는 마을에 머물고 싶다고 했어."

"그렇구나."

한나는 진심으로 수긍했다. 코노는 어쩌면 로스를 미래의 상관으로 점찍어 두고 있는지도 모를 일이다.

두 사람이 리무진에 가까이 다가오자 코노가 운전석에서 폴짝 뛰어내려 한나를 위해 뒷문을 열어주었다. 그리고 한나가 차에 올라타자 다시 반대편으로 돌아가 로스를 위해 문을 열어주었다.

"호텔로 바로 모실까요?"

코노가 로스에게 물었다.

"딘의 트레일러에 먼저 들러주실 수 있으세요?"

로스가 미처 대답하기도 전에 한나가 먼저 입을 열었다.

"물론이죠. 그런데 거긴 왜요?"

"미셸이 촬영 대본 가지러 갔을 때 저도 같이 갔었는데 트레일러에 스컹크가 한 마리 있었던 것 같아서요."

운전석 쪽에서 웅얼거리는 듯한 기침 소리가 들려왔다.

한나는 코노가 혹시 웃음소리를 감추려고 일부러 기침을 해대는 것이 아닐까 의심스러웠다.

"빠져나갈 수 있도록 뒷문을 열어뒀는데, 누군가 문을 제대로 닫고 잠갔는지 확인해야 할 것 같아요."

"문은 닫고 잠갔습니다."

코노가 앞좌석에서 말했다.

"정말이요?"

"그럼요. 오늘 오후에 로렌스 부인과 라치몬트 씨를 공항까지 모셔다 드리는 길에 잠깐 들렀거든요. 로렌스 부인이 몇 가지 물건들을 챙겨야 하니 저도 함께 안으로 들어가자고 하셔서 트레일러 안까지 들어갔었죠. 그리고 우리가 다시 나올 때 두 개의 문은 모두 잠겨 있었어요."

"스컹크 냄새 안 나셨어요?"

한나가 물었다.

"셋 다 냄새를 맡았죠. 하지만 그게 무슨 냄새인지는 몰랐어요. 로렌스 부인이 하수구가 역류했나보다고 하셨을 뿐이랍니다."

"역시 도시 여자야."

로스가 한나에게 나지막이 말했다.

"라치몬트 씨는 그 냄새가 난로에서 나는 가스일 거라고 했구요."

"역시 도시 남자야."

로스가 다시 말했다.

"그래서 난로를 확인해봤는데, 아무 이상 없었어요."

"고마워요, 코노."

로스는 등을 기댄 채 한나의 어깨에 팔을 둘렀다.

"문이 잘 잠겨 있다고 하니 이제 맘 푹 놓고 호텔로 곧장 가자구. 내가 두 사람 모두를 위해 근사한 저녁을 살 테니."

생각지 않게 코노가 합석하게 되자 한나는 내심 실망하고 있었다.

하지만 그렇지 않아도 코노와 이야기를 해보려던 참에 어느 정도 마음 놓고 사담을 나눌 수 있는 부스 안에서 그와 마주 보고 앉게 된 것은 다행한 일인지도 모르겠다.

정말로 로스와 단둘이 있고 싶은 것인지 스스로의 마음조차 잘 알지 못하는 상황에서 이런 일로 실망을 하다니, 생각해보면 그것도 참 우스운 일이다.

"자, 누가 한 짓이지?"

로스가 한나를 바라보며 물었다.

"무슨 말이야? 경찰이 수사하고 있잖아. 난 추호도 끼어들고 싶은 생각이 없……."

"당연히 그렇겠지. 나한테까지 숨길 필요 없어."

쿠키단지에서 수없이 되풀이했던 한나의 공식적인 발언을 로스가 가로막고 나섰다.

"넌 그래도 항상 사건을 수사하잖아."

한나가 정색하며 말했다.

"그런 적 없어. 수사 같은 건 훈련받은 전문가에게 맡겨둔다구. 난 그저 내 의도와는 상관없이 여기저기서 사람들의 이야기를 듣다 보니 저절로 사건 정황에 대해 알게 되는 것뿐이야."

"내 말이. 그러니까 다시 내 원래 질문으로 돌아가서 누가 딘을 죽였다고 생각해?"

"나도 몰라. 그와 알고 지내던 사람들은 모두 그럴만한 동기 한 가지씩은 가진 것 같던걸."

그러자 코노가 짧게 웃음을 터뜨렸다.

"한나 말이 맞아요. 아직 용의자 명단을 작성하기 전이라면 내 이름도 올려놓는 것이 좋을 겁니다."

"왜요?"

그 이유가 한나가 이미 생각하는 것과 같은 게 아닐까 궁금해졌다.

"수요일 아침 한나와 이야기를 하고 난 직후에 딘이 날 해고했으니까요. 그래니의 앤티크에서 칵테일파티 촬영일 한나가 위니를 설득해보겠다고 약속했다는 이야기를 했는데도 전혀 소용이 없었어요. 보관하고 있던 열쇠를 모두 내놓으라고 하더니 당장 호텔방에서 짐을 빼서 집으로 돌아가라고 하잖아요."

"그런데 떠나지 않았군요."

한나가 지적했다.

"맞아요. 한나가 위니를 설득해서 공원 사용 허가증에 서명을 받아내면 딘이 나를 다시 복직시켜줄 거라고 기대한 거죠. 솔직히 이런 일을 한두 번 겪은 게 아니거든요. 딘은……."

코노는 잠시 멈칫하더니 힘들게 침을 꿀꺽 삼켰다.

"딘은 좀 다혈질이에요. 마음에 들지 않는 일에 길길이 날뛰며 화를 냈다가는 다음날 다시 사과를 하죠. 그래서 난 늘 해고를 당한 후에도 바로 떠나지 않고 주변을 맴돈답니다. 일단 딘이 진정이 되고 나면 날 다시 찾으니까요."

이제 어려운 게임에 돌입해야 할 때였다. 하지만 이런 일에 이미 능숙해진 한나였다.

"딘은 거의 코노를 좌지우지할 수 있을 정도의 힘을 갖고 있지 않았어요? 딱히 말은 하지 않았지만, 당신이 다른 직장을 구하기가 쉽지 않을 거라는 사실도 알고 있었을 거예요. 게다가 코노의 뒤 배경에 대해서도 잘 알았겠죠. 그러니 코노는 딘이 원하는 대로, 시키는 대로 할 수밖에 없었을 것 같아요. 정말 하고 싶지 않은 일이라고 할지라도요."

코노가 말했다.

"사실입니다. 한 가지만 빼고. 지금 난 다른 직장을 구한 상태예요."

"정말이요?"

놀라움에 한나의 목소리가 높아졌다.

"무슨 일인데요?"

코노가 대답했다.

"헨더슨 부인의 자산 중매인이요."

한나는 떡 벌어진 입을 추스르며 간신히 말을 이었다.

"위니가 주식 투자를 하는 줄 몰랐어요!"

"그건 아니에요, 내가 아는 한 주식 투자는 안 합니다. 말하자면 내가 맡은 일은 주식 투자가 아니라 헨더슨 부인의 자산 투자에요. 매년 부인은 대회에서 우승한 소들을 경매에 내놓고 있는데, 해를 거듭할수록 덩치 큰 소들을 다루는 일이 힘에 부치는가 봐요. 그래서 그걸 내가 대신 해주는 대신 남는 수익으로 월급을 받기로 했죠."

한나는 좀처럼 미소를 숨길 수 없었다. 아무래도 위니가 그녀의 구스베리 파이로 또 한 사나이를 유혹한 모양이다.

한나는 그가 보이는 그대로 정직하고 진솔한 사람이길 바랐다.

그가 교도소에 갔던 이유가 사기죄이든, 횡령죄이든, 아니면······.

"한나가 위니와 가까운 사이니까 얘기하는데, 사실 난 교도소에 있었더랬어요. 아마 이유가 궁금할 거예요."

코노가 테이블 앞으로 가까이 몸을 숙이며 한나에게 무거운 눈빛을 쏘아 보냈다.

"별로 좋은 이야기는 아니지만, 내 어린 여동생을 때려죽인 남자를 거의 죽일 뻔했죠."

한나는 잠시 고민하다 이내 손을 뻗어 코노의 손을 맞잡아주었다.

"누군가 미셸에게 그런 짓을 했다면 저였어도 그랬을 거예요."

"고마워요. 그런데 이제 이런 과거를 알게 됐으니 내가 유력한 용의자가 되어버렸겠죠? 딘에게 몹시 화가 나서 주먹 몇 대 날리고픈 생각이 있었던 건 사실이지만, 위니의 농장까지 운전해서 가는 길에 어느 정도 화를 다스릴 수 있었답니다. 그때 마침 위니가 집에 없었으니 총이 바꿔치기 됐던 때 내가 어디에 있었는지 증명할 방도가 없네요."

그때 로스가 입을 열었다.

"그래도 촬영장에 없었다는 건 증명할 수 있잖아요. 그날 그래니의 앤티크나 세트장 주변에는 얼씬도 하지 않았다는 걸 말이에요."

한나와 코노는 동시에 로스를 쳐다보았다. 두 사람은 두 사람만의 대화에 너무 몰두하다 보니 로스가 함께 있다는 사실조차 잊고 있었다.

로스가 말했다.

"그날 프랜시스에게 세트장에 들어오는 사람 이름을 모두 적도록 했거든요. 그런데 코노의 이름은 없었어요. 세트장에 없었다는 건 곧 총을 바꿔치기하지 않았다는 뜻이죠."

그러자 코노는 매우 기쁜 표정을 지었다.

"그럼……, 난 용의자 명단에서 빠지는 건가요?"

"물론이죠. 그리고 코노의 전과기록이 유출되는 일도 없을 테니 걱정하지 마요. 딘이 보관하던 개인 기록을 미셸이 전해줬거든요."

한나는 미셸이 무척 자랑스러웠다.

코노의 개인 파일들을 건드린 것이 결국 좋은 결과를 낳지 않았는가.

"자, 이제 디저트는 무엇으로 할까?"

로스가 한나를 돌아보며 물었다.

"여기 샐리가 만든 환상적인 맛의 레몬 토르테(밀가루에 계란, 호두, 과일 등을 넣어 구운 과자)가 있던데, 한나가 준 레시피라면서?"

"맞아. 잉그리드 할머니가 늘 만들어주셨거든. 근데 안 먹어본 지 무척 오래됐다."

"그렇다면 오늘이 바로 추억의 날이 되겠어."

로스가 테이블 밑으로 한나의 손을 잡았다.

"아마도."

한나는 발끝부터 머리끝까지 타고 올라오는 간지러움을 애써 무시하며 뭔가 다른 일에 신경을 돌리려 애썼다.

뭔가 더 중요한……, 딘의 죽음에 대해.

한나가 화장실로 향하는 복도로 돌아 들어가자 앰버 쿰스가 그녀를 기다리고 있었다.

앰버가 안도의 한숨을 내쉬었다.

"하느님, 감사합니다! 자리에서 안 일어나면 어쩌나 했어요!"

"날 기다렸어?"

"네, 샐리 말이 한나가 사건을 수사하고……."

"그렇지 않아. 그건 전적으로……."

한나가 끼어들었다.

"전문가에게 맡기신단 말씀이죠?"

한나가 미처 말을 끝내기도 전에 앰버가 나섰다.

"늘 그렇게 말하고 다니시지만, 사실은 그렇지 않다는 건 모두 알고 있어요. 수요일 아침에 로렌스 씨 사무실로 커피를 배달하러 갔을 때 엿들었던 걸 샐리에게 말했더니 한나에게도 말해주라고 하셔서요."

한나는 앰버를 화장실 문 안쪽으로 이끌었다.

"얼른 내 사무실로 들어와서 전부 말해봐."

레이크 에덴 호텔의 여자 화장실은 꽤 넓었다.

개수대와 거울이 있는 맞은편에는 둥근 탁자와 의자까지 몇 개 놓여 있었고, 심지어 벽에는 전화기까지 걸려 있었다.

화장실에서 전화를 걸어야 할 일이 얼마나 있을까, 한나는 늘 그것이 궁금했는데, 몇 가지 그럴법한 시나리오가 떠오르기 시작했다.

폭탄에 가까운 데이트 상대를 만난 여자가 화장실로 피신해 택시를 부른 다음 상대에게 떠난다는 말도 없이 도망치는 경우도 그중 하나가 될 것이다.

"앉아."

한나는 화장실에 정말 둘밖에 없는지 곁눈질로 재빨리 확인한 다음 정보원을 자청하고 나선 십대 웨이트리스 맞은편에 앉았다.

"로렌스 씨 트레일러에 커피는 왜 배달한 거야?"

"샐리가 준비해준 커피 보온병을 두고 갔다고 해서요. 마침 제가 오전 타임 일을 하고 있었고, 차도 있어서 샐리가 저더러 다녀오라고 했어요."

한나는 가방에서 수첩을 꺼내 페이지를 펼쳤다.

"그래. 그래서 로렌스 씨 트레일러에 간 게 몇 시였어?"

"8시 30분이요. KCOW 라디오를 듣고 있었는데, 차를 세우고 주차를 했을 때 켈리가 징을 치고 있었어요."

한나는 앰버의 이야기를 수첩에 받아적으며 왜 켈리가 징을 쳤는지는 일부러 묻지 않았다. KCOW에서 뉴스를 진행하는 제이크와 켈리는 코미디언에 가까운 팀이었기 때문에 가끔 그렇게 우스꽝스러운 행동을 하곤 한다.

"제가 보온병을 들고 차에서 내리는데 누군가 소리를 질러대고 있었어요. 트레일러에서 나는 소리였는데, 앤슨 씨 목소리가 분명했어요."

"정말 앤슨 씨였어?"

한나의 펜이 수첩 위를 날았다.

"오, 그럼요. 확실해요. 몇 분 후에 앤슨 씨가 나오는 것을 제가 직접 봤으니까요."

더 이상 확실할 수 없는 이유였기에 한나는 재빨리 수첩에 버크 앤슨의 이름을 적었다.

"그때 로렌스 씨도 안에 있었어?"

"네, 그도 소리를 지르고 있었어요. 그래서 바로 들어가지 못하고 조금 기다렸던 거예요. 싸우는 중간에 끼어들고 싶지 않아서요."

"현명한 결정이었어."

앰버가 뭔가 유용한 이야기를 들었기를 바라며 한나가 말했다.

"그래서 차에 그대로 앉아서 기다렸던 거야?"

"네, 그러면서 조금 부끄러운 행동을 했어요. 일부러 차 문을 살짝 열어 놓고 싸우는 소리를 들었거든요."

"그랬구나."

"그러면 안 된다는 건 알고 있었어요. 사적인 이야기를 엿듣는 건 옳지 않은 행동이잖아요."

"당연히 그렇지. 하지만 레이크 에덴에서 그렇게 하지 않을 사람이 한 명이라도 있을까 싶어."

한나는 앰버를 향해 기운찬 미소를 지어 보였다.

"게다가 너한테는 그렇게 할만한 아주 좋은 이유가 있었잖아."

"그래요?"

"그렇고말고. 딘과 버크의 싸움이 언제 그치는지 알아야 네가 트레일러에 빨리 커피를 배달하고 돌아갔을 것 아니야."

앰버도 활짝 미소를 지었다.

"맞아요. 그렇게 생각해줘서 고마워요, 스웬슨 양."

한나는 수첩을 내려다보았다.

"그래, 그럼 차에서 기다리는 동안 무슨 이야기를 들었어?"

"대부분 누가 무엇을 했기 때문이라는 내용이었어요. 보통 싸움들, 아시잖아요."

"알 것 같긴 한데, 그래도 자세히 얘기해볼래?"

"앤슨 씨가 이렇게 말했어요. '당신 짓이라는 것 알고 있어, 딘!' 그러니까 로렌스 씨가 이렇게 대답했죠. '넌 미쳤어. 난 그것과는 아무 상관 없다구.'"

"도대체 무엇을 갖고 두 사람이 다투는 건지 알 만한 것은 없었어?"

"별로요. 그런 내용으로만 몇 번 주고받았는데, 그저 시간이 갈수록 목소리가 더 커졌다는 것밖에는 별것이 없었어요. 앤슨 씨는 로렌스 씨에게 계속 지난 화요일을 기억하라고 했고, 로렌스 씨는 자기는 아무 상관없다는 말만 되풀이했으니까요."

한나는 수첩에 '지난 화요일'이라고 적고는 물음표를 덧붙였다.

"지난 화요일에 무슨 일이 있었던 것인지에 대한 얘긴 없었구?"

"한 번도 없었어요. 하지만 일이 있었던 것은 분명해요. 그 일로 두 사람 다 열을 올리고 있었거든요. 샐리는 그중에서도 특히 앤슨 씨가 트레일러에서 나오면서 했던 말을 한나도 꼭 알아야 한다고 했어요."

한나는 몸을 앞으로 바짝 숙였다.

손에 쥔 펜은 앞으로 듣게 될 중대한 사실을 기록하려고 긴장한 채 대기 중이었다.

"뭐라고 했는데?"

"'당신 짓이라는 것을 내가 밝혀내기만 하면, 넌 죽은 목숨이야!'라고 했어요."

"좋아, 앰버."

버크의 마지막 말을 적은 한나는 수첩을 다시 가방에 집어넣었다.

"이야기해줘서 정말 고마워."

앰버가 자리를 뜬 후에도 한나는 화장실에 그대로 앉아 방금 알게 된 사실을 생각해보았다.

버크와 딘이 벌였다는 싸움은 확실히 흥미로웠지만, 딘의 살인사건과 무엇이 연관되어 있는지는 또렷이 보이지 않았다.

사실 버크가 가짜 총을 진짜로 바꿨을 리는 없다. 그랬다면 당장 자기 머리가 날아갈 수도 있었으니 말이다. 누구인지는 몰라도 지난 화요일에 있었던 일과 연관된 다른 누군가의 소행이다.

한나는 우선 로스에게 물어보기로 했다.

만약 로스가 모른다고 하면, 미셸을 졸라 다른 스태프에게 정보를 캐낼 생각이었다.

레몬 크림 토르테

오븐은 섭씨 120도로 예열합니다. 틀은 오븐 중앙에 둡니다.

한나의 메모: 레몬 크림 토르테를 만들 때는 습도가 낮은 날을 택하세요. 공기에 습기가 너무 많으면 머랭이 너무 물러지거든요.

머랭의 재료

계란 흰자 4개 분량(소를 만들 때 필요하니 노른자는 따로 남겨 두세요)

백설탕 1컵 / 바닐라 추출액 1/2티스푼

만드는 법

1. 쿠키틀에 양피지를 깝니다(소포를 보낼 때 사용하는 포장 용지를 써도 되지만, 양피지가 더 좋답니다). 8인치 케이크 팬을 이용해 종이에 8인치 지름의 원을 두 개 그립니다. 그런 후 종이 위에 들러붙음 방지용 스프레이를 뿌린 다음 밀가루를 살짝 뿌려줍니다.

2. 거품이 보송보송하게 날 때까지 계란 흰자를 젓습니다. 그런 후 설탕 2/3컵을 조금씩 넣은 뒤 다시 세차게 저어줍니다(전자믹서를 사용하실 때는 제일 강하게 저어주세요). 거기에 바닐라 추출액을 넣고 나머지 설탕 1/3컵을 모두 넣습니다. 그런 후에는 머랭이 부드러워질 때까지 천천히 저어줍니다.

3. 완성된 머랭의 반을 숟가락으로 깔끔하게 퍼서 8인치 원 두 개 중 하나에 얹습니다. 윗부분을 가지런히 정리하는데, 두께는 3/4인치 정도면 됩니다. 남은 머랭은 두 번째 원 위에 얹고 앞의 것과 같게 윗부분을 평평하게 정리해줍니다.
4. 섭씨 120도에서 1시간 동안 굽습니다. 윗부분이 먹음직스러운 황갈색으로 변했거나 건드렸을 때 겉면이 딱딱하면 완성입니다.
5. 틀 위에서 완전히 식히고 나서 선반으로 옮깁니다.
6. 머랭이 다 식었으면, 조심스럽게 종이를 벗겨서 벗긴 종이 위에 얹은 채로 서늘하고 건조한 곳으로 옮깁니다(어둑어둑한 찬장은 좋지만-냉장고는 좋지 않습니다).

소의 재료

레몬껍질 다진 것 2티스푼(노란 부분만 사용합니다)

백설탕 1/4컵(소를 만들 때 필요한 전체량은 3/4컵이 되는 거죠)

백설탕 1/2컵 / 레몬주스 3테이블스푼 / 휘핑크림 1/2컵

바닐라 추출액 2티스푼 / 계란 노른자 4개 분량

만드는 법

1. 계란 노른자에 설탕 1/2컵을 넣고 부드러워질 때까지 저어줍니다. 그런 후 레몬주스와 껍질 다진 것을 넣습니다.
2. 이중 냄비를 사용하는데 아래에는 물을 넣어 끓이고, 위에는 계란 노른자 혼합물을 넣어 마요네즈만큼 뻑뻑해질 때까지 데웁니다(3분 정도 걸릴 겁니다). 이중 냄비의 윗부분을 분리해서 식어 있는 가스레인지 위에 올려두어 나머지 요리를 완성하는 동안 충분히 식게 합니다.
3. 바닐라 추출액을 위의 혼합물에 넣은 다음 다시 크림이 잘 살도록 저어줍니다. 그리고 남은 1/4컵의 설탕을 넣고 모든 재료가 골고루 잘 섞여 밝은 색의 부드러운 소스가 될 때까지 계속 젓습니다(스푼으로 떠서 맛을 보세요-최고랍니다!). 완성된 소는 위를 덮은 뒤 냉장 보관합니다.
4. 조합을 위해 머랭과 레몬 소를 꺼냅니다. 두 개의 머랭 중 보기가 더 나은 것을 선택해서 케이크 접시에 올려놓으세요.
5. 레몬 소를 스푼으로 떠서 머랭 위에 얹습니다. 그런 뒤 고무 주걱으로 가장자리까지 골고루 펴줍니다.
6. 파이 모양으로 잘라 디저트용 접시에 담습니다. 가볍고 달콤한 타르트 류의 디저트라 여름에 먹기 아주 안성맞춤이랍니다.

4~6명 정도 먹을 수 있는 분량이에요
(로드 부인이 오시지 않을 때만요-로드 부인은 늘 세 조각씩 드시거든요).

한나의 또다른 메모: 이 디저트는 아주 맛있긴 하지만, 모양은 별로 예쁘지 않아요. 자를 때 머랭이 잘 부서지기 때문에 레이크 에덴 호텔의 샐리는 늘 이것을 주방에서 미리 잘라 아주 예쁜 디저트 접시나 커트 글라스 디저트 그릇에 담아 내주곤 한답니다. 위에는 달콤한 휘핑크림을 방울 모양으로 얹어 그 위에 종이 장만한 얇기의 레몬 슬라이스를 올리기도 한답니다.

엄마가 물었다.

"왜 그렇게 웃는 게냐?"

엄마의 질문에 쿠키단지의 작업실에 앉아 있던 한나는 제빵을 마친 뒤부터 계속 이어졌던 몽상에서 퍼뜩 깨어났다.

어젯밤 로스와 보냈던 즐거운 시간을 생각하고 있었다고 말하면 엄마의 중매 계획이 한나의 의도와는 다르게 급물살을 타게 될 것 같아 한나는 일부러 못 들은 척했다.

"뭐라고요, 엄마?"

엄마가 다시 물었다.

"왜 그렇게 웃고 있느냐고 물었다."

"제가요?"

"그래, 꼭 크림 통에 빠진 고양이처럼 웃고 있지 않았니."

한나의 귀가 팟 뜨였다.

또다시 엄마의 레전시식 표현이다. 오트밀 건포도 크리스피 반죽을 채 끝내기도 전에 엄마는 벌써 세 번의 표현을 사용했으니 고양이와 크림 통만 해도 벌써 네 번째다.

거만하다는 표현을 '발등에 높이 올라앉아 있다.'라고 했고, 엄마가 새로 장만한 스웨터를 일컬어 세련되고 예쁘다는 뜻으로 '명의에 가깝다.'라고 했으며, 엄마의 가게를 찾아온 손님 중 한 명이 딸의 이혼으로 심각한 우울증에 빠졌다는 것을 두고 '우울 군단의 공격을 받아 고통을 겪고 있다.'라고 말했다.

레전시 로맨스 클럽 모임이 있고 난 뒤에 엄마는 한 이틀은 늘 이런 식이시지만, 이번 달에는 모임 회원들이 영화 촬영에서 배역을 하나씩 맡아 모임은 취소된 상황이라 한나는 이상하다고 생각했다.

"레전시풍 표현들은 다 뭐예요?"

엄마와의 게임에서 지지 않으려는 듯 한나가 대답을 회피한 채 질문을 던졌다.

"이거 색깔이 너무 화려하지 않니?"

이번에는 엄마가 대답하지 않은 채 다시 질문을 던졌다.

모녀간의 발리 경기가 시작된 것이다.

"그렇게 생각하세요?"

한나가 다시 질문 공을 던져 네트를 넘겼다.

한나의 투구가 좋았는지 이번에는 엄마가 아무 말도 하지 않았다.

"엄마는 도대체 레전시풍 표현들을 얼마나 알고 계신 거예요?"

마침내 엄마가 대답했다.

"백 개 정도는 알지, 확실히."

한나는 승리를 만끽했다.

마지막 질문에서 드디어 승점을 획득한 것이다. 하지만 승리의 기쁨을 마저 누리기도 전에 무시무시한 생각이 퍼뜩 떠올랐다.

엄마가 갑자기 컴퓨터를 장만하고, 레전시풍 표현도 평소보다 더 많이 쓰고 있다. 혹시 엄마가 또다른 영국신사와 돈독한 우정을 맺은 게 아닐까? 어쩌면 인터넷 국제 채팅방에서 만난 누군가와? 춤을 잘 추는 영국신사라고 하면 엄마의 남자 보는 눈이 형편없이 낮아진다는 사실은 이미 입증된 바 있다.

"엄마?"

한나는 엄마에게 독일식 초콜릿 케이크 쿠키를 건네준 다음 조심스럽게 입을 열었다.

"그래, 애야."

"미셸한테 들었는데, 새 컴퓨터를 사셨다면서요?"

"맞아, 노먼이 사는 걸 도와줬지. 설치하는 것도 도와주고 말이다."

"왜 노먼이 얘길 하지 않았을까요?"

"내가 그러지 말라고 했기 때문이지. 네가 집에 오면 놀라게 해주고 싶었거든. 근데 미셸한테는 그 얘길 하는 걸 깜빡하고 말았구나. 컴퓨터는 정말 놀라운 기계이지 뭐냐, 애야. 타자기보다 훨씬 나아."

한나는 처음부터 작정했던 진입로로 서서히 접어들기 시작했다.

"그럼, 타자칠 때 사용하시려고 사신 거예요?"

"그래. 노먼이 메일 프로그램도 깔아 줬는걸."

메일 프로그램.

처음으로 그물에 걸린 정보를 미끼로 삼아 한나는 계속 밀고 나갔다.

"인터넷도 연결하신 거예요?"

"아직은 아니란다. 노먼의 말이 케이블 회사에서 초고속 라인을 설치할 때까지 기다려야 한다고 하더구나. 그러면 설치는 무료라고 하더라. 전화선을 이용하는 건 너무 느려서 못 쓸 거라고 하던걸."

"그렇군요."

한나는 조금 안심했다.

엄마는 아직 인터넷을 설치하지 않았다. 그 말은, 춤을 잘 추는 잘 생긴 영국신사와 인터넷상의 로맨스는 아직 실현되지 않았다는 뜻이다.

"그럼 엄마한테 이메일 주소가 생기겠네요?"

"아니, 메일 프로그램은 우체국을 통한 우편 배송을 위해 설치하는 거란다. 주소 라벨 만드는 방법을 배웠거든. 그래니의 앤티크 손님 주소 목록으로 라벨을 뽑는 거지. 세일을 알리는 공지를 보낼 때 캐리와 둘이서 어떻게 그 많은 주소를 일일이 손으로 쓰겠니? 이제 라벨을 출력해서 봉투에 붙이기만 하면 된단다."

"시간이 정말 많이 절약되겠어요."

한나는 여전히 개운치 못한 기분이 들었다.

요즘 들어 유난히 레전시풍 표현을 많이 사용하는 건 어떻게 설명될 수 있을까.

"요즘 책을 많이 읽으시나 봐요?"

"마음만큼 많이 읽지는 못한다, 애야. 앤티크 가게를 운영하는 게 거의 하루 종일 시간을 잡아먹어서 말이다. 셋이서 하는데도 그렇구나. 그리고 집에 돌아와 저녁 좀 챙겨 먹고, 컴퓨터를 켠 다음에 두어 시간 정도 작업을 하고 나면 통 시간이 없어요."

엄마의 마지막 말에 한나는 어리둥절해졌다.

"작업이요? 무슨 작업이요?"

엄마는 벽에 걸린 시계를 쳐다보았다.

"오, 그냥 사소한 취미 같은 거란다. 들어도 재미없을 게다. 난 인제 그만 가봐야겠구나, 애야. 캐리 혼자 가게를 지키고 있는데, 아마 혼자서 무척 바쁠 게야."

"오늘은 문 안 여시잖아요."

한나가 지적했다.

"그래도 할 일이 좀 있어서 말이다."

엄마는 자리에서 일어나 코트를 걸친 다음 문으로 향했다.

"재고 조사나 정리 같은 일들 말이야. 그럼 나중에 보자꾸나, 애야."

엄마의 등 뒤로 닫힌 문을 한나는 한참 동안 물끄러미 바라보았다.

하지만 그래 봤자 흰색 페인트칠이 된 문에는 한나가 알고 싶어 하는 질문에 대한 그 어떤 대답도 적혀 있지 않았다.

엄마에게 뭔가 필사적으로 감추려 하는 비밀이 있는 것이 분명하다.

한나는 언젠가는 알게 되리라 생각했지만, 지금 당장은 궁금증과 호기심 때문에 미칠 지경이었다.

"한나?"

그때 리사가 홀로 통하는 회전문을 열고 한나를 불렀다.

"마이크가 한나를 만나러 왔는데, 바쁘지 않은지 제가 확인해보겠다고 했어요. 한나에게 몇 가지 물어볼 것이 있다고 하던데요?"

"이런 우연이 있나!"

한나가 씩 웃으며 말했다.

"나도 마이크에게 물어볼 것이 있었거든."

"그럼 밖에서 기다리는 한 마리 양을 도축사에게 인도할까요?"

"그래, 하지만 난 도축사처럼 험하게 대하지 않아."

"걱정하지 마세요. 농담이에요."

홀로 나가던 리사가 다시 회전문 사이로 머리를 빠끔히 내밀었다.

"질문에 대한 답을 누가 더 많이 얻어가는가에 내기를 한다면 난 한나 쪽에 걸겠어요."

"고마워요, 한나."

한나가 따라준 커피잔을 들고 마이크가 한 모금 들이켰다.

"빌이 자리를 비우지만 않았어도 일이 훨씬 쉬웠을 텐데 말입니다. 요즘 두 배 몫으로 일하고 있어요."

"빌의 대리 역을 하는데다 딘의 살인사건을 수사하느라?"

"맞아요. 어젯밤은 그나마 네 시간이라도 잘 수 있었으니 행운이죠."

그 잘난 자존심을 접고 내 도움을 받는다면 그보다는 더 잘 수 있을 텐데.

한나는 이렇게 생각했지만 실제로 말하진 않았다.

사실 마이크가 별로 불쌍하다고 생각되지도 않았다.

어젯밤 한나는 그나마 네 시간도 자지 못했다. 하지만 누구와 늦게까지 데이트를 하느라 잠을 충분히 자지 못했다고 마이크에게 말할 순 없었다!

"무슨 생각하는지 압니다."

"그래요?"

한나는 내심 놀라고 말았다.

설마 마이크가 로스와의 저녁식사에 대해 누군가에게 얘기를 들은 건가?

"내가 한나의 도움을 받으면 이렇게 혼자 무리해서 일하지 않아도 될 거라고 생각하고 있었죠?"

"음."

한나가 애매모호한 대답으로 얼버무렸다.

"한나의 도움이 필요 없는 게 아닙니다. 정말은 필요해요. 하지만 그런 부탁을 할 수가 없는 겁니다. 무슨 말인지 알겠죠?"

"잘 모르겠는데요."

"위넷카 카운티 경찰서 규정 4-18장의 B절을 보면, '그 어떤 자격증이나 계약이나 대리 역을 위임하는 데 대한 보상 등이 없이 공식적인 경찰 수사에 민간인은 개입할 수 없다.'라고 나와 있습니다."

"그런가요."

한나는 혀를 지그시 깨물었다.

"보상을 조건으로 한나와 계약을 하고 싶어도 단지 수석 형사에 불과한 내 권한으로는 불가능해요."

"말만 번지르르하기는!"

한나는 미소를 지으면서도 나지막이 중얼거렸다.

물론 그렇게만 된다면 한나는 최선을 다해 사건 수사를 도울 것이다. 하지만 그런 일이 일어나리라고는 생각하지 않았다.

마이크가 지금 이런 이야기를 하는 이유는 단지 한나에게 궁금한 것을 얻어내려고 미리 달콤한 연막을 쳐두는 것이다.

"그래, 뭣 좀 알아냈습니까?"

마이크가 사건에 대한 한나의 판단을 확인하려 들었다.

"별로요."

한나가 대답했다. 하지만 마이크에게 뭔가를 던져줘야 한나도 얻을 것이 있을 것이다.

"내가 듣기로는 딘을 좋아했던 사람은 한 명도 없다고 하던데요."

"그럼 살인 용의자로 누구를 꼽았어요?"

마이크가 말했다.

"처음에는 코노를 생각했어요. 그럴만한 동기도 갖고 있었거든요. 근데 그 사람은 아니에요. 그는 당일 오후 내내 그래니의 앤티크에는 발걸음도 하지 않았어요."

"맞아요. 코노의 이름은 프랜시스가 작성한 목록에도 없었습니다. 그 외에는?"

한나는 안도의 한숨을 내쉬었다.

일단 마이크가 코노를 용의선상에서 제외했으니 그의 과거가 들통날 일은 없을 것이다. 그가 스스로 누군가에게 이야기하지 않는다면 그의 교도소 생활은 영원히 비밀로 지켜질 것이다.

"샤린이 딘의 바람기 가득한 행동을 눈치 채고 그에게 증오를 품지 않았을까 생각했어요. 아니면 조카인 샤린에게 성실한 남편이 되어주지 못하는 딘을 괘씸하게 여긴 톰 라치몬트가 딘을 죽였을지도 모르겠다는 생각도 했구요."

"아닙니다. 둘 다 결백해요. 서로 알리바이를 입증해주는데다가 두 사람과 아무 상관이 없는 제삼자도 두 사람이 촬영이 진행되는 내내 자리를 떠나지 않았다는 사실을 증명해줬습니다."

한나는 머릿속에 메모를 해두었다.

톰의 결백이 입증됐으니 톰과 린의 싸움에 대해 굳이 소피에게 물어볼 필요가 없겠다.

"린은 어때요? 총을 바꿔치기할 만한 위치에 있었잖아요."

"그렇죠. 린이 연출에 관심이 있어 한다는 말을 로스에게 들은 순간부터 그녀가 제일 유력한 용의자였습니다. 하지만 사건이 발생한 후 몸수색을 해봤지만, 그녀에게서는 가짜 총이 나오지 않았어요."

몸수색이라구?

한나는 킥킥거리는 웃음이 터져 나오려는 것을 애써 참았다.

린은 누가 보더라도 매혹적인 여자였으니 마이크가 그녀의 몸수색을 필요 이상으로 즐겼다고 해도 무턱대고 비난할 만한 일은 아니었다.

"그럼 마이크는 누가 딘을 죽였다고 생각해요?"

"제어드가 가능성이 있어요."

"제어드요? 그가 왜요?"

"그가 책상 위에 놓인 꽃을 매만지는 것을 본 사람이 있다고 했던 것, 기억해요?"

"기억해요."

"그에게는 총을 바꿔치기할 기회가 있었습니다. 리허설을 촬영한 테이프를 살펴봤는데, 제어드가 몸으로 책상 서랍 쪽을 가리고 서 있는 장면이 찍혀 있더군요. 그러는 동안 총을 바꿔치기할 수 있었지 않았겠어요?"

한나가 말했다.

"동의해요. 하지만 그가 왜 그랬을까요? 내가 알기론 딘에게 안 좋은 감정이 있진 않았던 것 같은데요. 원래 목표가 버크였다고 해도, 제어드가 버크를 죽이고 싶어 할만한 동기가 전혀 없잖아요."

마이크가 말했다.

"동기가 있는데 우리가 아직 모르는 것뿐일지도 모르죠."

한나가 말했다.

"마이크 말이 맞네요. 내가 제어드 주변 사람에게 한 번 물어볼게요. 그러는 동안 마이크는 다른 용의자들을 한 번 캐보는 게 어때요?"

"좋습니다."

마이크가 한숨을 내쉬며 대답했다.

"그럼 난 이만 경찰서로 가볼 테니, 한나도 한나 일, 봐요."

"제빵은 모두 끝냈어요. 새 쿠키를 구웠는데, 맛보고 어떤지 이야기해줘요."

마이크가 쿠키를 한 입 베어 물자, 그의 찌푸림이 어느새 사라져버리고 없었다.

"맛있는데요, 한나. 이거 이름 만들었습니까?"

"아니요."

"그럼 천사의 키스라고 하면 좋겠어요. 그만큼 가볍고 달콤하네요."

"좋은 생각이에요. 하나 더 먹어봐요."

마이크는 네 개나 되는 쿠키를 먹고 나서는 한나가 경찰서 사람들과 함께 나눠 먹으라며 손에 쥐여 준 쿠키 꾸러미를 들고는 행복한 미소로 카페를 나섰다.

그가 돌아가자 한나는 자신의 입에도 쿠키를 쏙 집어넣었다.

쿠키 안에 든 초콜릿 덕분에 마이크가 의기충천해서 열심히 딘의 살인범을 찾아 나설 테니, 한나도 그에 뒤지지 않게 얼른 힘을 내야 하지 않겠는가.

천사의 키스

오븐은 섭씨 135도로 예열합니다. 틀은 오븐 중앙에 둡니다.

재료

계란 흰자 3개 분량(노른자는 나중을 위해 냉장고에 넣어두세요)

타르타르 크림 1/4티스푼 / 바닐라 1/2티스푼 / 소금 1/4티스푼

백설탕 1컵 / 밀가루 2테이블스푼

허쉬의 키세스 초콜릿 약 30개(다른 초콜릿을 사용하셔도 됩니다)

만드는 법

1. 계란을 깨뜨려 흰자를 분리해낸 다음 실온에 잠시 둡니다. 그러면 거품이 더 잘나거든요.
2. 양피지나 포장용지와 함께 틀을 준비합니다. 종이에 들러붙음 방지 스프레이를 뿌리고 밀가루를 살짝 뿌려주세요.
3. 계란 흰자에 타르타르 크림, 바닐라, 소금을 넣고 거품이 생길 때까지 저어줍니다. 거기에 설탕을 10초 간격으로 1/4컵씩 뿌리면서 열심히 휘저어줍니다. 마지막으로 밀가루를 넣고 전자믹서에 넣은 뒤 제일 낮은 속도로 돌려줍니다.
4. 종이를 깐 틀 위에 반죽을 조금씩 떼어 얹습니다. 행과 열을 모두 네 개씩 맞추면 모두 16개의 쿠키가 완성되겠죠?

5. 반죽의 중앙에 키세스 초콜릿을 하나씩 올린 뒤 꾹 눌러 줍니다. 하지만 바닥까지 닿을 정도로 세게 누르진 마세요(종이에 초콜릿이 들러붙으면 안 되잖아요). 그 위를 다시 반죽으로 덮어 초콜릿이 보이지 않게 합니다.

6. 섭씨 135도에서 약 40분 동안 굽습니다. 쿠키의 윗부분에 먹음직스러운 황갈색이 돌기 시작하거나 만져보았을 때 딱딱하면 완성입니다.

7. 틀 위에서 식힌 다음 선반으로 옮깁니다. 쿠키가 완전히 식었으면 조심스럽게 종이를 떼어내고 밀폐용기에 담아 건조한 곳에 보관합니다(찬장은 좋지만, 냉장고는 절대 안 됩니다!).

 버티 스트롭의 미용실 구석에 있는 작은 공간에서 자매들의 정오 모임이 이루어지고 있었다. 너무나 감사하게도 소문의 진상지인 미용실 주인 버티 스트롭은 허니가 트레시의 메이크업을 하는 것을 지켜보는 것에 몰두하느라 자매들의 이야기 따위에는 별다른 관심을 기울이지 않았다.

 안드레아가 말했다.

 "평생 이렇게 많은 플라밍고(홍학)들 본 적 있어?"

 구석에 놓인 플라밍고 램프에 휴지통에도 분홍색 플라밍고 그림이 그려져 있었고, 벽지에도 날개를 활짝 펼친 플라밍고들이 평행으로 그려져 있었다. 게다가 거울에는 다양한 포즈의 플라밍고 스티커가 붙어 있었다.

 한나가 설명했다.

 "버티가 이 미용실을 인수하기 전에 이름이 플라밍고 헤어 살롱이었대. 대부분 장식은 버리고, 그나마 몇 가지만 여기 보관히고 있나 봐."

 "원래 주인이 장식들은 가져가지 않은 모양이지?"

 "아마도. 가짜 플라밍고에는 그만 질려버린 모양이야. 진짜가 그리웠던 게지."

 안드레아가 알쏭달쏭한 표정을 지었다.

"플로리다로 이사 갔대?"

"맞아, 저기 미셸 온다."

자매들 모임의 마지막 회원인 미셸이 허겁지겁 언니들이 있는 곳으로 달려와서는 등받이 뒤에 분홍색 플라밍고가 그려진 하얀색 비닐 의자를 잡아 뺐다. 의자는 너무 낡아 플라밍고 그림이 부분적으로 찢어져 있었는데, 그 틈으로는 노란색 솜이 삐죽 삐져나와 있었다.

"여긴 처음 들어와 봐."

분홍색 포마이카 테이블 앞에 앉으며 미셸이 말했다.

"축복받은 거지."

안드레아가 선글라스를 꺼내어 썼다.

"그건 왜 쓰는데?"

한나가 물었다.

"온통 분홍색이라 눈이 아파. 여기서 플라밍고가 아닌 건 저것밖에 없잖아."

한나와 미셸은 안드레아가 가리킨 곳을 쳐다보았다. 구석에 철제 뚜껑 밑으로 선들이 매달린 이상한 기계가 놓여 있었다.

"저게 뭐야?"

미셸이 물었다.

"내 생각에는 옛날 파마기계인 것 같은데."

한나가 말했다.

"물결무늬 머리 스타일을 만들 때 쓰는 거야."

"물결무늬 머리가 뭐야?"

"1930년대에 유행하던 스타일인데. 핑거 웨이브라고도 불렀어. 웨이브가 뭔지는 너도 알지?"

미셸이 고개를 끄덕였다.

"아빠는 머릿기름을 바르면 늘 머리카락이 곱슬곱슬했잖아. 그 곱슬머리를 엄마가 무척 좋아했었는데."

안드레아가 나섰다.

"하지만 정작 아빠는 싫어하셨지. 너무 기름져 보인다고 하셨거든."

"물결무늬도 똑같아. 전체적으로 머리가 물결무늬를 이루는 거야. 조안 클로포드나 메이 웨스트(옛날 미국의 여배우들)의 옛날 사진을 떠올려봐. 전부 물결무늬 머리 스타일을 하고 있다구."

"기계가 어떻게 작동하는 거지?"

안드레아가 물었다.

"뚜껑에서 붙어 내려오는 철제 선 보여?"

두 명의 동생이 고개를 끄덕이자 한나가 설명을 이어나갔다.

"나도 100% 확실한 건 아니지만, 미용사가 머리카락을 저기에 감은 다음에 전기선을 연결해서 선에 열을 보내는 거야. 그러면 저절로 머리가 곱슬곱슬해지지."

안드레아는 몹시 놀란 듯했다.

"하지만 그렇게 하면 위험하지 않아?! 전기에 감전될지도 모르잖아."

"글쎄, 어쨌든 우리가 태어나기 전에는 그렇게 했으니까."

"그건 엄마한테 물어보면 되겠다."

미셸이 제안했다.

"내가 너라면 안 그러겠다."

안드레아가 경고했다.

한나도 동의의 뜻으로 고개를 끄덕였다.

"그때는 엄마가 태어나기도 전이야. 그리고 엄마는 나이가 들통나는 거 싫어하시잖아."

"나도 알아. 난 그저 어렸을 때라도 여기에 와본 적이 있는지, 저 기계를 사용하는 걸 본 적이 있는지 물으려고…….."

미셸이 하던 말을 멈추고는 한숨을 내쉬었다.

"언니 말이 맞다. 관두는 게 좋겠어."

"자, 이제 본론으로 들어가자."

안드레아가 말했다.

"트레시의 메이크업이 끝나는 대로 의상 입히러 가야 하거든."

미셸이 한나를 돌아보았다.

"제어드에 대해 알아봤어."

"제어드가 왜?"

한나가 테이블 위에 놓아둔 수첩을 집어 용의자 명단을 적어둔 페이지를 넘기며 안드레아가 물었다.

"그 사람은 명단에도 없잖아."

한나가 안드레아에게 펜을 건네주었다.

"네가 오면 적게 하려고 기다리고 있었어. 미셸이랑 같이 리허설 테이프를 봤는데, 제어드에게 총을 바꿔치기할 만한 기회가 있었거든."

"동기는 뭔데?"

안드레아가 제어드의 이름을 적으며 물었다.

"없어."

미셸이 재빨리 대답했다.

"게다가 그가 한 짓도 아니구."

한나가 물었다.

"그걸 어떻게 알아?"

"제어드가 꽃을 매만진 다음 무대에서 내려와 허니 옆에 앉았거든. 그러고는 사건이 발생할 때까지 허니 옆에 있었대. 경관들이 사람들을 한 명씩 인도해서 몸수색할 때까지도 말이야."

"그렇다면 가짜 총을 숨길만 한 시간이 없었다는 거야?"

한나가 즉각 물었다.

"맞아. 허니에게 물어봤는데, 제어드가 나한테 했던 이야기가 전부 사실이라는 걸 입증해줬어."

"흠, 그렇다면 제어드는 제외해야겠는데."

안드레아가 그의 이름 위로 줄을 쫙 그었다.

"또 내가 모르는 용의자, 누구 있어?"

"로이드."

미셸이 말했다.

"로이드."

미셸을 따라 이름을 부르던 안드레아의 펜 끝이 수첩 위에서 멈칫했다.

"이 사람도 적어야 해? 또 금방 지워버릴 거 아니야?"

"적어."

미셸이 말했다.

그리고 거의 동시에 한나가 말했다.

"그 사람 이름은 적을 필요 없어. 결백하니까."

"언니가 결백을 증명해 보인 거야?"

안드레아가 물었다.

"내가 아니라 마이크가. 오늘 아침에 들었는데, 로이드한테는 가짜 총을 어딘가로 치워버릴 만한 시간이 없었어. 마이크가 지켜보는 데서 로이드가 책상 서랍의 총을 확인하고는 다시 마이크에게로 돌아와 총에 대한 이야기를 나눴대."

"총을 바꿀 수는 있었겠지만, 미처 감출만한 기회나 시간은 없었다는 거구나."

안드레아가 요약했다.

"좋아, 그러면 또 누구를 지워야 하지?"
"코노."
한나가 말했다.
"그건 왜?"
"코노에게도 기회가 없었어. 프랜시스가 리허설을 보려고 그래니의 앤티크에 들어오는 사람들 이름을 모두 적었는데, 코노의 이름은 명단에 없었어."

안드레아가 미소를 지었다.

"오, 잘 됐네! 난 코노가 마음에 들거든. 게다가 난 사람 보는 눈이 있잖아. 그와 이야기를 많이 나눴는데, 그런 난폭한 일을 저지를만한 사람은 절대 아니라고 봐."

미셸과 한나는 서로 시선을 주고받았다.

하지만 둘 다 입을 꾹 다문 채 아무 말도 하지 않았다. 안드레아가 그냥 좋은 쪽으로 생각하도록 내버려두는 것이 좋을 듯했다. 코노의 과거는 미셸과 한나가 나서서 이야기하고 다닐 게 못 되었다.

"그렇게 되면 이제 사실상 남은 용의자가 한 명도 없어."

안드레아가 명단을 내려다보며 말했다.

"위니의 이름도 지워야 하지 않겠어? 헛간에 총 같은 건 없었잖아."

한나는 안드레아의 손을 잡았다.

"아직은 아니야. 우리는 고작 한 곳만 살펴봤을 뿐이잖아. 위니의 집이나 농장 어딘가에 감춰져 있는지도 몰라. 아니면 집으로 돌아가는 길에 호수에 던져버렸을지도 모르고."

"그 말은……, 정말 위니가 한 짓이라는 얘기야?"

"아니, 하지만 그녀에게는 분명한 동기가 있어. 위니가 딘에게 맞서고 있었던 건 마을 사람 모두가 아는 사실이잖아. 딘이 동생의 동상을 옮기려 했기 때문에 그가 공원에서 촬영할 수 없도록 극구 반대하고 나서기도 했고."

"잠깐만. 위니가 로스에게 동상을 옮겨도 좋다고 허락한 것으로 아는데."

안드레아가 혼란스러운 표정으로 나섰다.

"아니야, 동상을 옮기는 게 아니라 기중기로 살짝 들어 올리는 데 동의했을 뿐이야. 촬영이 끝나면 다시 살포시 제자리에 내려놓는 거지. 딘은 동상을 멀찍이 옮겨놓았다가 다시 원래 있던 자리에 옮겨놓겠다고 했었거든. 그렇게 되면 두 번을 이동시켜야 하니까 위니는 그게 마음에 들지 않았던 거지."

안드레아가 말했다.

"이제야 이해가 가. 그 동상은 벌써 몇 년 동안이나 그 자리에 있었으니까 혹시라도 이동을 시키게 되면 어디 흠이 나지 않을까 조심스러웠을 거야."

미셸은 약간 울적한 표정을 지었다.

"딘이 그저 동상을 살짝 들어 올리는 것으로 만족했어도 위니가 금세 허가증에 서명을 해줬을 텐데, 너무 자기 고집만 부렸어. 위니도 마찬가지고. 그렇게 고집 센 사람 둘이 만나면 꼭 한 사람이 져야만 타협이 되더라구."

"아니면 죽거나."

한나가 안드레아를 돌아보며 지적했다.

"그래서 위니의 이름을 지우지 말라고 한 거야. 논리상 그녀는 아직 용의자거든……, 헌데 보이기에는 상당히 비논리적이란 말이야."

쿠키단지 뒷문에서 노크소리가 들리자 한나는 미소를 지었다.

아마 노먼일 것이다. 오늘 아침 전화로 트레시의 스케이트 장면을 찍는 촬영장으로 한나를 데려가겠다고 약속한 참이었다.

"나갈 준비 됐어요?"

한나가 문을 열자 노먼이 안으로 들어서며 물었다.

"잠깐 코트만 가져올게요. 엄마와 로드 부인이 10분 전에 먼저 출발하셨는데, 우리 자리를 맡아놓겠다고 하셨어요."

한나가 문고리에 걸린 파카 코트를 집어들자 노먼이 입는 것을 거들어주었다.

"고마워요."

한나가 노먼을 바라보며 인사했다.

노먼과 이렇게 가까이 있으면 늘 기분이 좋았다. 꼭 추운 겨울날 오후에 난로 가의 타닥타닥 따뜻하게 타오르는 장작불을 쐬는 느낌, 혹은 재미있는 책 한 권을 들고 폭신폭신한 담요 밑으로 기어들어가는 느낌이었다.

"왜요?"

한나의 흐뭇한 표정을 눈치 챈 노먼이 물었다.

"노먼이 너무 보고 싶다는 생각을 했어요."

"그런 말이 어딨어요. 내가 이렇게 있잖아요."

"맞아요."

한나가 그의 목에 팔을 감고는 꼭 포옹을 하며 키스를 했다.

"좋은데요."

노먼이 밖에 세워둔 세단으로 한나를 안내하며 말했다.

"가슴이 떨릴 지경이니, 너무 자주 해주진 말아요."

레이크 에덴 시립 공원은 꼭 서커스단이 마을에 들어온 것 같은 모습이었다. 스케이트 장면은 겨울축제와 맞물려 찍어야 하는 촬영이었기 때문에 공원 주변에 야외용 천막이 세워져 있었다. 천막 안에는 난방시설도 갖춰져 있었기 때문에 촬영 중간에 엑스트라들은 천막 안에 모여 몸을 녹일 수 있었다.

지난 이틀보다 날이 더 춥긴 했지만, 그래도 오후에는 섭씨 2도까지 기온이 올라갔다. 그 정도면 3월 날씨치고는 온후한 편이었지만, 눈밭이나 얼음 밭에서 몇 시간을 내내 서 있다 보면 두꺼운 부츠를 신고 다니는 미네소타 사람들에게조차 참을 수 없는 한기가 몰려왔다.

붐비는 사람들 속에서 한나는 엘리노어와 오티스 콕스를 발견했다. 두 사람은 각각 시베리안 허스키의 목줄을 손에 감아쥐고 있었다. 그리고 그 옆에는 시장인 바스콤 부부의 모습도 보였는데, 허리를 숙여 콕스 부부의 허스키를 쓰다듬어 주는 스테파니 바스콤의 모습에 한나는 문득 그녀에게 호감이 생기기 시작했다.

"정말 복잡하네요! 마을 사람들 전부가 다 나온 것 같아요!"

"오늘 아침 KCOW 라디오에서 엑스트라를 더 모집했어요. 새집까지 운전하는 길에 들었거든요."

"거긴 왜 갔어요?"

한나가 물었다.

"주방에 조리대가 제대로 설치됐는지 확인하려고요. 한나는 검정 화강암이 좋다고 했죠?"

"맞아요."

한나가 대답했다.

순간 더 좋은 대답이 생각났지만 이미 때는 늦었다.

"밝은 색 오크재 캐비닛에는 검정이 잘 어울릴 것 같거든요. 그런데, 노먼……, 노먼이 좋은 것으로 선택해요."

"한나가 원하는 것이 내가 원하는 거예요."

노먼이 토론의 끝을 맺었다. 그러고는 한나의 어깨에 팔을 둘러 살짝 포옹을 하고는 어머니들이 있는 곳으로 향했다.

"여기 자리를 맡아놓느라 얼마나 힘들었는지 모를게다!"

두 사람을 맞이하며 엄마가 투덜거렸다.

"맡은 자리라는 것을 한눈에 알 수 있게끔 내 백을 올려놓았는데도 사람들이 계속 와서 묻지 뭐냐."

"맡아주셔서 고마워요, 엄마."

엄마에게 늦지 않게 감사 인사를 전해야 했다. 엄마가 투덜거리는 것이 다 인사를 받기 위해서라는 사실을 한나는 잘 알고 있었다.

"아침부터 계속 서 있었더니, 다리가 아파서 도저히 서서는 촬영을 구경하지 못할 것 같았거든요. 아, 여기 엄마와 로드 부인을 위해 가져왔어요."

꾸러미를 받아든 엄마가 미소를 지었다.

"쿠키? 정말 자상하기도 하지, 얘야! 무슨 종류니?"

"모크 터틀스라는 건데 금방 드시는 것이 좋을 거예요. 중앙에 캐러멜이 들었는데 오늘처럼 추운 날씨에 꽁꽁 얼어버리면 딱딱해서 치아가 상할지도 모르니까요."

"그렇게 되면 내 사업에는 이득이겠는데요."

노먼이 말하자 세 사람은 한꺼번에 웃음을 터뜨렸다. 그리고 엄마와 로드 부인은 웃음이 그치기가 무섭게 쿠키를 먹기 시작했다.

한나가 자리에서 일어났다.

"잠깐만 실례할게요. 저쪽에 프랜시스가 보이는데, 마침 물어볼 게 있어서요."

"살인사건에 대한 거니?"

엄마가 물었다.

"어떻게 보면 그렇죠. 그런데 직접적으로 묻는 건 아니구요. 아무튼 금방 올게요."

프랜시스는 동상 앞에 서서 호기심 많은 사람으로부터 동상을 지키고 있었다. 꽤 풍채 좋은 몸매의 그녀는 두꺼운 파카까지 입고 있어 더 뚱뚱해 보였으며 갈색 머리카락에 뿔테 안경을 쓰고 있었다.

청바지에 부츠까지 신고 있었지만, 프랜시스는 왠지 학부모 모임에 참석한 아이 엄마 같은 모습을 하고 있어 한나는 어쩐지 예전에 한 번 본적이 있는 '세상의 어머니'라는 그림 속 여자가 떠오르고 말았다.

"안녕하세요, 프랜시스."

그녀의 옆에 다가서며 한나가 인사했다.

레이크 에덴의 초대 시장인 이즈키엘 조단, 아니 위니의 동생 동상은 가구를 포장할 때 사용하는 푹신푹신한 천 소재의 패드로 꽁꽁 감싸진 채 그물망에 둘러싸여 있었다. 마치 어린아이가 포장한 크리스마스 선물 같은 모양새였다.

"이즈키엘을 지키는 거예요?"

"로스가 여기 서서는 아무도 동상을 건드리지 못하게 하래. 헨더슨 부인에게 동상을 잠시 들어 올렸다가 다시 내려놓을 때까지 아무도 만지지 못하게 하겠노라고 약속했나 봐. 헨더슨 부인은 어떻게 된 거야? 미치기라도 한 거야?"

"그저 가족의 유품을 보호하고 싶은 마음일 거예요. 동생분이 동상을 조각해서 이 자리에 세웠거든요. 그러고는 공원을 시에 기증했는데, 사용에 대한 권한이 아직 위니에게 있어요. 동생이 결혼도 안 하고 죽었으니 세상에 남긴 유일한 유품이 바로 이 동상인 거죠. 그래서 동상을 무사히 지켜내야 한다는 의무감 같은 것이 있는 모양이에요."

"이해할 만도 하네."

프랜시스가 긴장된 눈빛으로 주변을 두리번거리더니 이내 한나 쪽으로 몸을 가까이 기울였다.

"혹시 그녀가 죽인 게 아닐까?"

"누구 얘기를 하는 거예요?"

"헨더슨 부인 말이야. 혹시 그녀가 총을 바꿔치기해서 딘을 죽인 게 아닐까?"

"아닐 거예요. 위니는 매사 직선적이고 당당한 사람이에요. 동상을 건드리지 못하게 하려고 딘을 죽인다면, 바로 지금 이 자리에서, 딘이 동상에 손을 대려는 찰나 총으로 직접 쏘아버렸을 걸요."

"미셸도 꼭 그렇게 얘기하더라구. 그냥 궁금해서 물어본 거야."

"프랜시스는 누가 총을 바꿔치기했다고 생각해요?"

"모르겠어. 딘을 그렇게까지 싫어했을 만한 사람이 도대체 누구였을지 감이 안 와. 물론 좀 짜증 나는 사람인 건 사실이지만, 그렇다고 누구를 다치게 하거나 하진 않았거든."

"그러면 딘의 사무실을 청소할 때 뭔가 발견한 것도 없어요?"

"이를테면?"

"증오의 내용이 담긴 메일이라든가 협박하는 편지들이라든가, 그가 죽기를 바랐을 만한 누군가가 있는 것이 확실한 물증 같은 것들이요."

그러자 프랜시스가 고개를 가로저었다.

"아니, 그런 건 없었어. 몇 번이고 계속해서 생각해봤는데 말이야, 한나. 그를 죽이고 싶을 만큼 미워했던 사람은 없는 것 같아. 모두 그는 원래 그러려니 하면서 이해해줬거든. 어쨌든 천재 감독인 건 사실이었으니까. 그러니까 그냥 그런 성격 따위는 눈감아 준 거지. 즉 서로 지나치게 간섭하지 않으면서 공존하는 거지. 딘의 트레일러를 들락거렸던

375

여자들도 자기가 그의 유일한 연인으로 남기를 바랐던 게 아니야."

"그의 부인은요? 샤린만큼은 딘에게 유일한 사람이기를 바랐을 거 아니에요?"

"그거야 당연히 그랬겠지. 회사 사람 중에 샤린이 딘에게 유일한 사람이라는 것을 부정할 사람은 없을 거야. 우리 모두 샤린을 좋아했고, 딘에게도 제법 충성했으니까."

"모두가요?"

"아마도. 그렇지 않았던 사람이 있다면, 난 잘 모르겠네."

프랜시스가 다시 주변을 두리번거리며 두 사람의 대화를 아무도 듣지 않고 있다는 사실을 확인했다. 아마도 엄청난 비밀의 실마리라도 한나에게 털어놓으려는 모양이었다.

"그러니까 이런 거야, 한나. 난 원래 목표가 딘이었다고 생각하지 않아. 분명히 누군가 버크를 죽이려 했던 거야."

"누가요?"

그러자 프랜시스가 어깨를 으쓱해 보였다.

"나도 모르지. 어찌 됐든 영화 쪽과는 아무 상관이 없는 사람인 것이 확실해."

답보 상태, 막다른 골목, 차량 정체, 봉쇄, 한나가 맞닥뜨린 상황을 설명해줄 수 있는 단어들이 한나의 머릿속에 마구 떠오르고 있었다.

프랜시스에게서는 지금까지 새롭다고 할 만한 정보가 없었다. 하지만 한나는 조금 더 힘을 내어 몇 가지 질문을 더 던져보기로 했다.

"버크에 대해 얘기해주세요, 그는 좋은 사람인가요?"

"좋은 사람이지. 출연 계약을 맺기 전까지는 우리 중 누구도 그를 잘 알지 못했지만, 괜찮은 사람인 것 같았어. 큰 배역을 맡았는데도 전혀 거만하지도 않고 피라미들에게도 아주 친절하게 대해줬지."

"피라미?"

"스크립트 걸 같은 아주 잡다한 일을 하는 스태프나 시간제로 돈을 받는 일용직 근로자들 말이야. 많은 수의 배우들이 자신에게 득 될 것이 없는, 그런 하찮은 스태프에게는 아주 오만하게 굴었는데, 버크는 그런 것에 전혀 구애받지 않고 모두에게 한결같이 친절했어."

"버크를 좋아하셨군요?"

"맞아. 그래서 누군가 그를 죽이려 했다는 게 상상이 가질 않아. 버크는 정말 순수하고 재미있고, 작은 것에도 감사할 줄 아는 사람이었는데 말이야."

"다른 스태프도 모두 프랜시스와 같은 생각일까요?"

"아마 그럴 거야. 그러니까 이런 거야, 한나……, 버크를 죽이는 건 곧 부활절 토끼를 죽이는 것과 마찬가지라구. 그건 정말 엄청나게 끔찍한 범죄가 아니겠어!"

"한나? 잠깐만!"

한나가 몸을 돌리자 위니 헨더슨이 허겁지겁 달려왔다.

"안녕하세요, 위니. 동상을 확인하러 오신 거예요?"

"그래, 동상을 지키는 친구가 정말 마음에 들어. 죄수들을 다룰만한 사람으로는 보이지 않는데."

한나는 웃음을 터뜨렸다.

프랜시스는 보는 사람에 따라 그 인상이 천차만별인 모양이었다. 세상의 어머니부터 시작해서 교도소의 여간수까지.

"마음을 놓으셔서 다행이에요. 로스가 빌려온 크레인 보셨어요?"

"벌써 봤지."

위니가 밝은 빨간 색의 육중한 기계를 뒤돌아보며 말했다.

"저런 건 처음 봐. 옆에 50톤까지 거뜬히 들 수 있는 크레인이라고 쓰여 있던걸. 어니의 동상이 아무리 무거워도 50톤은 넘지 않을 거야."

"아마 그럴 거예요. 그래도 혹시 모르니까 로스에게 말해서 확인해볼게요."

한나는 로스와의 통화 내용을 기억해보려 애썼다. 온통 어떤 종류의 크레인을 빌려야 할지를 이야기했다. 그때 로스는 천정 크레인, 브릿지 크레인, 젠트리 크레인, 지브 크레인, 그리고 붐 트럭에 대한 말했었다.

크레인은 확실히 남자들만의 분야인 모양이다. 로스와 미네소타 크레인 중장비기계사에서 나온 대표는 한나가 오렌지 스냅 반죽을 끝내는 시간보다 더 짧은 순간에 크레인 한 대를 골랐고, 정오가 되자 주문한 크레인이 도착했다.

"로스가 전화로 크레인 렌트 회사와 통화하는 걸 들었는데, 과소평가하는 것보다 과대평가하는 것이 낫다는 얘길 했어요."

"나중에 후회하는 것보단 낫다는 얘기겠지."

위니가 그녀의 식대로 해석했다.

"맞아요. 저희랑 같이 촬영하는 걸 지켜보실래요? 트레시가 방과 후에 매일같이 스케이트 타는 연습을 했거든요. 완벽하게 타려고 어찌나 욕심을 내던지."

"꼬마 아가씨 걱정은 안 해도 될 거야. 아주 잘해낼걸. 트레시는 마음먹은 것은 뭐든 해내고 마니까 말이야. 꼭 어린 시절 내 모습을 보는 것 같아."

한나는 슬며시 미소를 지었다.

위니의 어린 시절이라니, 좀처럼 상상이 되지 않았다.

"상상이 안 되지?"

한나의 생각을 읽은 것처럼 위니가 말했다.

"내가 늘 이렇게 늙은 나이였던 건 아니니까 말이야. 아무튼 같이 구경하자고 초대해줘서 고맙지만, 난 크레인을 다루는 친구가 일을 제대로 하는지 여기 서서 지켜봐야겠어."

철제의자에 앉은 한나는 몸을 꼼지락거려 보았다. 몸을 따뜻하게 덥혀줄 뜨거운 커피를 들고 있는 것이 마침 다행이었다.

촬영팀에서 스케이트를 타는 트레시의 빨간색 스카프가 바람에 날리는 것처럼 보이려고 바람을 만드는 기계를 틀어놓았던 것이다. 인공 바람은 인공 얼음 위를 지나며 차가운 공기를 만들어냈다.

"추워요?"

한나가 부들부들 떠는 걸 눈치 챈 노먼이 물었다.

"네."

"커피 더 가져다줄까요?"

노먼이 배우와 스태프, 그리고 엑스트라들을 위해 따뜻한 음료들을 준비해 둔 천막을 가리키며 물었다.

한나는 고개를 저었다. 커피라면 벌써 큰 컵으로 두 잔이나 마셨으니, 귀찮게 화장실을 들락거리고 싶지 않았다.

"고맙지만, 괜찮아요. 트레시가 촬영하는 동안 자리를 뜨고 싶지 않거든요."

"자리를 떠요? 왜 자리를 뜬다는……."

노먼이 하던 말을 멈추고는 장갑을 낀 손으로 자기 머리를 탁 쳤다.

"아, 무슨 얘긴지 알겠어요. 그렇다면 음료와는 상관없는 방법으로 따뜻하게 해줄 방법을 시도해볼게요."

노먼이 한나의 어깨에 팔을 두르고는 꼭 끌어당기자 한나는 미소를 지었다.

노먼을 오랫동안 만나 온 한나는 노먼이 추운 겨울에도 언제나 갓 구운 토스트처럼 따끈따끈한 사람이라는 사실을 잘 알고 있었다. 아마도 그의 신진대사와 관련 있을 것이다. 한나는 자신도 노먼과 같은 유전인자를 물려받았더라면 좋았을 텐데 하고 생각했다.

"저기 봐요."

노먼이 한 손으로 스케이트장을 가리켰다.

기중기가 천막 뒤로 이동하고 있었는데, 거기에는 초대 시장의 동상과 연결된 줄이 매달려 있었다.

"이즈키엘 시장님이 꼭 승천하는 듯하군요."

"이런 일이 있을 줄 위니의 동생분이 미리 알았더라면, 초대 시장이 아니라 나자로(예수님이 죽음에서 살린 남자)를 조각했을 텐데 말이에요."

한나의 재치 어린 말에 노먼이 웃음을 터뜨렸고, 그런 노먼을 보며 한나는 기분이 좋아졌.

기중기와 동상을 안전하게 연결하는 데는 그리 오랜 시간이 걸리지 않았다. 한나와 많은 사람이 지켜보는 가운데 기중기는 동상을 들어 올리기 시작했다. 들리는 소리라고는 기중기의 기계가 힘차게 돌아가는 소리밖에는 없었다. 화강암으로 만든 이즈키엘 조단의 동상이 땅에서 떨어져 솟아오르는 광경을 바라보는 것에 정신이 팔려 모두 아무 말이 없었다.

"멈춰! 안 돼!"

기중기의 진동 소리 틈으로 희미한 외침이 들려왔다.

위니가 동상을 향해 죽을 듯이 달려가고 있었다.

뭔가 크게 잘못된 것이다.

자신도 모르게 자리에서 벌떡 일어난 한나는 동상을 향해 달리기 시작했다. 한나는 날듯이 뛰어 동상을 지나친 후, 위니가 동상에 다가서기 바로 몇 걸음 전에 그녀를 잡을 수 있었다.

"위니!"

숨을 헐떡이며 한나는 작은 체구의 농장 여주인이 기절해 쓰러져버리지 않도록 단단히 붙들었다.

"무슨 일이에요?"

"저 바보 같은 자식이 바닥면까지 같이 들어 올렸어! 동상을 들라고 했지, 바닥면까지 들어 올리라고 하지 않았다구!"

"바닥도 동상의 일부에요."

한나는 최선을 다해 설명하며 위니를 동상에서 멀찍이 떨어진 천막 쪽으로 이끌었다.

"저와 함께 가세요. 제가 커피 한 잔 따라 드릴게요."

"하지만 바닥은 들어 올리면 안 돼!"

위니가 고집을 피웠다.

"같이 들어 올릴 수밖에 없어요. 카메라에 잡히면 안 되니까요. 로스가 전부 설명해줬는데, 동상이 서 있던 자리는 눈으로 덮어서 표시가 나지 않도록 할 거라고 했어요."

"하지만……, 땅을 눈으로 덮어버리면, 어떻게 제자리에 돌려놓지?"

"나도 같은 질문을 했더랬어요."

위니가 한결 진정이 된 것 같아 한나는 단단히 붙들고 있던 손에 힘을 풀었다.

"미셸 말이 마분지를 올려놓고 눈을 덮을 거래요. 그리고 촬영이 끝나면 다시 눈을 치우고 마분지가 놓인 곳에 동상을 내려놓는 거죠."

"오, 그래, 그렇다면……, 다행이야."

한나에게서 커피를 건네받는 위니는 어느 정도 안정을 찾은 듯했다.

"저쪽에 가서 저랑 같이 앉으세요."

한나는 아무도 앉지 않은 빈 의자를 들고는 엄마와 로드 부인, 그리고 노먼이 앉은 곳으로 위니를 이끌었다.

레이크 에덴의 초대 시장 동상이 2층 높이만큼이나 높게 들어 올려지는 광경을 모두 숨죽이며 지켜보았다. 특히 위니는 누구보다 열심히, 그리고 더 오래 그 광경을 지켜봤는데, 마침내 시선을 돌리고는 깊은 한숨을 내쉬었다.

"어니의 동상은 문제없는 것 같아."

"그럼요."

한나가 위니를 안심시켰고, 두 어머니와 노먼도 한 마디씩 거들었다.

그리고 네 사람의 시선은 스케이트장 끝쪽에 있는 나무로 된 집으로 이동했다.

"새로운 아가씨 감독님이군."

린이 모습을 보이자 위니가 한나를 쿡 찌르며 말했다.

"아이들만큼이나 스케이트도 잘 타는 것 같은데."

한나의 대학시절 동창은 얼음을 제치며 나아가더니 중앙에서 이르러 멈추었다.

"오늘 이렇게 와주셔서 감사합니다."

린이 말했다.

기중기의 진동 소리에 바람 기계의 모터 소리가 겹친 상황에서두 린의 목소리가 선명하게 들리는 것을 보니 아마도 소형 마이크를 사용하는 모양이었다.

"날이 추운 관계로 빨간 줄무늬 천막에 따뜻한 커피와 핫초콜릿을 준비했으니 마음껏 가져다 드세요. 군중 장면은 촬영을 마쳤으니 지금부터는 스케이트를 타는 배우들의 장면을 촬영할 거예요."

린이 손짓을 하자 일곱 명의 어린 소녀들이 집에서 나왔다. 무리의 뒤쪽에는 트레시도 포함되어 있었다.

"오늘 촬영에 임할 꼬마 스타들입니다. 스케이트장 중앙 부분에서 스케이트를 타며 크랙더휩 게임을 할 겁니다. 마을에 새로 이사 와 아직 동네 아이들과 충분히 친해지지 못한 트레시가 가장 마지막 순번에 서는데, 다섯 번을 돌았을 때 트레시의 손을 잡고 있던 아이가 일부러 트레시의 손을 놓는 바람에 트레시는 녹색과 흰색의 텐트 앞에 쌓인 눈

더미에 가서 부딪히게 되는 거예요."

한나를 포함한 구경꾼들은 트레시가 부딪히게 될 눈 더미 쪽을 쳐다보았다. 다른 눈 더미보다 왠지 달라 보였다.

"자세히 보시면 저쪽 눈 더미가 조금 다르다는 것을 눈치 채셨을 거예요. 사실 저건 진짜 눈이 아니라 부드러운 스티로폼을 딱딱하게 얼은 눈처럼 보이게 한 거랍니다. 카메라에 담길 충돌 장면은 매우 빠르게 돌다가 트레시가 비명을 지르면서 팔을 다치는 설정이거든요. 그렇게 하다가 진짜로 다치게 되면 안 될 테니 미리 조치해 둔 것이에요."

사람들 무리가 웅성거리더니 누군가 질문을 던지는 듯했지만 한나에게는 들리지 않았다.

"엑스트라 중 한 분이 '왈라-왈라'라고 소리 내는 것에 대해 물어오셨는데요, 몇몇 분들에게는 조금 바보같이 보일지도 모르겠지만, 한 데 모인 사람들이 서로 다른 박자로, 다른 목소리로 '왈라-왈라'라고 하면 꼭 서로 대화를 나누는 것 같은 소리가 들린답니다. 그런데 오늘은 '왈라-왈라'를 할 필요가 없어요. 그건 편집 때 인위적으로 집어넣을 거니까요. 간단한 대화도 집어넣구요."

한나는 내심 놀라고 말았다.

린은 촬영에 대해 사람들에게 아주 잘 설명해주고 있었다.

"촬영이 시작되면, 여러분 모두 공원에 모여 아주 즐거운 겨울 놀이를 즐기는 것 같은 표정을 지어주시기 바랍니다. 특히 크랙터휩 게임이 시작되면 소녀들이 빙판 위를 놀 때는 힘차게 박수도 쳐주세요. 그리고 트레시가 눈 더미를 향해 미끄러질 때는 깜짝 놀란 표정과 아이가 괜찮은지 걱정하는 듯한 표정도 부탁합니다. 그리고 결국 눈 더미에 부딪혀 팔이 부러질 때는 매우 충격받은 표정을 부탁해요."

"정말 흥미진진해."

위니가 한나를 향해 미소를 지으며 말했다.

"영화 촬영이란 게 이렇게 재미있는 일인지 미처 몰랐어."

'딘이 메가폰을 잡았을 때는 전혀 몰랐죠.'

한나는 금방이라도 내뱉고 싶은 말을 꾹 참아 눌렀다.

린은 전 감독보다 사람들을 다루는 데 훨씬 더 능숙했다.

"다들 준비되셨나요?"

린이 묻자 몇몇 사람이 고개를 끄덕였고, 몇몇 사람은 동의의 뜻으로 환호성을 질렀다.

"좋습니다, 그럼. 한 번에 끝낼 수 있는지 한 번 보도록 해요. 트레시? 의상 준비해줘요."

트레시는 다시 스케이트를 타고 얼음판을 지치며 스케이트장 끝으로 가 나무로 된 집 안으로 들어간 뒤 문을 닫았다.

한나는 문이 닫히기 전 안쪽에서 메이크업담당인 히니와 의상담당인 소피의 모습을 얼핏 볼 수 있었다.

주변을 두리번거리던 한나의 눈에 카메라맨 중 한 명이 동상이 있던 자리에 서 있는 것이 눈에 띄었다. 그리고 또다른 한 명은 스케이트장 끝쪽에 놓인 플랫폼 위에 서 있었고, 한나가 만난 적이 있는 클라크는 어깨에 스테디캠(고르지 못한 지면 위를 달리면서 촬영할 수 있도록 설계된 카메라)을 얹고 스케이트장 주변을 걷고 있었다.

"각자 제자리로!"

린의 지시에 따라 여섯 명의 소녀들이 스케이트장 중앙을 향해 얼음을 제치며 달려갔다.

린은 소녀들이 서 있는 간격을 여러 번 조정한 다음 모든 것이 자신의 의도대로 완벽해지자 트레시를 불렀다.

"준비됐니, 트레시?"

"준비됐어요."

문을 열고 나온 트레시가 다시 문을 닫으며 대답했다.

"조명!"

스케이트장 주변을 에워싸는 조명이 일제히 켜지자 한나는 깜짝 놀랐다. 아직 환한 낮이었지만 그래도 촬영을 위해서 조명이 필요했다.

"카메라!"

린이 잠시 여지를 두더니 이내 마지막 지시를 내렸다.

"액션!"

린의 지시가 떨어지자마자 소녀들이 빙판 위를 제치며 마음껏 놀기 시작했다. 한 명은 저쪽 편에서 회전 연습을 했고, 다른 한 명은 뒤로 스케이트를 탔으며 두 명의 소녀는 서로 손을 잡고 작은 원을 만들며 텔레비전에서 본 적이 있는 스케이트 선수들의 자세를 흉내 내고 있었다. 그리고 또다른 두 명의 소녀들은 스케이트장 주변을 아주 빠른 속도로 달리며 얼음을 제치고 있었다.

"컷!"

린이 마침내 외쳤다.

"다음 장면! 액션!"

두 명의 소녀가 느린 속도로 원을 그리며 스케이트장 중앙으로 향했고, 둘 중 한 명이 뒤로 스케이트를 타던 소녀에게 손짓하자 그 소녀가 다시 회전 연습을 하던 소녀에게 다가갔다. 소녀들이 중앙에서 줄을 맞추어 서자 다른 두 소녀도 다가와 줄에 합류했고, 소녀들은 서로 손을 잡고 크랙더휩 게임을 하기 시작했다.

그 모습을 지켜보는 사람들은 즐거운 농담을 나누며 얼굴 가득 미소를 지었다.

"트레시, 큐!"

린이 외쳤다.

잠시 후, 빨간색 새틴 장식을 단 감청색 코트를 입고 목에는 빌의 빨간 스카프를 두른 트레시가 나무집의 문을 열고 나왔다.

머리에는 똑같은 감청색의 니트 모자를 썼고, 스케이트에는 파란색 방울들이 달렸다. 그리고 두터운 방수 바지 대신 트레시는 발밑까지 감싸는 스키 바지를 입고 있어 다리가 더욱 길어 보였다.

트레시의 의상은 아주 멋졌다. 꼭 록펠러 플라자 스케이트장에서 스케이트를 타는 부유한 집 여자아이의 옷차림 같았다.

트레시의 옷차림은 평범한 파카 재킷에 방수 바지를 입은 다른 소녀들과도 확실히 구분되었다. 그러한 차이를 모르는 듯 트레시는 스케이트장 중앙에서 노는 소녀들을 보자 미소를 지으며 다가가서 자신도 함께 놀아도 되느냐고 물었다.

소녀들은 서로 눈빛을 주고받더니 이내 고개를 끄덕였고, 트레시는 신이 나 크랙터휩의 줄에 합류했다. 중앙을 중심으로 소녀들이 만든 줄이 원을 돌기 시작했고, 가장 중앙에 서 있는 큰 체구의 소녀를 주축으로 한 원의 회전 속도가 점점 빨라질수록 줄의 가장 마지막에 있는 트레시는 즐거워하는 듯 보였다.

소녀들의 속도가 점점 빨라지자 한나는 돌아가는 횟수를 세기 시작했다. 다른 사람들도 한나처럼 원의 수를 세고 있었다. 그중에서도 위니와 노먼은 큰 소리로 숫자를 매겼다.

원을 네 번째 돌았을 때 트레시가 약간 비틀거리며 중심을 잃을 뻔하자 사람들은 모두 염려스러운 표정을 지었다. 다섯 번째 회전은 지금껏 중에 가장 빨랐고, 트레시는 줄의 끝에 간신히 매달려 커피가 제공되는 천막 옆을 휙 지나쳤다.

그다음 만나게 되는 천막은 파랑과 하양이 섞인 색의 천막이었는데,

트레시는 너무 지쳐 있어서 금방이라도 넘어질 것만 같았다.

간신히 파랑과 하양 천막을 지나고, 노랑과 하양의 천막도 지나고 마침내 트레시가 넘어져 부딪혀야 할 순간인 초록색과 하양의 천막이 나타나자 사람들은 린이 지시한 대로 깜짝 놀란 표정을 지었다.

트레시가 함께 출연하는 친구들과(진짜 친구들) 넘어지는 장면을 여러 번 연습했다고 안드레아에게 이야기는 들었지만, 그래도 실제로 그 상황을 눈앞에 두게 되니, 연기라 하더라도 한나의 가슴은 떨렸다!

초록색과 하양의 천막이 트레시의 시야에 들어오자 트레시는 이번에도 간신히 매달리려 애를 썼다. 하지만 바로 그때 트레시의 실제 베스트프렌드인 카렌 던라이트가 트레시의 손을 놓았고, 트레시는 얼음판을 미끄러져 눈 더미에 부딪히고 말았다.

트레시가 극적으로 넘어지자 사람들은 걱정 어린 탄성을 질렀고, 몇 사람은 정말 비명을 지르기까지 했다. 팔을 짚고 일어서는 트레시는 무척 아프고 놀란 듯 보였다.

트레시가 나지막하게 흐느끼기 시작하자 사람들은 앞으로 무슨 일이 벌어질까 궁금한 마음에 쥐죽은 듯 조용해졌다.

"컷!"

그때 린이 외쳤다.

마이크를 사용하고 있었는데도 상당히 큰 외침이었다.

"괜찮지, 트레시?"

"괜찮아요, 고마워요."

트레시가 사람들을 향해 미소를 보내며 대답했다. 그러고는 아무 데도 다친 곳이 없다는 것을 알리는 듯 머리 위로 두 손을 들어 사람들을 향해 흔들어 보였고, 그런 트레시를 향해 사람들은 박수갈채를 보냈다.

한나는 위니를 돌아보았다.

"트레시가 앞으로 영화계에서 상당히 잘 나가겠어요. 아까는 정말 어디 다친 줄 알았다니까요, 위니는 안 그랬어요?"

하지만 위니는 아무 대답도 하지 않은 채, 동상에서 뭔가가 떨어지기라도 한 듯 공포에 가득 찬 눈길로 위를 쳐다보고 있었다.

그때 동상이 있던 자리에 서 있던 카메라맨이 한나가 트레시나 베서니 앞에서는 결코 말하지 못할 욕설을 내뱉으며 머리를 문질렀고, 이내 위를 올려다보더니 카메라를 들고 사람들 무리를 향해 뒷걸음질쳤다.

또다른 외침 소리가 들렸다. 동상이 조각나 파편들이라도 떨어지는 듯 무언가가 비처럼 떨어지고 있었던 것이다.

린은 서둘러 소녀들 쪽으로 달려가 나무집 안으로 피신시켰고, 동상과 가까운 곳에 있던 사람들은 각자 머리를 뭔가로 덮었다.

"와우!"

카메라맨이 이 광경을 찍고 있을까 궁금해하며 한나가 말했다.

동상에 대한 위니의 걱정이 현실로 드러났다.

지금 사람들의 눈앞에서 동상이 조각나고 있지 않은가.

한나는 위니에게 동상을 들어 올리자고 제안한 것에 대해 사과하려고 그녀 쪽으로 고개를 돌렸는데, 위니의 의자는 어느새 텅 비어 있었다. 동상과 가까워서 파편이 떨어지는 것도 아닌데 그녀가 어째서 굳이 자리를 떴을까?

마침내 파편의 비가 멈추고 한 용감한 영혼이 달려가 얼음판 위에 떨어진 조각을 집어들어 나이트 박사에게 건네주자 박사는 그것을 자세히 들여다보았다.

"도대체 그게 뭐예요, 박사님?"

소녀들을 소피와 허니, 안드레아의 손에 맡기고 돌아온 린이 나이트 박사에게 물었다.

그러자 나이트 박사는 어깨를 으쓱해 보이며 대답했다.

"비골(종아리뼈) 같은데."

"다리뼈 말이에요?"

"그래."

"동물 건가 보죠?"

나이트 박사가 대답에 뜸을 들였다. 그러는 동안 사람들은 다시 쥐죽은 듯 고요해져 숨소리까지 들릴 지경이었다.

마침내 박사가 입을 열었다.

"아니, 사람의 것 같아."

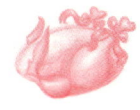

"위니? 여기 계세요?"
한나가 농가의 문을 노크했다.
하지만 아무런 대답이 없자 한나는 마이크와 노먼을 돌아보았다.
"안에 계신 것 같은데, 대답을 안 하시는 것 같아요."
"한나 말이 맞는 것 같습니다."
마이크가 말했다.
"다시 해봐요."
노먼이 제안했다.
"이번에는 한나가 왔다고 얘기해요."
"위니? 저 한나예요."
한나가 다시 노크를 했다.
"문 좀 열어주세요. 할 얘기가 있어요."
"나가……."
안쪽에서 신발을 끄는 소리와 함께 희미한 목소리가 들려왔다.
"나가요, 나가. 문을 열어줄 테니 기다려."
한참을 지나 마침내 위니가 문을 열었다.
어스름한 빛을 받고 서 있는 위니는 평소보다 더 작고 쓸쓸해 보였다.
"나를 체포하러 온 건가?"

마이크가 대표로 대답했다.

"아닙니다. 그래야 하는 겁니까?"

"어쩌면. 들어와서 커피라도 한 잔 해요. 마침 주방에 물을 올려놨으니까."

역시 손님은 늘 공손히 대접하시는구나.

위니를 따라 널찍한 농가 주방으로 들어서서 대부분의 공간을 차지한 둥근 오크재 테이블 앞에 앉으며 한나는 생각했다.

"왜 그렇게 급하게 가버리셨어요, 위니?"

"왜 그랬을지는 알게 아니야. 지금쯤 박사님이 그 뼈가 사람 뼈라는 걸 알아냈을 테니."

"맞습니다, 알아내셨죠."

마이크가 말했다. 그러고는 한나를 향해 경고의 눈빛을 쏘아 보냈다. 그의 메시지는 단호하고 분명했다.

마이크가 알아서 처리하도록 내버려둬야 한다. 이건 한나의 일이 아닌 마이크의 일이었다.

"나를 교도소에 집어넣기 전에 커피나 한 잔 마시자구."

위니가 낡은 나무 난로 위에 올려둔 파랑과 하얀색의 주전자를 들어 네 개의 컵에 물을 부었다.

"크림이나 설탕 넣을 사람 있어?"

"전 그냥 블랙이 좋아요. 고마워요, 위니."

한나가 대답했다.

"저도 마찬가지예요."

노먼도 대답했다.

"저도 블랙이 좋습니다."

한나와 노먼이 컵을 받아들고 조심스레 마시기 시작한 가운데 마이크도 대답했다.

한나는 웃음이 터져 나오려는 것을 간신히 참고 있었다.

마이크는 마치 신하가 먼저 음식을 맛보아주기를 기다리는 왕처럼 한나와 노먼이 커피를 마시는 모습을 가만히 지켜보고 있었다.

그는 위니가 커피에 독극물을 타지는 않았을까 염려하는 듯했다.

하지만 마이크는 위니의 커피가 그 자체로 독약이라는 사실을 모르고 있었다. 위니는 옛날 방식으로 노르웨이 커피를 탔는데, 노르웨이 커피는 독약만큼 진하기로 유명하다.

위니는 늘 토요일 밤에는 주전자를 깨끗이 씻어 일요일 아침에 커피를 만들었다. 그런 후 다 마실 때까지 주전자를 계속 나무 난로 위에 올려놓았다.

바닥에 커피가루가 얼마 남지 않았을 때 위니는 거기에 물을 더 붓고 새 커피가루를 몇 스푼 넣어 또다시 끓여냈고, 그렇게 몇 번을 반복하면 토요일 밤이 되었을 때는 거의 주전자의 반 정도가 커피가루로 가득 찼다. 그것도 일부러 손으로 꽉꽉 눌렀을 때도 그 정도였다.

한나는 커피를 또 한 모금 들이켰다. 그나마 오늘이 금요일인 것이 다행이었다! 예전에 한 번 토요일 오후에 위니의 커피를 마신 적이 있었는데, 마약 저리 가라 할 정도로 강하고 독했다!

드디어 마이크가 컵을 들어 커피를 마셨다.

한나는 마이크의 모습을 자세히 살펴보았다.

콜록거리지 않는 것이 용했다. 물론 눈동자가 약간 흔들리는 듯했지만, 위니의 커피를 처음 마시는 사람에게 흔히 보이는 반응이었다.

커피를 삼킨 마이크는 레이크 에덴에서 태어나고 자란 사람이 아닌 이에게서는 전혀 기대할 수 없는 행동을 했다.

그는 목청을 가다듬더니 위니를 향해 미소를 지으며 말했다.

"이 정도 커피면 벽에 페인트도 벗겨 내겠는데요!"

위니는 기분이 조금 나아진 듯 슬며시 미소를 지었다.

위니의 커피를 맛본 마을 사람들은 모두 똑같은 이야기를 한마디씩 던졌는데, 그것은 위니에게 칭찬이나 마찬가지였다.

이제 한나는 가만히 숨을 고르며 마이크가 컵을 내려놓고 질문을 시작할 때를 기다렸다.

마이크는 한나에게 용의자를 심문할 때 즐겨 사용하는 두 가지 방법이 있다고 말을 해준 적이 있었다. 하나는 협박이었고, 다른 하나는 동정심을 이용해서 호소력 있게 접근하는 것이었다.

"그 사람 뼈에 대해 이야기해주시면 저희가 뭔가 문제를 해결할 수 있을 것 같습니다."

마이크의 말에 한나는 감탄 어린 시선을 보냈다. 그가 협박 대신 호소력 짙은 접근법을 선택한 것이 다행이라고 생각했다.

"그러는 게 좋겠지."

위니가 마이크의 맞은편에 앉았다.

나무 의자의 끄트머리에 위태롭게 걸터앉은 위니의 모양새로 보아 그녀가 하려고 하는 이야기는 무척 고통스러운 내용인 듯했다.

위니는 커피를 한 모금 마시더니 한숨을 푹 내쉬었다.

"그러니까, 이런 거야."

위니가 말했다.

"내 두 번째 남편은 술만 마시면 나를 때렸어. 그래서 집 안에는 절대 술 한 방울 들이지 않았지만 그 사람은 토요일 밤만 되면 술집에 갔어. 내가 그를 집에 붙잡아 두려고 얼마나 노력했는지는 하느님만이 아실 거야. 하지만 결국은 소용이 없었지."

한나는 얼굴을 찌푸렸다.

하지만 공연히 나서 질문을 해대며 위니의 회상을 방해하고 싶지 않아 그저 잠자코 있었다. 한나의 기억이 정확하다면 위니의 두 번째 남편 이름은 레드고 어느 날 아침 담배를 사러 간다고 집을 나서서는 다시는 돌아오지 않았다.

"어쨌든, 첫 아들이 태어난 날도 마침 토요일이었기 때문에 레드는 술집에 갔어. 아기가 나오기까지 조금 시간이 있는 것 같아서 난 내 남동생, 어니에게 전화를 걸어 시내에 가서 레드를 불러와 달라고 했지. 나를 나이트 박사님에게 데려갈 수 있도록 말이야."

"계속 말씀해보세요."

마이크가 위니를 독려했다.

"하지만 레드는 그렇게 일찍 집에 돌아오고 싶어 하지 않았어. 그래서 어니가 다소 거칠게 굴어가며 억지로 그를 집으로 데려왔지. 집에 돌아오자 레드는 어니를 집 안에 들이려고 하지 않았어. 썩 꺼지라며 그를 밖에 세워두고 쾅하니 문을 닫아버렸지. 하지만 어니는 나를 술이 잔뜩 취한 레드 옆에 혼자 두는 게 걱정이 돼서 집 뒤로 돌아가 주방 유리창으로 안을 들여다봤나 봐. 그리고 바로 그때 레드가 내 뺨을 보기 좋게 몇 대 갈겼지."

위니의 말을 듣는 것만으로도 한나는 속이 부글부글 끓어올랐다.

노먼 역시 한나와 마찬가지인 듯 보였다.

한나는 마이크도 흘끗 바라보았다. 그는 애써 아무렇지도 않은 표정을 짓고 있었지만, 침을 꿀꺽 삼키는 모습은 감출 수가 없었다.

"그래서 그때 어떻게 하셨습니까?"

마이크가 물었다.

"얼마간은 그렇게 맞고 있다가, 나도 마침내 그에게 저항했어. 뱃속에 아기가 다칠지도 모른다고 생각했거든. 하지만 손으로 저항하는 건

별 소용이 없기에 뭔가 무기가 될만한 것을 찾았지. 난 난로 위에 늘 커피 주전자를 올려두곤 해. 그때는 지금 것보다 2배는 더 큰 크기였어. 이것처럼 손잡이가 양쪽에 달린, 보이지? 안에는 커피가 가득 들어 있었지."

위니는 현재 사용하는 주전자의 손잡이와 주전자 양쪽을 연결해주는 반원형 손잡이를 가리켰다.

"큰 주전자는 이렇게 양쪽 손잡이가 필요해. 한 손으로 반원형 손잡이를 잡고 다른 한 손으로는 한쪽 손잡이를 잡고서 따르는 거지. 내가 커피를 따를 때 하듯이."

"그날 밤은 어떤 손잡이를 잡으셨습니까?"

마이크가 물었다.

"반원형 손잡이를 잡았어. 그러고는 그의 얼굴에 휘둘렀지. 그랬더니 주전자는 그대로 날아가 버리고 그 사람도 주방 바닥에 쓰러져버리고 말더군. 그가 다시 일어났을 때 난 그가 나를 죽일 거라고 생각했지. 그래서 난로 위에 놓여 있던 스파이더를 손에 쥐고는 다시 그를 향해 휘둘렀어."

"스파이더요?"

마이크가 혼란스러운 표정으로 물었다.

"이런 것 말이야."

위니가 자리에서 일어나 두 마리의 닭을 한꺼번에 튀길 수 있을만한 커다란 검은색 철제 프라이팬을 가져왔다.

"아주 무거워, 그래 보이지?"

마이크가 프라이팬을 들어보았다.

"정말이군요. 10파운드(4.5㎏)는 족히 나가겠습니다. 어쩌면 그보다 더 나갈지도 모르고."

"한 번 휘둘러서 그가 기절해버릴 수 있을까 걱정이 되어서 이걸로 그의 머리를 한 번 더 때렸어. 그때 언니가 주방 유리창을 깨고 나를 도우러 안으로 들어왔고, 난 그 사람 머리를 몇 번 더 때렸지."

"남동생은 어떻게 했습니까?"

"레드가 완전히 쓰러졌는지 확인했지. 아마 그대로 내버려둔 것을 보니 정말 그랬던 모양이야. 그러고는 나를 팔로 안아서 곧장 나이트 박사님한테 데려갔지."

"병원이 아니고 말입니까?"

"그때는 병원이 없었어. 박사님의 사무실이 곧 병원이었지. 사무실 뒤쪽에 박사님이 늘 상주했기 때문에 침대도 몇 개 있었으니까."

"그리고 아기를 낳으셨군요?"

"맞아, 물론 그건 내 상처들을 전부 꿰맨 다음 일이었어. 레드가 술집에 갈 때면 늘 끼는 반지 때문에 온통 찢어진 상처들이었거든. 술집에서 싸움이 붙을 때를 대비해 항상 끼고 다니는, 가장자리가 날카로운 반지였어."

미식거리는 속을 달래려 한나는 재빨리 커피를 한 모금 들이켰다.

임신한 부인을 때리는 남편이라니, 도대체 말이 되느냐 말이다. 계속해서 미식거리는 속은 커피도 소용이 없었기에 한나는 다시 침을 꿀꺽 삼켰다.

"어쨌든, 박사님이 들어오시기 전에 언니와 잠시 단둘이 있었는데, 나한테 아무것도 걱정하지 말라며, 자기가 다 알아서 처리하겠다고 하더군. 그리고 그 애는 정말 그렇게 했어. 난 아기를 데리고 집에 돌아가기 전까지는 전혀 모르고 있었어. 언니는 레드의 시체를 주방에 있던 커다란 카펫에 돌돌 말았어. 그런 뒤 아무 일도 없었던 것처럼 집 안을 깨끗하게 청소하고 정리한 다음 레드의 시체를 자신의 차에 싣고 작업실로 사용하던 창고로 가서는 시체를 처리했던 모양이야. 그 부분은 나한테 이야기해주지 않았어. 다만 레드의 시체를 공원에 놓을 동상 안에 숨겼다고만 말했을 뿐이었지."

이야기의 결말을 짐작하고 있었는데도 한나와 노먼은 동시에 침을 꿀꺽 삼켰다.

너무나도 끔찍한 이야기였지만, 마이크는 전혀 동요하지 않는 듯 보였다. 아마 미니애폴리스에서 경찰생활을 하면서 그보다 더 잔혹한 사건들을 자주 봐왔기 때문일지도 모르겠다.

"그럼 레드의 행방에 대해서 사람들에게는 뭐라고 말씀하셨습니까?"

마이크가 물었다.

"담배를 사러 간다고 나가서는 돌아오지 않았다고 했어. 그렇게 얘기하면 아무도 더 자세히 알려고 들지 않았지. 모두 그 사람이 아내와 새로 태어난 아기를 돌보고 싶지 않아서 가출했을 거라고 생각했어. 자, 이제 나를 체포할 건가? 어쩔 건가?"

"어쩔 겁니다."

마이크의 대답에 한나는 슬며시 미소를 지었다.

"부인을 체포할 이유가 없습니다. 그건 정당한 자기방어였으니까 말입니다."

"하지만 난 그 사람을 죽였잖아!"

"어떻게 생각해요?"

마이크가 노먼을 돌아보며 물었고, 한나는 의외의 상황에 내심 놀라고 말았다. 늘 규정대로만 움직이던 마이크에게 이런 의외의 모습이!

"정당화될 수 있는 살인이에요."

노먼이 재빨리 마이크의 의견에 동의 표를 던졌다.

"한나의 생각은 어때요?"

"그건 확실히 살인이 아니에요. 물론 그를 죽이긴 했지만, 아기를 보호하려고 그런 거였잖아요."

"좋습니다."

마이크가 위니를 향해 미소를 지었다.

"그 당시 부인께서 입었던 상해의 정도를 박사님이 증언해주신다면, 이 문제는 깨끗하게 정리가 될 겁니다."

"그 말은……, 나를 체포하지 않을 거란 말인가?"

"맞습니다. 그런데 한 가지 중대한 질문이 있습니다. 정말 솔직하게 대답해주셔야 합니다. 혹시 부인이 촬영장에 있던 총을 바꿔 딘 로렌스를 죽게 했습니까? 동상을 건드리지 못하게 하려고?"

그러자 위니의 입이 떡 벌어지고 말았다. 버티의 헤어드라이기의 미약한 바람에도 금방이라도 쓰러져버릴 것만 같은 나약한 모습이었다.

하지만 이내 기운을 회복한 그녀는 세차게 고개를 저었다.

"동상에 손을 대지 못하도록 할 수 있는 계획은 이미 세워두었던 참이었어. 난 그 사건과 아무 관련이 없다구!"

"무슨 계획이었습니까?"

"촬영 당일 나를 쇠사슬로 동상에 꽁꽁 묶어둘 생각이었어. 그런 다음 열쇠는 멀리 던져버리는 거지. 그렇게 하더라도 결국에는 절단기를 가져와 사슬을 끊었겠지만, 사슬을 완전히 끊었을 때는 이미 날이 어두워져 촬영할 수 없었을 거야."

"그럼 총을 바꿔치기하는 건, 전혀 생각하지 못했다는 말씀이시죠?"

"당연히 그렇고말고! 잘못하면 그, 광고에 나왔던 젊은 친구가 죽을 수도 있었을 거 아니야. 난 그 사람한테 아무 감정이 없다구. 그 사람이 아니었다고 하더라도 그 총으로 장난을 치던 누군가가 죽었을지도 모를 일이야."

"좋습니다."

마이크가 수첩을 접어 다시 주머니에 넣었다.

"부인 짓이 아닐 거라고는 생각했습니다. 하지만 일단 여쭤보긴 해야 했으니까요. 그게 제가 하는 일이거든요."

"자기가 해야 할 일은 해야겠지."

위니는 마이크가 자신의 말을 믿는 것 같자 한결 안심한 듯 보였다.

"혹시 사람들에게 내가 레드를 죽였다는 사실을 이야기할 건가?"

"굳이 그렇게 할 필요가 있을까 싶습니다. 이미 오래전 일인 걸요."

"하지만……, 그 뼈는 어떻게 하지? 사람들 모두 그게 사람 뼈라는 걸 알았을 텐데 말이야."

위니는 안도와 염려의 마음이 한데 섞인 묘한 표정을 지었다.

마이크가 한나를 돌아보며 말했다.

"어떤 제안이든 받겠습니다. 내가 뭐라고 하면 좋겠습니까?"

"정말 오래된 것들이라고 하면 어때요? 화석 같은 거 말이에요."

지푸라기를 붙잡는 심정으로 한나가 말했다.

"소용없을 거예요."

노먼이 말했다.

"내가 봐도 그렇게 오래된 것으로 보이진 않았으니까요. 위니의 남동생이 공원 조성을 위해 지대를 다지다가 바위 무더기 밑에서 인디언의 뼈를 발견했다고 하면 어때요? 다시 제자리에 돌려놓으려 했지만, 정확한 위치가 어디인지 찾을 수가 없었다고 말이에요."

노먼이 꾸며낸 거짓말에 한나는 미소를 지었다.

"정말 좋은 생각이에요! 뼈가 발견됐다는 사실을 행정당국에 이야기하면 공원 조성을 당장에 중지하라고 할까 봐 공원을 위해 만들고 있던 동상 밑에 묻은 거라고 하면 되겠어요."

"그리고 죽기 전까지 모두에게 비밀로 하다가 죽을 때 나에게 모든 사실을 털어놓았다고 이야기하는 거야."

위니가 덧붙였다.

"괜찮은데요."

마이크 역시 동의하며 자리에서 일어났다.

"두 사람은 헨더슨 부인과 남아서 커피를 더 들어요. 난 로렌스 씨를 죽인 범인을 찾는 일로 바빠서 말입니다."

위니는 마이크를 배웅하고 다시 주방으로 돌아와 미소를 지었다.

"범죄자로 몰릴까 봐 몇십 년을 불안에 떨며 지냈는데, 범죄자가 아니라니, 정말 다행이야."

"아직은 안심하기 이르세요."

한나가 씩 웃으며 말했다.

"커피 주전자를 빨리 닦아놓지 않으면, 마이크가 면허 없이 페인트 제거제를 만들었다고 위니를 체포할지도 모르니까요."

 토요일 오후 한나는 조단 고등학교 교실 뒤쪽에 서서 버크 앤슨이 그의 실제 나이보다 훨씬 어린 역을 해보이는 것을 지켜보았다.

 갑작스럽게 닥쳐온 재앙처럼 15살의 조디 역을 맡은 배우가 후두염에 걸리는 바람에 꽥꽥 소리 밖에는 아무 소리도 내지 못하게 되자 버크 앤슨이 메이크업담당인 허니의 도움을 받아 어린 역까지 도맡아 하게 되어버린 것이다. 그렇게 배우들이 무대 뒤에서 분장하거나 막간을 이용해 휴식을 취하거나, 자신의 촬영 차례를 기다리면서 지내는 곳을 '그린 룸'이라고 부른다는 것을 한나는 대학시절 들어 알고 있었다.

 교실 안은 답답했고 한나는 터져 나오려는 하품을 애써 참았다.

 어젯밤 로스와 함께 촬영한 필름을 살펴보느라 집에 늦게 들어온 것이 탈이었다. 그리고 호텔에서 뜻밖의 배역도 하나 맡게 되었는데, 바로 린이 오늘 있을 교실 장면에 등장할 고등학교 영어 선생님 역을 해 줄 수 있느냐고 부탁해 온 것이다.

 한나는 부디 버크가 이번 장면의 연기를 열두 번 이내에 성공해 내기를 간절히 기원했다. 리사는 허브를 불러 쿠키단지 일은 둘이 함께하면 되니 걱정하지 말고 촬영 잘하라고 했지만, 한나는 어쩐지 자기 몫의 일을 내버려두고 오는 것 같아 찜찜한 기분이었다.

 "준비되셨어요?"

조단 고등학교 2학년쯤 되는 학생이 묻는가보다 생각하며 한나는 옆을 돌아보았다. 하지만 목소리는 분명히 십대 소년의 것이었지만 한나의 옆에 서 있는 사람은 버크였다.

"뭐라고 하셨어요?"

귀를 의심한 한나가 되물었다.

"네, 준비가 되셨느냐구요, 보우먼 선생님?"

한나는 미소와 고갯짓으로 대답을 대신했다.

버크가 어린 역을 해낼 수 있을까 걱정했는데, 이 정도면 문제없겠다. 버크는 지금 완벽한 십대 소년이었으며 목소리 역시 그러했다. 이제 연기만 십대 소년처럼 해낸다면 촬영은 금세 끝날 것이다.

"제자리로."

린이 외쳤고, 한나는 교실 앞으로 갔다.

한나의 대사는 오직 한 번이었지만, 린은 그것이 전체 촬영의 분위기에 영향을 미치기 때문에 아주 중요하다고 강조했다.

"조명……, 액션!"

린이 신호를 보내자 한나는 제법 여선생다운 목소리를 냈다.

"좋아요, 여러분. 난 저기 놓인 시험지의 채점을 해야 하니 남은 시간 동안은 로버트 프로스트의 '담장 고치기' 시를 공부하세요. 공부하다가 혹시 모르는 비유문 있으면 조디에게 물어보면 좋겠어요. 지난 시험 결과로 봤을 때 조디가 프로스트의 작품에 대해 다른 학생들보다 훨씬 더 잘 이해하고 있었거든요."

린이 다시 의자를 향해 손짓을 보냈고, 한나는 자리에 앉았다.

한나는 시험지를 펼쳐놓고 채점을 매기는 척했다.

지금 장면은 카메라가 앵글을 뒤로 빼 전체 장면을 찍기 때문에 한나가 뭘 하는지 화면에서는 전혀 알 수 없었지만, 그래도 한나는 손에 쥔 빨간색 펜으로 동그라미를 치거나 메모를 적는 척하며 간헐적으로 손을 움직였다. 그 사이 조용한 교실에서는 조디와 다른 학생들 간에 충돌이 일고 있었다.

"네가 똑똑하다고 생각하는가 보지? 어?"

노란색 셔츠를 입은 남학생이 비아냥거렸다.

그러자 분홍색 스웨터를 입은 여학생 역시 고개를 끄덕이며 말했다.

"그러게, 잘난 척하지 마, 이 불쾌한 녀석."

나지막한 소리로 욕설이 계속되는 가운데 장대 마이크(배우의 머리 위로 뻗을 수 있고, 거리조절이 가능한 마이크)가 그들의 대화를 집어내었다.

수세에 몰린 조디는 사뭇 긴장하는 것 같더니 이내 반 친구들을 향해 화를 내기 시작했다.

"왜들 이래!"

그는 뒤쪽에 앉은 한나를 흘끗거리며 낮은 목소리로 말했다.

"일부러 시험을 잘 보려고 잘 본 게 아니잖아."

"보우먼 선생님한테 도대체 어떻게 알랑방귀를 뀐 거야? 둘이 어떤 사이야?"

다시 노란색 셔츠의 남학생이 입을 열었고, 조디의 뒤에 놓인 책상과 조디의 책상 사이로 다가갔다.

한나의 자리에서 그런 모습은 보이지 않았지만, 대본을 통해 그 남학생이 조디의 머리를 때리는 상황을 파악할 수 있었다.

그때 린이 한나에게 손짓을 했고, 한나는 자리에서 일어나 교실 옆쪽에 가 섰다. 이미 전체 화면을 잡는 설정을 끝낸 카메라는 한나가 무심하게 자리에 앉아 채점하는 장면도 몇 분간 촬영했다.

그 장면은 린이 설명했던 대로 한나가 가장 예뻐하는 학생인 조디가 반 친구들에게 모욕을 당하는 장면과 대조적으로 보이게 될 것이다.

"그만둬!"

뒤쪽 테이블을 다시 흘끗거리며 조디가 나지막이 외쳤다.

하지만 노란색 셔츠를 입은 남학생이 한나가 있는 방향의 시야를 가리고 있었기 때문에 조디는 전전긍긍하기 시작했다.

"보우먼 선생님하고는 아무 관계없어. 우리 선생님이시잖아. 그 뿐이라구."

"넌 선생님의 애완견이잖아, 안 그래?"

남학생이 다시, 아까보다 더 세게 조디의 머리를 때렸다.

모든 것이 연기라는 사실을 알면서도 한나의 심장박동은 점점 빨라지기 시작했다.

"그렇다면……, 다음 주 금요일에 있는 시험 때 내 옆에 앉아서 답을 알려줘."

"그긴 속이는 짓이잖아!"

"아니, 아주 현명한 방법이지. 그렇게 하지 않으면, 방과 후에 널 흠씬 두드려주겠어, 알겠어?"

"하지만……."

남학생은 버크의 머리를 겨냥한 듯 주먹을 날렸지만, 몇 인치 떨어진 공중에 날려 맞지 않았다. 하지만 카메라에서는 그가 머리를 맞은 것처럼 보일 것이다.

버크의 눈에서 눈물방울이 떨어지기 시작하는 것이 보였다.

"내 옆에 앉아."

남학생이 경고했다.

"그리고 내가 물어볼 때마다 답을 알려주는 거야. 날 실망시키면, 니 아버지 일을 트집 잡도록 우리 아버지한테 말할 거야, 알아듣겠어?"

깊숙이 고개를 끄덕이는 버크의 얼굴에 떠오른 고뇌를 한나는 읽을 수 있었다. 이건 옳지 못한 일이고, 그대로 따르고 싶지 않았지만, 반 친구의 경고를 그냥 넘겨버릴 수 없었던 것이다.

"좋아, 네가 이번 학기에 A 학점을 맞는 직행도로의 티켓이 되어주는 거야. 이 이야기를 다른 사람들에게 퍼뜨리면 너의 그 예쁜 여동생은 더 이상 예쁘지 않을지도 몰라, 알아먹었어?"

버크는 또다시 고개를 끄덕였다.

한나는 마음 같아선 당장에라도 달려가 그 사악하기 짝이 없는 남학생의 뺨을 갈겨주고 싶었지만, 남학생이 다시 자리로 돌아갈 때까지 잠자코 있었다.

"컷."

린이 외쳤다.

"한 번으로 촬영 끝입니다, 여러분. 버크의 연기는 정말 훌륭했어요! 다른 누구도 그만큼 연기를 해내지 못했을 거예요."

학생들이 환호성을 질렀고, 카메라맨을 포함한 다른 스태프도 함께 박수갈채를 보냈다.

갈채 소리가 커지자 머리끝까지 까맣게 염색해 완벽한 소년으로 분장한 버크가 꾸벅 머리를 숙여 인사했다.

"황공하군요. 정말 감사합니다."

버크의 연기는 정말 훌륭했다.

한나는 그가 이 정도로 연기를 잘하는 배우라고는 전혀 생각지 못했다. 무명에 가까운 배우를 섭외하면서도 로스가 전혀 걱정을 하지 않았던 것이 이제야 이해가 되었다. 그는 할리우드의 잘 나가는 다른 어떤 배우들보다도 재능이 있었다.

"종파티가 레이크 에덴 커뮤니티 센터에서 7시에 있습니다."

린이 알렸다.

"모두 거기서 만나요, 이제 영화 촬영은……, 좋입니다!"

"오늘 밤은 안 돼, 모이쉐."
한나가 이미 유명해진 고양이 룸메이트를 쓰다듬어 주고는 삼각형 모양의 참치 맛 간식을 건네주며 말했다.
"난 종파티에 가야 하니까, 넌 동물 채널을 보고 있어. 북부 아메리카의 개구리들 다음에 박쥐에 대한 다큐멘터리도 한대."
모이쉐는 가르랑거리며 한나의 손을 핥았다.
평소와는 다른 작별인사를 건네는 녀석을 보니 맛있는 것이 가득 들은 주방의 먹이그릇과 깨끗하게 새로 갈은 세탁실의 모래상자, 그리고 한나의 폭신폭신한 거위 털 베개와 함께 집에 남아 TV를 보는 일이 모이쉐는 꽤 만족스러운 모양이었다.
"나 어때?"
모이쉐를 위해 제자리에서 한 바퀴 돌며 한나가 물었지만, 녀석은 한나의 외모보다는 한나가 던져준 간식에 더 관심을 보였다.
그래도 모이쉐가 한쪽 눈을 찡긋해 보인 것으로 봐서 한나가 입은 미드나잇블루 빛 스웨터와 스커트가 꽤 마음에 든 듯했다.
한나는 크리스마스 때 대학 시절 룸메이트에게서 선물 받은 향수도 뿌리고, 미셸이 다니는 대학의 아트페어에서 가져온 금목걸이도 했다.
이쯤 꾸미고 나니 한나는 이 정도면 레이크 에덴에서 빠지지 않는 외모라는 생각이 들었다. 드레스 코트를 입을까, 파카 코트를 입을까?
한나는 잠시 고민했지만, 운명의 결정은 한나의 손에 달렸다. 현관 옆 의자에 걸쳐진 파카 코트와 침실 옷방에 걸린 드레스 코트, 결국 편의주의가 승리하고 말았다.
한나는 파카 코트를 꿰어 입고는 집을 나서 쿠키 트럭으로 향했다.

"너무 예쁘다."

로스가 한나의 코트를 받아 옷걸이에 걸며 말했다.

"머리카락색이랑 정말 잘 어울려. 얼른 나와 같이 가자. 너 오기만을 얼마나 기다렸다구."

로스의 말은 사실인 듯했다.

그는 내내 커뮤니티 센터의 정문에 서서 한나를 기다리고 있었다.

한나는 도대체 얼마나 기다린 것이냐고 묻고 싶었지만, 꾹 참았다.

남자가 하염없이 자신을 기다린다는 것은 여자에게는 무척 기분 좋은 일이었다. 한나는 연회장으로 가는 내내 싱글거렸다.

한눈에 한나는 감탄하고 말았다.

로스는 미니애폴리스에 있는 이벤트 전문 출장서비스업체를 불러 종 파티를 준비한 것이다. 연회장은 온통 꽃과 촛불로 장식되어 있었고, 음식이 놓인 테이블은 깨끗한 흰색 천으로 둥글게 덮여 있었으며, 잘 차려입은 웨이터와 웨이트리스가 테이블 주위를 돌아다니며 시중을 들고 있었을 뿐만 아니라 연회장 끝쪽에는 다섯 명의 밴드 단원들이 춤을 위한 생음악까지 연주하고 있었다.

"춤 한 곡 추겠어?"

로스가 청했다.

"아니면 같이 식사부터 할까?"

한나가 로스를 흘끗 쳐다보자 이내 로스가 웃음을 터뜨렸다.

"그래, 바보 같은 질문이었다. 따라와, 서비스 업체에서 어떤 메뉴들을 준비했는지 가서 같이 보자."

메뉴에는 없는 것이 없었다.

한나가 몹시 싫어하는 캐비어를 얹은 크래커부터 시작해서 치즈를 얹은 크래커, 파테와 토스트가 세 번째로 놓여 있었고, 베이컨을 감싼 새우 요리가 네 번째였으며, 얇은 반죽으로 감싼 게 튀김 요리가 그다음이었고, 또다른 테이블에는 한입에 먹기 좋은 크기로 자른 다양한 과일이 놓여 있었는데, 하나하나 이쑤시개 핀까지 꽂혀 있었다.

그 밖에도 갓 구운 소시지와 자그마한 크루아상으로 만든 미니 사이즈의 샌드위치, 훈제 연어와 크림치즈로 장식한 호밀 빵이 은색의 둥근 쟁반 위에 삼각형 모양으로 쌓여 있었다.

한쪽 벽은 한나가 보통 일컫는 "뜨거운 음식"들이 차지하고 있었는데, 주로 육류 요리들이었다. 비프 로스트부터 시작해 햄, 터키, 로스트 치킨, 그리고 구운 연어가 있었으며, 모두 풍미가 좋고 신선했다.

음식들 뒤에서는 하얀색 요리사 앞치마와 모자를 갖춘 요리사가 직접 고기를 잘라주고 있었고, 음식을 덜어가는 사람들은 고기와 함께 구운 감자나 허브 롤, 크림을 섞은 시금치니 초록색 콩, 그릴 옥수수 등의 사이드 메뉴를 접시에 옮겨 담았다.

다음 테이블은 한나의 관심을 단번에 사로잡았다.

한나는 또다시 감탄을 아끼지 않았다. 출장업체에서 파티를 위해 다채로운 색깔의 이탈리아식 아이스크림을 준비한 것이다.

"깜찍하고 예쁜데."

테이블 두 개를 차지하는 아이스크림 코너를 보며 로스가 말했다.

진짜 코코넛 껍질이 들어간 코코넛 아이스크림을 포함해 반을 쪼개어 안을 파낸 오렌지 안에 담은 오렌지 아이스크림, 똑같은 방식으로 담아 낸 레몬 아이스크림과 복숭아 아이스크림, 그리고 바나나 모양으로 만든 바나나 아이스크림까지 있었다.

한나는 특히 파인애플 속을 둥글게 파내어 그 안에 담은 파인애플 아이스크림이 인상적이었다. 나머지 테이블은 일상적인 디저트 메뉴들이 차지하고 있었다. 파이와 케이크, 타르트, 쿠키, 그리고 퍼프 패스트리들이 그 종류였다.

막 파인애플 아이스크림을 맛보려는 찰나 로스가 한나 뒤로 와 서더니 그녀의 허리에 팔을 둘렀다.

"먼저 먹고 나서 춤을 출 테야? 아니면 춤을 추고 나서 먹을 테야?"
"춤부터 추자."
한나가 대답했다.

디저트의 유혹은 무척 강했지만, 로스의 팔에 안겨 있는 기분도 썩 나쁘지 않았다.

이거 다이어트도 되겠는 걸!

로스가 이끄는 대로 연회장 중앙에 마련된 댄스 플로어로 나가며 한나는 생각했다.

굳이 이름을 붙이자면 댄스 다이어트라고 할 수 있겠다. 잘생긴 남자들을 파트너로 고용해 여자들이 식사 시간 동안 계속 플로어 위를 돌려가며 춤을 추게 하는 것이다. 이건 남자들에게도 통할 방법이었다. 아름다운 여인과 춤을 추려면 식사 따위는 기꺼이 포기할 테니 말이다.

그때 로스가 한나의 팔을 잡았고, 두 사람은 느리고 로맨틱한 음악에 맞춰 춤을 추기 시작했다. 그리고 한나가 새로 고안해낸 다이어트 방법은 어느새 머릿속에서 영영 사라져버리고 말았다.

"테이블 맡아줘서 고마워!"
한나가 한숨을 내쉬며 자리에 풀썩 앉았다.
"이제 발목이 쉴 수 있겠구나."
그러자 미셸이 웃음을 터뜨렸다.
"난 언니가 오늘 밤에는 계속 춤만 추기로 작정한 줄 알았어."

"나도 그런 줄 알았지 뭐야."

한나는 구두를 벗어 구두의 바닥을 살펴보았다.

"지금쯤이면 구두 밑창을 한 번 갈아줘야 하지 않을까 싶었거든."

"로스, 마이크, 노먼, 로이드, 그리고 클라크. 그런 후에 다시 마이크, 로스, 노먼, 그리고 버크."

"내 댄스 스케줄을 대신 관리해주는 거야?"

한나가 깔깔거리며 물었다.

"아니, 내가 아니라 엄마. 언니의 파트너를 유심히 관찰하고 계셔."

"알만 해."

한나가 테이블에 놓인 물컵을 들어 벌컥벌컥 마셨다.

"언니랑 버크가 춤추는 걸 봤는데, 버크의 표정이 정말 가관이었어. 사진으로 찍어두지 못한 것이 아쉽다니까."

"난 못 봤는데. 표정이 어땠길래?"

"마치 이 세상에 단둘이만 있는 듯한 표정이었어."

"농담이겠지!"

한나는 미셸의 관찰력에 놀란 것이 아니라 오랜만에 사용한 시적인 표현에 더 놀랐다.

"춤추는 동안 얘기를 나눴는데, 로맨틱한 내용이라고는 없었는걸."

"나도 알아. 나랑 춤을 췄을 때도 늘 영화 얘기만 했으니까. 엄마가 나를 구석으로 데리고 가서는 둘이 무슨 관계냐고 묻기까지 했잖아. 우리 둘이 세상에 단둘이만 있는 것 같은 표정을 지었다나. 난 언니랑 버크가 춤추기 전까지는 그게 도대체 무슨 말인지 전혀 몰랐다니까."

이제야 미셸의 시적인 표현의 본래 출처가 어디인지 밝혀졌군.

한나는 플로어 쪽을 쳐다보았다.

허니와 춤추는 로스를 보자 한나는 자신도 모르게 난 데 없는 질투심이 솟아올랐다. 로스와는 절대적으로 아무런 사이도 아니지 않느냐며 스스로의 마음을 추스른 뒤 한나는 버크를 찾아 고개를 두리번거렸다.

버크는 전혀 로맨틱하지 않은 대상인 로드 부인과 춤을 추고 있었다.

노먼의 어머니인 로드 부인은 버크보다 서른 살이나 위일 뿐만 아니라……. 한나는 적당한 단어를 찾아 헤맸지만, 즉각 떠오르지 않아 그것과 근접한 단어 하나를 간신히 떠올릴 수 있었다.

바로 '평범'이었다. 노먼의 어머니는 친절하고 자상한, 평범한 여자였다. 즉, 앞날이 창창한 꽃다운 미모의 젊은 배우, 버크가 관심을 보일 만한 대상이 아니라는 뜻이다.

"내 말이 무슨 뜻인지 알겠지?"

로드 부인과 춤을 추는 버크를 포착한 미셸이 말했다.

"금방이라도 프러포즈를 할 것 같은 표정을 하고 있잖아."

"그게 어떤 프러포즈일지는 모르는 일 아니겠어?"

한나가 짓궂게 물었다.

"정말 이상해, 언니. 버크는 춤출 때 보면 굉장히 친밀한 표정을 짓고 있는데, 막상 가서 둘이 도대체 무슨 이야기를 하나 들어보면 날씨 이야기를 하고 있다니까."

한나는 놀라운 표정을 지었다.

"어떻게 그게 가능하지?"

"누가? 뭘 어쨌기에?"

테이블로 달려온 안드레아가 물었다.

"버크 말이야."

미셸이 설명했다.

"춤추는 모든 여자와 아주 달콤한 표정을 짓고 있거든."

미셸 옆에 앉은 안드레아는 어깨를 으쓱해 보였다.

"리사도 그런 얘길 하던데. 리사랑 같이 춤추는 버크를 보고 허브가 화가 나서 목 밑까지 벌게져 있었는데, 리사가 돌아와서 그와 사격 이야기를 나눴을 뿐이라며 겨우 달랬대."

"버크가 총에 대해 잘 안단 말이야?"

한나의 머릿속 바퀴가 다시 돌아가기 시작했다.

"아마도. 리사 말로는 그가 사격대회에 나가서 몇 번 상도 받았다고 하던데? 그리고 맡기로 예정되어 있던 배역이 취소되는 바람에 야외 스포츠업계 대변인 자리를 구했대."

"무슨 배역?"

미셸이 물었다.

버크가 '체리우드의 위기' 이후에 다른 영화에 배역을 맡기로 되어 있었던 사실을 한나는 전혀 모르고 있었다.

"이 역."

안드레아가 백에서 반으로 접은 버라이어티 잡지의 복사본을 꺼내 큰소리로 제목을 읽었다.

"'서프 앤 터프로 유명한 버크 앤슨은 냄새 나는fishy 소문으로 홀시 프로덕션과 출연 계약이 재고되었다beef.' 정말 귀엽지 않아? 그가 레스토랑 광고에 출연했다는 이유로 음식이 들어간 단어를 사용하고 있어."

"귀엽네."

한나가 무심코 대답했다.

"계속해봐."

"'지난 화요일을 기억해요.'에 주연으로 예정되었던 그가 데렉 풀먼의 의견으로 제명될 위기에 처했다. 데렉 풀먼은 그에 대한 언급을 거부했는데, 갑자기 출연 계약이 무산된 이유를 묻자 홀시 프로덕션의 대변인은 앤슨이 현재 촬영 중인 '체리우드의 위기'에서 아주 나쁜 평가

를 받는 것이 이유라고 말했다.'"

"지난 화요일을 기억해요."

한나가 숨을 내쉬었다.

"그게 영화 제목이라니!"

미셸이 고개를 저었다.

"지난 화요일에 무슨 일이 있었는지 아무도 모르는 게 당연하지! 그것 때문에 딘과 버크가 말다툼을 벌였고, 그걸 앰버가 들은 거로구나!"

"그 문제가 아니라면 다른 이유가 없어."

한나가 지적했다.

"버크가 자신이 나쁜 평가를 받게끔 일조한 딘을 설득하려 찾아갔던 거야. 그거 날짜가 언제야?"

안드레아는 잡지 복사본을 내려다보았다.

"수요일이야. LA에서 배송을 보내니까 난 오늘 받은 거지."

"버크는 이미 잡지에 실린 내용을 알고 있었을 거야."

미셸이 지적했다.

"그의 소속사가 바로 버크에게 전화해서 사실을 알렸을 것이고, 그 길로 버크는 딘의 사무실로 찾아간 거야. 버크에게 '형편없는 배우'라는 꼬리표를 달았던 딘은 그게 바로 죽음으로 향하는 티켓이 되어버린 거지."

"하지만 앰버 말로는 딘이 모든 사실을 부인했다고 하던데."

안드레아가 말했다.

"딘이 버크에게 자신이 한 일이 아니라고 말하는 걸 들었다고 했어."

한나는 짤막한 웃음을 터뜨렸다.

"하지만 버크는 당연히 그 말을 믿지 않았겠지. 아마 자신이 KCOW 방송국에서 했던 인터뷰에 대한 보복이라고 생각했을 거야."

"그렇지만 딘은 그 일에 대해서는 전혀 화나지 않았다고 했잖아? 버크가 그저 농담으로 한 이야기라면서 말이야."

안드레아가 말했다.

"말은 그렇게 했지만, 그 자리에 있었던 난 그의 말을 믿지 않아. 아마 누구도 믿지 않았을 거야. 딘은 그저 체면 때문에 아무렇지도 않은 척했던 것뿐이라구."

"그럼 딘이 '지난 화요일을 기억해요'의 제작자에게 버크가 형편없는 배우라고 이야기했단 말이야?"

안드레아가 물었다.

그러자 미셸이 어깨를 으쓱해 보였다.

"그랬을 가능성이 있어. 대부분의 제작자들은 서로 잘 알고 지내면서 정보도 공유하니까. 그렇지 않다고 해도 버크가 딘의 짓이라고 믿은 한 정말 딘이 한 일인지 아닌지는 의미가 없었을 거야."

"그래서 버크가 그렇게 엉망으로 연기했던 거로군."

머릿속에 환하게 동이 터오는 것을 느끼며 한나가 말했다.

"그는 훌륭한 배우야. 우리 모두 아는 사실이지. 그리고 훌륭한 배우는 엉망인 연기도 충분히 해낼 수 있어."

안드레아는 잠시 한나를 쳐다보았다.

"언니 말이 맞아. 그래서 등이 아프다고 하면서 제대로 감정을 잡아내지 못하는 척했던 거야. 딘이 자살 연기의 시범을 보이며 총의 방아쇠를 당기길 기다렸던 거지."

"냉혈한 킬러로군."

한나가 몸을 살짝 떨며 말했다.

"그는 고작 몇 피트 떨어지지 않은 곳에 서서 그 장면을 지켜봤어. 무슨 일이 일어날지 뻔히 알면서도 말이야."

"이 사실을 마이크에게 이야기해야 할까?"

미셸이 물었다.

"아직은 아니야. 지금 상황에서는 어디까지나 가정일 뿐이니까. 버크의 짓이라는 증거가 하나도 없잖아."

한나는 안드레아를 돌아보았다.

"샐리를 찾아서 버크가 수요일 아침에 방에서 전화를 받은 일이 없는지 물어봐 줄래? 아마 여기 어딘가에 있을 거야."

"좋아."

안드레아가 즉각 자리를 떴다.

"그리고 넌 버크의 소속사가 어디인지 알아볼 수 있을만한 핑곗거리를 찾아봐."

한나가 미셸에게 요청했다.

"소속사를 알아내면 그곳에 전화해 버크가 맡기로 했던 배역이 다른 사람에게로 돌아갔다는 사실을 버크에게 알렸는지 물어볼 수 있을 테니까."

"문제없어. 스태프 중 누군가는 알고 있을 테니까 말이야. 언니는 무얼 할 건데?"

"난 엄마를 찾아서 그래니의 열쇠를 받을 거야. 버크가 앤티크점에서 나올 때 가짜 총을 갖고 있지 않았어. 그 말은 거기 어딘가에 총을 숨겨놓았다는 뜻이야."

한나는 열심히 엄마를 찾아보았지만, 조금 전까지만 해도 모습을 보였던 엄마는 온데간데없었다. 한나는 화장실 안까지 살펴보았지만, 거기에는 거울 앞에서 머리를 빗는 위니 헨더슨뿐이었다.

한나가 인사를 건넸다.

"안녕하세요, 위니. 파티에 오셔서 기뻐요."

"코노가 데려왔어. 여기 출장업체가 대회에서 우승한 내 암소들을 사겠다고 했다잖아. 수고해준 친구, 코노를 위해 같이 왔지."

그때 한나의 뱃속이 큰소리로 꼬르륵 소리를 냈다. 사건의 실마리를 잡은 데에 너무 흥분한 나머지 식사하는 것도 잊고 있었던 것이다.

"잘 되셨어요. 그런데 저희 어머니 못 보셨어요?"

"10분 전에 연회장에서 나가는 걸 봤어."

"나가셨다구요?"

한나가 시계를 내려다보았다.

"아직 저녁 8시 30분밖에 안 됐는데……."

"오, 다시 오실 거야. 앤티크점에 가서 트럭에 재봉 기계 싣는 걸 지켜보러 간다고 했거든. 작업하는 사람들이 조심해서 다루는지 걱정된다면서."

"무슨 재봉 기계요?"

"거실 세트장에 있던 것 말이야. 한나도 봤을 거야. 그……, 사건이 발생했던 책상 옆에 놓여 있었던 거지."

한나는 마침내 재봉 기계를 기억해냈다. 뚜껑이 덮인 채 크로셰 뜨개질을 한 덮개로 덮여 있었다.

"네 엄마가 그걸 팔았다고 얼마나 좋아하든지 말이야. 그것도 아주 큰 금액을 받고 팔았거든."

한나는 혼란스러웠다.

"그래요? 그렇게 값나가는 것이 아닌 것으로 알고 있는데요."

"그래, 하지만 그 영화에 출연했던 젊은 남자 배우가 거의 천 달러나 주고 그걸 사겠다고 했다더라. 배편으로 캘리포니아까지 가져갈 거래."

한나는 더욱 혼란스러워졌다.

버크가 평범한 재봉 기계에 왜 그토록 많은 돈을 들인 것일까?

그때 한나의 머릿속 기어가 제자리를 찾아가더니 진실의 태양이 떠오르기 시작했다.

버크가 평범한 재봉 기계 안에 무언가를 숨긴 것이 분명하다, 이를테면 가짜 총 같은! 하지만 그래니의 앤티크점을 수색했던 경찰들이 거기까지 살피지 못했던 것일까?

한나는 잠시 고민하다 이내 가능성 짙은 해석을 찾아내고 말았다.

재봉 기계는 얼핏 보면 양쪽에 작은 서랍이 달린 책상 같아 보인다.

경찰이 서랍을 열어봤는데 아무것도 나오지 않자 그것이 위쪽에 뚜껑이 달려 안에 충분한 공간이 있는 재봉 기계인 줄은 꿈에도 생각하지 못하고 그냥 지나쳐 버린 것이다.

그 안에 숨겨놓은 가짜 총을 발견하지 못한 채!

"이런, 세상에!"

이제 버크가 가짜 총을 어디에 숨겼는지 알아냈으니 한걸음에 달려가 총을 찾아내야만 한다. 재봉 기계째로 밴에 실려 캘리포니아로 떠나 버리기 전에!

그래니의 앤티크로 가려고 길을 나서자 눈발이 가볍게 날리기 시작했다. 일부러 와이퍼를 가동해야 할 정도는 아니었지만, 그렇다고 그대로 달리기에는 조금 부담스러운 양이었다.

골목길로 접어들자 그래니의 앤티크 뒤편에서 흘러나오는 후미등의 불빛이 보였다. 한나는 그 뒤로 진입하는 대신 블록을 돌아 입구 쪽으로 들어와 트럭 앞을 막아섰다.

트럭에서 내리며 한나는 성난 운전사의 고함을 듣게 될 줄 알았는데, 엔진 돌아가는 소리 외에는 아무런 소리도 들리지 않았다. 그야말로 한나가 제시간에 도착한 것이다. 운전사는 엄마와 함께 안에서 버크의 재봉 기계를 운반할 준비를 하는 모양이었다.

한나는 서둘러 뒷문으로 달려갔다. 그러는 동안 검정 드레스 구두가 삐끗해서 하마터면 넘어질 뻔했지만, 부츠로 갈아 신을 한가한 시간 따위는 없었다. 그러는 동안 재봉 기계를 실은 트럭이 출발해버릴지도 모른다.

"엄마!"

한나는 문을 열고 창고로 사용하는 공간을 지나치며 엄마를 불렀다.

"여기 있다, 애야."

엄마가 깜짝 놀란 목소리로 대답했다.

"배송을 위한 서류를 막 작성한 참이야."
"멈춰요!"
"왜 그러니?"
엄마는 아까보다 더 놀란 듯한 목소리로 물었다.
마침내 한나가 그래니의 앤티크의 메인 공간에 모습을 보이자 엄마는 깜짝 놀란 표정을 지었다.
메인 공간은 여전히 촬영장 세트로 장식되어 있었다.
"그 재봉 기계 좀 봐야겠어요, 엄마!"
"버크가 구매한 것 말이냐?"
"맞아요. 어디 있어요?"
"저기 있다."
엄마가 문 옆에 놓인 커다란 나무상자를 실어 놓은 바퀴 달린 수레를 가리켰다.
"지금은 볼 수 없다, 얘야. 전부 봉했거든."
한나는 운전사를 돌아보았다.
"혹시 쇠지렛대 있어요?"
"트럭에 하나 있습죠."
"그럼 좀 빌려주시겠어요? 지금 꼭 이 재봉 기계 안을 살펴봐야 하거든요. 살인사건의 단서가 들어 있을지도 몰라요."
그러자 쇠지레뿐만 아니라 큰 쇠망치도 거침없이 휘두를 만한 커다란 덩치의 운전사가 뒤로 흠칫 물러나며 말했다.
"살인사건과는 엮이고 싶지 않소!"
"그러면 여기 나무상자를 뜯는 일만 도와주고 돌아가세요."
"하지만 배송주문을 한 남자는 어쩌라구요? 자기가 산 재봉 기계가 제때에 배달되지 않으면 무척 화를 낼 텐댑쇼."

"오, 그거라면 괜찮아요."

한나가 말했다.

"여기 안에 뭐가 들어 있는지 내 생각이 맞다면, 어차피 배송된다고 해도 물건을 찾아가지 않을 테니까요."

"준비됐어요?"

운전사가 돌아가기 전 쇠지렛대로 뜯어준 나무상자의 뚜껑을 들어 올리며 한나가 말했다.

그렇게 들어 올린 뚜껑을 한나는 한쪽 벽에 세워두었다.

"나무상자에 담는 것 지켜보셨어요, 엄마?"

"상자에 담은 건 버크가 산 날 바로 담았지."

"그게 언제였는데요?"

"목요일 오후였단다. 스태프 중 목수 두 명을 데려와서는 나무상자를 만들더구나."

"가구용 패드를 붙인 다음에 테이프를 두른 것 같네요."

한나는 엄마가 건네준 가위로 테이프를 자르기 시작했다.

"안쪽도 아주 단단히 봉하더라. 버크가 작업하는 것을 봤는데, 윗부분 뚜껑이 열리거나 경첩이 어긋나지 않도록 테이프로 여러 번 감고 나서 서랍도 옮기는 동안 빠져나오지 않도록 테이프로 꽁꽁 붙이더구나."

"버크가 직접 했단 말이죠?"

한나는 뜯어낸 패드를 상자 바닥에 버리며 머릿속에 단단히 메모를 해두었다.

"그래. 조금 이상하다고는 생각했지만, 그 사람이 먼저 나서서 이유를 설명하더라."

"뭐라고 했는데요?"

"이 재봉 기계를 본 순간부터 마음에 들었다고 하더구나. 그가 10살 때 어머니가 돌아가셨는데, 이것과 똑같은 것을 갖고 계셨다더라. 매년 학기가 시작되기 전에는 늘 엄마와 함께 장에 가서 옷감을 떠온 다음에 재봉 기계로 버크가 입을 새 셔츠를 만들어주셨다는 게야. 그 셔츠들을 아직도 추억 삼아 가지고 있다고 하더구나. 그런데 이제 똑같은 재봉 기계도 손에 넣게 됐다며 아주 좋아하던걸."

"그렇군요."

한나가 대답했다. 죽은 엄마나 재봉 기계로 만든 셔츠 이야기는 모두 즉석에서 꾸며낸 거짓일 테다.

"그래서 그렇게 큰 금액을 주고 재봉 기계를 사겠다고 한 거예요?"

"그의 말로는 그랬다. 이 기계는 제안한 가격의 반값도 안 된다고 얘기했는데도 상관없다면서 이 특정 모델을 찾는 것이 너무 힘들었다며 꼭 그 가격에 사겠다고 하더라. 재봉 기계를 볼 때마다 엄마를 떠올릴 거라면서 말이야. 게다가 첫 영화 촬영의 추억을 기념하기 위해서라도 꼭 사고 싶다고 하더구나."

"오, 세상에!"

엄마는 어떻게 그런 말에 넘어가고 말았을까.

한나는 한숨을 내쉬었다.

하지만 이내 버크처럼 훌륭한 연기를 해내는 배우도 없으니 아마 자신이 엄마였다고 해도 그의 말을 모두 사실로 믿을 수밖에 없었을 것이라는 생각이 들었다. 어쩌면 버크의 엄마가 그것과 똑같은 것을 갖고 있었다는 이야기는 사실일지도 모른다. 전국의 수만 명의 여자가 이 재봉틀을 갖고 있으니 말이다. 게다가 버크가 재봉 기계 뚜껑 밑에 뭔가를 숨긴 것도 사실일지도 모른다.

재봉 기계 뚜껑을 열어보니 안쪽의 공간은 총 한 자루는 능히 들어가

고도 남을 만큼 넉넉했다.

"뭔가 찾은 게냐?"

엄마가 물었다.

"아직은요."

한나는 서랍을 열 수 없었다.

나무상자가 너무 협소해서 서랍을 열 만한 공간이 나지 않았던 것이다. 하지만 어차피 서랍은 경찰들이 모두 뒤져보았을 테니 상관없었다.

"끈을 끊어서 재봉 기계 뚜껑을 열어볼 거예요. 제 생각이 맞으면 버크가 총을 바꿔치기 한 다음 가짜 총을 여기에 숨겨두었을 거라구요."

"기다려라."

엄마가 서랍에서 장갑을 한 켤레 꺼냈다.

"이걸 끼고 하거라. 지문이 지워지면 안 되지 않니."

"좋은 생각이에요, 엄마."

한나가 말했다.

"하지만 이번 사건 같은 경우에는 지문도 소용이 없을 거예요. 버크가 연기를 하느라고 서랍에서 가짜 총을 꺼내어 만진 사실은 모두가 알고 있으니까요. 지문이 묻어 있는 건 당연할 거라구요. 그리고 딘에게 연기가 제대로 되지 않는다고 할 때 손에 들고 있던 총은 진짜 총이었을 테니 거기에도 당연히 지문이 묻어 있겠죠."

"그러면 일부러 연기를 못 하는 척했단 말이냐?"

엄마가 물었다.

"제 가정으로는 그래요. 여기서 숨겨놓은 가짜 총만 찾아낸다면 증명할 수 있겠죠."

한나는 숨을 몰아쉬고는 끈을 끊어 재봉 기계의 뚜껑을 열었다.

재봉틀이 들어가 있는 밑쪽으로 상당히 널찍한 공간이 있는 것이 느

꺼지자 한나는 미소를 지었다.

"찾은 게냐?"

한나의 미소를 발견의 뜻으로 이해한 엄마가 성급히 나서 물었다.

"오, 그럼요. 이제 조금만 더……."

한나가 하던 말을 멈추었다.

"찾았어요!"

"그러면 내 재봉 기계를 탐냈던 것이 증거물을 안전하게 빼돌리기 위해서였던 게로구나?"

"그런 것 같아요. 하지만 어쨌든 이렇게 실패로 돌아갔죠. 어서 연회장으로 가서 마이크에게 알려야겠어요. 그래야 버크를 체포할 수 있을 거 아니에요."

그러자 엄마가 염려스러운 표정을 지었다.

"마이크가 제때 그를 잡아야 할 텐데 말이다."

"무슨 뜻이에요?"

"아까 버크와 춤을 췄는데, 상자를 배송 보내는 일을 나한테 부탁하면서 자기는 오늘 밤 일찍 떠난다고 하더구나. 일찍 호텔로 돌아가 짐을 싼 다음 자정 비행기로 미니애폴리스를 빠져나갈 거라고 하던걸."

"어디로 가는데요?"

"유럽 어디로 간다더구나. 영화 촬영이 끝났으니 휴가차 떠난다고 했어. 그래서 이삿짐 트럭을 불러서 재봉 기계를 실어 보내려고 했던 거란다. 그가 다시 돌아올 때까지는 도착해 있게끔 말이야."

한나는 시계를 내려다보았다.

버크가 국제선을 탄다고 하면 적어도 2시간 전에는 공항에 나가 있을 것이다. 그 말은 곧 그가 호텔을 떠나기 30분 전이라는 뜻이었다.

"엄마의 도움이 필요해요."

한나가 코트를 입고 장갑을 꼈다.

"경찰서에 전화해서 긴급 상황이라고 하세요. 그리고 마이크의 핸드폰으로 연결해 달라고 한 다음에 딘을 죽인 것이 버크라고, 그걸 증명할 수 있는 가짜 총도 발견했다고 알리세요."

"바로 하마, 얘야. 넌 어디로 가는 게냐?"

"호텔로요. 가능한 한 빨리 호텔로 와달라고 마이크에게 전해주세요. 제가 가능한 온갖 방법을 동원해 버크를 붙잡아 두고 있을 테니까요."

16분 후, 한나는 호텔로 향하는 진입로에 들어섰다.

호텔까지 이르는 가로수의 자갈길을 한나는 제한속도 이상으로 달리고 있었다. 트럭 안에 놓인 모든 물건들이 퉁퉁거리는 소리가 그걸 증명해주고 있었다.

매일 밤 리사가 싸주는 남은 쿠키 꾸러미에서 쿠키들이 튀어나와 한나가 커브를 돌 때마다 여기저기 부딪혀대고 있었다.

주차장으로 들어가는 입구에서 한나가 급하게 핸들을 돌리자 오트밀 건포도 크리스피 하나가 한나의 귀를 스쳐 조수석 옆에 떨어졌다.

호텔 정문이 가까워져 오자 손님이 출입하는 정문 옆 구역 쪽에서 자동차의 엔진 소리가 들려왔다.

잠시 후 차의 후미등이 반짝 켜졌고, 한나는 그것이 버크가 렌트한 밝은 노란색 스포티 도요타라는 사실을 알아채고 말았다.

한나는 트럭의 창문을 내리고 버크의 차 왼쪽으로 다가가 멈춰 선 뒤 그를 불렀다.

"안녕하세요, 버크!"

"안녕하세요, 한나. 여긴 어쩐 일이에요?"

한나는 재빨리 머리를 굴렸다.

"엄마 말이 오늘 밤에 떠나신다고 하셨다기에요. 작별 인사나 하려고 왔어요."

"그렇군요. 건강히 잘 있어요, 한나. 만나게 돼서 정말 반가웠어요. 한나가 만든 쿠키는 정말 최고예요. 못 잊을 거예요."

"고맙습니다."

한나는 자갈길 쪽을 흘끗 쳐다보았지만, 어떤 헤드라이트 불빛도 보이지 않았다. 마이크가 도착할 때까지 어떻게 해서든 그를 붙잡아 두어야 한다.

"전 이만 서둘러야겠어요, 한나. 비행기 시간이 다 되어서요. 광고 촬영이 있어서 런던으로 간답니다."

한나가 외쳤다.

"오, 안 돼요! 이렇게 빨리요? 몇 가지 질문에 답해주기 전까지는 안 돼요."

그러자 버크가 소년 같은 미소를 지었다. 16살에서 60살 사이에 있는 모든 여성의 마음을 단번에 설레게 할 종류의 미소였다.

"심각한 일 같은데요. 적어도 오늘 밤 같은 때는 절대 심각해선 안 된다는 것 몰라요?"

"왜요?"

한나는 시간을 끌었다.

"축하하기 위한 밤이니까요. 영화도 분명히 큰 성공을 거둘 테고, 한나의 조카도 스크린에 모습을 보일 수 있을 거 아닙니까. 한나의 고양이도 유명해질 거구요. 이보다 더 기쁘게 축하할 일이 뭐가 있겠어요?"

한나가 말했다.

"별로 그렇지도 않아요. 아마 *'지난 화요일을 기억해요'*의 남자 주인공은 그럴 기분이 아닐 걸요."

"그게 뭔데요?"

버크는 한나의 이야기가 무슨 소리인지 통 모르겠다는 표정을 지었다. 아마 영화의 정식 제목을 들은 것이 이번이 처음인 듯했다.

"'지난 화요일을 기억해요.'는 당신을 스타로 만들어줄 영화였죠……."

한나가 잠시 말을 멈추었다가 다시 입을 열었다.

"……, 딘 로렌스가 단 한 통의 전화로 당신의 배역을 빼앗지만 않았다면 말이에요."

"도대체 무슨 얘길 하는 거예요?"

버크는 여전히 당황한 표정이었고, 한나는 잠시였지만, 혹시 자신의 생각이 틀린 것이 아닌가 생각했다. 하지만 이내 버크가 어떤 역이든 잘 소화해내는 배우라는 사실을 깨달았다. 아무것도 모르는 척해야 하는 순진무구한 역까지도 말이다.

"당신이 한 인터뷰 때문에 사실 딘은 단단히 화가 났었어요. 그래서 복수할 방법을 고심하다가 마침내 거장 감독에게 전화를 걸어 당신의 연기가 형편없다고 한 거죠."

버크는 어이없다는 듯 웃음을 터뜨렸다.

"지금 한나가 제정신이 아닌 건지, 아니면 쫑파티에서 술을 너무 마신 건지, 어쩐 건지 모르겠군요. 뭔지는 몰라도 그만 집으로 돌아가서 잠이나 자는 게 좋겠어요."

제때 도착했다!

멀리서 사이렌 소리가 들렸다.

마이크가 오고 있으니 이제 한나의 역할은 끝이다.

잠시 후, 마이크는 버크의 차 옆에 경찰차를 세우더니 창문을 내렸다.

"무슨 일입니까?"

마이크가 한나와 버크를 번갈아 바라보며 물었다.

"버크를 체포해야 해요."

엄마가 마이크에게 충분한 상황 설명을 했길 간절히 바라며 한나가 입을 열었다.

"딘을 죽인 건 바로 버크였어요."

버크는 아까보다 더 호탕하게 웃어 제치고는 마이크를 돌아보았다.

"벌써 세 번이나 똑같은 소리를 하고 있는데, 도대체 한나가 무슨 이야기를 하는 건지 난 전혀 모르겠군요. 어서 집으로 데려가서 잠을 재우는 게 좋겠어요. 내가 살인범이라니, 이 무슨 황당한 소립니까?"

"정말입니까?"

마이크가 한나에게 물었다.

"정말이에요. 딘이 버크의 경력에 흠집을 내자 버크가 복수하려고 총을 바꿔치기 한 거죠. 그는 일부러 딘에게 자살 연기 시범을 보이게 했어요. 진짜 총이 발사될 것을 미리 알고 말이에요."

"저런 미친 소리는 내 생전 처음 들어보는군요."

버크가 마이크를 쏘아보며 황당하다는 듯 말했다.

"한나가 어떻게 해서 저런 생각을 하게 됐는지는 모르겠지만, 영화 시나리오 작가로 나서도 손색이 없겠어요."

버크는 코트의 소매를 올리며 극적으로 손목시계의 시간을 확인하며 말했다.

"전 지금 출발하지 않으면 비행기를 놓치겠어요."

"아무 데도 못 가요!"

한나가 마이크를 쳐다보며 버크를 가로막고 나섰다.

"떠날 수 없다고 말해요, 마이크."

그러자 마이크가 고개를 저었다.

"미안해요, 한나. 매우 흥미로운 가설이긴 하지만, 버크를 붙잡아둘 만한 증거가 없습니다."

그러고는 버크를 향해 말했다.

"가도 좋습니다."

그러자 버크는 손을 살짝 흔들어 보이더니 차를 뒤로 후진시켰다.

그가 막 호텔 주차장을 빠져나가려는 찰나 한나가 갖고 온 가짜 총을 들고 버크를 겨냥했다.

"멈추지 않으면 쏠 거예요!"

한나가 외쳤다.

"한나! 대체 그 총은 어디서 난 겁니까?"

마이크가 깜짝 놀라 물었다.

"그래니의 앤티크에 있던 재봉 기계에서요."

한나가 대답하고는 이내 버크를 돌아보았다.

"나, 사격에도 꽤나 소질이 있어요. 그러니 얼렁뚱땅 넘어갈 생각하지 마요. 지금 당장 머리에 손을 올리고 차에서 내려요, 안 그러면 쏠 거예요."

"아니, 못 쏠 걸요."

버크가 비열하게 웃으며 말했다.

"그 총에는 공이가 없어요."

"걸려들었어!"

한나가 말했다.

그러자 버크의 얼굴에 가득했던 자신감이 단번에 사라져버렸다.

"그걸 알고 있다는 건 사건 현장에서 총을 바꿔치기한 후 가짜 총을 재봉 기계에 숨긴 사람이 바로 당신이라는 거죠, 버크!"

버크는 액셀을 밟았지만, 마이크가 재빨리 경찰차에 올라타 그의 앞을 막았다.

그와 동시에 로니 머피가 운전하고, 운전석에는 그의 동생인 릭 머피가 함께 탄 두 번째 경찰차가 당도해서 버크의 노란 도요타의 운전석과 아주 가까이에 멈춰 섰다.

"그에게 미란다의 원칙을 알려주고 어서 데려가."

마이크가 지시하고는 로니와 릭이 그를 체포하는 것을 지켜보았다.

두 사람은 버크의 손에 수갑을 채우고는 경찰차 뒷좌석에 태워 경찰서로 데리고 갔다.

모든 과정이 끝나자 마이크는 한나가 타고 있는 쿠키 트럭의 운전석 쪽으로 와 열린 창문 안쪽으로 가까이 기댔다.

"내가 가짜 총을 발견했다는 사실을 알고 있었던 거예요?"

한나가 물었다.

"물론이죠. 한나 어머님이 모두 말씀해주셨거든요."

"그렇다면 이해가 안 돼요. 딘을 죽인 사람이 버크라는 사실도 알았고, 가짜 총을 발견했다는 사실도 알았으면서 왜 그를 즉시 체포하지 않은 거죠?"

"약간의 보험이 필요했을 뿐입니다. 결국은 이렇게 성공하지 않았습니까. 버크가 우리 앞에서 재봉 기계에 있던 총에는 공이가 없다는 것을 확인시켜줌으로써 자신이 범인이라는 사실을 스스로 인정했어요."

"자백이 없으면 혹시라도 버크가 배심원들 앞에서 결백을 주장하지 않을까 걱정했던 거로군요?"

"맞습니다. 평생을 연기만 하며 살아온 그라는 사실을 잊으면 안 되죠."

마이크가 한나에게 가까이 몸을 기울이며 한나의 입술에 키스했다.

"보고 싶었어요, 한나."

"혼자 살인사건 수사를 하느라 바빴고, 그 옆에 내가 함께 있지 않아서 말인가요?"

"네."

마이크가 또다시 한나에게 키스했다. 이번에는 좀더 깊고, 오래.

"아무래도 한나를 수석 형사대리로 임명해야 할 것 같군요."

 한나는 로스가 선물한 목걸이를 걸며 거울을 쳐다보았다. 미니 사이즈의 체리에 박힌 붉은색 보석이 침실 창문을 통해 쏟아져 들어오는 햇살에 반사되어 반짝이며 마주한 벽에 짙은 자주색 그늘을 만들었다.

 어젯밤 캘리포니아로 돌아가는 비행기에 오르기 전 공항에서 그가 선물한 펜던트였다.

 "이걸 걸 때마다 날 생각해줘."

 로스가 말을 이었다.

 "체리우드의 위기가 칸에 입성하면 꼭 너한테 초청장을 보낼게."

 그런 후 그는 한나를 꼭 안고 그녀에게 키스했다.

 그러는 동안 한나는 그의 요청에 아무런 대답도 하지 않았다.

 물론 한나도 칸에 가고 싶었다. 칸에 가고 싶지 않은 사람이 누가 있겠는가? 하지만 단순히 가고 싶은 마음이 드는 것이랑 정말 가는 것은 차원이 다른 문제였다.

 로스가 떠난 뒤 몇 시간 동안 한나는 곰곰이 생각에 잠겼다.

 유명한 제작자의 데이트 상대가 되어 세계적으로 유명한 영화제에 동행하는 건 어떤 기분일까? 그런 공상에 잠겨 있다 잠이 든 한나는 다음날 아침 전화벨 소리에 잠을 깼다.

 안드레아의 전화였는데, 가족 브런치에 초대하는 그녀의 목소리는 매우 들떠 있었다.

늘 모이던 사람들이 오기로 했고, 노먼이 한나를 데리러 와 주었다. 그리고 지금 한나는 레이크 에덴 호텔 레스토랑에서 가장 큰 테이블 앞, 눈부시게 반짝이는 라즈베리 핑크빛 셔츠를 입은 빌의 맞은편에 앉아 있었다.

"선글라스를 가져오는 건데 그랬어요."

노먼이 나지막이 한나의 귀에 속삭이자 한나는 피식 웃고 말았다.

노먼의 말이 맞았다. 빌의 셔츠가 어찌나 빛을 발하는지 금방이라도 눈이 튀어나올 것처럼 부셨다.

한나의 옆에 앉아 있던 마이크도 노먼의 이야기를 듣고는 냅킨으로 애써 웃음을 감췄다.

한나는 노먼에게 미소를 보내고서 마이크에게도 미소를 보냈다.

평소에는 두 사람 사이에 앉는 것이 마치 샌드위치에 낀 햄이 된 것 같은 느낌이 들어 영 어색하고 불편했던 한나였는데, 오늘은 그런 것이 전혀 아무렇지도 않았다.

한동안 로스와 가깝게 지내며 두 사람의 균형감각을 위태롭게 했으니 이제는 한나가 둘을 달래줄 차례인 것 같았다.

로스는 이를테면 한나에게 특별한 디저트 같은 사람이었다. 한나의 인생에 있어 좀더 색다른 맛과 풍미를 느끼게 해준 존재 말이다. 물론 품질 좋은 브랜디를 곁들인 알래스카식 구운 플램비드(고기, 생선 등에 브랜디 등을 붓고 불을 붙여 조리한 디저트)는 한나에게도 매우 신선하고 유혹적으로 다가오지만, 고기나 감자 요리처럼 일상의 식사용으로 매일 먹을 수는 없었다.

그에 비해 마이크와 노먼은……, 쿠키 같은 존재들이었다.

쿠키라면 질리지 않고 날마다 먹을 수 있으니 말이다.

한나의 얼굴에 미소가 더욱 환해졌다.

두 사람을 쿠키에 빗대어 묘사한다면, 노먼은 한나가 좋아하는 쿠키 중 하나인 정통방식으로 구운 설탕 쿠키가 적당했다.

설탕 쿠키라면 언제 어디서든 무난하고 편안히 먹을 수 있었다.

마이크는 그와는 조금 달랐기에 한나는 조금 더 고심했다. 그러고는 마침내 그에게는 블랙 앤 화이트 쿠키가 안성맞춤이라고 생각했다.

블랙 앤 화이트 쿠키는 완벽하고 깔끔한 겉모양에 먹으면 먹을수록 깊고 진한 맛이 우러나왔다.

"언니?"

안드레아가 머릿속 디저트 놀이에 빠져 있던 한나를 깨웠다.

"나랑 같이 뷔페 테이블에 가자. 언니가 가져 온 바 쿠키가 어떤 건지 보여줘."

한나는 실례한다는 말을 남기고 자리에서 일어나 안드레아와 함께 디저트 테이블로 향했다. 그러고는 딘의 범인이 창살 안에 갇힌 것을 기념해 만든 우이 구이 츄이 쿠키 바를 가리켰다.

하지만 안드레아는 간단하게 고개를 끄덕이고 말뿐이었다.

"언니 쿠키가 어떤 것인지는 아까부터 알고 있었어."

안드레아가 말했다.

"언니랑 둘이서만 얘기할 짬을 만들려고 핑계를 댄 거야."

한나는 나쁜 소식에 대비해 숨을 가다듬었다.

안드레아와 빌이 브런치 내내 아무렇지 않은 척 미소를 띠우고 있었지만, 그건 모두 엄마 때문이었을지도 모른다.

"무슨 일이야?"

"로니 워드가 약혼했어. 다음 달에 결혼한대!"

"정말 잘됐다! 아니, 어떻게 해서 그렇게 된 거야? 약혼은 도대체 언제 한 거구?"

"마이애미에서 지난주에. 리사가 나를 위로해주느라 로니가 마이애미에서 취미로 운동을 즐길 수 있는 새 남자를 만날지도 모른다고 했던 이야기 생각나?"

"생각나."

"정말 그렇게 되어버리고 말았어. 로니가 거기서 새 남자를 만난 거야. 마이애미에서 같이 체육관을 차리기로 했대. 정말 잘되지 않았어?"

"정말 그래."

그때 누군가 한나의 어깨를 톡톡 두드렸고 한나가 뒤를 돌아보니 거기에는 몽롱한 표정의 미셸이 서 있었다.

"왜 그래, 미셸? 강한 바람이라도 맞은 것 같은 표정이잖아."

"정말 강한 바람을 맞은 것 같은 기분이야. 글쎄, 로니가 내 이름으로 미스 위닛카 경연대회에 참가 신청서를 냈다지 뭐야."

"너한테 물어보지도 않고?"

안드레아가 이성적인 질문을 던졌다.

"사랑에 눈이 먼 거지."

한나가 씩 웃으며 말했다.

"걱정하지 않아도 돼. 예선에 통과하게 되면 출전하지 않겠다고 의사 표시를 하면 되니까."

"로니가 그러는데, 예선에 통과했대. 그리고 출전하지 않겠다고 말해도 소용없어."

안드레아가 얼굴을 찌푸렸다.

"왜?"

"엄마가 이미 나 대신 참가 동의서에 서명하셨거든."

"그래도 되는 거야?"

한나가 다시 물었다.

"오, 그럼. 규정에 21살 아래면 부모님이 대신 동의서를 작성할 수 있다고 되어 있대."

"이런, 세상에!"

한나가 중얼거렸다.

"대회가 언젠데?"

"6월, 위넷카 카운티 페어의 하나로 열려. 이번 여름에는 학교에 머물지 않아도 되기 때문에 빠져나갈 수 있을만한 핑계가 없어. 완전히 발목 잡힌 거지. 어떻게 빠져나가야 할지 모르겠어. 그런데 이렇게 된 게 나뿐만이 아니야."

"그게 무슨 소리야?"

안드레아가 물었다.

"엄마가 서명한 게 나뿐만이 아니란 얘기야. 언니랑 트레시까지 모전여전 콘테스트에 참가 신청서를 냈어. 베서니는 예쁜 아가 콘테스트에 신청서를 냈구."

"오, 이런 세상에!"

하지만 안드레아는 그렇게 기분 상해하는 것 같지 않았다.

한나는 큰소리로 웃음을 터뜨렸다.

"올해 페어는 무척 재미있겠는 걸. 둘 다 무대에 오르는 모습을 하루라도 빨리 보고 싶어."

"그렇게 웃을 거 없어."

미셸이 경고했다.

"어째서?"

"엄마가 언니 이름으로는 제빵 경연대회 신청서를 냈거든."

"괜찮아. 재미있을 것 같은 걸, 뭐."

한나가 미소를 지었다. 하지만 미셸이 깔깔거리기 시작하자 한나의 미소는 걱정으로 바뀌고 말았다.

"왜?"

"아직 안심할 게 못 돼. 엄마가 또 언니 이름으로 레이크 에덴 역사학회 부스에 자원신청서를 냈거든."

"그것도 그렇게 나쁘지 않아. 그저 인쇄물만 나눠주면 되는 거잖아."

"올해는 인쇄물이 아니래."

"아니야?"

"아니야, 올해는 기금 모금을 한다던 걸. 물이 든 탱크 위로 파라솔이 펼쳐진 밑에서 깜찍한 실크 드레스를 입은 숙녀가 앉아 있던 부스 본 적 있어?"

한나는 입이 떡 벌어졌다.

설마 엄마가 나에게 그런 걸 시키려는 건 아니겠지!

"사람들이 숙녀를 향해 야구공을 던지는 부스 말이야?"

한나가 물었다.

"맞아, 토요일 오후 2시부터 4시까지 언니가 그 숙녀가 되는 거야. 엄마 말로는 그 시간이 가장 사람들로 붐빈다고 하던데? 빌이 노먼과 마이크가 야구공 던지는 방법을 가르쳐주는 코치 역에 자원했다는 이야기도 언니한테 해주라고 했어!"

우이구이슈이쿠키바

오븐은 섭씨 175도로 예열합니다. 틀은 오븐 중앙에 둡니다.

크러스트 재료:

백설탕 1/2컵 / 밀가루 3/4컵 / 녹인 버터 1/4컵

소금 1/4티스푼 / 달지 않은 베이킹 코코아 1/3컵***

***베이킹 재료를 파는 곳에 가시면 베이킹 코코아를 구입하실 수 있습니다. 꼭 미국 제품을 사세요. 덴마크나 다른 나라 제품으로는 레시피대로 만들 수가 없거든요. 그리고 핫초콜릿을 만들어 먹을 때 쓰는 코코아 가루와는 다른 종류라는 사실도 꼭 기억하세요.

소 재료:

밀크 초콜릿칩 2컵 / 미니 사이즈 마시멜로우 3컵

코코넛 가루 1과 1/2컵 / 다진 견과류 1컵

농축우유 1캔 (14온스; 400g)

만드는 법

1. 설탕, 밀가루, 코코아, 소금을 중간 크기 그릇에 넣고 섞습니다. 그릇에 녹인 버터를 뿌리고 포크로 휘저어줍니다. 버터가 잘 섞였으면 작은 구슬 모양의 덩어리가 생긴 답니다.
2. 9×13 크기 케이크 팬에 들러붙음 방지 스프레이를 뿌린 뒤 1에 붓습니다. 그리고 팬 위로 골고루 흐를 수 있도록 팬

을 살살 흔들어주고 철제 주걱으로 꾹꾹 눌러줍니다.
3. 초콜릿칩을 그 위에 뿌려주시고, 마시멜로우도 함께 뿌려주세요. 다음으로는 코코넛 가루와 다진 견과류도 뿌립니다. 그런 후 다시 철제 주걱으로 눌러주세요. 마지막으로 농축우유를 붓습니다.
4. 섭씨 175도에서 25~30분간 굽습니다. 윗부분에 먹음직스러운 황갈색이 돌기 시작하면 잘 구워진 것입니다.
5. 선반으로 옮겨 식힌 뒤 브라우니 크기로 잘라줍니다.

경고: 자르기 전에 냉장고에 넣지 마세요 - 완전히 차게 식어버리면 매우 단단해진답니다.

에드나 퍼거슨의 메모: 이것을 아주 간단하게 만들고 싶으면 초콜릿 케이크 믹스를 사서 분량의 반에 버터만 섞어 만들면 됩니다(남은 것은 단단히 봉했다가 다음번에 다시 사용하세요).

아이들이 무척 좋아하는 쿠키 바예요.
특히 이름을 아주 재미있어 하죠.

체리 치즈케이크 살인사건

2008년 6월 25일 초판 발행
2012년 1월 20일 중쇄 발행

지은이 조앤 플루크
옮긴이 박영인
펴낸이 이경선
펴낸곳 해문출판사

등 록 1978년 1월 28일 제3-82호
주 소 서울시 서초구 서초동 1328-11 도씨에빛 2차 1420호
전 화 325-4721
팩 스 325-4725

값 12,000원

ISBN 978-89-382-0417-2
ISBN 978-89-382-0400-4(세트)

※ 잘못 만들어진 책은 구입하신 곳에서 바꾸어 드립니다.

국립중앙도서관 출판시도서목록(CIP)

체리 치즈케이크 살인사건 / 조앤 플루크 지음 ; 박영
인 옮김. -- 서울 : 해문출판사, 2008
p. ;   cm. -- (Cozy mystery)

원표제: Cherry Cheesecake murder
원저자: Joanne Fluke
영어 원작을 한국어로 번역

ISBN 978-89-382-0417-2 04840 : ₩12000

미국 현대 소설[美國現代小說]

843-KDC4
813.54-DDC21   CIP2008001760